不
如

READING

不 如 讀 書

库普林短篇小说集

［俄］亚历山大·库普林 著

蓝英年 译

# 石榴石手镯

Алексаа́ндр
Иваа́нович Куприн

东方出版社

**图书在版编目（CIP）数据**

石榴石手镯：库普林中短篇小说选 /（俄罗斯）库普林著； 蓝英年译 . —北京：
东方出版社，2021.12
（读经典）
ISBN 978-7-5207-1696-3

Ⅰ . ①石… Ⅱ . ①库… ②蓝… Ⅲ . ①短篇小说—作品集—俄罗斯—近代
Ⅳ . ① I512.44

中国版本图书馆 CIP 数据核字（2020）第 182884 号

**石榴石手镯**
（SHILIUSHI SHOUZHUO）

责任编辑：王夕月　邢　远
出　　版：东方出版社
发　　行：人民东方出版传媒有限公司
地　　址：北京市西城区北三环中路 6 号
邮　　编：100120
印　　刷：北京印刷集团有限责任公司印刷一厂
版　　次：2021 年 12 月第 1 版
印　　次：2021 年 12 月第 1 次印刷
开　　本：880 毫米 ×1230 毫米　1/32
印　　张：13.125
字　　数：230 千字
书　　号：ISBN 978-7-5207-1696-3
定　　价：69.80 元
发行电话：（010）85924663　　85924644　　85924641

# 再版说明

　　蓝英年先生是我的老师。先生已处耄耋之年，执笔艰难，嘱我为其译著《库普林中短篇小说选》的再版代写一篇"说明"，简单介绍该译著再版的意义及其内容概要。作为年过古稀的学生，备感荣幸之至却如千钧重负。笔者青年时代曾专攻俄语，虽学非所用，但情愫不减。近十多年来，在阅读和探讨俄罗斯文学方面，又深得先生教诲，其中对先生翻译的库普林作品喜爱有加；由此深感对先生的委托责无旁贷。于是遵先生嘱，代笔书写以下文字。

　　《库普林中短篇小说选》是蓝英年先生四十年前的译著。对于老一辈热爱俄罗斯文学的知识分子来说，那些脍炙人口的篇章情节、感人肺腑的人物形象，还不时活跃在脑海里。近半个世纪后的今天，再版库普林的这些作品，无疑是热爱俄罗斯文学读者的喜讯。特别是他的精品之作对当今我国中青年知识分子来说是陌生和新鲜的。

　　亚历山大·伊凡诺维奇·库普林（1870—1938）是十九世纪末二十世纪初俄罗斯批判现实主义优秀作家。他幼年丧父，与寡母度日维艰。家庭生活的艰辛使他饱受生活磨难，青年时代甚至做过搬运工、马戏演员、会计、小公务员、唱诗班歌手，同时也不断为地方小报撰稿。丰富的阅历使他深知社会底层大众的苦难。

1902 年，库普林与高尔基结识，并与众多作家有了交往，这是他写作生涯的新起点。他一生中写了大量中短篇小说，大多是反映社会底层小人物的生活状态和社会现实。大部分小说里的事件、人物都是根据他亲身经历或耳闻目睹的真实素材加工而成，例如《摩洛》《阿列霞》《神圣的谎言》《神医》《冈布利努斯》等。

库普林善于挖掘人物的内心世界，以细腻的笔触描绘人物的心理活动轨迹。他慢条斯理地娓娓道来，使故事情节的发展由自然以至必然。例如在中篇小说《摩洛》中，他把工程师鲍勃罗夫的所思所想，甚至流动于心中矛盾的丝丝缕缕都描绘得动人心弦。小说中，鲍勃罗夫从始至终表现出对社会的不公以及对以克瓦什宁为代表的资产阶级荒淫无耻生活的痛恨。而这一切都穿插在他对尼娜的倾心、爱怜、不动声色的追求和"恨铁不成钢"上。他起先对尼娜的浅薄、俗气表现出无奈，甚至反感。而慢慢地，他对她那娇嗔、妩媚、直白、率性的举止产生了怜爱之情。这种心理变化，作者叙述得那么有条不紊，以至于在读者看来，鲍勃罗夫心中萌生的深深爱恋是那么顺理成章。而他发现尼娜对有三十万卢布年薪的克瓦什宁狂喜惊呼时的震惊与突然感到的压抑与受辱，使读者看到了他精神上的战栗与挣扎是多么合情合理。文章最后工厂起火和鲍勃罗夫准备引爆锅炉的表现也充分说明广大工人阶级的反抗精神，鲍勃罗夫却表现出知识分子的内心冲动与软弱！

《阿列霞》是一篇充满唯美色彩的爱情悲剧故事。它的"美"

在于情与景、人与自然的完美融合。富家子弟伊凡对阿列霞的一见钟情是真实深沉的，但他的理想与残酷的现实是相悖的。阿列霞纯洁、美丽、真挚，为了他可以舍弃一切，哪怕是遭受如狂风暴雨般的打击也不改初衷；但她还是理智地接受了现实中的一切，因为他是上流社会的一位公子，而她却是一个"老女巫"的孙女——她必须退出。

作者把"女巫"居住的鸡脚小屋和周围的沼泽、树林、草地、林荫道上的斑驳阳光与二人内心世界的情感涌动融为一体。阿列霞轻快的脚步、笑靥如花的面容、她的随意的农家服饰，和伊凡那热烈的目光、饱满的情绪、灼人心脾的期盼的刹那，都表明无须用"爱"字来表达他们之间的情感碰撞。那天人合一的情与景浑然一体，天地见证了他们真挚灵魂的结合。

在库普林笔下，感情微妙的变化和转折是自然的。那种没有语言的举手投足是那么真切和传神，那种由设防到尊重、到同情再到相互爱慕是那么没有痕迹、那么"水到渠成"。作者把语言美渗透于宇宙空间，在读者面前形成一幅水彩画，抑或一幅中国特有的水墨画，融化着画中人阿列霞与伊凡顽固的心理界限。

库普林笔下的《追求荣誉》《神圣的谎言》《神医》……都以他独特的笔致从不同角度探索和反映着个性与民族性的密切关系，反映了人性的善与恶的博弈与角逐。特别是短篇小说《神圣的谎言》里的主人公谢明纽塔内心变化始终牵动着读者的眼球。一个动作、一个眼神、一句调侃以及那"随心所欲"的、从内心深处迸发出的"谎话"，足以让读者震颤抑或落泪。

作者的手笔总为读者津津乐道，而我以为译者的二次创作功不可没，因为没有译者的精妙翻译如何表现作者的意图呢？可蓝先生再三嘱我：千万不要对译者有溢美之词！我还是忍不住追问了一句："那么，您如何为自己定位呢？"先生说："我只不过是一个对读者比较负责任的译者而已。"

曾昭华 代笔

# 译者序

　　亚历山大·伊凡诺维奇·库普林（1870—1938）是十九世纪末二十世纪初的俄国著名作家，俄国批判现实主义作家最后一代的优秀代表。他的作品有诗歌、特写、童话和小说，而小说又在他的作品中占据主要地位。除了两部长篇小说《决斗》和《亚玛街》外，库普林一生中写了大量的中、短篇小说。在这些作品中，作者大胆地揭露了俄国资本主义社会中形形色色的丑恶现象，歌颂了社会下层人民勤劳善良的品德，广泛地反映了十九世纪与二十世纪之交的俄国社会生活。库普林文笔优美、细腻，擅长心理描写。他的作品题材多样，表现了作者亲身经历过的各种不同的现实生活和亲自接触过的各式各样的人物。他的作品具有浓郁的生活气息，充满着对生活的热爱和对社会底层人物悲惨命运的同情。在这方面，库普林的创作接近契诃夫的人道主义传统。

　　库普林于一八七〇年八月二十六日诞生于奔萨省诺罗夫恰特市。父亲是个办事员，家庭收入菲薄，生活贫困。库普林刚满一岁时父亲便病逝了，母亲被生活所迫，带着他和两个姐姐回到老家莫斯科，后来又带他进了孀妇院。库普林七岁时，母亲托人把他送入拉祖莫夫寄宿中学，三年后他又考入莫斯科第二武备中学（后改为士官学校）。武备中学的文学教师祖汉诺夫是他的文学启蒙老师，对他一生的文学事业产生过有益的影响。一八九〇年，他在士官学校毕业后，被派往第四十六第聂伯步兵团担任下级军官，在卡缅茨—波多尔斯基等地驻防将近四年。在这期间发表的《在黑暗中》《调查》等短篇小说，便是他最初描写外省习俗和军人生活的作品。

一八九四年库普林脱离军职，开始在南俄一带流浪。他先后当过记者、小公务员、会计、搬运工、马戏演员、唱诗班歌手等。在此期间他曾为基辅、敖德萨、罗斯托夫等城市的地方报刊撰稿，并担任《基辅人报》的采访员，曾到过顿涅茨矿区，还在一家比利时与俄国合营的工厂里当过短时期的记账员，这段生活的重要收获便是他写了著名的中篇小说《摩洛》。一八九七年他到波列西耶一座农庄当管家，描写波列西耶"女巫"的《阿列霞》便是在这里构思并写成的。一九〇二年，库普林在彼得堡结识了高尔基以及知识出版社的作家。与高尔基的结识是库普林创作的新起点。一九〇一年到一九〇五年，库普林写了《在马戏园子里》《决斗》等许多优秀作品，以及揭露沙皇海军上将丘赫宁镇压"奥奇科夫"巡洋舰水手起义的特写。这些作品都是在高尔基直接影响下写成的。

一九〇五年革命失败后，反动势力又猖狂起来，库普林的思想也发生了变化。他公开表明自己是没有政治倾向的作家，对政治不感兴趣。他同知识出版社断绝了关系，同高尔基也日益疏远，终于断绝往来。但从一九〇五年到十月革命这十二年中，库普林仍然写出了许多真实反映俄国社会生活，特别是下层人民生活的优秀作品。

库普林对待十月革命的态度是很矛盾的。他一方面欢迎十月革命改变了下层人民的命运，另一方面又担心俄国文化将因此受到损害。一九一九年库普林全家流亡国外。他在国外度过十七年，这是他创作枯竭的时期。一九三七年春天，身患重病的库普林回到苏联，次年在列宁格勒逝世。

《摩洛》是库普林根据自己在顿涅茨矿区的实地见闻写成的。他描绘出工厂主对工人的残酷剥削，工人们奋起反抗、酿成自发性暴动的真实情景。作者还成功地塑造了克瓦什宁这个吞噬工人生命、摧残人性的资本家的形象。小说的主人公，年轻的工程师鲍勃罗夫，是资本主义制度下的牺牲品，他对工人的苦难寄以无限的同情，对吞噬工人生命的"摩洛"恨之入骨，同时眷恋着没有灵魂的尼娜。但他没有同广大工人群众站在一起，所以他既不能解救工人，也不能从克瓦什宁手中夺回尼娜，在资本主义恶魔面前只是一个软弱无力的人。在这篇作品中，库普林着力从社会心理角度刻画鲍勃罗夫这个人物，表现资本主义制度下人与人的关系对个人命运和心理所产生的影响；工人阶级的悲惨生活以及工人的自发性暴动，只是作为烘托主人公的背景来描写的。作者没有从正面塑造先进工人的形象。这种创作上的局限性不能不说是作者世界观的一种反映。

《阿列霞》和《石榴石手镯》都是作者谱写的爱情的赞歌。在森林中长大的阿列霞爱上在城市中受过教育的伊凡。伊凡年轻体面，举止文雅，对她和她的外婆都比较尊重。受惯歧视和欺侮的阿列霞自然会觉得他可亲可爱了。他对阿列霞也不能说是虚情假意，但他的爱情中掺杂着私欲，同阿列霞纯真忘我的爱情相比，便显得卑微了。阿列霞对伊凡的爱情，完全不同于《石榴石手镯》的主人公热尔特科夫对薇拉公爵夫人的爱情。后者是一种貌似"伟大"实则畸形的爱情。热尔特科夫虽然爱得那么真挚、那么忘我，却是一种无望的单相思。薇拉不仅对他毫无了解，甚至连面也没见过。作者显然是想借歌颂热尔特科夫的"伟大的爱情"来谴责上流社会中那种司空见惯的虚伪的爱情。读者尽管感到热尔特科夫的爱情缺乏理想的光辉，但读到最后仍然会被薇拉在花圃中听贝多芬音乐的情景所感动。作者借贝多芬音乐表达死者的心声并以此结尾，这种手法是很有艺术感染力的。寓情于景的手法在《阿列霞》中运用得更为自如。在鸟语花香的春日，鸡脚小屋的门打开了。随着屋外射进的阳光，阿列霞出现在读者眼前。她本人就像一道春天灿烂的阳光，她与伊凡是在月夜的森林中倾吐爱情的。那简直是一个神奇的童话世界，她的爱情就像春夜的月光那样皎洁。他们最后分手时天空翻滚的乌云，已经暗示出愚昧的势力将使他们永远诀别。

《冈布利努斯》的故事，有如主人公萨什卡如泣如诉的琴声，悲壮而动人。心地善良的提琴手萨什卡，以其精湛的艺术博得普通劳动者的喜爱。他只有在自己为别人的演奏中才能享受到生活的乐趣。但日俄战争打破了这个犹太血统的小人物的平静生活，给他带来了痛苦和灾难。在沙皇政府怂恿的排犹暴行中，萨什卡开始觉醒，并挺身反抗。作者通过萨什卡的两次遭遇抨击了沙皇统治的黑暗和残暴，反映了下层人民在一九○五年革命风暴影响下的觉醒，同时也说明人民喜爱的艺术是任何力量也摧毁不了的。

库普林所讲述的故事差不多都是他亲身经历过的。《神圣的谎言》就是媚妇院生活的写实，库普林通过对媚妇院令人压抑的恶劣生活的真实描写，有力地揭露了资本主义社会慈善事业的虚伪。谢明纽塔的遭遇更暴露出资本主义社会的残忍和不公正。他为了慰藉年迈母亲的一颗受苦受难的心，不得不说出"神圣的谎言"。《神医》写的也是真人真事，库普林在这篇作品中歌颂了使麦尔查洛夫一家免于毁灭的皮罗戈夫医生伟大的同情心，这种同情心是真实可信的。

《生命的河流》虽然情节很简单，却是库普林的一篇风格比较鲜明的作品。作者在小说中非常真实地塑造出旅店老板娘和中尉这两个俄国人的形象。他们的生活内容就是饮食男女，这种只有生理机能而没有思想的浑浑噩噩之辈，在沙皇野蛮统治下的俄国下层人民当中有一定的典型性。与他们形成鲜明对比的是在五号客房中自杀的大学生，他的精神受到创伤，对社会现实不满，但他并不是真正改造社会的力量。大学生并未真正觉醒，而只是微微睁开眼睛看到了社会的某些丑恶与黑暗。把他的死与老板娘、中尉、警察分局局长吃饭跳舞的情节安排在一起，更加强了作品的悲剧气氛。

《追求荣誉》写一个女演员由于理想破灭终于沉沦的故事，题材并不新奇，古往今来不知有多少作家写过这一类的作品。库普林这篇作品的可贵之处在于，它真实地写出了俄国的外省生活，特别是军人和演员的生活。莉托奇卡原是一个充满幻想、自尊心颇强的少女，但她被生活无情欺骗以后，尽管走投无路，也不愿回到父母身边去，于是她堕落了。同是出自她的口中，但意思却截然相反的两番话，可以说都是真诚的，反映出她性格中矛盾的两个方面。

库普林的创作旺盛时期，正是俄国革命风起云涌的年代，也是马克思主义在俄国广泛传播的时期，但是，库普林没有接受先进的世界观，因而认识不到无产阶级的历史作用，更谈不到通过作品来反映这种作用了。库普林世界观的这种局限性，决定了他一生的创作始终停留在批判现实主义的水平上。

本书根据苏联国家文学出版社一九五七年出版的《库普林选集》六卷集选译，在翻译过程中，夏志德同志给了我许多帮助，谨在此向她表示谢意。

译者

一九八〇年四月二十日

# 目 录

# 追求荣誉

我于一八××年离开农业学院之后，便不得不在一个极其偏僻的地方，西南边境的一座小城里，开始我的生涯。一年到头的泥泞，街上成群的猪，外面涂着黏土和牲畜粪便的茅舍……在这类小城里可以交往的人不外是调解人、县警察局长、公证人、消费税征收员而已。在这种社交中不可能建立亲密的关系；大家的看法各不相同，原因当然是女人。起先是发生私通，随后是为了在教堂里谁应该第一个走近十字架而引起的争执，最后是孕育着各种灾祸的诽谤。总能找到自己的蒙太古和凯普莱特[①]，于是全城都津津有味地注视着他们之间的仇恨。总之，大家谈不到一块儿去，各走各的路。

我们这儿新来了个侦查员。不知道您知道不，有那么一种同任何人都能合得来的人，他们不知怎的能一下子就把性格最不相同的人迷住。我觉得他们的秘诀很简单，就在于会听旁人说话。他们具有猜测我们弱点的敏感，善于把话头引到那上面去，然后就耐心地听着。于是您向他倾吐内心最美好的情愫，而他不关痛痒地点着头，不断"嗯、嗯"地附和着。侦查员的天才还不仅在此，他能逗

---

① 莎士比亚悲剧《罗密欧与朱丽叶》中两个敌对家族。

得女士们捧腹大笑，能豪饮，还能在光棍圈子里淋漓尽致地讲淫秽的笑话。

侦查员成了社交界相互接近的第一个环节。也许他成为这样的人物还是不自觉的，因为所有的目光都落到他身上，等待着他拿出新鲜有趣的花样来。新花样是从业余演出开始的。

等到业余演出的事完全筹办就绪，别人也把我拉进去了，可是幸运的是，一开始我就表现出自己完全不是上舞台的材料。给了我一个最蹩脚的翻译剧里的嫉妒丈夫的角色，全剧中最不起眼的和出场最多的角色。您连想都想不到，我在排练的时候是多么低声下气地忍受各种讥讽啊！谁都教训我，谁都对我摆架子，导演如此，提示台词的人如此，参加业余演出的女演员如此，我记得就连一个戴夹鼻眼镜的声音沙哑的四年级小学生也如此。我演得最不好的一场戏，是我发觉妻子不忠实，做出"可怕的绝望的手势"（剧本里就是这样写的），对她喊道："噢，岂有此理！每当我想起自己的耻辱，我便气得浑身发抖！"每逢排到这个地方，女演员们都要哈哈大笑，而导演便喊道："您站在那儿像根木头桩子！您自己看——舞台指示上明明写着：'绝望的手势'。您看着我，应当这样做手势！"

期待中演出的日子来到了，我心里直打鼓。主要是剧情越接近那个要命的地方，我就越觉得到那儿非演砸了不可。最后还是舞台监督从幕后推我。我急忙飞跑出场，眼睛翻来翻去，回想导演的指示，做第一个绝望的手势。可是在这一刹那，我一着急，便把那几句要命的台词忘得一干二净。咳，就是想不起来——完蛋了！过了一分钟，也许两分钟，但这种恐怖的感觉对我仿佛延长了若干年。

我站着，完全僵化在绝望的姿势中，不说话，耳朵里除了叮当的声音外什么也听不见。最后提词间里的台词终于传到我的耳朵里："噢，岂有此理！每当我……"最后我做出了非凡的努力，抓着自己的头发，向整个剧场狂喊道："噢，岂有此理！每当我想起自己的耻辱，我便气得吱吱价叫！"好了，当天晚上我就被极为隆重地赶出剧团是理所当然的事了，而那句被我念砸了的台词变成了一句笑话，如果你们中间有谁听到了，我也不会感到奇怪。

结果我便成了剧团以外的人了。不出所料，大家第一次一致决定上演一出用拙劣文字写成的沉闷的话剧，当然还外加一出轻松喜剧。耍手腕自然是免不了的事，两位女士都想演剧中主角。一位的理由是她看过费多托娃①扮演的这个角色，另一位说她为了这个角色专门做了一件带绉纱花边和大马士革花缎的连衣裙。有几次闹得差点演出告吹，后来又维持下来了……最后，到了演出的前夕，一个在轻松喜剧里担任角色的小姐生气了，耍开了脾气，病了，拒绝演出。取消演出已不可能，因为早已贴出海报，并且已经卖出一部分票了。谁也不愿意代替她演，因为是她自己拒绝演出的。这时不知谁出了个主意，请莉托奇卡·格涅特涅娃来演。

先生们，也许，你们中间有哪位有幸遇见过这样的女人？哪怕一次也好，她在您的生活中有如一闪而过的奥西安②的身影，但却像一个遥远的、可爱而奇异的梦永远留在您的记忆中。即便您没有引起她丝毫注意，即便您永远不敢存有爱她的妄想，即便您以后还

---

① 费多托娃（1846—1925），俄国著名女演员。
② 奥西安是爱尔兰传说中的弹唱家，克勒特民间叙事诗的主人公。

3

遇见过聪明、多情、美丽的女人，但没有一个人能够代替这个难以描绘的独特而俊秀的人儿。莉托奇卡正是这样的女人。我至今还能清晰地回想起她的外表：苗条纤弱的身材，一双令人敬畏的眉毛，乌黑的鬈发，太阳穴上淡蓝色的血管，显得神经质的不好看的嘴以及同它形成对照的美丽的黑眼睛———一双严厉的，几乎是悲伤的、永不发笑的眼睛。莉托奇卡的父亲当过我们县的司库员，生活得很阔绰。多年以来，我一直是格涅特涅夫家的常客，我眼看着莉托奇卡从一个穿短裙子的、小猫似的淘气的小丫头变成一个标致的女郎。她身上的一切都妩媚动人：对旁人不幸的关切与同情，蕴藏在任性中的迷人的优雅，真诚和羞涩到幼稚程度的神情，以及她浑身显露出来的不知是大胆还是某种对极端事物的难以克制的好奇心。简直活见鬼，我无力把其中的奥妙表达出来。但这样的女人并不是随处都能碰到的。

起初，她断然拒绝扮演邀请她扮演的角色，后来，经过多次请求，她才同意了。排演的时候我几乎没见过她，但我从老远的地方就能猜出莉托奇卡被演戏迷住了。她平时经常同我交换印象，讲得多好啊，她能够多么鲜明和准确地转述她所看见、听到、感觉到的最琐细的情节啊！我在大幕后面遇见她的时候已经是演出当天了，我是因为参加画布景才被允许进来的。

我见到她的时候她正要上场，我们在墙壁和侧幕之间的一条狭窄的过道里碰面了。她身穿一件朴素的连衣裙，腰里系着一条淡蓝色的绸带。她的脸化妆之后变得古怪了：仿佛认不得了，线条显得更加鲜明而美丽，画过的眼睛由于内心的激动和着了深颜色的眼影而闪闪发光，并且显得大得出奇。

"怎么样，"我问她，"有点发怵吧？"

她两只手按在胸口上，用求助的目光看了看我。

"害怕……这儿跳得厉害极了……我大概要拒绝上场了。你看我手脚往哪儿放呀？老天爷，简直活受罪！"

舞台监督把她叫走了。我竖起耳朵听着。在她角色快乐的开场白的地方，在剧本中要求响起银铃般笑声的地方，我仿佛听到了另一个人发出的羞怯得渐渐听不见的声音，我不禁眯起了眼睛。不知为什么我开始为莉托奇卡感到害臊，并且担心起来。我熟悉她的性格和自尊心，知道她会为自己的窘态而感到痛苦。

在这难堪的几秒钟里我什么都没听见，可是当我终于担心地从侧面的纱窗向舞台张望了一眼，我马上惊呆了。她不仅自然——简直变得认不出来了，而且每个动作都从容不迫、自信而优雅，她说的每句台词都像生活中所说的那样。并且不是我一个人对莉托奇卡产生了这样的印象。我向观众席望了一眼，看见所有熟悉的面孔都兴奋起来，露出笑容。

莉托奇卡的戏总共只有二三十句台词，但说得非常生动俏皮。当她哼着小调、拍着大皮球向门口走去时，她的身后爆发出一阵喊声和雷鸣般的掌声。她又走出来，显得有点不知所措，像女学生似的向大家鞠躬。大家一次又一次地欢迎她出来——大概谢了四次幕。我站在门旁，打开了门。她喘着气走了出去，眼睛闪闪发光，抹着油彩的脸颊上透出了红晕，嘴唇都激动得发干了。她对我的祝贺伸出两只手来。

莉托奇卡这天晚上非常激动，激动得都有点不正常了，常常无缘无故神经质地发笑。我有两次走到她跟前，对她讲了点什么。她听我讲，不打断我，但回答的却完全是另外的话；她的眼睛一直没离开我，但却闪烁着幻想中的幸福，嘴唇上浮现出自得其乐的微笑，于是我渐渐明白，她的思想离我所讲的有多远。她看我的样子就像一个陷入冥想的人看着远处的一件东西，墙壁上的一个黑点，并没有看见黑点，可眼睛又离不开它。

莉托奇卡也许还在看那使她高居于几百个人头之上的舞台，还在听那令人陶醉的震耳欲聋的掌声，再次沉入刚刚从中苏醒过来的美梦里。

莉托奇卡的初次登台确实给观众留下了良好的印象，于是很多人在当晚就赶紧用最恭维的话把这点告诉她了。多数人的意见保证了她在下一出戏里获得一个虽然难演但非常精彩的角色：奥菲丽亚[①]。

她热情地准备起来，就像她热情地干任何一件新鲜事一样，并且刻苦地准备着，这在她是很难得的。她人都累瘦了，脸色也苍白了。天晓得她当时是怎么感受的，是如何驾驭自己的想象力的；这些她都没对任何人谈过。但大概正是在那时她心里出现了一个充满希望和感触的新世界，而这个新世界对她今后的一生都产生了巨大的影响。

新戏终于上演了。我是观众——不再让我到后台去，因为剧院里立下了严格的规矩，而戏也是由一个有名气的真正演员导演的。

莉托奇卡也确实未能避免初登舞台演员的共同命运：说话的声音有时太轻，停顿的时间过长……然而我看到了真正的奥菲丽亚，

---

① 莎士比亚悲剧《哈姆雷特》的女主角。

那个莎士比亚笔下的最迷人的女性形象。她出现在我们眼前时正是这样的：温柔而羞怯，真挚地爱着，同时又不得不为了宫廷的礼节和对父亲道德的绝对尊崇而牺牲爱情。她并非女英雄：她身上所有的多半是纯粹孩子般的信任和顺从。她的本性是率直的，不会说谎，可是经常在人前露面的习惯又使得她极力不让自己的爱情落入任何人的眼里。在长期隐藏在心中的斗争突然爆发为疯癫以前，谁也没有猜想到在她心中发生了什么事。直到那时大家才明白：

这一切都是内心深切悲伤的毒药。

大家热烈欢呼莉托奇卡演出成功。不知是谁献给她一个扎着玫瑰色宽缎带的硕大的鲜花花环。我自己的狂热也不亚于别人，但还是从莉托奇卡嘴唇上浮现出的幸福微笑和脸颊上泛起的红晕中看出，她的头发晕了。

我深夜送她回家，她已经变得软弱无力，但仍然非常幸福。我们手挽手走着。这正是春天里丁香刚刚开花的时节。在这沉沉欲睡的温暖的黑夜里，仿佛弥漫着某种馥郁而甜蜜的欢乐，仿佛有谁的呼吸吹拂到脸上，仿佛有谁的炽热的嘴唇马上就要触到自己的嘴唇上。

我同莉托奇卡走得很快，把其余的人远远甩在后面。我俯身从侧面望了望她：她的头微微仰起，眼睛凝视着眨眼的银星。她感觉到了我的目光，颤抖了一下，突然紧紧地握住我的手。

"冷吗？"我低声问道。

"不，"她说，"不冷，我颤抖是因为刚才想到的事。我刚才想着您呢。"

她的话使我又惊又喜。

"想着我。难道真是想着我吗？"

"是的，是想着您。告诉我，您能早起吗？早上六点？"

我回答说我不仅能六点钟起来，甚至能……我真的记不得我到底说过些什么了。可以想象，一定是非常傻的话。

我们这时走到她家花园门口，停下来等后面的人。她回头张望了一下，然后把脸靠近我，很快地低声说道：

"明天……在我们花园里……早，早……六点钟，六点半……爸爸起得迟……"

然后又紧紧握了一下我的手。

先生们，我必须承认我那时实在太年轻，不可宽恕地年轻。我像长了翅膀似的飞回家里，而且说不清这一夜我是睡了还是没睡。有时有这样的状态：不知是睡着了，是醒着，还是在做梦。这是心里留下特别强烈的印象之后才会有的事。不言而喻，我那时已领悟到早就爱上莉托奇卡了（坦白地说，先前这种爱情并未显露出任何迹象）。我整夜都在想，明天我将看到她如何为自己昨天的勇气而羞怯和脸红，我又将怎样对她说从我第一眼看见她时就爱上她了……只有一件事使我踌躇起来，我将用什么方式向她求婚呢？"请允许我向您求婚？"荒唐，简直就像请人跳乡间舞。"里基娅·米哈依洛夫娜，您肯做我的妻子吗？"嗯，这还差不多，但对一个年轻的姑娘未免有点像谈公务了吧。啊？一句话，在这一点上我没做出任何明确的决定。

早上六点钟的时候，仿佛有人捅了我一下，我立刻醒了，醒来第一个念头就是想到莉托奇卡，想到我们马上又要会面。我因寒冷和青春的喜悦而战栗着，可是却感到浑身的肌肉充满了活力和弹性，几分钟以后我就跳过莉托奇卡家花园的栅栏了。

清晨仿佛特别清冷、灿烂、快乐和嘹亮。青草宛如碧绿的绸缎般闪闪发光，草地上到处都是金刚石似的大露珠，闪动着五光十色的光芒。阳光透过浓密的菩提树丛，在林间小径的细沙上投下了不断移动的圆圆的光点。我觉得在这美妙的时刻鸟儿也欢跃起来，它们在树丛中飞来飞去，使劲地叽叽喳喳叫着。老天爷！而我呢，我的心在怎样歌唱啊，我的胸中又充满了多少喜悦和力量啊！……我什么时候比这一瞬间更幸福过？未必有过这样的时刻吧。

我还没走到小径的中间，莉托奇卡便在另一头出现了。她走得很快，按照自己心爱的习惯微微低着头。她那穿了一件朴素白连衣裙的轻盈袅娜的身影一忽儿在绿荫中闪过，一忽儿又洒满了金色的阳光。我迎着她走去。我想匍匐在她脚下，喊叫、欢笑、歌唱。从她的眼睛里还能看出早上蒙眬的睡意：用手匆忙梳了梳的黑鬈发，一绺绺地随便垂在前额上。她是多么动人啊：鲜艳、绯红、笑吟吟！

莉托奇卡向我伸出双手。我弯下身子，先吻了一只，然后吻另一只。她把手抽回，说道：

"咱们再往前走走，这儿会被人看见的。"

我跟着莉托奇卡往前走去，欣赏着她身上的优美动作，倾听着她连衣裙轻微的窸窣声，同时我的心兴奋而杂乱地跳着。我们走到花园最远的一角，那儿高大的丁香丛长得分外茂盛，丁香丛下总很幽暗，并有一股清冷的芳香。莉托奇卡仿佛犹豫不决地止住了脚步，踮起脚来够一枝枝丫茂密的富有弹性的白丁香。外衣的开岔袖口褪到下面，我看见她纤细粉嫩的胳膊，尖细的少女的肘弯。树枝没有折断。莉托奇卡皱起眉头，把树枝折得喀哧一响，然后使劲往自己身边一拉。树叶颤抖起来，一阵冰凉的大滴露珠落在我们身上。我无法再控制自己。丁香的芳香、令人清爽的春天的清晨、距离我嘴唇只有两俄寸的粉红色的胳膊——这一切突然使我失去了思考的能力。

"里基娅·米哈依洛夫娜，"我声音颤抖、犹豫不决地说，"您知道不，我……您……我……"

莉托奇卡向我转过身来。我的声调她应该完全明白，但是，除了惊讶和隐藏在嘴角间的微笑之外，我在她的脸上什么都没发现。我的决心消失得同它的出现一样快。

"您怎么不做声了？"莉托奇卡终于问道。

"我……我……我其实什么也没说……昨天承蒙您信任我……如果您需要一个无限忠于您的人的效劳（我渐渐摆脱了窘困），那我就请您一定选择我吧。"

莉托奇卡闻了闻丁香花，皱起眉头看了看我，问道：

"我能在任何事情上都信赖您，如同信赖一个忠实的朋友一样吗？啊，这确实是一种幸福；再没有比友情更神圣和无私的东西了！"

大概莉托奇卡注意到我失望地噘着嘴，便可怜起我来。她当然不知道，无私的女朋友是如何专制地对待自己的男朋友的。我赶紧做出十来个最漂亮的保证。我已经心酸地明白，事情将朝哪个方向发展了。

"果真如此，"莉托奇卡说，"那您能帮我很大的忙了。我决定终生献身于舞台。不过这暂时只能咱们俩知道。当然，我首先需要学习再学习，这一点我很清楚，所以我才需要一个严格而有经验的指导者。替我找一个优秀的教授，我将永远感激您。"

"可是里基娅·米哈依洛夫娜，"我试图反驳她，"您自己也知道，咱们这里不但没有教授……"

"我知道，知道，"莉托奇卡不耐烦地打断我的话，"这一切我都想过了。告诉我，您这两天真准备去莫斯科吗？"

"是的，准备去，但是如果您需要的话，我也可以留下来。我并不急于去。"

"不，一定去吧，并且越快越好。一星期以后我和爸爸也到莫斯科去，如果您愿意的话，一切都替我办好。行吗？您能做到这点吗？这样就好了，我太谢谢您啦。现在您走吧，走吧；爸爸马上就要醒了。请您记住：这是绝对的秘密！"

我垂头丧气地走了。我的脑子里马上闪出一个念头，我怎么会想到爱莉托奇卡呢？难道我真爱上她了？我不过是她的朋友，忠贞不渝的朋友。她的父亲是个好心肠的人，可是他除了自己省的金库，什么事都不管；她母亲老说自己神经衰弱，整天同大夫打交道。莉托奇卡觉得自己年幼无经验，需要朋友和出主意的人来保护自己。

尽管我用做朋友这种具有诱惑力的体面角色来安慰自己，但内心总有一种委屈的感觉时时刺疼我。在那不成熟的年代我还未得出命运将决定我永远孑然一身的结论。我仿佛一生到世上就带有老光棍的某些特征。多少姑娘向我披露她们微小的秘密，多少女士把我视为自己的"第一个朋友"！但只要我的心刚一靠近某一位我中意的人，她马上就会使我张皇失措了。不是委托我给幸福的竞争者传递信息，便是把我当成倾吐温柔的但对我毫无兴趣的感情的器皿。先生们，为什么结果老是如此呢？我又不是丑八怪，不是残废，不是娘里娘气的人，并且也不能说特别笨。难道真有用独身材料捏出来的倒霉的男人吗？不过，见鬼了，这也许完全算不得不幸！

我同莉托奇卡在莫斯科见面了。所有的事我们都预先商量好了。关于找教授的事我在她到达之前已经打听明白。他那时已退出舞台，但他的名字你们大概从你们父母嘴里听说过。他是著名的演员——斯拉文·斯拉文斯基。

一天，莉托奇卡告诉家里，说她要上姑母家去，其实是到商场同我会面，然后一起到普列斯尼亚去。我们好容易找到斯拉文斯基住的房子：一所朴素的住宅，墙壁上糊着便宜的壁纸，天花板也很低。墙上挂着几个大花环，花环的绸带上写着：《聪明误》《金，或者天才与淫荡》①《钦差大臣》《罗密欧与朱丽叶》，下面写的是"献给我们亲爱的人""卓越的天才""伟大的演员"等等。客厅里除了我们外，等着会见教授的还有一位戴夹鼻眼镜的先生，他满脸皱纹，胡子刮得干干净净，一副自命不凡的神气。还有两位既不年轻也不漂亮的女士。教授终于出来见我们。他长着一副老狮子面孔：一头乱蓬蓬的狮鬣般的银发，两只大胆的眼睛和两个张开的鼻孔。他同胡子刮得干干净净的先生交谈了几句，向两位女士冷淡地鞠了个躬，便走到我们跟前来，询问地望着莉托奇卡。他凭着多年的观察力猜到，我们拜访他的全部意义都在她身上。

———————————

① 大仲马的剧本。

"我有什么可以为您效劳呢？"他问道。

莉托奇卡的脸马上涨得通红。我可以想象，她先前在想到这个问题时，已经够受折磨的了。但任何窘迫也动摇不了她的决心。她恢复了常态，直望着教授的眼睛说：

"我想向您……学习……戏剧艺术。"

我想，先生们，你们都有过这样的经历：脑子里准备了好久的一句话，最后一定变得不是拙劣便是庸俗，要不就是极其夸张。

斯拉文斯基仔细看了看莉托奇卡，说道：

"劳驾到我书房里来一下。"

莉托奇卡央求地回头看了我一眼。教授马上鞠了一个躬，打手势让我先走。我们坐在安乐椅里，而斯拉文斯基从这个角落到那个角落来回走着。

"您究竟为什么要来上课？"他停顿了一下问道，"您是有志登上舞台呢，还是随便……为了自己的兴趣？"

莉托奇卡鼓起勇气，用勇敢的但激动得劈叉的声音回答道：

"是的，我想登上舞台。"

"好吧。可是您知道不知道您只能登上外省的舞台？"

"知道。不过我以为……"

斯拉文斯基摇了摇头，那样子仿佛想说：这些话我已经不是第一次，也许也不是第一百次听到了……

"告诉我实话，可爱的小姐，您大概参加过业余演出吧？"

"参加过。"

"大概还不幸获得过成功吧？"

"不错，获得过某些……可是为什么不幸呢？"

斯拉文斯基在她面前停下来，美丽的脸上露出和蔼的笑容。

"因为，我可爱的孩子，世界上再没有比荣誉更剧烈的毒药了，也没有比它更甜蜜的东西了。它就是用最小的剂量也能发生不可抗拒的作用，虽然发生得很缓慢。轰动的成功，掌声，印出来的自己的姓名——您已经中毒了，而您却无法控制自己，还要一次次地服用更大剂量的甜蜜的毒药。我知道您可爱的小脑袋里现在想的是什么：成千的观众、欣喜的眼泪、震耳欲聋的喊声和荣誉、荣誉、荣誉……唉，这是一条荆棘丛生的、荆棘丛生的道路！有什么可难为情的？我是从这条路上走过来的，而且并非没有获得过荣誉，可是如果让我重新开始生活，我宁肯去当商人或手艺匠。请相信我的话吧，我已经老了，说谎对我没有任何好处。经过我的手培养出多少像您一样充满希望的年轻人啊！可是请问一声，他们现在在哪儿？十个人、十五个人有了一定的名气，大多数人都无声无息了。大部分人走上酗酒、表演粗俗的廉价成功、幕后耍阴谋和搬弄是非的老路！亲爱的孩子，当退伍军官、商人子弟或没有希望获得美满婚姻的姑娘找我纠缠时，我可以什么话都不说。您看到我客厅里的那两位女士了吗？这是我的十字架，为了它我的很多罪过大概都可以宽恕了。然而每一次命运把年轻向上的人带到我的客厅里来，我都觉得我亲手把他们推进了肮脏的深渊。您还想象不出外省舞台是个多么肮脏的地方……"

斯拉文斯基很有说服力地讲了半天。我记不得他讲的全部内容了，但我觉得很难不相信他这一片赤忱的话。

莉托奇卡站起来，连眼睛也没抬就急急忙忙地戴手套。

斯拉文斯基向她跑过去。他从她愠怒的脸上看出，他的话对她没有发生任何影响，便向她道歉。他承认自己忘乎所以，不应该向她说这些话，最后同意给她上课。天晓得他说这番热情的话的动机是什么：是别有用心地伪装真诚，还是确实是真挚的同情？

"您会背诵什么？"等我们坐好后斯拉文斯基问道。

原来，莉托奇卡除了寓言外什么也不会背，就是寓言没有书也不敢背。教授从书架上取出一本红羊皮封面的书，随便翻了一页，递给莉托奇卡。

"请劳驾念念。"他说。

我从莉托奇卡肩上看了一眼，马上认出这是罗密欧清晨从爱人窗子里攀梯而下同朱丽叶告别时精彩绝伦的那一场。莉托奇卡开始念的时候非常缺乏信心，总是念错，有点着急——这一场她不熟悉——但我觉得她还是念得相当、相当不错。教授十分专注地望着她，听到她念错的时候微微皱起眉头。

"好，很好，"等到莉托奇卡念完，羞怯地抬起眼睛看他时，教授说道，"您有才能，虽然我不敢说您有天才。不管怎么说吧，您能成为舞台上有用的人。只是您需要学习学习再学习。现在您费神听我念一遍您刚才念过的那一段。"

他真的念了！

我们从斯拉文斯基家里出来的时候都非常不自在，虽然教授待我们十分客气。我从莉托奇卡的表情上看出，她的决心毫无动摇。

这是我们最后的一次会面。后来不知怎的我失去了莉托奇卡的消息，因为命运很快又把我抛到了穷乡僻壤。先生们，我可以说赶上史前时期了。不用说没有咱们那样的俱乐部，没有街灯，没有业余演出，就连店铺全城也只有两家。可是，当时那儿却驻扎了整整一个骠骑兵团。如果现在把他们调到这儿来，咱们的姑娘们一定会高兴得跳起来。然而在那遥远而愚昧的时代，城里开进骠骑兵不仅不让任何人高兴，反而使虔诚的老太婆夜里上床睡觉时一听见街上有马刺声便吓得画十字，念有关大卫王和他性格温顺的祷文。而至今一触及与骠骑兵有关的不愉快的回忆，我的头发还会竖起来呢。

不过在他们之间也有出色的小伙子，主要是难得的酒徒。我同骑兵少尉阿尔弗罗夫同住一套住宅，是什么东西把我们联结在一起的，对我来说永远是个谜。我们非常要好，可是有时一连几个星期彼此不说一句话。不错，阿尔弗罗夫乍一看并不聪明过人，并且对他越熟悉就越觉得他愚蠢。他很少说话，或者说得更确切些，不是说话，而是话从他嘴里连珠似的蹦出来，并且总要夹杂着他自己的词儿——母马头，不说女士而说小媳妇，还有别卡利亚、金杰尔－温杰尔，等等。他在家的时候（不过很少），我总看见他一成不变地躺在沙发上：两条长腿一条搭在另一条上，五颜六色的衬衣解开扣子，手里拿着吉他，嘴角叼着烟卷。他用假到不能再假的男低音演唱的全部歌曲总共只有两支短曲。一支是欢快的，是在宴饮的间歇、手头宽裕的时候唱的，大概是这样唱的：

> 马儿发狂，嚼子闪闪发亮，
> 奔跑，吐沫，响鼻儿打得真响。
> 太太们、小姐们目送奔驰的骑士，
> 目光中充满绝望。

16

悲伤的短歌，歌词更加荒唐。我只记得里面说道：

得热病死掉
叫人多么开怀，
那时心儿跳得
像小狗的心一样快。

一句话，正如您所看到的那样，他是一个在各方面都非常出色的小伙子。

有一次，我正沉浸在饭后无所事事的甜蜜心境中，阿尔弗罗夫冲进我的房间，他一面跑一面在空中做旋转的舞蹈动作。他手里拿着一大张红纸。我莫名其妙地望着他。

"三天之后有个剧团要到咱们城里来，好家伙，"阿尔弗罗夫喊道，"剧团，剧团，剧——团！"他哼着连最蹩脚的乐师听了也要起鸡皮疙瘩的波尔卡舞曲，开始在屋里前后飞舞。

因为我对阿尔弗罗夫的审美观相当了解，所以并未停止惊讶，问道：

"这有什么可高兴的？"

"有什么可高兴的？"这回该阿尔弗罗夫惊讶了，"女演员啊？乌拉，剧团万岁！"

我从阿尔弗罗夫手里接过海报，读到下面这两段话：

俄罗斯与小俄罗斯戏剧演员协作剧团，在马克西明克先生指挥和皇家剧院演员尤任先生和维琳娜夫人参加下，日内将有幸在索洛维奇克先生府上演出。该团将精彩地演出俄国和外国的一系列作家的卓越剧目。

顺告，九月二十二日星期三将上演：

### 母亲的诅咒

五幕剧

本剧曾在欧洲各国首都的舞台和外省许多著名剧院演出并获得成功。演出结束后将由本剧团全体演员表演节目。

我记得演员的姓名使我大吃一惊。其中有萨佩加尼科尔斯基，有马利宁·安恰尔斯基，有斯麦利斯卡娅，有安德烈耶娃·多尔斯卡娅，最后还有格涅季奇·巴拉蒂恩斯卡娅。

在我们枯燥单调的生活中，就连当地残废军人操练都能吸引全城人来观看。不消说，首场演出的每一个位子不动武几乎就弄不到，虽然由鸡蛋仓库匆忙改建的剧场相当宽敞。我们的这位骑兵少尉那天晚上打扮得特别精心，狠命地洒了许多芭楚莉香水。一进剧场他就把马刀和马刺弄得叮当响，马上引起了大家的注意。

只有三四盏挂灯照着阔大的观众席（只有池座），眼睛先要习惯于黑暗才能分辨出东西来，剧场里很快就挤满了人。从贪图买便宜票而站在栏栅后面的犹太人和士兵中间传来越来越响的说话声、咳嗽声和笑声。从画着两只鹅和竖在水中的一座塔的大幕后面，传出用锤子急急忙忙敲东西的声音、踏步声、含混而迅速的说话声。在舞台和观众席之间，面向观众坐着五六个乐师，手里拿着两只小提琴、一只笛子、一把长号和一面土耳其鼓，这是平时在犹太婚礼上演奏的格尔什卡·施皮利曼乐队的全套人马。

一个粗嗓子从楼座上喊起来："到时候啦！该开演啦！"还有几个声音附和道："到时候啦！到钟点啦！"格尔什卡用乐谱敲了敲乐谱架，喊了一声："安静！"环视了一下调乐器的乐师们。等到大家都安静下来之后，他同时摆动了一下头和贴在嘴唇上的笛子。于是格尔什卡吹起笛子，同时用笛子指挥着，而乐队奏起《马尤费斯》——犹太民间舞曲。最后舞台后面响起铃声，开幕了。

好像是个翻译的剧本，取材于中世纪的生活，可是它的内容到底是什么，我始终没弄明白。对观众产生意外强烈印象的是外国人的姓名。比如一个年轻人走上舞台，走到女主角跟前，把一只手放在心上，对她自我介绍道："侯爵夫人，我叫费尔南多·德—拉—卡波—季—蒙代，您的老朋友达尔根丘切尔伯爵的侄子。"楼座上的观众听了简直乐坏了。"来呀，来呀，接着来呀，"传来了那边的声音，"使劲说呀！"

我记得戏里有个基督教神甫，是全剧的暗中推动力。他故意用颤抖的声音说话，老是咻咻地发笑，同所有戏里坏蛋的笑法一样。后来出场的是一位年轻高尚的名门后裔。这个角色是由一个穿着带马刺的骑兵长靴、灰绒衣掖进骑兵马裤里的演员扮演的（后来我才知道，全部道具和服装都是在演出的前几天从艺术的崇拜者那儿搜集来的）。有人受阴险神甫的教唆，对穿长筒靴的高尚的名门后裔进行中伤，从而引起母亲对他的诅咒。名门后裔与心爱的人儿告别，离开城市，怀着满腔郁闷，在森林中游荡。他在那儿顺手杀死了神甫。最后，他思念自己心爱的人，又回到城里去，这次他出现在观众面前时头发和胡子都长得很长，身穿一件长袍，腰间系着草绳，手里拿着菜刀。他撞见心爱的人正躺在不讲信义的朋友的怀里，当场便把他们双双杀死。他被押进监牢；他在路上还有一段独白，他挣脱了狱卒的手，向河里跳去，紧跟着他跳进河里的是他的母亲，她认识到自己的错误已经为时太晚了。大量的血，夹杂着冗长到令人诅咒的独白，外国人的姓名——总之，一出外省剧团格调的令人伤心落泪的戏。

我越看下去，心中压抑的感觉越强烈，不知是为这些装腔作势的人感到羞耻，还是对他们动了侧隐之心。我望望旁边的人，大家都痛苦地皱着眉头。台上一个人喊叫着，装腔作势地拍打自己的胸脯，使你觉得，他自己并不明白，别人看着他会觉得他多么讨厌和可怜。你真想对他喊："善良的人，您干吗要选择这种卑贱而繁重的职业呢？如果您干什么都不行的话，就去磨石子去吧；这个职业比起只能叫人产生病态怜悯的装腔作势的表演来，也要轻松、高贵得多，也赚钱得多。"

最令我吃惊的是那个扮演高尚的名门后裔的演员。听声音这个人年纪已经不轻了。他大概什么时候看过一眼谁的表演，在脑子里牢牢记住了他的五六个动作，并把这些动作夸张到了极限。比如，在特别悲伤的时刻，他走起路来已经不像普通人遇到巨大痛苦时那样走路了，而是走一步跌一跤。他把头垂在胸前，身子向前倾着，像一尊坠落下来的石膏像，马上就要轰然落地了。可是他突然很快地向前走了两步，头向上一抬，眼珠滴溜溜乱转，两只张开蜷缩手指的手伸向空中。可是老天爷，他演得多卖劲啊！他没戴假发，不管您信不信，我亲眼见他真的扯自己的头发。他用拳头捶打自己干

20

瘪的胸脯时，捶打的声音整个剧场都能听见，引得楼座哈哈大笑。

第一幕结束后，我到冷清的穿堂去抽烟。兴高采烈的阿尔弗罗夫向我跑过来，跑得马刺和马刀叮当乱响。

"去啦！看见啦！"他老远就喊道，"有一个漂亮极了。"

"你看见谁啦？"

"女演员。三个丑八怪，一个天仙。"

"怎么，你们认识了？"

"还没有。我暂时只是从门缝里看了看。你知道，这事有点不方便。我想请教骑兵大尉，他是干这种事的老手。你瞧，他站在那儿抽烟呢。走，咱们找他去。"

这个骑兵大尉是游击战争和杰尼斯·达维多夫①时代著名骠骑兵的末裔，还在很早以前就是我们心目中一位备受尊敬但有点古怪的遗老。各种烧酒和葡萄酒他都能喝得很多，他的歌喉全师闻名，他对待女人文雅得像个骑士，对待男人则专横得不得了。我们来到他的跟前。

"亲爱的大尉，"阿尔弗罗夫说，不知他是笑，是羞怯，还是巴结，"我想认识一下女演员，能行吗？"

骑兵大尉斜眼瞥他一眼。

"哦，可这关我什么事？"

"您知道，有些不方便，我不会找借口。总之吧……不方便。"

"不会？那你自己会擦鼻子吧？"响起了骑兵大尉浑厚的低音，"你到后台去，对她们说：我是某某人，是骑兵少尉，可是对你们

---

① 杰尼斯·达维多夫是 1812 年卫国战争中的英雄、诗人、军事学著作家。

说实话吧，我还需要尿布呢。阿尔弗鲁什卡，你这蠢东西，又年轻又愚蠢。咱们一块儿去吧。"

喜出望外的阿尔弗罗夫跟在大尉的屁股后面跑了，我也走进闷热的剧场，回到自己的位子上。格尔什卡又奏了一遍《马尤费斯》，幕布徐徐地、有气无力地升起。舞台深处有两个男演员在指手画脚地说话，在他们旁边靠近脚灯的地方坐着一个面向观众的年轻女人。第一幕她没出场，不然我立刻就会注意到她了。起初我还未意识到她怎么那么引起我的注意。后来我觉得她的脸是那么熟悉，只等她开口说话了。"只要她一开口，"我想道，"我大概就能想起她是谁来。"等她一开口说话，我马上就认出她是莉托奇卡。三年来她的变化多大啊！如果她瘦了，老了，那还没什么；可是不，她还如此年轻美貌，足能顷刻之间就把快乐的骑兵少尉迷住。但在她脸上，在她慵倦的动作中，在她疲惫不堪的声音里，流露出由来已久的隐藏的痛苦，甚至透过剧本中习以为常的夸张而虚假的台词也能表露出来。我离开莉托奇卡时她还是个淘气又妩媚的小姑娘，几乎还是孩子呢，而现在我怀着深切的怜悯惊讶地看到的却是一个厌倦生活的女人。看来这痛苦的色调不是在舞台上，而是在幕后涂抹上的。我的记忆中不由得浮现出莉托奇卡第一次登台时的情景，如今她身上从前那种迷人的天真纯朴连一丝踪影也不剩了。现在她在观众面前是随便的，甚至可以说过于随便了；现在她只是微笑，不自然地露出牙齿，像所有女演员一样，同样勉强而呆板地哈哈大笑，同样做作地向外翻胳膊肘。我看了看海报：原来莉托奇卡的艺名叫维琳娜。

第三幕刚结束，我便看见阿尔弗罗夫急急忙忙向我挤过来，一路踩别人的脚，武器在别人膝盖上碰得叮当响。

"亲爱的，咱们到后台去，咱们的人都在那儿。就差你了。看见维琳娜了吧？漂亮的小娘儿们！他们答应马上介绍我同她认识。要不要来一束花？啊？你看怎么样？"

我们顺着没有亮光的窄走廊绕过整个剧场，在一片漆黑之中沿着一座楼梯上上下下跑了好几次。阿尔弗罗夫已经熟悉了剧场里东西摆放的位置，便拉着我的手走。我们走进了化妆室，一间宽阔而潮湿的地下室，有一道窄狭的楼梯直通舞台。两个屋角用板子隔起来权作男女更衣室。屋里烟雾腾腾，两盏若明若暗的灯突突冒着烟，刚一进屋什么也分辨不清。挤在化妆室里的人多极了。到这儿来的我们的人，除了我、阿尔弗罗夫和骑兵大尉外，还有一个地方自治会委任的医生，一个肮脏的大块头，善于甜言蜜语又好多嘴多舌的无耻之徒。屋子当中的一张桌子上乱七八糟地堆放着沙丁鱼、苹果、奶酪、伏特加酒、红葡萄酒和蛋糕。

大家彼此还不够熟悉，也没有完全喝醉，因此还有几分拘束，所以对于我们的到来便闹哄哄地、夸张地表示高兴。阿尔弗罗夫先把我带到三位女演员跟前，她们假装正经地并排坐在一张藤沙发上。

第一位是个年纪已老而且很胖的女人，长着一张善良而可笑的脸，我很喜欢她。阿尔弗罗夫告诉我说这是维涅尔斯卡娅夫人，可是她使劲摇了摇我的手笑着补充道："喜剧里的老太婆。"另一位非常麻利清楚地报名道："安德烈耶娃—多尔斯卡娅。"这个女人的脸，连同她又黑又硬的鬈发，大灰眼睛中的无耻的目光，黑人似的嘴，雄辩地说明她生性下贱。第三位是个无精打彩、神经质和病态的金发女郎，眼睛有点斜，但长得并不难看。她细长的手冰冷而潮湿。

男演员的特征是外衣破烂并且都没穿衬衣。Jeune premier[①] 名叫尤任，是个行为过于放肆的人，全剧团唯一穿着考究的演员。看来他的自尊心经常受到触犯，因为他脸上表现出他随时准备怪罪于人的神色。

"您是不是赫赫有名的尤任[②]的亲戚？"我想对他说句恭维话，便这样问道。

Jeune premier 马上见怪了，把两手插进衣袋里，右腿伸到前面。

"为什么说他赫赫有名呢？他在皇家剧院演戏又怎么样？我老实对您说，只有庸才才能在那儿待得住呢！"

"对不起，您干吗那么刻薄呢？"我语气尽量温和地问道，"那儿不是有各种条件，可以充分研究戏剧事业吗？至少我是这样看的。"

我的话还没说完，尤任便苦笑起来。

"您这样看？"他带着受侮辱的样子大声讥笑道，"您这样看！凡是对事情不摸底细便瞎发议论的人都是这样看的。您说研究！我告诉您，研究只能毁灭纯粹的艺术。如果我的每种动作、每个姿势都照着书本演，我还能打动观众吗？名气！技术，就是没有一丁点感情。"

"但是不分析研究……怎么成呢？"

---

① 法语：第一情人。
② 亚历山大·伊凡诺维奇·尤任（1857—1927），俄国卓越的演员和戏剧家。

"就这样，"Jeune premier 很不客气地说，"非常简单。就拿我来说吧。我从不参加排练，也不准备角色。为什么？因为我是个神经质的演员，演戏全凭一时的灵感。咳，这些观众能懂什么？我在托尔什卡同伊凡诺维奇—科泽尔斯基一起演戏的时候，观众赏识我，款待我。我敢这么说。"

"您提科泽尔斯基干什么，"一个女人的声音插了进来，"您的科泽尔斯基早就才尽了。得了，我跟诺维科夫合作的时候……那才是好演员呢。"

"我禀告您，您的诺维科夫是个傻偏，"Jeune premier 变了脸，粗暴地反击道，装出的那副自负样子顿时不见了，"您从来没同他一块儿演过戏。"

"而我禀告您，您是无赖。在托尔什卡时观众向您扔烂苹果，可您却说他们款待您！"

这场激烈的争吵好容易被剧团领班，一个虽然忠厚但又有点狡猾的大胖子劝解开了。

"阿尔谢尼·彼得洛维奇！马丽亚·雅科夫烈芙娜！"他大声哀求道，一会儿跑到 Jeune premier 跟前，一会儿又跑到女演员跟前，但他们两人都是一脸怒气，朝着对方凑过去。"千万别这样！可别这样，我求求你们了。唉，怎么能这样呢？又要像在梁日斯克时那样被警察勒令停演了。我说先生，我还没有荣幸地请教过您的尊姓大名（他跑到我跟前，抓起我一只手），也许您能开导开导他们？跟他们说说吧！其实，双方都不是出于恶意。您知道，这儿（他用拳头擦着胸脯画了个圆圈），这儿，您知道，血太热了。艺术家嘛！聪明透顶的人。中学都快念完了。您自己刚才也听见了，他们是怎么谈论艺术的……"

后来，这位满脸和气的领班整个晚上都在我们之间穿来穿去，小声央求我们别给演员们伏特加酒喝。他特别担心那个扮演高尚的名门后裔的悲剧演员。

"安恰尔斯基，我的宝贝儿，"他一再央求他说，"您想要我的命了。上次演《李尔王》的时候，我使劲拽着您的脚才把您拽出去。您干吗非要喝酒不可？您要不喝这该死的伏特加，您就能成为俄国剧坛的光荣了。"

悲剧演员是个眼泪汪汪的老头儿，坐在镜子面前，一面咔嚓咔嚓地嚼黄瓜，一面用褐色画笔化妆。

"别担心，伊凡·伊凡诺维奇，"他让领班放心，"安恰尔斯基决不给你丢脸，安恰尔斯基心里有数！没有这玩意儿叫我们悲剧演员怎么活呀。需要强烈的感觉！"

这时叫他上场了，他两条腿摇摇晃晃地爬上楼梯。莉托奇卡迎面从楼梯上下来，她一只手拎着带子很长的皮包，另一只手提着衣裙。

我无法向你们形容她看见我的时候脸上是什么表情（我奔上前去迎她）。她脸上最初露出竭力回忆的表情，继而是困惑，是惊恐，是昙花一现的喜悦，最后则被冷漠而严峻的表情所代替。

"里基娅·米哈依洛夫娜，"我激动地瞧着她的眼睛说，"里基娅·米哈依洛夫娜，咱们又在多么奇特的场合里相遇了！"

莉托奇卡充满敌意地皱起威严的眉毛。

"不错，咱们好像有点面熟，"她说，"不过我看不出咱们见面有什么奇怪的地方。"

她转身离开我，走到坐在沙发上的几个演员身边。我当时阅历还很浅，所以被她冷淡的态度深深刺伤了，特别是这一幕发生在众目睽睽之下，大家看了都强忍住笑。"她干吗要那样对我不客气呢？"我心慌意乱地想道，"我见到她除了高兴以外，好像什么话也没有说呀。"

　　这时，阿尔弗罗夫马刺叮当响，早已向莉托奇卡说了一大堆令人肉麻的话了："全体观众所体验到的那高尚的享受，他们一见到那……"最后他卡在要命的"那"字上，不知该说什么好了，自己也难为情起来，便突如其来地高声要香槟酒，以此结束自己的话。

　　瓶塞噼啪打开，椅子推到桌子跟前，化妆室里立即充满了男人和女人的嗡嗡声。医生仿佛着了魔似的，一个接着一个地向自己左右两旁的人讲笑话，骑兵大尉嘹亮的笑声震得木板墙微微发颤。阿尔弗罗夫激动得毫无必要地转来转去，女人们很快就喝得面红耳赤，抽起烟来，姿势也变得随便了。大家同时说话，谁也不听谁的。只有莉托奇卡一个人态度严肃，始终沉默。我寻找她的目光——我有多少话想对她倾吐啊——可是完全白费了，她的目光从我身上滑过，就像从一件没有生命的东西上滑过一样。对于阿尔弗罗夫的殷勤她甚至不屑一顾。

　　"天才及其崇拜者们"①闹得越厉害，领班心里便越着急。

　　"先生们，请你们声音轻一点，稍微轻一点，先生们。就剩最后一幕了，到了最悲惨的地方！行行好吧！全部效果都要叫你们给破坏了，先生们！剧场里能听见你们的……"

---

① 这是奥斯特罗夫斯基一个剧本的名字，这里借指演员及到后台来的人。

可是演到全剧最悲惨的地方的时候，突然从剧场里传来一阵狂笑和鼓掌声。大家惊讶得面面相觑。唉，原来是"心里有数"的安恰尔斯基从椅子上站不起来了，尽管两个押解他的狱卒使劲拽他。等到他终于出现在通往化妆室的楼梯时，领班气得喘不过气来，向他冲过去，责骂道：

"倒霉蛋！醉鬼！您跟我捣的是什么鬼！"他晃着拳头喊道，"您要没有我早完蛋了，是我把您从卑贱中拯救出来的，可是您呢……多卑鄙！多下贱！酒鬼！……"

"我的朋友！"安恰尔斯基用深受感动的声音说，"我已经被甜蜜的荣誉压得喘不过气来了。别管我吧……"

他向四周看了一眼，便无力地坐在我旁边的一张空椅子上，突然把脸埋在手掌里痛哭起来。

"没有人理解我。"我从他的痛哭声中听到这样一句话，而不知谁从桌子那头使足了劲唱了一句：


也没有人可怜我。


"您知道他为什么痛不欲生吗？"那位黑头发的女演员插嘴道，看来她是个爱搬弄是非和难相处的女人。"他老婆上个礼拜跑啦。"

"老婆？真的？"我同情地问道。

"对了，老婆。戏里的老婆。"

"什么是戏里的老婆？"

"唉，您真是怪人。先生们，你们瞧他多天真。他连什么是戏里的老婆都不知道。"

有几个人好奇地回过头来看我，我不知道为什么不好意思起来。

"您觉得这个词儿奇怪？"Jeune premier 傲慢地问我（我觉得他甚至管我叫年轻人），"我们是自由的艺术家，而不是宗教法庭上的官吏，因此从不用婚姻仪式的谎言来遮掩我们同女人的关系。我们想爱就尽情地爱。而戏里的老婆不过是个术语。我管那种同我除了有某种生理关系外，还被舞台利益联结在一起的女人叫作……"

他又说了半天这一类的话，但我已经不听他说了，令我不安的是在大家的哄笑声中桌子另一端阿尔弗罗夫和莉托奇卡之间发生的事。我从她蹙紧的双眉和紧闭的嘴上看出她受到了侮辱。阿尔弗罗夫已经醉得够劲了，他有气无力地在椅子上一前一后地摇着，使劲睁开往一块合拢的眼皮。

"您听着，"莉托奇卡尽量克制的激动的声音传到我的耳朵里，"您侮辱不了我。比这更下流的话我也听见过。您难道不明白，我连跟您说话都不愿意。"

阿尔弗罗夫在椅子上摇晃了一下。

"我怎么不能呢？反正别人听不见。我是诚心诚意的！房子、马匹以及其他的一切……您明白吗？而且又有什么事呢？……不，不！我的天哪！以后行为总有端正的时候，可是现在不，绝不！L'appelit vieut eu mangeout ①。你干吗偷听我们说话？"他发现我的目光后，带着醉汉的微笑威吓我道。

这时莉托奇卡也看了看我。她眼睛里闪出怒火。

"请您告诉我，"她为了让大家都听见，故意提高嗓门喊道，"您

---

① 法语：胃口是吃饭的时候才会有呢。

这样对待所有不认识的女人还是只这样对待那些没有男人保护的女人？"

阿尔弗罗夫慌了。人们从四面八方问道：

"出了什么事儿？怎么啦？谁欺负谁了？"

"你瞧她多娇嫩，"黑头发的女演员从桌子对面咻咻笑道，"这对她又损失不了一根毫毛！"

莉托奇卡把亮晶晶的眼睛转向她。她的脸颊一刹那变得苍白，一刹那又泛起不匀称的鲜艳的红晕。

"多尔斯卡亚太太，这对我损失不了一根毫毛，"她喊道，"可是会增加我们流浪剧团的坏名声……您看看，这位先生是这样看待女演员的，头一句话就说要供养她。如果您连这一点都不懂，您还需要什么样的侮辱呢？"

化妆室里顿时出现一片吓人的混乱。女演员一齐喊起来，男演员互相对骂，翻腾旧账，无非是在某次临时演出或纪念演出中谁多得了多少钱，谁少得了多少钱之类的事儿，还彼此指责有偷窃行为和没有演戏才能。地方自治会医生把身子弯倒在桌子上，嘴巴对着两只手做成的喇叭筒尖声喊道："抓住他，咬他！抓住他，咬他！"刚要在椅子上睡着的安恰尔斯基站起来，歪歪斜斜地走到莉托奇卡跟前，她正站在一群叫喊着的男演员中间。

"我的孩子！"安恰尔斯基把两只手张得大大的，哭号着说，"美妙绝伦的奥菲丽亚！把您那颗苦难深重的头颅低垂在我饱受折磨的胸上，让我们一起哭泣吧！……"

莉托奇卡眼看就要昏倒了。我跑到她跟前，推开悲剧演员，握住她一只手。她不由自主地跟着我走，激动得浑身发抖。不知哪位好心人的手给她披上斗篷和头巾，我们走到街上。从化妆室里朝着我们飞出一串骂人话，不知她听见没有。

"好像我们不知道这个维琳娜是个什么东西似的。"多尔斯卡娅的尖嗓子喊得比别人都响，"装出一副平白无故受屈辱的样子，可是在梯弗里斯就生过一个孩子。"

鹅毛大雪无声地飘落在地上，仿佛白色的星星在黑暗中眨眼。脚踩在刚下的松软的雪上，如同踩在绒毛地毯上一样。

"您怎么不说话呀？"我们离开剧院走出一百多步后莉托奇卡带着火气问我道。

"有什么可说的呢？"我耸耸肩膀。

她勉强地笑起来。

"可我呢，您猜怎么着，觉得您会为刚才的吵闹发出高尚的义愤。您刚才那么充满悲剧意味地同我打招呼！'咱们又在多么奇特的场合里相遇了！'噢！……我太了解您这句感慨话的意味了，虽然也许您是脱口而出的。'从前您是我们圈子里的女人，'您想说，'过去的交情使我有义务对您保持相应的敬意。现在我碰到你，你已是女戏子了。我付钱，你就得叫我快活两小时。请别梦想咱们再平等相待了。'"

我明白莉托奇卡需要找个借口发泄心中沸腾的怨恨，所以继续保持沉默。看来这更让她恼火了。

"所以您就上后台来了。'女演员是很有趣的！举止轻佻，谈吐快活，爱情廉价！'近看才来劲呢！您来的目的还是比较体面的。那个俗货来的目的就是……可是您知道我要对您说什么吗？您来看我们就像来看一群别处看不到的坏蛋，可是照我看，这群坏蛋要比所有你们那些头发梳得溜光的淫荡之徒纯洁得多、优秀得多。您刚才看见我们怎么吵架、怎么喝酒、怎么骂人和接受别人赏赐的东西。那又怎么样呢？可是您没看见这些到处流浪的饥饿演员，是如何一块儿当掉最后的一件大衣去帮助生病的伙伴！可是您没看见狡猾的领班如何克扣我们的工钱，他克扣我们就像克扣轻信的孩子或绵羊一样！可是您连想都没想到，你们淫荡而傲慢的好奇心给我们每一个人带来多大的痛苦。噢，我是多么憎恨你们，艺术的保护者和后台的财东！我宁愿陷进我们的烂泥里一百次，也不愿意享受你们叫人恶心的恩惠。再见吧，我人到家门口了。谢谢，您太客气了，虽然没有您我一样能找到家。"

她打开门，头也不回地向前走去。

"里基娅·米哈依洛夫娜！"我向她伸出两只手喊道，"难道咱们就这样分手吗？您想想，咱们可从来不是仇敌呀！"

她停住了。

"咱们还有什么可谈的？难道您现在同一个流浪的喜剧女演员还有什么共同语言吗？不过，如果您想形成一个完整的印象，不妨进来坐坐。您起码能看看我们是怎么生活的。您干吗站着不动？不用怕，我没有戏里的丈夫。"

她的话仍然很刻薄，但语气温和了。也许，那种侮辱人并感到自己被人侮辱的强烈要求消失了，而我的温柔态度更进一步解除了她的武装。

我走进住宅。莉托奇卡住一间房间。这算什么房间呀！一丁点小的窗户，又矮又斜、露着房梁的天花板，潮湿得发蓝的石灰墙，一张窄铁床和一张带镜子的桌子，镜子上蒙了一条绣花手巾。莉托奇卡点着一盏没有灯罩的肮脏油灯，便疲惫不堪地坐在椅子上。她的两只手无力地放在膝上，疲惫而忧郁的眼睛一动不动地盯着灯焰。现在她脸上的痛苦表情比在戏院里更使我惊讶。一阵怜悯之情使我不由得靠近她，小心翼翼地拿起她一只苍白而纤巧的手贴在自己的嘴唇上。突然间，不知是我的爱抚发生了作用，还是她疲惫的神经终于经受不住了，莉托奇卡一下子把脸贴在我的胸口，一只手搂住我的脖子，浑身颤抖着大哭起来。您知道，常有这样的事：一个人心中长期隐藏着的无法排遣的痛苦，一旦爆发出来，眼泪便无法控制了。莉托奇卡正是这样歇斯底里地痛哭着，一面吻着我的手，一面给我讲述了她一生悲惨的遭遇。

我们在莫斯科访问过斯拉文斯基之后，她顺利地回到家中。如果没有遇到自己的中学同学——一个外省的女演员的话，她对舞台的迷恋不会产生什么悲惨的后果就结束了。天晓得是什么动机促使这位女演员把自己的生活炫耀一番：是天生的愚蠢、麻木和马虎呢，还是女人的吹嘘呢，或是出于一个失败者恶意的报复心理，但总之，同女同学的相遇决定了莉托奇卡的命运。她登上舞台。起初她把一切都看得很美好。事业的表面，即贫困、饥饿、债务、破烂的布景和道具，对她都是不存在的。不久，艺术中又掺进了爱情。命运使她同一个男演员相遇了——他现在还相当有名气，我不说出他的姓名。这是一个言辞热烈、心肠冷酷的漂亮的吹牛家。他自命为俄国的金①，他艺术上怪僻而任性，可是莉托奇卡却非常钦佩他，并在他的兽性里发现了天才的光芒。当莉托奇卡告诉他三个月以后

---

① 爱德蒙·金（1787—1833），英国著名的演员，在莎士比亚悲剧中创造过许多优美的角色。

就要分娩时，他便像小偷一样悄悄逃走了，丢下她听凭命运摆布。婴儿死了。后来呢？后来是一长串枯燥的日子、晚上不值钱的掌声、夜间的狂饮……她学会了喝酒。起码经常的烦恼不再啮噬她的心了。先前父母一直给她写信，她也不反对回家，可是生了孩子之后她身上特有的傲气抬了头。如果她先前有机会回家而没回家，现在她又怎么能在走投无路时回家呢？我在她这种古怪的骄傲里又认出了先前的莉托奇卡。

"亲爱的朋友，请您原谅我在路上对您所说的那些话吧，"她一面用美丽的眼睛央求我，一面向我道歉，"那时我心里难过极了。我一看见您，所有的往事，那么美好的往事，没有任何污点的往事，便一齐涌上心头。我所说的关于演员们的那些话，您别相信。我是想刺刺您，发泄自己的怨恨。您还记得我们在莫斯科一块儿在斯拉文斯基那儿吗？他绝对绝对地正确。虽然他也够好的了，没说的！……这儿不是什么荆棘丛，而是不折不扣的下贱窝。我没有一天不受侮辱！我恨不得马上抛弃这可诅咒的舞台，可是这可能吗？您知道吗，我把一切都告诉父母了：我故意断了自己的后路。我现在还有什么脸去见他们？这能想象吗？可能吗？您行行好告诉我，这可能吗？"

在这些急促的问题里包含着多少倔强的意志，它们多么迫切等待我的回答呀，我这时才明白回家的念头经常折磨她。我尽可能用普通而真挚的话宽慰她：我说她不仅能够，而且应当回到自己衰老的双亲跟前，我说她现在被折磨得痛苦不堪，身体又有病，所以父母会对她加倍疼爱，像母亲更加疼爱生病的小孩一样；我说她摆脱这种沉重的生活让身心得到休息是任何时候都不晚的。

莉托奇卡全神贯注地听我讲，没有松开我的手，偶尔深深地、哽咽地叹几口气，就像小孩哭了半天之后所做的那样。她那含着泪水的眼睛闪出快活的希望。我们不知不觉地回忆起共同的往事，把椅子靠得很近，并排坐了很久，把当晚发生的事忘得一干二净，不厌其烦地问着和回答着，就像兄妹久别重逢一样。莉托奇卡有时像个小孩，不好意思地笑笑，不时叹口气，仿佛不相信这时她心里所发生的变化似的。最后，灯油快点完了，我才如梦初醒，起身向她告别。

"我明天等着您，"莉托奇卡说，使劲握着我的手，"记住：您怎么说我就怎么办。我非常相信您，所以接受您的帮助就不难了。"

这一夜，我又像几年前同莉托奇卡分手后一样，半天不能入睡，我又起了向她求婚的念头。她流浪生活的故事使我大为感动，我想竭尽一切力量让她休息，抚慰她的灵魂。"经受过许多痛苦的女人必定会爱得更深沉，"我在床上辗转反侧地想，"她将是个温柔的妻子和慈祥的母亲。如果她成为我的妻子，当然谁也不会指责她先前生活中的耻辱了。"

我这样想着，因为至今还没遇见过一个像莉托奇卡那样的人。可是第二天事情突然变得有点奇怪了，按照我当时的眼光看来甚至是荒诞了。先生们，你们一定听到过教堂里的祷告吧："为每一个乞求耶稣安慰的既哀伤又凶狠的基督教徒的灵魂祈祷吧。"莉托奇卡就属于这类既哀伤又凶狠的人。这是心情最不稳定的人。命运捉弄他们，捉弄他们，直到把他们捉弄得精神畸形，心肠冷酷得认不出来为止。他们非常敏感、温柔、富于同情心和牺牲精神、真挚而善良，而另一方面又极端骄傲，一种动不动就生气的荒唐的骄傲，老是怀疑自己和别人，喜欢分析自己所有的感觉，而主要是某种过分的可怕的羞耻心。他在一瞬间向您掏心，向您倾吐最珍贵的、最不可触及的隐秘，但时间一过，他便会因为对您坦率而憎恨您，赶紧用侮辱别人来宽慰自己。后来我才明白莉托奇卡就是这种被命运逼得走投无路的人当中的一个。

早上阿尔弗罗夫的勤务兵把我叫醒（骑兵少尉本人一夜都没回家）。基利尔交给我一个便条，我的心一下子凉了。

"谁的？"

"我不知道，大人。一个犹太小厮送来的。他说用不着回信，就溜了。"

便条是莉托奇卡写的。

"尼古拉·阿尔卡季耶维奇先生，"莉托奇卡写道，"我想您为昨晚的事羞愧得不下于我。我对您说的一切都是出于一时的精神脆弱。不管您和您的至理多么高尚，我还宁愿要我的自由和心爱的事业，并将像其他人一样从事自己的事业，既不自以为是也不妄自菲薄。我匆匆给您写几个字，因为阿尔弗罗夫的马在等我。我再重复一遍，我们之间除了互相感到羞耻外不会有别的。"

我看了看表——早过中午了，便急忙穿好衣服跑去找莉托奇卡。她寓所里的一个又脏又老的犹太女人对我说："小姐刚刚出门。""一对儿非常漂亮的马拉着马车，跟省长家的一样。"我要不是起了到剧院去的念头，半天该不知道往哪儿去好了。果不其然，我还没走到化妆室便听到里面许多人乱哄哄的说话声。我打开了门，我的眼前立刻出现了下面的场面。

莉托奇卡站在屋子当中的一张摆满空酒瓶和整瓶香槟酒的桌子

上，头发披散着，脸涨得通红，一只手高高地举着高脚酒杯。她周围围着一大群人，有的站着，有的坐着：阿尔弗罗夫、医生、骑兵大尉，还有五六个城里的浪荡子都在这儿。一群男演员站在屋子的尽头，带着迷惘和不安的神情望着眼前发生的一切。谁也没注意我的出现，因为这时站在高处的莉托奇卡正做着动人的手势歌唱，大家的注意力都被她吸引住了：

> 给我们端来的是什么样的午餐！
>
> 请我们喝的是什么样的葡萄酒！
>
> 我就喝呀，喝呀，喝呀，
>
> 现在喝得，真的，我已准备好……准备好……
>
> 哈—哈—哈—哈……
>
> 嘘……这事儿一个字也别提！

我们的目光突然相遇了。她的脸色一刹那间变得惨白，身子一晃，高脚杯哐啷一声滚到地板上。所有的人都回过头来看我。

"先生们，"莉托奇卡喊道，眼睛闪出凶光，"谁愿意用我的皮鞋喝酒？"

"我，我，我！"立刻有几个人同时答应。

"不能大家一齐喝。阿尔弗罗夫，给我脱鞋！……"

她把自己的一只小脚伸给阿尔弗罗夫。他把鞋脱下来，把高脚杯放在鞋里。

"让我们为尼古拉·阿尔卡季耶维奇的健康干杯，"莉托奇卡继续兴奋地喊道，"他昨天引导过我走上正路，有美德的青年人万岁！"

"乌拉！"一群喝得醉醺醺的人高声喊起来。

"他的眼光倒不赖，"医生喊得比别人都响，"为他的眼光给他拿酒来！"

一股怒火冲上我的心头。

"我祝贺您，里基娅·米哈依洛夫娜，"我说道，嘲弄地深深地鞠了个躬，"您真不愧为绝妙的女演员，可是我现在才明白，是什么动机引导您走上舞台的。"

我在一片哄笑声中走出化妆室。可是这一切对我又算什么呢？谁也不知道这幕丑剧的真正内幕是什么，但是可笑的角色不管怎么说却落到我头上了……但有什么好说的呢：恶毒的角色，复仇而不公正的角色……

# 摩洛 [①]

## 一

工厂的汽笛呜呜地吼叫，宣告一天的工作开始了。低沉嘶哑的汽笛声响个不停，就像从地缝里钻出来，然后又贴着地面向四面八方扩散似的。这细雨蒙蒙八月天的晦暗的黎明，给汽笛声增添了几分忧愁和骇人的阴森气味。

汽笛响的时候，鲍勃罗夫工程师正在喝茶。最近这几天安德烈·伊里奇失眠得厉害。晚上就寝的时候，脑袋昏昏沉沉，身子不时颤抖一下，就像突然被什么东西撞着了似的，可是还是很快就睡着了，但睡得很不踏实，天亮前很早就醒了，感到浑身酸软无力，心里异常烦躁。

毫无疑问，这是身心疲劳过度，同时也是长年皮下注射吗啡的结果。这几天，鲍勃罗夫正同注射吗啡的习惯进行顽强的斗争呢。

现在，他坐在桌前一小口一小口地喝茶，他觉得茶寡淡无味，简直跟用草泡出来的水一样。雨点打在窗户上，顺着玻璃弯弯曲

---

① 摩洛是古代腓尼基和迦太基宗教中信奉的太阳神，在他们的祭祀中焚烧活人作祭品。这
个名字通常象征暴戾的恶势力。

曲地流下来。院子里的水洼被雨点激起层层涟漪。隔着窗户可以看见一个正方形的池塘，枝叶茂密的白柳好像从四围替它镶了一个框子；白柳的树干低矮、光溜，树枝上的绿叶暗淡、发灰。一阵轻风吹皱了水面，粼粼细波从水面上掠过，仿佛着急赶路似的，而白柳的树叶也随着轻风的吹拂，突然泛起一层银色。雨中的衰草无力地贴在地面上。邻近小村的农舍、像一条黑带似的蜿蜒在地平线上的树林、仿佛打了一块块黑补丁和黄补丁的田野——所有这一切都显得灰暗、朦胧，仿佛笼罩在烟雾之中。

七点钟，鲍勃罗夫穿上带风帽的油布雨衣，走出家门。他同许多神经质的人一样，早上起来总觉得身上不舒服：四肢无力，眼睛隐隐发疼，仿佛有人从外面使劲压它们似的，嘴里有一股难闻的味道。但是最让他苦恼的还是内心、精神上的紊乱，这是他不久以前才发觉的。鲍勃罗夫的同事们，那些用十分单纯、快活和实用的眼光看待生活的工程师们，大概会嘲笑引起他隐秘痛苦的原因，而绝不会理解它。他对工厂的职务一天比一天厌恶，几乎变成恐惧了。

就其才智、习惯和爱好来说，他最好在办公室里当差，不然就献身大学讲坛或者从事农业。工程师的职业并不称他的心。要不是母亲一味固执己见，他在三年级的时候就离开学院了。

他那女性般的温柔的天性一碰到粗鲁的现实，一接触到它日常的但又是严峻的需要，便会感到一阵剧痛。在这一点上，他把自己比作被人活剥了皮的人。有时旁人视若无睹的琐事，却能让他难过半天。

鲍勃罗夫的相貌平凡，不惹人注意……他个子不高，可是却相当瘦，但在他身上可以感觉到一股神经质的冲动力量。他脸上首先引人注目的是那白皙优美的宽大的前额。两只放大了并且大小不一样的瞳孔如此之大，以至灰眼睛快要变成黑眼睛了。两道不整齐的浓眉在鼻梁上端连了起来，赋予眼睛一种严厉、专注，近乎禁欲主义者的神情。安德烈·伊里奇的薄嘴唇显得很神经质，但并不凶狠，只是有点不对称：右嘴角比左嘴角稍微高一点。胡须又短又稀，微微发白，完全像男孩嘴上的柔髭。他那并不好看的脸上的唯一动人之处就是他的笑容。鲍勃罗夫笑的时候，他的眼睛显得温柔而快活，于是整个脸庞也就变得讨人喜欢了。

鲍勃罗夫走了半俄里以后，爬上一个小丘。占地五十平方俄里的工厂的广阔全景便展现在他的脚下了。这是一座由红砖砌成的真正的城市，被煤烟熏黑了的烟囱像森林似的高高矗立在空中——也是一座浸透了硫黄和铁锈味、永远充满隆隆响声的城市。四座高炉的大烟囱高耸在工厂的上空，同烟囱耸立在一起的是八个供流通热空气用的热风炉——八个圆顶大铁塔。在高炉的四周，其他的建筑物星罗棋布：修理车间、铸造厂、洗矿车间、机车车间、轧轨车间、平炉和搅铁炉等等。

工厂建筑在山坡上三层宽阔的平地上。小火车头从各个方向来回行驶。它们先在最低的一层平地上出现，尖叫着往上奔驰，在隧道中消失了几分钟之后，又从另一头的滚滚白烟中冒了出来，轰隆轰隆地穿过桥梁，最后，仿佛行驶在半空中，沿着石栈道飞行，把矿石和焦炭送进高炉的管道里。

再往前瞭望，在这片天然平地后面，便见到一片令人眼花缭乱的杂乱的工地，这就是准备建筑第五个和第六个高炉的地方。这里仿佛地底下发生过可怕的灾变，把这些数不清的碎石、大小不一和颜色各异的砖头、金字塔似的沙堆、堆积如山的石板、一垛垛的钢材和木料，扔出地面。所有这一切仿佛都是胡乱地、偶然地堆积在一起的。几百辆大车和上千名工人在这儿忙乱着，就像一群蚂蚁在被捣毁了的蚂蚁窝上爬来爬去一样。刺鼻的细白石灰末像一层浓雾弥漫在空中。

再往前看，在地平线最边缘的地方，便能看到工人们挤在一长列货车旁边卸货。砖头从车厢上斜放下来的一条条木板上一块接一块地滑到地上；铁板落下来时叮当作响；薄木板飞起来，在空中弯了一下又弹直了。一辆辆空着的大车开到火车跟前，另外一长串装载满货物的大车又从火车那儿拉走。千万种声响混合而成的轰隆声在这里回旋震荡：清脆有力的石凿声，正在锅炉上铆钉的铆钉工人响亮的锤声，汽锤的沉重的咚咚声，汽管的大声喘气和呼哨声，还有把地面震得颤动的不时发出的地下爆炸的轰隆声。

这是一幅可怕的，然而又是动人心弦的图画。人类的劳动在这儿沸腾着，如同一架庞大、复杂、精确的机器。成千上万的人——工程师、石匠、机械师、粗细木工、钳工、掘土工和铁匠——从世界各地聚集到这里来，服从生存斗争的铁一般的法则，仅仅为了使工业向前迈进一步，便献出自己全部的力量、健康、智慧和精力。

今天这一天鲍勃罗夫感到身体特别不舒服。虽然这种时候很少，一年不过三四次——他的情绪会突然变得非常异常、阴郁，同时还很烦躁。这种情形往往发生在阴沉的秋天早晨，或者融雪的冬天黄昏。眼前的一切都蒙上了一层灰蒙蒙的色彩，人的面孔变得模糊、丑陋或者病态了。人们说话的声音就像从远处传来似的，听起来只能令他感到厌烦。今天特别刺激他神经的，是他在检查轧轨车间时所看到的那些被煤烟熏黑和被炉火烤干的没有血色的工人们的面孔。看着他们顽强地劳动，同时身体还被烧红的铁块炙烤着，而一阵阵刺骨的秋风又不断从两扇大门里吹进来，他仿佛在自己的身上也感到他们身上的一部分痛苦。那时他也为自己保养得很好的仪表、讲究的内衣、三千卢布的年俸而感到羞愧……

## 二

他站在焊接炉旁看着他们干活。炉子每分钟张开一次熊熊燃烧的大嘴，把刚从火焰炉炼出来的已经烧得发白的二十普特①重的"包裹"一个个吞进肚子里去。经过一刻钟，它们又在可怕的咝咝声中被拉长，此后还要经过十几道轧制，等到码到车间另一头的时候，已经变成一条条光滑发亮的长铁轨了。

有人从背后碰了鲍勃罗夫肩膀一下。他不耐烦地转过身来，原来是他的一个同事——斯维热夫斯基。

这位斯维热夫斯基总是一副耸肩缩背的样子——不知是因为踮着脚走路还是因为连走道都要点头哈腰——逢人总是嘿嘿地笑，老是搓他那双潮湿冰凉的手，鲍勃罗夫很不喜欢他。斯维热夫斯基身上总带着一股阿谀、委屈和不怀好意的味道。工厂里只要一有流言蜚语，他总是第一个知道，还爱在那些最不喜欢听的人面前津津乐道。他同人说话时总是神经质地扭来扭去，用手不停地摸着对方的身子、肩膀、手和纽扣。

---

① 沙皇俄国时期主要的计量单位之一，1 普特等于 40 俄磅，约为 16.38 千克。
　　——编者注

"我说老兄，怎么这么久没看见您了？"斯维热夫斯基问道，嘿嘿地笑着，两手攥着安德烈·伊里奇的一只手，"还老是坐在家里看书吗？一直在看书吗？"

"您好，"鲍勃罗夫爱搭不理地回答道，把手缩回来，"我这阵子不过有点不舒服而已。"

"齐年科一家人都惦记着您呢，"斯维热夫斯基意味深长地说下去，"您怎么老不上他们家去呀？前天经理到他们家去过一趟，还打听您呢。不知怎么谈到高炉的事儿，他把您大大夸奖了一番。"

"荣幸之至。"鲍勃罗夫嘲弄地鞠了个躬。

"我说的可是实话……他说董事会非常器重像您这样学识渊博的工程师，只要您自己有意，前途不可限量。按照他的看法，我们既然有安德烈·伊里奇这样的内行，根本就不应该让法国人来替我们制订工厂的计划。只是……"

"他马上就要说出令人讨厌的话来了。"鲍勃罗夫想道。

"他说只是有一点不好，您老是躲着大家，给人一种孤僻的印象。大家怎么也弄不明白您到底是个什么样的人，也不知道如何同您打交道才好。唉，您瞧我！"斯维热夫斯基忽然拍了一下脑门，"我净顾聊天，忘了告诉您一件最要紧的事了……经理请大家明天务必到火车站去接十二点到达的那次火车。"

"又要去接什么人吧？"

"一点不错。您猜接谁吧？"

斯维热夫斯基脸上露出狡猾的、眉飞色舞的神气。他搓着手，心里别提多得意了，仿佛准备报告他一件耸人听闻的消息。

"我真不知道是谁……况且我也不是猜谜专家。"鲍勃罗夫说道。

"不，亲爱的，您猜猜看……好吧，就胡乱猜吧，随便说出一个人来……"

鲍勃罗夫不作声了，开始看蒸汽起重机摆动，故意装得非常聚精会神的样子。斯维热夫斯基看出鲍勃罗夫的用意，身子扭得比刚才更厉害了。

"您是决不肯说了……那好吧，我就不让您再费神了。接的是克瓦什宁本人呀！"

他说出这个姓氏时的那股露骨的阿谀劲儿，使鲍勃罗夫差点没呕吐出来。

"您觉得这里有什么特别重要的意义吗？"安德烈·伊里奇不大客气地问道。

"怎么没有'特别重要的意义'？您可别那么想。他在董事会里可说一不二啊：人们听从他就像听从先知一样。就说现在吧，董事会授予他全权加速工程进度，换句话说，是他自己授予自己全权处理这件事的。您等着瞧吧，看他来了如何大发雷霆吧。去年他视察工地，您那时好像还没有来呢……一个经理和四个工程师马上滚了蛋。您的高炉送风快送完了吧？"

"快啦，快送完了。"

"这就好了。这就是说，当着他的面既庆祝高炉竣工，又举行奠基典礼了。您见过克瓦什宁本人吗？"

"从来没有见过，姓名当然听说过……"

"我可有过这份荣幸。我禀告您，这样的人物可找不出第二个来。全彼得堡没有人不知道他。第一是因为他胖得出奇，两只手搂不过肚子。您不信？我敢拿名誉担保。他的马车也与众不同，右边的一扇都钉上合页，可以全部打开。并且他个子高大，头发棕红，声如洪钟。可是别提他多聪明啦！哎呀！老天爷！他是所有的股份公司的董事……一年光开七次会就有二十万卢布的进项！然而在全体股东会议上挽回败局的时候，再也没有人比他更拿手了。最可疑的年度报告经他一说，黑的就成了白的，股东们反而不知道该如何感谢董事会才好了。他的主要的诀窍是：对自己所谈的事从来一无所知，全凭刚愎自用取胜。明天您听他谈话准以为他一辈子围着高炉转呢，其实他对高炉一窍不通，就跟我不懂梵文一样。"

"那—拉—拉—拉—拉姆！"鲍勃罗夫故意不合拍子地唱起来，不客气地掉过身子。

"您听着，还有更妙的呢……您猜他在彼得堡怎么接待来访人员？光着身子坐在澡盆里，水没到脖子，只露出一个红头发的脑袋在水面上闪闪发光，就这样听人说话。任何一个三等文官在他面前都得毕恭毕敬地弯着腰，站着向他报告……他又是一个不要命的馋鬼……并且也真会吃；所有上等馆子都知道克瓦什宁式的肉饼。至于娘儿们的事儿，就更不用提了。三年前他出了一件叫人笑掉牙的事……"

斯维热夫斯基看见鲍勃罗夫准备走了，连忙抓住他的一颗纽扣，低声央求道：

"您别走啊……这件事可笑极了……您别走，我马上……两句话就说完了。您听着，是这么一回事儿。一个贫穷的青年，也许是个小公务员吧，三年前的秋天来到彼得堡……我本来连他的名字都知道，只是现在想不起来了。这个青年人在谋求一份有争议的遗产，每天上午从衙门回来都要到夏园里去，在长凳上坐上一刻钟……于是好了。他坐了三天、四天、五天，每天都发现有一个胖得要命的棕红色头发的先生跟他一块散步……他们认识了。棕红头发的人原来就是克瓦什宁。他从年轻人嘴里把什么事情都打听清楚了，很同情他的遭遇，也很可怜他……但没告诉他自己的姓名。于是好了。有一次棕红头发的人终于开口了：'怎么样，您愿意不愿意同一位女士结婚？但有个先决条件：行过婚礼马上同她分手，并且永远不再同她见面。'这时青年人正好快要饿死了。'愿意，'他说道，'但是要看您给我多少报酬了，并且还得先付钱。'请您注意，青年人也知道从哪头吃龙须菜。于是好了……他们谈妥了。一星期之后，红头发的人给青年人穿上大礼服，天一蒙蒙亮就把他载到城外某个地方的教堂里去了。教堂里一个人也没有；新娘已经在那儿等着了，全身裹着一层纱，可是还看得出来，长得漂亮极了，并且非常年轻。结婚仪式开始了。可是青年人发觉他的新娘好像很悲伤。他小声问她：'您好像不乐意到这儿来似的？'她回答道：'您好像也如此？'他们两人立刻就互相解释清楚了，原来女郎是被母亲逼着出嫁的。天良到底不允许母亲把女儿直接嫁给克瓦什宁……于是好了……他们站着，站着，那个青年人就说：'咱们耍个花招怎么样？咱俩还都年轻，将来有的是好日子过呢，叫克瓦什宁来个人财两空吧。'女郎很果断，又机灵，她说：'好，就这么办。'结婚仪式完毕后，大家走出教堂，克瓦什宁真是容光焕发。年轻人已经预先从他那儿领了一笔款子，数目还不小呢，因为在这种事情上，克瓦什宁是花多少钱都在所不惜的。他走到新婚夫妻跟前，带着最嘲弄的神气向他们道喜。他们听着他说话，向他道谢，称他为男主婚人。突然，一对新人跳上马车。'这是怎么回事？你们上哪儿去？'那还用问吗！上火车站，旅行结婚。赶车的，走啊！……'瓦西利·捷连季耶维奇惊得目瞪口呆，一动不动地站在原处……还有一次呢……怎么，您要走啦，安德烈·伊里奇？"斯维热夫斯基看见鲍勃罗夫把头上的帽子戴好，扣上大衣纽扣，一定要走了，这才止住了自己的闲扯。

"对不起，我没工夫，"鲍勃罗夫冷冰冰地回答道，"您说的这个笑话，我早在什么地方听过或者读过了……失陪了。"

于是他转过身子，背对着被他的粗暴态度弄得尴尬不堪的斯维热夫斯基，快步走出车间。

## 三

鲍勃罗夫从工厂回到家里，匆忙吃过午饭，便走到台阶上。他已经吩咐过马车夫米特罗凡备好顿河种的枣红马法尔瓦捷尔，这时米特罗凡正使劲勒紧英国马鞍的肚带。法尔瓦捷尔鼓着肚子，好几次很快弯下脖子，用牙齿去咬米特罗凡衬衣的袖子。米特罗凡用恼怒的、不自然的粗嗓子对它喊道："别淘气，蠢东西！"由于使劲勒马肚带，他累得直喘气，又喊了一句："真有你的，畜生。"

法尔瓦捷尔是匹个头不大的小公马，胸脯厚实，身子细长，筋骨结实，臀部微微下垂，四只毛茸茸的有劲的腿毫不费劲地、非常匀称地支撑着身子，蹄子稳当，腕骨尖细。不过行家可能嫌它的鼻子太突起，长着尖喉结的脖子也太长了。可是鲍勃罗夫认为，正是这些任何一匹顿河种马都具有的特征构成了法尔瓦捷尔的俊美；正如达克斯狗的罗圈腿和塞特狗的长耳不失为它们的迷人之处一样，何况全厂还没有一匹马拉起车来赶得上法尔瓦捷尔呢。

虽然米特罗凡同所有优秀的俄国马车夫一样，认为使唤马匹必须严厉，不论是对自己还是对马决不允许流露出任何温情，因此管法尔瓦捷尔叫"流放犯""死牲口""杀人犯"，甚至"贱胚"，可是却打心眼里喜爱它。这种感情表现在顿河种马总是比鲍勃罗夫另外两匹公用马"燕子"和"黑海海员"身上刷洗得更干净，得到的燕麦也更多。

"你饮过马没有，米特罗凡？"鲍勃罗夫问道。

米特罗凡没有马上回答。他还有优秀马车夫另外的一种怪毛病：说话缓慢而持重。

"饮过啦，安德烈·伊里奇，怎么能不饮呢？你给我转过头来向后看，妖怪！我要你转过脸来！"他生气地冲着马喊道，"老爷，它现在太想驮着鞍子跑了，都等得不耐烦了。"

鲍勃罗夫刚一走近法尔瓦捷尔，左手接过缰绳，把鬃毛往手指上绕了几绕，这时几乎每天都要重复的事情开始了。法尔瓦捷尔早就用一只生气的大眼睛瞟上向它走近的鲍勃罗夫了，一见他走近，便在原地弯着脖子来回地跳着，后脚把泥土踢得到处乱飞。鲍勃罗夫在它旁边用一只脚蹬着，想找个空子把另一只脚伸进马镫里去。

"松手，松开缰绳，米特罗凡！"他喊道，一只脚终于伸进马镫，就在这一刹那，另一只腿跨过马的臀部，翻身骑在鞍子上了。

法尔瓦捷尔一感到骑马的人用腿夹它，马上就变老实了；它倒了几次脚，打着响鼻，摇着头，一出大门口就迈开有弹性的阔步，向前奔驰起来……

飞快的奔驰，耳边呼呼的寒风，还有些潮湿的秋天田野的清新气息，很快就使鲍勃罗夫萎靡不振的神经恢复了平静，精神抖擞起来。此外，每逢他到齐年科家去的时候，精神总是很兴奋，既感到快活，又觉得不安。

齐年科一家人有父亲、母亲和五个女儿。父亲在工厂里做事，管仓库。这个懒洋洋的、样子很敦厚的大个儿，骨子里却是一位诡计多端、善于钻营拍马的先生。他属于这样的一类人：在对任何人都当面说"实话"的幌子下，毫不掩饰地，但又乖巧地阿谀上司，对同事公开中伤，而对待下属的态度又专横跋扈到了无以复加的地步。他为了一件鸡毛蒜皮的小事便能同人争吵，并且不听对方申述，只管哑着嗓子喊叫；他好吃好喝，爱唱小俄罗斯的合唱歌曲，可是唱起来一定跑调。他自己并没发觉，实际上他是处于老婆的管辖之下——她是一个身材矮小、体质虚弱、虚伪做作的女人，长着一对紧靠鼻梁的灰色小眼睛。

五个女儿的名字是：玛卡、别塔、舒洛琪卡、尼娜和卡霞。

她们每个人在家里都各自扮演一定的角色。玛卡，一个从侧面看上去额头和鼻梁连成一条直线的女郎，享有天使般性格的声誉。"玛卡简直是淳朴的化身"，每当散步或者举办晚会的时候，她为了妹妹们的利益总退缩在后面，父母便会这样说她（玛卡已经过了三十岁了）。

别塔算是个聪明的女孩子，戴着一副夹鼻眼镜，据说，有一个时期她还打算进讲习班呢。她的头微微向下歪着，像一匹拉边套的老马，一条腿有点瘸，所以走起来老是一颠一颠的。她一见到新来的客人，便缠着同人家辩论女人比男人好、比男人诚实之类的问题，要不就装出一副天真顽皮的样子问道："您的眼光那么敏锐，那就请您说说我是什么样的性格吧。"等到谈话一转到典型的家庭话题时，比如，"谁伟大：莱蒙托夫还是普希金？"或者，"大自然能否陶冶性情？"他们便把别塔推到前面去，仿佛推出一只能攻善战的大象一样。

三女儿舒洛琪卡专门挑选光棍工程师同她轮流玩"傻瓜"①游戏。一旦她听说老搭档当中有人准备结婚了，便压下心头的悲伤和懊恼，另选一位新搭档。当然，玩牌的时候免不了开点可爱的玩笑，耍点迷人的小花招，还管自己的搭档叫"讨厌鬼"，用纸牌打他的手。

尼娜算是全家的宝贝，她是一个娇养惯了的但又非常可爱的孩子。她在自己那些身材蠢笨、面目粗俗的姐妹当中算是一个另类。也许只有齐年科太太一个人才能做出令人满意的解答，尼娜那娇柔妩媚的身段，几乎同贵族小姐一般无二的纤手，长满了雀斑的略微黝黑的漂亮的小脸蛋，两只玫瑰色的小耳朵和一头松软的、微微鬈起的秀发，是从哪里继承来的。父母对她抱着很大的希望，所以什么事都依着她：吃糖果过量也好，说话娇滴滴地咬字也好，穿戴比姐妹们考究也好。

最小的卡霞不久前刚满十四岁，可是这个稀奇的孩子长得已经比她母亲高出一头了，浮雕一般健美的体形也远远超过了姐姐们。她的身段早就被那些由于远离城市因而失去任何接触女性机会的工厂青年盯上了，但卡霞却像一位早熟的少女一样，对这些注视的目光故作天真，毫无赧颜。

这五位美妙小姐在家庭中的分工，是工厂里人所尽知的事。有

---

① 一种纸牌游戏。

一次，有位爱开玩笑的人说，谁要想娶齐年科家的小姐，非得五个一块儿娶不可。工程师和实习生们都把齐年科家当成旅店，从早到晚泡在那里，吃得多，喝得更多，可是都能极其巧妙地避开婚姻的罗网。

这一家人都不大喜欢鲍勃罗夫。齐年科太太竭力要使家里的一切都符合庸俗乏味的外省礼仪，但她的小市民口味却时常受到安德烈·伊里奇的冒犯。他兴致好的时候说出的毒辣的挖苦话，往往吓得她们目瞪口呆，反过来，如果他由于疲倦或激动整个晚上一言不发的时候，她们又怀疑他居心叵测、傲慢，在不出声地讽刺她们，甚至——啊，这比什么都可怕——怀疑他"为了给杂志写小说，正在搜集典型呢"。

鲍勃罗夫已经感觉到这种通过吃饭时的怠慢、家庭主妇惊讶的耸肩而表示出来的暗中的敌意，然而他还是照旧到齐年科家去。他爱尼娜吗？他自己恐怕也难以回答。只要三四天不上她们家去，对尼娜的怀念便会使他的心里充满了甜蜜和惊恐的忧愁，怦怦地跳动起来。他想象着她那轻盈袅娜的身段，她那眼圈发黑的娇慵的笑眼，她那不知为什么会使他想起杨树黏芽香味的体香。

可是他只要接连三个晚上到齐年科家去，他们那儿的那伙人，那伙人的谈吐——在同样的情况下老说着同样的话——和那伙人脸上程式化的不自然的表情，便让他感到难受。在五位"小姐"和她们的"追求者"之间（齐年科家的口头禅）形成了一成不变的庸俗戏谑的关系。不论是小姐们还是追求者们；都装出一副样子，仿佛他们形成了两个敌对的营垒。时而一个追求者同一位小姐开玩笑，偷了她一件东西，并且让她相信不还给她了，小姐们便一齐噘起嘴来，互相咬着耳朵，骂那个捣蛋鬼"该死"，同时还不停地哈哈傻笑，叫人听了讨厌。而且每天都是这套花样，今天所说的话和所做的手势，同昨天的一模一样。鲍勃罗夫每次从齐年科家里回去，都感到头疼，都感到自己的神经被外省女人的装模作样弄得疲惫不堪。

因此，在鲍勃罗夫的心里交织着两种感情，一种是对尼娜的怀念，怀念他冲动地紧握着她那永远热乎乎的纤手的情景，另一种是对她家庭的庸俗无聊和虚情假意的厌恶。曾有过这样的时刻，他已经准备好向她求婚了。那时，即使意识到她作风轻佻、心灵空虚，准会把家庭生活变成一座地狱，意识到他同她既没有共同的语言，又缺乏一致的看法，也似乎不能阻止他了。但是他仍然下不了决心，开不了口。

现在，当他驰进舍佩托夫卡的时候，他已经料到她们在这种或那种场合会说什么话和怎么说了，连她们脸上的表情他都想象得出来。他知道，当她们从自己的阳台上看见他骑马驰来的时候，这些老是在等待着"可爱的追求者"的小姐们，便会展开一场冗长的辩论：骑马的人是谁？等他渐渐驰近，那个猜中的小姐便跳起脚来，拍着手，咋着舌头，得意地喊道："怎么样？怎么样？我猜对了吧，我猜对了吧！"接着便跑到安娜·阿凡纳西耶夫娜跟前说："妈妈，鲍勃罗夫来了，我头一个猜中的！"而妈妈这时正在懒洋洋地擦茶碗，便对尼娜——一定是尼娜——用一种仿佛转达什么意外而可笑的消息似的口吻说："尼娜琪卡，你知道了吧，鲍勃罗夫来了。"这之后，她们看见走进来的安德烈·伊里奇，便同时大惊小怪地喊起来。

# 四

法尔瓦捷尔走着，打着响鼻，使劲地拽缰绳。远处现出舍佩托夫卡田庄的住宅。在丁香树和相思树的浓密绿荫中，隐约闪现出它的白墙和红顶。山麓的一个不大的池塘从环绕着它的绿堤中显露出来。

台阶上有一个女人的身影。鲍勃罗夫从那件把她黝黑的脸颊衬托得非常美丽的淡黄色短衫上，老远就认出她是尼娜来，于是连忙勒紧缰绳，挺直身子，把套在马镫里的脚尖抽出来。

"您又骑着您的宝贝来啦？您瞧，我简直不能看这丑八怪！"尼娜从台阶上喊道，声音又快活又调皮，就像一个娇宠惯了的孩子。她早就养成拿马来取笑鲍勃罗夫的习惯了，因为他非常喜爱自己的坐骑。齐年科家里的人总喜欢拿点什么东西来取笑别人。

鲍勃罗夫把缰绳扔给向他跑过来的工厂的马夫，拍了拍被汗水浸得发黑的向上拱起的马颈，便跟着尼娜走进客厅。安娜·阿凡纳西耶夫娜坐在茶饮后面，装出鲍勃罗夫的到来使她非常惊讶的样子。

"哎呀呀！安德烈·伊里奇！您的大驾到底光临了！……"她扯着嗓子喊道。

等他向她问候的时候，她便把一只手杵到他的嘴唇前，带着鼻音大声问道：

"来点茶吧？要不牛奶？要不苹果？说话呀，您要什么？"

"Merci①，安娜·阿凡纳西耶夫娜。"

---

① 法语：谢谢。

"Merci oui，ou merci non？ [①]"

齐年科家里是少不了这类法国话的。鲍勃罗夫都谢绝了。

"那就到阳台上去吧，青年人正在那儿玩什么方特 [②] 呢。"齐年科太太发了慈悲，放他走了。

他刚一走上阳台，四位小姐便一齐喊起来，不论是语气还是鼻音，都同她们的母亲一模一样：

"哎呀呀！安德烈·伊里奇呀！可好久没见您啦！给您端点什么来呢？茶？要不苹果？要不牛奶？您什么都不要？真的吗？也许您想要点？好吧，既然这样，就坐下来同我们一块儿玩吧。"

他们正在玩"太太汇来一百元"和"对你的看法"，还有口齿不清的卡霞叫作"器敏"的一种游戏。客人当中有三个工厂实习生，他们老是挺着胸脯，把一条腿伸到前面，一只手插进礼服后面的口袋里，做出一副优美的姿势；以漂亮、愚蠢和美妙的男中音著称的机械师缪勒也在场，最后还有一位谁都不注意的先生，穿着一身灰衣服，一声不响地坐着。

游戏玩不起来。男人们作题的时候无精打彩，仿佛哄小孩似的；姑娘们干脆拒绝作题，互相交头接耳，做作地哈哈大笑。

天渐渐黑下来。一轮红月从邻村屋顶后面冉冉升起。

"孩子们，进屋来吧！"安娜·阿凡纳西耶夫娜从餐厅里喊道，"请缪勒给咱们唱支歌吧。"

一分钟之后屋里便响起了小姐们的说话声。

---

① 法语："谢谢要呢，还是谢谢不要？"
② 一种游戏。

"我们快活极了，"她们围着母亲叽叽喳喳地说，"我们笑得那么厉害，笑得那么厉害……"

阳台上只剩下尼娜和鲍勃罗夫两个人了。她坐在栏杆上，左手抱着石柱，紧紧地靠着它，下意识地做出一个妩媚的姿态。鲍勃罗夫坐在她脚下的一张花匠用的矮凳上，从下往上望着她的脸，看到了她脖子和下巴颏儿的柔和的轮廓。

"喂，给我讲点什么有趣儿的事吧，安德烈·伊里奇。"尼娜不耐烦地吩咐道。

"我真不知道给您讲点什么才好。"鲍勃罗夫没有听从她的吩咐，"让别人牵着鼻子说话可太难了。我本来就在想：有没有一种包括各种话题的清谈手册……"

"唉，您真没意思，"尼娜拉长了声音说，"告诉我，您什么时候才有兴致呢？"

"您先告诉我，您为什么这么怕沉默呢？话刚一说完，您就觉得别扭了……难道心灵的默语就那么不好吗？"

"'我同你将默默不语'①……"尼娜嘲弄地唱了一句。

"我们当然要默默不语。您看：天空澄澈，月亮火红，并且大得出奇，阳台上这么幽静……还需要什么呢？"

"'这愚蠢的月亮挂在这愚蠢的天边'②。"尼娜朗诵了一句诗。"可我propos③，您听说了没有，齐诺奇卡·玛尔科瓦要嫁给普罗托波波夫了？还是嫁给他了！这个普罗托波波夫可真是个怪人。"她耸了

---

① 普希金长诗《欧根·奥涅金》中的句子。
② 普希金长诗《欧根·奥涅金》中的句子。
③ 法语：顺便问一声。

耸肩膀，"齐娜拒绝了他三次，可是他还是不死心，又第四次向她求婚。让他自己认倒霉吧，她也许会尊敬他，但永远也不会爱他！"

这几句话已经足以煽起鲍勃罗夫的肝火来了。齐年科家的那本小市民字典，词汇不多，不过包括"她爱他，但不尊敬他"或者"她尊敬他，但不爱他"之类的话，总要惹得他发火。在她们的概念中，这两句话就把男女之间最复杂的关系概括无遗了，好像他们只要用"黑头发的"和"黄头发的"两个词便能确定任何一个人道德、智慧和生理上的特征似的。

鲍勃罗夫出于一种激起自己火气的模糊的愿望，向她问道：

"那位普罗托波波夫是个什么样的人呢？"

"普罗托波波夫？"尼娜想了一下说道，"他嘛……怎么跟您说呢……个子相当高，……栗色的头发！……"

"就没有别的了？"

"还要什么别的呢？哎呀，对了，在消费税局里当差……"

"就这么一点？尼娜·格里戈利耶夫娜，您在评定一个人的时候，难道除了说他是栗色头发的人和在消费税局里当差，就找不出别的词来了吗？您想想，在生活中我们会碰到多少有趣的、有天才的和聪明的人。难道所有这些人只是'栗色头发的人'和'消费税局里的官员'吗？您瞧瞧农民的孩子在观察生活时是多么好奇吧，他们的判断又多么切中要害啊。而您呢，一个聪明敏感的姑娘，却对什么事都无动于衷，因为您的脑子里存放了十个在屋子里形成的句套子。我知道：有谁在谈话中提到月亮，您立刻就插上一句'多么愚蠢的月亮'，等等。比如说吧，如果我告诉您一件不寻常的事，

我预先就知道您一定会说：'传说虽然新鲜，但却难以令人相信。'①
在所有、所有的事情上也都是如此……请看在上帝的面上相信我
吧，任何事物都是独特的，与众不同的……"

"请您不要教训我！"尼娜粗鲁地回答道。

他不作声了，感到嘴里有一种苦涩的味道，于是他们又静静
地坐了五分钟，一动也不动。突然从客厅里传出钢琴的响亮和声，
接着便听到缪勒用音色已经有些不佳，但仍具有深厚表现力的声
音唱道：

> 我偶然在热闹的舞会上，
>
> 在世间忙碌的焦虑中，
>
> 看见了你，可是你的面容
>
> 却笼罩在一片神秘之中。

鲍勃罗夫心中的愤激很快就消除了，他现在已经懊悔不该使尼
娜伤心了。"我干吗要心血来潮，向她那天真的、清新的、孩子般
的头脑要求独创的胆识呢？"他想道，"她像一只小鸟：一想到什
么，便马上叽叽喳喳地叫出来，而谁又说得准，也许这叽叽喳喳的
叫声要比谈论妇女解放、谈论尼采和颓废派艺术家好得多呢？"

"尼娜·格里戈利耶夫娜，别生我的气。我太忘乎所以了，说
了不少蠢话。"他低声说道。

尼娜没有理他，背过身子去，望着升起的月亮。他在黑暗中

---

① 俄国作家格里鲍耶多夫（1795—1829）剧本《聪明误》中的句子。

摸到尼娜垂下来的一只手，便满怀柔情地握住它，悄悄说道：

"尼娜·格里戈利耶夫娜，请您……"

尼娜突然迅速向他转过身来，急促而激动地握住他的手，用既宽恕又责备的口吻大声说：

"气包子！您老欺负我……知道我不会生您的气！"

于是，她推开他那只突然颤抖的手，几乎从他怀里挣脱出来，跑着穿过阳台，消失在房门里。


　　我在玄妙的梦幻中睡觉……

　　爱不爱你——我并不知道，

　　但我觉得已经爱上了……


缪勒带着热烈而忧伤的感情唱道。

"但我觉得已经爱上了！"鲍勃罗夫用激动的声音低声重复着这一句，大口地喘着气，把一只手按在怦怦直跳的心上。

"这儿，就在我的身边，就有纯朴而深沉的幸福。"他极为感动地想道，"我又何必自寻烦恼，去徒然幻想那种玄妙而崇高的幸福呢？如果一个女人，一个妻子，已经这么温柔、和顺、娴雅和体贴，还要求她什么呢？我们，这些可怜的、神经质的、病态的人，不会简单地从生活中攫取欢乐，反而要孜孜不倦地分析每一种感情，自己和别人的每一个念头，从而故意去毒害这些欢乐……静悄悄的夜，心爱的姑娘就在身旁，亲切而单纯的话语，一瞬间的冒火，接着便是突发的爱抚——天啊！难道生活的美妙不就全在这儿了吗？"

他走进客厅时已经完全心情开朗，精神焕发，差不多可以说神采飞扬了。他的眼睛同尼娜的眼睛碰到一起时，他在尼娜久久的注视中，看出了她对自己想法的温柔的回答。"她将成为我的妻子。"鲍勃罗夫想道，顿时感到心里充满平静的喜悦。

大家正在谈论克瓦什宁。整个房间里就听见安娜·阿凡纳西耶夫娜一个人自以为是的声音，她说打算明天把"自己的小姑娘们"也带到火车站去。

"瓦西利·捷连季耶维奇很可能要来拜访我们。至少一个月以前，我堂妹夫的侄女莉扎·别洛康斯卡娅就写信告诉过我他要来了……"

"就是她弟弟娶了穆霍维茨卡娅公爵小姐的那个别洛康斯卡娅吧？"齐年科先生恭恭敬敬地插了一句他早已背得烂熟的话。

"是呀，就是她。"安娜·阿凡纳西耶夫娜敷衍地朝他那边点了点头，"她从祖母系方面来说还是你所认识的斯特列莫乌霍夫家的远亲呢。莉扎·别洛康斯卡娅写信告诉我说，她有一次在交际场所碰见瓦西利·捷连季耶维奇，说要介绍他到咱们家来做客，如果哪天他忽然想到工厂来看看的话。"

"我们能招待得让他满意吗，纽霞？"齐年科担心地问道。

"瞧你说得多可笑！我们尽其所能好了。可是我们无论怎么招待也不会使一个每年收入三十万卢布的人感到惊奇。"

"老天爷，三十万呢！"齐年科无限感慨地说，"简直连想都不敢想。"

"三十万呢！"尼娜像回声似的惊叹道。

"三十万呢！"姑娘们齐声惊叫道。

"是啊，可是他把钱花得一个子儿也不剩。"安娜·阿凡纳西耶夫娜说道。随后，她仿佛回答女儿们没说出口的想法似的，补充道："他结过婚了。不过听说婚姻很不如意。他的太太是个极其平凡的女人，一点派头也没有。不管怎么说，太太总归是丈夫事业上的一块招牌啊。"

"三十万呢！"尼娜又重复了一遍，仿佛在说胡话，"有这么多的钱什么事不能办啊！……"

安娜·阿凡纳西耶夫娜用手理了理她松软的头发。

"孩子，你就应该找个这样的丈夫，对不对？"

有人每年收入三十万，这确实把大伙惊呆了。他们眼睛发亮，脸盘发热，讲着和听着百万富翁的各种有趣的奇闻，以及关于神话般的菜单、骏马、舞会和有史以来各种挥金如土的故事。

鲍勃罗夫的心凉了半截，痛苦地收缩起来。他悄悄地找到自己的帽子，蹑手蹑脚地走到台阶上。其实他不这样悄悄离去，也不会被人发现的。

当他向家里飞驰的时候，脑海里又浮现出尼娜充满幻想的娇慵的眼睛，她几乎精神恍惚地喃喃说着："三十万呢！"突然他又想起斯维热夫斯基今天早上说过的笑话来了。

"这位……也会出卖自己的！"他轻轻说道，痉挛地咬紧牙齿，照着法尔瓦捷尔的脖子狠狠地抽了一鞭子。

五

鲍勃罗夫驰近寓所时，发现窗户里有灯光。"大概我不在家的时候医生来了，现在正倒在沙发上等我回来呢。"他想道，勒住浑身出了一层白沫的马。在鲍勃罗夫现在的心情下，戈利德别尔格医生是他可以忍受而不至于引起他近乎病态烦躁的唯一的人。

他真心喜欢这位乐天、温顺的犹太人，因为医生才学渊博，性格中有一股青年人的活力，真心爱好抽象的辩论。不论鲍勃罗夫提到什么问题，总能引起戈利德别尔格医生同样的兴趣，并且总以一成不变的激烈态度反驳他。虽然到现在为止，他们无休止的辩论只能产生一种结果——矛盾，但是他们还是谁也少不了谁，不见面便觉得闷得慌，所以几乎每天见面。

医生果真躺在沙发里，两条腿跷在沙发背上，正在读一本小册子，书紧贴着近视眼。鲍勃罗夫瞟了一眼书脊，看到这是一本麦维乌斯著的《冶金学教程》，不禁莞尔一笑。他非常熟悉医生读书的习惯，不论碰到一本什么书，读起来总是同样津津有味，并且还一定要从中间读起。

"您不在家我就吩咐人泡茶了。"医生说道，把书往旁边一扔，从眼镜上面看着鲍勃罗夫，"喂，活得怎么样，我的安德烈·伊里奇先生？哎哟，瞧您气得那副样子。怎么了？又犯了快乐的忧郁症了？"

"唉，大夫，活在世上真无聊啊。"鲍勃罗夫疲倦地说道。

"怎么会无聊呢，亲爱的朋友？"

"就这样……总之……一切都无聊。大夫，你们医院的情形怎么样？"

"我们医院还那样……照常嘛。今天出了一件非常有趣的外科事故，真是又好笑又动人。您想得到吗，今天上午门诊的时候来了一个马萨尔石匠里的小伙子。这些马萨尔的小伙子，好像都是挑出来的，个个都是勇士。'怎么啦？'我问道。'大夫先生，我给我们小组切面包的时候把手指头碰破了一点皮儿，怎么也止不住血啦。'我检查了一下他的手：不厉害，只划伤了一点，没什么了不起的，就是有点化脓了。我叫医士给他涂了点药膏。可是我看小伙子还不走。'喂，你还有什么事？你的手已经上过药膏了，走吧。''是上过了，'他说，'上帝保佑您健康，可是我脑袋疼得要裂开了，所以我想请您顺便也给我脑袋上点药。''你脑袋怎么了？大概叫人打破了吧？'小伙子一听我这话高兴地咯咯笑了。'是那么回事，他说，想起来了，救主节那天（这就是说三天以前），我们小组一块喝酒，喝了一桶半酒，都喝得差不多了，大家开始逗着玩……我也跟着闹。可是后来，打起架来还得分得出谁跟谁呀？……他抄起凿子照着我脑瓜顶就是一下……就算给我修理了一下……开头倒没什么，不觉得疼，可是现在脑袋疼得就像要裂开一样。'我一检查'脑瓜顶'，您猜怎么着，简直吓了一跳！头盖骨打穿了，有五戈比硬币那么大的一个窟窿，骨头碴子都打进脑浆里去了……现在还在医院里昏迷不醒地躺着呢。我告诉您，人哪，可真让人惊奇：在同一个时间内，既是孺子又是好汉。真的，我当真这样想，只有能忍耐的俄国农民才经得起头顶上这么大的窟窿呢。换了别人，不动地方就会断气。后来还说了一句多么有气量的话：'打起架的时候还分得出谁跟谁呀？'天晓得是怎么回事儿！"

鲍勃罗夫在屋里走来走去，用马鞭子把长筒皮靴的靴靿子抽得噼啪响，心不在焉地听着医生的话。还在齐年科家就钻入他心里的苦恼现在还没有消除。

医生沉默了一会儿，看出他没有谈话的兴致，便带着同情的口吻说道：

"我说，安德烈·伊里奇，咱们先躺下睡一会儿，睡之前先喝一两勺溴剂。您现在这种心情喝下去准有好处，反正决不会有害处……"

他们俩躺在一间屋子里：鲍勃罗夫倒在床上，医生就躺在刚才的那张沙发上。可是谁也睡不着。戈利德别尔格在黑暗中听见鲍勃罗夫一直在翻来覆去，唉声叹气，最后忍不住先开口了：

"喂，您怎么了，亲爱的？干吗要那么难过呀？干脆把您的心事都说出来吧，您就痛快了。再说我也不能算是外人呀，我可不是出于无聊的好奇心才问您的。"

这几句普通的话使鲍勃罗夫大为感动。虽说他们之间几乎是朋友关系了，可是到此为止谁也没有说过一句承认这种关系的话：双方都是敏感的人，两个人都怕说出口时的羞涩难堪。医生先打开自己的心扉。黑夜和对安德烈·伊里奇的怜悯帮了医生的忙。

"一切都让我感到难受和厌恶，奥西普·奥西波维奇。"鲍勃罗夫轻轻回答道，"首先让我感到厌恶的是我在工厂做事，拿着高薪，可是我对工厂的事却反感透顶。我认为自己是个诚实的人，所以扪心自问：'你在干什么？你在替谁谋福利？'我开始思考这些问题，我看出，由于我的劳动，几百个靠利息过活的法国小老板和几十个狡诈的俄国人将把几百万块钱装进自己的腰包里。这种工作没有其他的目的、其他的意义，可是我为了准备从事这种工作，白白消耗了我一生中最美好的年华。"

"算了吧，安德烈·伊里奇，这么说就显得可笑了。"医生反驳道，在黑暗中把脸转向鲍勃罗夫，"您要求资本家心肠慈悲，可是亲爱的，开天辟地以来，一切都是靠着肚子推向前进的，此外没有、也不可能有别的动力了。问题的症结就在于您唾弃资本家，因为您比他们高尚得多。用报章社论上的话来说，难道您还没有足够的勇气和骄傲承认您在推动'进步的车轮'前进吗？简直岂有此理！轮船公司的股票带来巨额股息，但这难道就妨碍富尔顿<sup>①</sup>成为人类的恩人吗？"

"哎呀，大夫，大夫！"鲍勃罗夫懊恼地皱起眉头，"您今天好像没到过齐年科家，可是您嘴里却说出了他们的处世秘诀。谢天谢地，我用不着到远处去找反驳您的理由，因为用您心爱的理论一下子就能把您驳倒。"

"用我的什么理论？对不起，我怎么什么理论都记不起来了……真的，亲爱的，记不起来了，忘了……"

"忘啦？是谁在这儿，就坐在这张沙发上，吐沫飞溅地喊道：我们，工程师和发明家们，用我们的发明把社会生活的脉搏加快到发热病的速度？是谁把这种生活比作关在氧气罐里的动物？噢，我记得太清楚了，您把一份关于二十世纪的孩子、神经病患者、疯子、积劳成疾者、自杀者的多么可怕的名单朝着您所说的这伙人类的恩人脸上扔去。您说过，电话、电报，时速一百二十俄里<sup>②</sup>的火车把距离缩短到最小限度——消灭了距离……时间如此宝贵，以致人们很快就把黑夜变成白天了，因为他们感到有把生命延长一倍的需要。以前需要几个月才能签订的契约现在只要五分钟就

---

① 富尔顿（1765—1815），美国轮船发明家。
② 1 俄里 ≈ 1.0668 公里。——编者注

够了。但就连这种惊人的速度仍然不能使我们急迫的心情得到满足……我们很快就会在相距几百俄里、几千俄里的地方通过一根铁丝互相见面了！……然而不过五十年以前，我们的先辈从农村动身到省城去的时候，先要不慌不忙地做过祷告，再带上足够北极探险用的食品，才肯上路呢……我们都拼命往前飞奔又飞奔，耳朵被大得骇人的机器的隆隆声和噼啪声震聋了，脑袋被这种疯狂的急驰弄晕了，性情变得暴躁了，口味败坏了，还得了成千种新病……您还记得吗，大夫？这都是您亲口说的，恩人进步论的卫道士！"

医生几次想反驳鲍勃罗夫，但都没办到，现在趁他喘一口气的时候说道：

"不错，不错，亲爱的，这些都是我说的。"他急忙地，但不十分自信地说道，"我现在还坚持这些看法。但是应当，亲爱的，还可以这样说，适应环境啊。否则还怎么活呢？任何一种职业都有棘手的一面。就拿我们医生来说吧，您以为我们那儿的一切都像书本里写得那么清楚，那么好吗？可我们都是除了外科以外什么都一知半解的人。我们杜撰出新药、新体系，可是完全忘了，在几千个肌体当中，没有哪怕两个在血液成分、心脏活动、遗传条件以及天晓得还有什么其他方面略微相似的肌体。我们背离了唯一正确的内科途径——动物医学和巫医学，我们把各式各样的可卡因、阿托品和非纳西丁塞满了药典，但我们却忽略了一点，如果把清水递给普通人并竭力使他相信这是一种良药的话，那么普通人照样会痊愈的。其实，我们行医时，在百分之九十的情况下，靠的仅仅是这种职业所养成的祭司般的过度自负而产生的信心而已。您相信不相信？有位优秀的医生，同时也是一个聪明诚实的人，曾经向我承认过，猎人医治狗也比我们医治人合理得多。他们只使用一种药物——硫黄，不会有特别的危害，有时还会有点灵验呢……亲爱的，这不是一幅令人愉快的图画吗？然而我们也算尽其所能了……亲爱的朋友，不这样不行呀：生活要求妥协……有时装出的那副无所不知的古代占卜官的样子还真能减轻旁人的痛苦呢。而且能这样就算不错了。"

"是啊，妥协归妥协，"鲍勃罗夫用阴沉的声调反驳道，"可是您今天还是把马萨尔石匠脑袋里的骨头碴取出来了……"

"哎呀，亲爱的，修理好一块头盖骨算什么？您想想看，您要养活多少张嘴，要给多少双手找活干。早在伊洛瓦伊斯基[①]写的历史书中就曾说过：'鲍里斯沙皇希望赢得民心，在荒年的时候动手修建公共建筑物。'他干的就是这类事……您算算看，您能带来多大的益处……"

鲍勃罗夫听到医生最后的几句话，仿佛被人推了一把，霍地从床上坐起来，把两只光脚耷拉在床沿上。

"益处？！"他发疯似的喊起来，"您竟然对我说益处？要想对益处和害处做出总结，那就请您让我从统计簿里举出小小的一页为例吧。"他用有节奏的语调慷慨激昂地说下去，仿佛站在讲坛上发表演讲似的。"人们早就知道，在矿场里和矿井下，在金属工厂和大工厂里干活的工人，大约要缩短四分之一的寿命。我还不指那些不幸的事故或力不胜任的劳动。您作为一个医生，当然比我

---

① 伊洛瓦伊斯基（1832—1920），俄国历史学家。

更清楚，梅毒、酗酒、在该诅咒的工棚和地下室里生存的可怕的环境，夺去了百分之几的生命……等一等，大夫，您在反驳我之前，先回想一下，在工厂里，四十岁——四十五岁以上的工人您见得多不多？我可是一个也没碰见过。换句话说，这就是说，工人每年要献给企业主三个月的寿命，每月一个礼拜的寿命，或者简单说吧，每天六小时的寿命……您再听我往下说……我们的六个高炉，需要三万人干活——鲍里斯沙皇大概做梦也没听说过这么大的数字吧！三万人，所有人加在一起，也就是说，一昼夜就要烧掉十八万个小时的寿命，即七千五百天的寿命，那么最后该合多少年的寿命呢？"

"将近二十年的寿命。"医生沉默了一下提示道。

"一昼夜烧掉将近二十年的寿命！"鲍勃罗夫喊起来，"两昼夜的活儿便要吞噬一个人。活见鬼！您还记得吗，《圣经》里说过，有一种亚述人或摩押人，用活人祭祀他们信奉的神祇？但是那两位青铜先生，摩洛和大衮，听到我刚才举出的数字，恐怕还要因为自愧弗如而羞红了脸呢……"

这种独特的数字是鲍勃罗夫刚刚想到的（他同许多极为敏感的人一样，只有在谈话中间才能发现新思想）。然而不管是他本人还是戈利德别尔格，都被这种新奇的计算惊呆了。

"真见鬼了，您可真把我吓一跳。"医生从沙发上回答道，"虽然数字不一定完全准确……"

"您是否知道，"鲍勃罗夫越说越激烈，"您是否知道另一张统计表，按照这张统计表您可以十分精确地计算出，您那魔鬼马车的车轮每向前转动一圈，每发明一件该死的簸谷机、播种机和轧轨机，就要送掉多少条人命？您的文明，没的说，是顶好的了，但如果用数字来计算成果的话，整数表示一部铁机器，那么零数就是许许多多人的生命了！"

"可是您听我说，我亲爱的，"医生反驳道，他被鲍勃罗夫激烈的言辞弄糊涂了，"那么照您看来，最好还是恢复原始劳动，是吧？您干吗老提阴暗面呢？尽管有您那一套数学，还有工厂附设的学校呢，还有一座教堂，一所设备良好的医院和一所为工人开办的利息低微的信贷所……"

鲍勃罗夫索性从床上跳下来，光着脚在屋里跑来跑去。

"又是您的医院，又是您的学校——这都算不了一回事儿！都是哄骗像您一样的人道主义者的儿童玩具——对社会舆论的让步……如果您愿意听，那我就告诉您，我们实际上是怎么看的……您知道什么是终点吗？"

"终点？好像同马有点关系？赛马的术语吧？"

"对啦，赛马时候用的。里程标前面最后的一百俄尺叫作终点。马必须用最大的速度跑完这段距离——哪怕跑过里程标就断气也不要紧。终点——这是把所有力气都使尽的，最大限度的紧张，为了从马身上榨取终点，它们常被马鞭抽得出血……我们也正是如此。等冲刺到了终点，瘦马的脊椎已经压断，腿也跑折了，倒下起不来了，让它见鬼去吧，它再没有任何用处了。您那时就可以用您的学校和医院来安慰倒毙在终点上的瘦马了……大夫，您见过铸造车间和轧轨车间的操作吗？如果您见过，那您就应当知道，这种操作要求极端强健的神经，钢铁般的肌肉和杂技演员一样的灵巧……您应当知道，每个工匠一天之内得以数次避开死亡的危险，只是由于他们具有惊人的勇气……可是工人们付出这样的劳动才挣多少钱呢？您想知道吗？"

"不管怎么说吧，只要工厂不停工，这个工人的劳动就有保证。"戈利德别尔格固执地说。

"大夫，您别说梦话了！"鲍勃罗夫喊道，坐到窗台上，"现在工人比任何时候都依赖市场的需求、买卖证券的投资、各种幕后的倾轧。每个大企业在开张之前，都要先估计到三四个必将自杀的股东。您知道我们公司是怎么建立起来的吗？它是不多的几个资本家用现金创建的。他们开始的时候打算办小规模的企业。但是一群土匪似的工程师、经理、包工头们，在企业主还来不及回顾的工夫，就把钱都花光了。高大的楼房盖起来了，可是后来却发现完全不适用……主要的建筑物，就像我们通常所说的那样，'白瞎了'，就是说要用炸药炸掉。最后不得不一个卢布按十个戈比把企业盘出去，那时才明白，原来这伙坏蛋是按照预谋的方针干的，并由于自己的卑鄙行为，他们从另外一家更富有和更狡诈的公司那儿得到一笔报酬。现在这种勾当的规模更大了，但我非常清楚，第一家老板破产后，八百个工人就两个月领不到工资。这就是您所说的有保证的劳动！只要交易所里股票一跌价，马上就会在工资上反映出来。我想您大概知道，交易所的股票是怎么涨跌的吧？为此我得到彼得堡去——悄悄地对经纪人说一声，您瞧，我想抛出三十万的股票，'只是看在上帝的分上，这事只能让咱俩知道，我宁愿给您一份优厚的佣金，只要您不走漏消息……'后来对第二个人，第三个人也悄悄说同样的机密，而股票一转眼就下跌了几十卢布。机密越多，股票也就一定下跌得越快……多好的保证！……"

鲍勃罗夫用手使劲一推，一下子把窗户打开了，一股冷气钻进屋里。

"您看，您往那儿看，大夫！"安德烈·伊里奇用手指着工厂，喊了一声。

戈利德别尔格撑着一只胳膊肘把身子微微抬起一点，凝视着窗外的黑夜。在一片伸向远方的辽阔的空间里，散乱地堆着无数堆烧红的石灰石，石灰石堆泛着红火，表面上不时冒出一股股蓝绿色的硫黄火焰……这是石灰炉①在燃烧。工厂的上空笼罩着一片微微颤动的红光。在这片血红色的背景上清晰而整齐地显现出高大烟囱的黑魆魆的顶端，烟囱靠下的部分却被地面扬起的灰雾蒙住了，影影绰绰，看不大清。这些巨人张开血盆大口，不停地喷出滚滚浓烟，浓烟升到天上，变成一团团浓密乌黑的乱云，慢慢向东方飘去，有的地方宛如洁白的棉絮，有的地方又显得灰暗肮脏，还有的地方现出浅黄的铁锈颜色。一条条耀眼的燃烧的煤气火舌，在细长的烟囱上蹿动、摇曳，使得它们看上去就像几把巨大的火炬。凝聚在工厂上空的烟云，在摇曳不定的火舌映照下，忽而明亮耀眼，忽而暗然无光，闪现出怪诞、骇人的色彩。随着信号钟刺耳的响声，高炉盖不时降落下来，这时便从它的嘴里喷出一股股火焰和煤烟，冲天而上，响声震耳，仿佛远处的雷鸣。刹那间，整个工厂便从黑暗中清晰而可怕地显露出来，而一排密集的黑魆魆的圆形热风炉就像神话中铁堡的塔楼。炼焦炉的火光射出一排排整齐的光柱。有时其中的

────────────

① 石灰炉是这样堆成的：把石灰石堆成一人高的小丘，然后用木柴或煤烧它。这个小丘要燃烧一个星期左右，直到烧成生石灰为止。——作者注。

一个突然一亮，烧得更旺了，就像一只巨大的红眼睛。电弧给烧红的铁的绛色掺入了自己青白色的冷光……哐啷哐啷的铁块碰击声不停地从那边传来。

鲍勃罗夫的脸在工厂火光的映照下，在黑暗中现出不祥的古铜颜色，眼睛里闪出两个明亮的红点，乱蓬蓬的头发垂在前额上。他的声音也尖得刺耳，并且充满了仇恨。

"他就是要用人的热血饲养的摩洛！"鲍勃罗夫喊道，把自己瘦弱的胳膊伸出窗外，"当然了，这儿也有进步，机器代替人的劳动啦，文化的成就啦……但是为了上帝，请您想想——二十年呀！一昼夜二十年的寿命！……我向您发誓，有时我真觉得自己就是杀人犯！"

"老天爷，他是个疯子。"医生想，背上直起鸡皮疙瘩，于是他开始劝慰鲍勃罗夫。

"亲爱的，安德烈·伊里奇，算了吧，我的亲爱的，何苦为这些愚蠢的念头伤神呢。您瞧，窗户敞着，院子里很潮湿……躺下吧，喏，给您点溴水。""躁狂患者，十足的躁狂患者。"他想着，同时心里充满了怜悯和恐惧。

鲍勃罗夫无力地执拗着，刚才的一顿发作把他弄得精疲力竭了。但是他一倒在床上，便又歇斯底里地大哭起来。于是医生又在他身旁坐了半天，像对待小孩似的抚摸着他的头，对他说些未加思索的温存的安慰话。

# 六

第二天在伊凡科沃车站举行了隆重的仪式，欢迎瓦西利·捷连季耶维奇·克瓦什宁。十一点以前，工厂的所有管理人员都到齐了。看来，大家都有点心神不定。经理谢尔盖·瓦列里扬诺维奇·舍尔科夫尼科夫，一杯接一杯地喝矿泉水，不断地掏出表来看，可是还没看清分针秒针又机械地放回衣袋里。这个不经意的动作便暴露出他的不安来。但经理的面孔，那张上流社会人士的，漂亮、保养得很好、自以为是的面孔，仍然没有表情。只有少数几个人知道，舍尔科夫尼科夫只是名义上的，也可以说是纸上的、工地上的经理。实际上所有的事都归比利时工程师一手独揽，此人就其民族来说，是一半波兰人一半瑞典人，他在厂里的作用是不知底细的人无论如何也无法想象的。两个经理的办公室紧挨着，中间通着一道门。舍尔科夫尼科夫不敢签署任何一份重要的公文，如果不先在哪一页的角上找到安德烈亚用铅笔做出的暗号的话。碰到无法商量的紧急场合，舍尔科夫尼科夫便装出一副烦心的样子，用不客气的口吻对求见者说道：

"对不起……我实在抽不出一分钟时间来……我现在忙得不可开交……请您费心把您的事告诉安德烈亚先生吧，他看了以后会写条子转告我的。"

安德烈亚为董事会立下了汗马功劳。搞垮第一批企业主的天才的诈骗方案，完全出自他一个人的心机，而又是他那只坚强然而不露形迹的手把阴谋进行到底的。他那些以惊人的简单和完整著称的方案，被认为是当时采矿学的最新成就。他精通欧洲各国语言，并且——这在工程师当中是罕见的现象——除了本专业外，还具备各种行业的知识。

在所有聚集在火车站上的人们当中，只有这个生得一副痨病鬼身架、长着一张老皮猴子面孔的人，仍然像平时那样泰然自若。他到得比谁都晚，现在正在站台上踱来踱去，把两只手插进肥大的、裤腿拖地的裤子的裤兜里，一直插到胳膊肘，嘴里衔着那支永不离嘴的雪茄烟。他那两只流露出学者卓越智慧和冒险家坚强意志的明亮眼睛，像通常一样，从浮肿疲惫的眼皮底下，呆板地、冷漠地望着周围的一切。

齐年科一家人的到来没有引起任何人的惊奇。不知道什么原因，大家早就习惯于把她们当作工厂生活不可分割的一部分了。少女们把装模作样的活跃气氛和做作的笑声带进这间寒冷、沉闷、阴暗的车站大厅。一群等得不耐烦的年轻一点的工程师把她们围起来。少女们马上采取惯用的手势，小嘴不停地向左右的人说着可爱的、但大家早已听腻了的天真可笑的话。矮小、好动、忙乱的安娜·阿凡纳西耶夫娜，在自己跑来跑去的女儿们中间，活像一只带着小鸡到处觅食的老母鸡。

鲍勃罗夫疲惫不堪，经过昨天的一场发作几乎成了病人，一个人孤单单地坐在车站大厅的犄角里，拼命抽烟。当齐年科一家人走进来，叽叽喳喳地大声说着话，在圆桌周围坐下来的时候，安德烈·伊里奇心里同时产生了两种非常模糊的感觉。一方面，他为这家人不分场合，贸然来到这儿感到羞辱，这是一种为别人感到灼痛而抑郁的羞辱。另一方面，他看见尼娜又非常高兴，尼娜由于车子赶得太快而涨得脸颊绯红，兴奋得眼睛发亮；她的穿戴非常迷人，而且永远比他所想象的要美丽得多。在他那病态的、痛苦已极的心灵里，突然燃烧起一种愿望，渴求得到少女温馨的爱情，盼望着那种惯常的、给人以慰藉的女性的爱抚。

他想找机会靠近尼娜，但她不停地同两个矿业大学生聊天，他们两个争先恐后地逗她发笑。她笑着，露出两排发亮的小白牙，比任何时候都更加卖弄风情、更加快活。然而有两三次她的目光同鲍勃罗夫相遇了，他觉得在她微微扬起的眉毛里隐匿着缄默的、但不含敌意的疑问。

站台上响起了一阵很长的铃声，报告大家火车已经从最近的一站开出来了。工程师中间引起一阵慌乱。安德烈·伊里奇嘴边浮着嘲笑，从自己的角落里端详这二十来个人怎么一下子产生了同样惊恐的念头，他们的脸怎么突然变得严肃和忧虑，手怎么下意识地迅速掠过礼服的纽扣、领带和制帽，眼睛怎么一齐转向打铃的方向。大厅里很快就一个人也不剩了。

安德烈·伊里奇走到站台上。小姐们被那些献殷勤的男人们撇在一边，孤立无援地聚集在门旁，簇拥在安娜·阿凡纳西耶夫娜的身边。尼娜转过身来，面对着鲍勃罗夫凝视的目光，仿佛猜出他想同她单独谈话的愿望，便向他走去。

"您好，您今天脸色怎么这么苍白？您不舒服吗？"她问道，温柔地紧握着他的手，严肃而亲切地窥探着他的眼睛，"您昨天干吗那么早就走了，都没有同我告别一声？什么事惹您生气了？"

"可以说生气了，也可以说没有。"鲍勃罗夫微笑着回答，"没生气——因为我没有任何生气的权利。"

"未必吧，每个人都有生气的权利。特别是当他知道人们重视他的意见的时候。可是为什么呢？"

"因为……您知道，尼娜·格里戈利耶夫娜，"鲍勃罗夫说道，感到突然来了勇气，"昨天，我们一起坐在阳台上的时候——您还记得吗——由于您的缘故我度过了美妙的时刻。于是我明白了，如果您愿意，您能使我成为世界上最幸福的人。啊，我干吗还要害怕和迟疑呢……您是知道的，您猜到了，您早就知道，我……"

他没有把话说完……刚才来的那阵勇气突然消失了。

"您这是……怎么了？"尼娜装出一副无所谓的样子反问了一句，可是她的声音突然不由自主地颤抖起来，她垂下眼睛望着地面。

她等待着爱情的表白，这种表白总是如此强烈而愉快地激动着少女们的心，不管她们的心是否以同样的感情回答这种表白。她的脸颊微微发白了。

"不是现在……以后，随便找个时候，"鲍勃罗夫难于出口，"随便找个时候，换个场合，我再对您说……看在上帝的分上，不是现在。"他用央求的口吻补充道。

"那好吧。可是您到底为什么生气呢？"

"因为在那样的美妙时刻之后，我走进客厅时，正处在——叫我怎么说呢——最激动的心情下……而当我走进去的时候……"

"于是谈论克瓦什宁收入的话就叫您受不了啦？"突然出现的本能的洞察力使尼娜猜着了他的意思，这种洞察力有时就连智力低下的女人也会有的，"对不对？我猜着了吧？"她转过身子对着他，又用深沉抚爱的目光看了他一眼。"喂，快坦白吧，您什么都不应该瞒着您的朋友啊。"

有一次，大约三四个月以前，很多人一起在河上划船，尼娜为温柔的夏夜之美所感动，牵动了柔情，提议同鲍勃罗夫永远做朋友，鲍勃罗夫非常认真地接受了她的挑逗，在整整一个星期之内，像她称呼他那样，称呼她为自己的朋友。每逢她慢腾腾地、意味深长地、带着她平常懒洋洋的神态对他说"我的朋友"时，这几个字就会使他的心猛烈地、甜蜜地跳动起来。现在他回想起这个玩笑，叹了口气回答道：

"好吧，'我的朋友'，我把实话告诉您，虽然这叫我有点为难。从我对您的态度来说，我老是处在一种痛苦和矛盾的状态中。在我们的谈话中，有时您的一句话，一个手势，甚至一瞥目光，都能突然使我变得那么幸福！咳，那样的感受难道能够用语言来表达吗？……不过您得告诉我，这些您都注意到了吗？"

"注意到了。"她几乎用耳语般的低声回答道，睫毛狡狯地颤动着，目光低垂下来。

"可是后来呢……后来突然，一下子，我眼看着您变成一个外省小姐了，说的都是些陈词滥调，一举一动都是那么呆板和矫揉造作……请您不要因为我说话坦率而生我的气……如果不是因为把我折磨得这么痛苦，我就不会说出来了……"

"这我也注意到了……"

"您看就是这样嘛……我一直相信您有一个温柔、敏感、富于同情心的灵魂。可是您为什么不愿意永远像现在这样呢？"

她又朝鲍勃罗夫转过身去，一只手还做了一个动作，仿佛要碰他的手。他们这时正在站台上没人的那头来回走着。

"您从来也不想理解我，安德烈·伊里奇，"她带着责备的口吻说，"您神经过敏、性情急躁，把我身上所有的长处都夸大了，可是却不肯谅解我。在我所处的环境中我不能不如此，不然就显得可笑了，并且还会引起家庭不和睦。我太脆弱了，还应当说句实话，对于斗争和独立这类事，我都太渺小了……我去大家都去的地方，我看问题和判断事物都同大家一样。您不要认为我没有意识到自己的平庸……但我同别人在一起时没感到它的重负，而同您……同您在一起时我便完全失去了分寸，因为……"她嗫嚅着，"得了，反正都一样……因为您完全是另外一种人，因为像您这样的人我还从来没有遇见过。"

她觉得自己说得很真诚。令人清爽的清新的秋天空气，熙熙攘攘的车站，对自己美貌的意识，感觉到鲍勃罗夫钟情的目光之后所产生的满足——所有这一切都使她非常激动，凡是歇斯底里的天性在这种场合总是说谎说得那么动情、那么迷人、那么得意忘形。她在快活地欣赏自己所扮演的渴求精神支柱的少女的新角色，觉得有必要对鲍勃罗夫说几句动听的话。

"我知道您把我当成卖弄风情的女人了……请您不必替自己辩解……我同意，我给了您这样想的理由……比如我常同缪勒一起说笑。可是您要知道这个活像复活节的小天使的人多让我讨厌就好了。还有那两个大学生……漂亮的男人就凭他们老是自我欣赏这一点就叫人受不了……不知道您相信不，虽然这也许有点奇怪，我总对难看的男人特别有好感。"

鲍勃罗夫听到她用最温柔的口吻说出这句动听的话时，忧伤地叹了一口气。唉，他已经不止一次从女人嘴里听到过这类残酷的安慰话了，这些话是女人们从来不会拒绝对自己相貌难看的崇拜者说的。

"那就是说，我有一天也能博得您的青睐了？"他用开玩笑的口吻问道，但话里分明带着自嘲的苦味。

尼娜立刻明白自己说走了嘴。

"对您这个人真是没有办法。同您简直没法说话……您干吗非要人家恭维不可，阁下？丢人啊！"

她由于自己的失言也有点感到难为情，为了转换话题，便开玩笑似的命令道：

"怎么啦，您不是准备在另外的场合对我说什么吗？请您现在就说吧！"

"我不知道……不记得……"心已经凉了半截的鲍勃罗夫不知该怎么回答好了。

"我提醒您，我隐讳的朋友……您先谈到昨天的情形，后又说到什么美妙的时刻，之后又说我大概早已注意到了……但是注意到什么呢？您没有把话讲完……您现在说吧。我要求您这样做，听见了没有？"

她望着他，眼睛里含着微笑——既是狡猾的，同时又是允诺和温柔的微笑……鲍勃罗夫的心在胸中仿佛甜蜜地收缩在一起了，于是他又感到了刚才的勇气。"她知道，她自己要我说。"他这样想，渐渐鼓起勇气来。

他们在站台尽头没有人的地方停住了。两人都很激动。尼娜等待他回答，欣赏着自己所开的刺激人的玩笑。鲍勃罗夫在搜索辞藻，粗声喘气，非常激动。可是就在这时响起了信号喇叭的尖叫声，车站上顿时骚动起来。

"您听见没有……我等着呢，"尼娜低声说道，赶快离开鲍勃罗夫，"对我来说，这要比您想的重要得多……"

从铁路拐弯的地方冲出一列黑烟滚滚的特别快车。几分钟以后，火车轰隆轰隆地开上岔道，迅速而平稳地减低了速度，停在站台旁边……列车的最后挂着一节新刷过蓝漆的耀眼的长包车，所有欢迎的人都向这节车厢拥去。列车员毕恭毕敬地跑过去打开车门；马上从里边放下一架折梯，哗啦一声打开了。站长由于激动和奔跑，脸涨得通红，神色惊惶不安，催着工人赶快把包车卸下来。克瓦什宁是 N 铁路的大股东，他在铁路支线行驶时，所到之处受到的隆重接待，往往连铁道部门的最高官员也望尘莫及。

走进车厢的只有舍尔科夫尼科夫、安德烈亚和两个有势力的比利时工程师。克瓦什宁坐在安乐椅里，叉着两只大粗腿，挺着一个大肚子，头上戴着一顶细毡圆帽，圆帽下面露出耀眼的棕红头发；脸像演员那样刮得干干净净，腮帮子往下耷拉着，下巴上打了三层褶，大雀斑长得满脸都是，仿佛刚刚睡醒，一脸不痛快的样子；嘴唇撇出一副睥睨一切的厌烦的怪相。

他看见工程师们进来之后，才费劲地站起来。

"先生们，你们好。"他用嘶哑的低音说，把自己一只滚圆的大手挨个伸给他们，好让他们都有恭恭敬敬碰它一下的机会，"怎么着，工厂的情形怎么样？"

舍尔科夫尼科夫开始用公文腔调汇报：工厂里一切都很好，只等瓦西利·捷连季耶维奇的光临，以便在他亲临指导下给高炉点火开炉，为新建筑破土奠基……工人和包工头都是花高价雇来的。订货如此之多，促使我们尽快开工。

克瓦什宁一边听着，一边把脸转向窗口，心不在焉地望着聚集在包车前面的人群。除了嫌恶的倦容外，他的脸上没有任何其他的表情。

突然他打断了经理的报告，提出一个出人意料的问题：

"哎，我说，那个女孩是谁？"

舍尔科夫尼科夫向窗外望了一眼。

"喏，就是帽子上插着黄羽毛的那个。"克瓦什宁不耐烦地用手指着。

"噢，那个呀！"经理略微一惊，随即趴在克瓦什宁的耳朵上用法语神秘地低声说，"这是我们仓库主任的女儿，他姓齐年科。"

克瓦什宁蠢笨地点了点头。舍尔科夫尼科夫继续报告，但老板又打断了他的话。

"齐年科……齐年科……"他没离开窗子，拖长了声音若有所思地念着，"齐年科……这个齐年科是什么人？我在哪儿听见过这个姓？齐年科？"

"他在我们这儿管理仓库。"舍尔科夫尼科夫毕恭毕敬地重复了一遍，故意装得很冷淡。

"噢，想起来了！"瓦西利·捷连季耶维奇猜到他是谁了，"在彼得堡有人对我提起过他……好吧，请继续报告吧。"

尼娜凭着女性的敏感准确无误地猜到克瓦什宁现在瞧的和谈的正是自己。她稍稍背过点身子去，但她那张由于卖弄风情的快意而泛起红晕的脸，连同脸上所有的美人痣，仍然能够让瓦西利·捷连季耶维奇看得清清楚楚。

最后报告结束了，克瓦什宁走到车厢后部造得像一座宽阔的玻璃馆似的包车台上。

为了使这一刹那永久保留下来，正如鲍勃罗夫所想的那样，所缺少的只是一架好照相机。克瓦什宁不知道为什么没有马上走下来，还站在玻璃墙后面，把自己肥大的身躯凌驾于簇拥在包车前面的人群之上；他两条腿大叉着，一脸嫌恶的神气，活像刻工粗糙的日本木偶。老板木然不动的样子，显然使欢迎的人群感到厌恶：事先做出来的笑容凝滞在他们已经撇开的嘴唇上，他们眼睛向上仰望，带着阿谀的、几乎是恐惧的表情望着克瓦什宁。矫健的列车员像士兵似的呆立在车门两旁。鲍勃罗夫偶尔望了一眼挤在他前面的尼娜的脸，痛心地发现，在她的脸上同样凝滞着野蛮人观望偶像时所露出的微笑和惊恐。

"难道这只是对三十万卢布年俸的不含个人企图、纯属崇敬的惊愕吗？"安德烈·伊里奇想道，"是什么东西迫使所有这些人在这位从来不愿正眼瞧他们一眼的人面前摇尾乞怜呢？这儿是否有一种无法理解的阿谀心理的规律呢？"

克瓦什宁站了一会儿之后，决定下车了，于是腆着肚子，在列车仆役小心翼翼的搀扶下，沿着扶梯走到站台上。

人们急忙在他面前向左右两边闪开，恭恭敬敬地向他鞠躬，他只是随便点点头，向前撇着肥厚的下嘴唇，用浓重的鼻音哼道：

"先生们，明天以前没事了。"

快走到车站门口的时候，他做了个手势叫经理到他跟前来。

"那您，谢尔盖·瓦列里扬诺维奇，把他介绍给我吧。"他压低了声音说道。

"齐年科？"舍尔科夫尼科夫心领神会，马上就猜到了。

"对啦，活见鬼！"克瓦什宁突然恼火了，嘟囔了一声，"可不是在这儿，不在这儿。"他抓住急忙向前走去的经理的袖口，"等我到工厂之后……"

# 七

克瓦什宁到达后的第四天便举行了石方工程奠基和新高炉点火的仪式。预计对这两件事要尽可能隆重地庆祝一下,所以事先就把印好的请帖送到附近的克鲁托戈尔、沃罗宁、利沃夫三家冶金工厂。

瓦西利·捷连季耶维奇到达之后,又从彼得堡来了两个董事、四名比利时工程师和几位大股东。工厂职员当中纷纷传说,董事会要拨出两千卢布举办盛大午宴,然而暂时还没有任何迹象可以证明传说的可靠,于是采购酒食的费用便像沉重的贡赋一样落在包工头的身上。

那一天对于举办庆祝仪式再理想不过了——这是初秋一个晴朗的日子,天空显得那么深邃、湛蓝而悠远,凉爽的空气中散发着醇厚的酒香。为了安装新的鼓风机和贝氏炼钢炉,在地基下面挖了几个方坑,周围站满了工人,围成马蹄形。在这堵活围墙当中,一个方坑的最边上,摆着一张没上过漆的普通桌子,桌子上铺了一块白桌布,放着十字架和福音书,旁边还放着盛圣水的洋铁杯和洒圣水的刷子。已经穿上绣着金十字的绿法衣的神甫站在一旁,站在十五个自愿唱诗的工人前面。马蹄形开口的那一面站着工程师、包工头、工长、账房先生——二百多人组成的五颜六色的活跃人群。摄影师站在路堤上,用一块黑头巾把自己连照相机一起蒙起来,并且早就在那里忙来忙去,寻找合适的角度了。

十分钟之后,克瓦什宁乘坐一辆由三匹灰色骏马拉的马车驶进工地。他一个人坐在马车里,因为即使有人愿意和他坐在一起,他的马车也挤不下了。五六辆马车跟在克瓦什宁后面驶过来。工人们一看见瓦西利·捷连季耶维奇，便本能地认出他是"最大的官儿"，马上像一个人似的一齐脱下帽子。克瓦什宁威风凛凛地走在最前面，对神甫点点头。

"赞美我主，永世永生，世世代代。"在很快地出现的一片静默中，响起了神甫颤抖的、温和的、带着鼻音的男高音。

"阿门！"临时凑起来的合唱队相当整齐地跟着唱起来。

工人们——他们约有三千人——就像对克瓦什宁鞠躬那样，一齐画了个大十字，低下头，之后又抬起来，把头发往上一甩……鲍勃罗夫不由得仔细观察他们。前面站着两排规规矩矩的俄国石匠，一律系着白围裙，几乎个个生着亚麻色头发和棕红色胡子；站在石匠后面的是铸工和铁匠，穿着按照法国和英国式样制作的宽大的黑色工作服，脸上沾着永远洗不掉的铁末——在他们中间还能看到长着鹰钩鼻子的外国工人的侧影。铸工后面可以看到烧石灰炉的工人，从他们仿佛撒了厚厚一层面粉的脸上，从他们红肿发炎的眼睛上，老远就能认出他们来……

每当合唱队大声整齐地、虽然不免带点鼻音地唱道"圣母，把你的奴仆从灾难中拯救出来"时，这三千人便一齐虔诚地画十字，发出一片沙沙声，同时深深地鞠躬。鲍勃罗夫在这一大片灰色人群的同声祷告中感觉到一种自发、雄健，同时又是幼稚和动人的东西。明天所有的工人就要从事繁重而顽强的十二个小时劳动了。怎么能知道，命运已经注定他们当中哪个人要在这次劳动中付出生命呢：从高脚手架上掉下来，被铁水烧伤或者被砖石砸死？正当合唱队请求圣母——把自己的奴仆从灾难中拯救出来的时候，他们深深地鞠躬，把褐色的发绺甩上去，而这时所想的不就是命运所做出的不可变更的决定吗？这些怀着一颗颗刚毅而朴实的心的大孩子，这些恭顺的战士，每天都走出潮湿寒冷的土屋去树立习以为常的忍耐和勇敢的功勋，他们不指望圣母还能指望谁呢？

一向爱好广阔、富有诗意场面的鲍勃罗夫，这样或者差不多这样想着，虽然他早就不习惯祷告了，但每逢从远处传来的神甫的颤抖声音被教友们的齐声欢呼所代替时，便有一股刺激神经的凉意从安德烈·伊里奇的脊背和后脑勺上流过。在这些愚昧的劳动者天真的祈祷中，有一种强有力、顺从和自我牺牲的东西，天知道他们来自何方，从哪些遥远的省份，离乡背井，汇聚到这里来干繁重而危险的活儿……

祷告完毕。克瓦什宁大大咧咧地往坑里扔了一枚金币，可是拿着铲子怎么也弯不下腰去——只好由舍尔科夫尼科夫代劳了。然后大家向高炉走去，这些炉子耸立在石基上，像一座座笨重的圆顶黑塔。

第五座新建的高炉，用技术行话来说，已经"顺利运转"。在高炉下部一俄尺高的地方凿开了一个口子，烧得发白的熔渣像一股沸腾的急流从口子里奔流出来，蓝色的硫黄火星从熔渣里向四外飞溅。熔渣沿着斜槽流入安装在与石基垂直的边缘的汽锅里，然后在汽锅里凝结成冰糖一样淡绿色的厚块。站在炉子最顶上的工人们，不停地把铁斗车不时运上来的矿石和焦炭扔进炉子里去。

神甫把圣水洒在高炉的四周，然后胆怯地迈着老人那种跌跌撞撞的步子急忙走到旁边去了。炉工班长是个筋骨结实的黑脸膛的老头儿，他画了个十字，往手上啐了口唾沫。他的四个助手也照样做了。然后他们从地上抓起一根很长的钢钎，悠荡了半天，喉咙里一齐发出咯咯的声音，把它戳进炉子的紧底下。钢钎杵着黏土塞子，发出清脆的响声。观众在惊吓焦急的等待中眯起眼睛，有的人还向后退了几步。工人们又戳了一下，之后又是第三下、第四下……突然在钢钎的尖端下喷出一股耀眼的铁水喷泉。那时炉工班长又用钢钎转了几转，把开口的地方捅大了，铁水慢慢沿着沙沟流去，变成火红的赭石色。一串串耀眼的大火星从高炉开口的地方向四外飞溅，发出噼噼啪啪的响声，然后消逝在空气中。这缓慢地、仿佛懒洋洋地流动的铁水烤得人受不了，不习惯的客人一直往后退，用两只手捂着脸。

工程师们从高炉来到鼓风机车间。克瓦什宁事先就吩咐过，让同他一块儿来的股东们见识见识工厂的规模有多么庞大，情况又多么复杂。他非常正确地估计到，这些被大量强烈的、对他们来说完全是新鲜的印象所震惊的先生们，以后便会对授予他们全权的全体股东大会讲述他们所见到的奇迹了。瓦西利·捷连季耶维奇摸透了实业家们的心理，他已经认为发行新股票的事可以稳操胜券了，这件事对他本人极为有利，但全体股东大会至今尚未通过。

股东们确实被惊得头晕目眩，两腿发抖……他们在鼓风机房里吓得脸色发白，听着两俄丈长的垂直活塞把空气打入管子时发出的嚎叫声，叫得连机房的石墙都颤动了。空气沿着几根两抱粗的笨重的铁管往里钻，经过热风炉，被瓦斯加热到六百摄氏度，从那儿再钻进高炉炉膛，用热风把矿石和煤熔化。管理鼓风机车间的工程师向大家解释了一番。他虽然弯下腰对着股东们的耳朵挨个叫喊，可是由于机器可怕的隆隆声，他的声音仍然不能被听见，仿佛他只是在不出声地使劲蠕动嘴唇。

后来舍尔科夫尼科夫把客人们带进搅铁炉棚——这是一座很高的铁建筑物，而且也非常长，从这头望那头只能看见一线空隙。沿着棚子的一面墙修了一条石台，二十个搅铁炉就安装在石台上，形状就像拆了轮子的火车车厢。在这些炉子里铁水同矿石搅拌在一起，冶炼成钢。炼好的钢水沿着管子往下流，注满铁制的模柱——有点像无底的套子，但上面带有几个把手——钢水在模子里凝成一块块的大钢锭，每个钢锭有四十普特重。棚子空着的那边铺设有铁轨，蒸汽起重机在铁轨上哐当哐当地开来开去，喷着气，发出哑哑的响声，就像几只装着柔软长鼻子的驯服而灵敏的动物。一架起重机用钩子钩住模子的把手，把它往上吊，红得耀眼的整齐的长方形钢锭沉得直往下坠落。但在钢锭落地之前，一个工人就以非凡灵巧的动作用胳膊粗的链子把它拴住了。第二架起重机再用钩子钩住这条铁链，把"钢件"平稳地从空中运走，放到固定在第三架起重机上的平板上、其他钢锭的旁边。第三架起重机把钢锭运到棚子的另一头，那儿，第四架起重机，装的不是钩子而是夹钳，从车厢里把"钢件"卸下来，装进安装在地板下面的敞开的瓦斯炉炉口里。最后，第五架起重机又从炉口里把烧得发白的钢锭取出来，轮流放在带尖齿的轮盘下面，轮盘在横轴上飞快地旋转着，于是四十普特重的"钢件"便在五秒钟之内被切成两半了，就像切一块松软的饼干一样。每一半都要经过七百普特压力的汽锤的锻压，汽锤压力如此之大，锻压起来毫不费劲，仿佛钢锭是用蜡做的一样。锻压过后，工人们立刻用手推车把它接住，跑步送到远一点的地方，烧得通红的钢锭一路上耀眼烤人。

然后舍尔科夫尼科夫请客人参观轧轨车间。烧得通红的大长方形钢锭经过一排车床，沿着滚轴从一架车床滚到另一架车床；滚轴在地板下面旋转，地板上面只露出顶端上的那一部分。长方形钢锭挤进由两个向不同方向旋转的钢滚筒所形成的缝隙，从其间穿过，使得钢滚筒隆隆作响并因作用力而震动。等待着钢锭的下一架车床，它的钢滚筒之间的缝隙更狭窄。钢锭每经过一架车床都要变得细一点、长一点，来回经过几回轧制之后，渐渐地就变成了十俄丈长的通红的铁轨形状。十五部车床的复杂动作通共只有一个工人操作，他站在蒸汽机的那个仿佛船长桥似的突起部位上。他向前推摇杆，所有的滚筒和滚轴就向一个方向旋转；他向后拉摇杆，滚筒和滚轴就向相反的方向旋转。等到铁轨最终拉长了之后，圆锯子便发出震耳欲聋的尖叫声，喷射出金色喷泉似的火花，把它截成三段。

　　后来大家又走进切削车间，那儿主要加工车厢和火车头用的轮子。皮传送带从横穿整个车间的粗钢轴上垂下来，带动大小不一、形状各异的二三百部车床。这些传送带如此之多，在各个不同的方向交错着，给人一种密集、错乱、颤动的皮带网的感觉。有些车床的轮子一秒钟内旋转二十圈，而另一些轮子旋转得慢到几乎看不出来。钢的、铁的和铜的刨屑，有如美丽的长螺旋，在地板上铺了厚厚的一层，钻床使空气中充满了难以忍受的刺耳的尖叫声。在这里也让客人参观了制造螺丝帽的机器——有点像两大块有规律地咀嚼着的钢颚骨。两个工人把灼热的铁条的一端叉进这张大嘴里去，机器把它均匀地一段一段咬断，吐到地上的已经是完全做好的螺丝帽了。

　　等到舍尔科夫尼科夫走出切削车间，建议股东们参观本厂的骄傲——九百马力的"复涨式蒸汽机"时（他一直特别卖劲地向股东们解释着），彼得堡的先生们已经被看到和听到的一切弄得头昏脑涨，难受不堪了。新的印象再不能提起他们一点兴趣，只能更使他们感到疲惫。轧轨的热气把他们的脸烤得通红，手和衣服上都沾满了煤烟子。他们勉强接受经理的邀请，看来只不过是为了保持授权给他们的股东会议的尊严罢了。

九百马力的"复涨式蒸汽机"安装在一间单独的厂房里，里面很整洁，有明亮的窗户和镶花的地板。尽管机器庞大无比，但几乎一点震动的声音都没有……两只活塞，每只都有四俄丈长，轻快地在四周箍着木条的圆筒里抽动。带动十二条缆绳的二十英尺高的大轮子同样不出声地飞快地旋转着；由于轮子转动的幅度大，机器房里燥热的空气被激起一阵阵均匀的热浪。这架机器既能带动鼓风机，又能带动轧钢车床，还能带动切削车间的全部机器。

参观过"复涨式蒸汽机"之后，股东们相信他们所受的考验一定该结束了，谁料不知疲倦的舍尔科夫尼科夫又突然殷勤地向他们提出新的建议：

"现在，先生们，我要请你们看看整个工厂的心脏，使它获得生命的那个部位。"

他不是带他们，而是差不多把他们拖到了锅炉房。然而在看到这所有的一切之后，"工厂的心脏"——十二个五俄丈长、一俄丈半高的筒式锅炉——并没有给精疲力竭的股东们留下特别深刻的印象。他们的思想早就围绕着等待他们的午餐转了，他们已不像先前那样什么都要问，只是对舍尔科夫尼科夫的讲解心不在焉地、冷淡地点头而已。等经理讲解完了，股东们如释重负地喘了口气，非常真诚地、带着毫不掩饰的满意神情，开始同他握手。

现在只有安德烈·伊里奇一个人留在锅炉旁边了，他站在半昏暗的深石炉坑的边缘，一直望着在下面脱了上衣干重活的六个工人。他们的职责是不分黑天白夜，不停顿地往炉口里扔煤。圆铁炉盖不时哗啦一声打开，那时便能看见白炽耀眼的熊熊火焰在炉膛里翻腾，发出呼呼的声响。工人被火烤干的、被煤末渍黑的光裸身体，不时向下弯去，于是他们脊背上所有肌肉、整条脊椎都明显地凸起。他们精瘦的、紧握铁铲的手，不时铲满一铲煤，动作敏捷地扔进敞开的熊熊燃烧的炉口里去。两个站在上面的工人，同样一分钟也不耽搁，把一堆堆的煤铲到下面去；锅炉房周围的煤堆得像一堵黑城墙那么高。鲍勃罗夫在司炉们永无休止的工作中，感到一种压抑的、不人道的东西。仿佛一种超自然的力量把他们的一生都锁在这张血盆大口上，而他们，在惨死的威胁下，必须不知疲倦地喂养再喂养这些永远喂不饱的贪婪的怪物。

"怎么啦，同事，在观看怎么喂肥您的摩洛吗？"鲍勃罗夫听到背后响起一个快活、和善的声音。

安德烈·伊里奇战栗起来，差点没掉进司炉坑里。医生这句玩笑话同他自己想法的巧合使他大吃一惊，几乎使他浑身震动。甚至在他镇定下来之后，还久久不能摆脱这种巧合留下的奇异的感觉。每当他思考某件事，或者在书中读到什么的时候，马上便听到身旁有人也在谈论这件事，这种情形一直在吸引着他，使他感到不可思议。

"我大概吓了您一跳吧，我亲爱的？"医生问道，仔细地看了看鲍勃罗夫的脸，"请您原谅。"

"是有一点……您不声不响地走过来……我一点都没想到。"

"哦，安德烈·伊里奇老兄，咱们还是医治一下神经吧。咱们的神经可太不管事了……您听我的忠告：请假到外国转一趟吧……干吗要在这儿找罪受呢？舒舒服服地消遣个半年：喝点好酒，多骑骑马，谈谈爱情……"

医生走到司炉坑的边上。

"真是一座活地狱！"他往下看了一眼，不由得惊叹道，"这样的小茶饮每个有多重？我想有八百普特吧？"

"不对，还要重呢。一千五百普特。"

"哎呀呀……要是这玩意儿突然爆炸了呢？场面肯定非常壮观吧，对不对？"

"非常壮观，大夫。也许所有这些建筑物全要完蛋……"

戈利德别尔格摇摇头，意味深长地吹了一声口哨。

"怎样才能发生这样的事呢？"

"原因有各种各样的……最常见的情形是这样的：锅炉里剩下的水太少，炉壁就会越烧越热，烧到差不多快要红透了，如果这时往锅炉里放水，一下子就会产生大量蒸汽，而炉壁经不住那么大的压力，锅炉就会爆炸。"

"那么也可以故意这样干了？"

"太容易了……您想不想试一试？等水降到水位线以下，只要转一下活门，您瞧，就是这根小圆杆……就行了。"

鲍勃罗夫在开玩笑，不过他的声音却异常严肃，眼睛严峻而悲哀地望着他。

"鬼知道他，"医生想，"他是个可爱的人，但……究竟是个神经病……"

"您怎么没去参加午宴呢，安德烈·伊里奇？"戈利德别尔格离开司炉坑时问道，"看看他们把实验室装饰成一个什么样的冬季花园也好嘛，而且餐具讲究得简直吓人。"

"去他们的吧！工程师午宴最让我受不了啦。"鲍勃罗夫皱起眉头说，"吹牛，叫喊，互相奉承到肉麻的地步，随后便是少不了的喝醉酒的人举杯祝贺，致辞的时候把酒洒在自己和旁边人的身上……恶心死了！"

"对，对，一点不错，"医生大笑起来，"我赶上开头了。克瓦什宁——发表了一派冠冕堂皇的言论：'各位先生，工程师的使命是崇高和负有重大职责的使命。他们在铺设铁轨、建造高炉、开采矿山的同时，把教育的种子、文明的花朵带到国家的内地去……'还有什么果实，我已经记不清了……可是他是个头号骗子！'先生们，团结起来，我们将把行善艺术的神圣旗帜高高举起！'当然是一阵疯狂的鼓掌声了。"

他们默默地走了几步。医生的脸上突然蒙上一层阴影，用一种带着愤恨的声音说道：

"不错，行善的艺术！可工人住的窝棚是用木片搭的。生病的不计其数……小孩像苍蝇似的，一死一大片。这就是教育的种子！等到伊凡科沃的人都传染上了伤寒，我看他们还说什么。"

"您说什么，大夫？难道已经发现病人了吗？在住得这么拥挤的地方发现伤寒，真可怕。"

医生不说话了，沉重地喘着气。

"怎么没有？"他痛苦地说道，"昨天送来两个。一个今天早上死了，另一个如果还没死，晚上一定完蛋……我们这儿既没有药品，也没有病房，更没有有经验的医士……等着瞧吧，他们会闹出事儿来的！"戈利德别尔格气愤地加了一句，在空中摇了摇拳头，仿佛威胁谁似的。

<h2 style="text-align:center">八</h2>

　　飞短流长开始了。克瓦什宁到来之前，厂子里已经流传了他的不少风流韵事，所以现在谁也不怀疑他突然接近齐年科一家的真正意图。太太们谈起这件事时露出暧昧的微笑，男人们在自己的圈子里用粗话把这些勾当直截了当地说出来，然而大概没有人知道究竟出了什么事儿。大家都兴冲冲地等待着诱骗丑闻的发生。

　　谣言中总有一点真实的影子。自从克瓦什宁拜访过齐年科一家之后，便每天晚上都在他们家里度过。每天上午十一点左右，他那套由三匹灰马拉着的华丽的马车便驶进舍佩托夫卡庄园，马车夫一成不变地报告："老爷请太太小姐们过去用早餐。"这类早餐是不邀请外人的。食品由法国厨师准备，瓦西利·捷连季耶维奇出门老带着他，连出国也不例外。

　　克瓦什宁对他新交的关切表现得非常独特。对于五个女孩子，他一下子就成了不拘礼节的、快乐的独身汉叔叔。过了三天他就叫她们小名带父称了——舒拉·格里戈利叶夫娜、尼诺奇卡·格里戈利叶夫娜，还经常捏最小的卡霞带酒窝的胖下巴，逗她玩，管她叫"小娃娃"和"小雏鸡"，把卡霞臊得快掉眼泪了，可是还是让他逗着玩。

　　安娜·阿凡纳西耶夫娜开玩笑地数落他说，他把她的小姑娘们完全宠坏了！当真，只要她们当中有人表示出一闪念的愿望，这个愿望马上就能成为现实。玛卡只是稍微提到她想学骑自行车，其实完全是无心的，第二天专差便从哈尔科夫给她运来了一辆漂亮的自行车，至少也值三百卢布……他为了几件鸡毛蒜皮的小事同别塔打赌，输给她一普特糖果，又输给卡霞一枚胸针，上面用珊瑚、紫水晶、蓝宝石、碧玉四种宝石交错镶成她的名字。有一次他听说尼娜喜欢骑马并且爱马，两天之后便有人给她牵来一匹纯种的英国牝马，训练得十分驯顺，并且是在女人的鞍下训练出来的。小姐们都迷上他了。他们家里来了一位童话中的善良精灵，能够猜出他们任何一丁点任性的欲望，并能加以满足。安娜·阿凡纳西耶夫娜模糊地感觉到在这种慷慨中隐藏着一种对正派人家有失体面的东西，可是她缺乏不动声色地让克瓦什宁有所领悟的勇气和手段。他对她阿谀的责备只是挥挥手，用带点粗鲁的果断的低音回答道：

"瞧您说的，我亲爱的……这些小事您也想得出来……"

然而他并没有对她哪一个女儿表示出明显的偏爱，而是对她们同样地讨好，同她们同样不拘礼节地开玩笑。先前到齐年科家里去的青年人早已知趣地消失得无影无踪了，可是在这之前只到过他们家两三次的斯维热夫斯基，却反而成了常客。谁也没邀请过他，他自己上门，就像应某人神秘的邀请而来似的，并且马上就成为全家成员必不可少的人物了。

不过，在他出现在齐年科家之前，还有一段小插曲。有一次，五个月以前吧，斯维热夫斯基在同事之间说漏了嘴，说他一生的理想是将来成为百万富翁，说他到四十岁的时候一定要成为那样的人。

"您怎么达到这个目的呢，斯塔尼斯拉夫·克萨维里耶维奇？"大家问他。

斯维热夫斯基干笑了几声，神秘地搓了搓两只潮湿的手，回答道：

"条条道路通罗马。"

敏锐的嗅觉提示他说，如今在舍佩托夫卡农庄出现的情形对他的发迹再便利不过了。反正全能的老板必有用得着他的时候。于是斯维热夫斯基便孤注一掷了，他大着胆子在克瓦什宁眼前转来转去，阿谀地嘿嘿笑着。他追求他，像一条快乐的看家小狗追求米兰猛犬一样，脸上和声音里都表示出，只要瓦西利·捷连季耶维奇眨一眨眼，他就可以做出任何伤天害理的事来。

老板没有阻止他。那个不由分说就把经理、主任随便撤职的克瓦什宁，现在却能默默容忍这个斯维热夫斯基待在自己的身旁……这就说明有需要他出大力的地方，于是未来的百万富翁便紧张地等待自己的时机。

这些事一传十，十传百，最后连鲍勃罗夫也知道了。他并没有感到惊奇：他对齐年科一家人已经形成固定的、明确的看法。使他激动不已的只是谣言的脏尾巴一定也要甩到尼娜的身上……车站谈话之后，这位姑娘对他来说就更加可爱、更加珍贵了。她向他一个人披露了自己的心灵，那即使在动摇和软弱中仍然是完美的心灵。所有其他人看到的——他想道——只是她的服装和外表。嫉妒同随之而来的下流的怀疑、永远受到刺激的自尊心以及由嫉妒而产生的狭隘和粗鲁，与鲍勃罗夫轻信而温柔的天性是格格不入的。

美好而真挚的女人的爱情还一次也没有对安德烈·伊里奇微笑

过，而从生活中攫取也许应当属于他的东西，他又太羞怯，太缺乏自信了。所以现在他的心灵快活地向往新的、强烈的感情，是毫不奇怪的。

这几天鲍勃罗夫一直处在车站谈话的魅力之中。他几百次回味那次谈话的细节，而每一次都在尼娜的话中领悟到更深的含义。每逢早晨他醒来时，都模糊地意识到，某种重大而光明的东西充满他的心头，并允诺将来给他带来无穷的幸福。

他按捺不住自己，老想到齐年科家里去：想再一次证实自己的幸福，再一次从尼娜那儿听到忽而羞怯、忽而又天真大胆的半吞半吐的自白。但克瓦什宁的在场使他感到拘束，他只好用一个念头来安慰自己：老板无论如何也不会在伊凡科沃待上两个礼拜。

然而一个偶然的机会使他在克瓦什宁离开伊凡科沃之前遇见了尼娜。这发生在星期日，庆祝高炉点火三天之后。鲍勃罗夫骑着法尔瓦捷尔沿着从工厂通往车站的压得很好的大路驰去。这是凉爽晴朗的午后一点多钟的光景。法尔瓦捷尔迈着快步，竖起的耳朵直动弹，摇晃着毛茸茸的脑袋。鲍勃罗夫在仓库拐弯的地方看见一位穿着骑马装的女士，骑着一匹枣红大马从山坡上跑下来，后面跟着一位骑吉尔吉斯小白马的骑士。他很快就认出这是尼娜来，她穿了一条墨绿色的随风飘动的长裙，戴着一副长筒黄皮手套和一顶闪闪发光的矮礼帽。她很自信地、姿势娴雅地骑在马鞍上。躯体匀称的英国牝马在她身下迈着弹性的步伐小跑着，笔直地挺着脖子，高高地抬起瘦削的马胫。伴随着尼娜的斯维热夫斯基远远落在后面了，他摆动着胳膊肘，弯着腰摇来晃去，拼命用脚尖寻找滑脱了的马镫。

尼娜看见鲍勃罗夫，便纵马向他驰来。迎面的风使得她用右手扶住帽子的前檐，低下头。等跑到安德烈·伊里奇身旁时，她立刻勒住了马，马停了下来，不耐烦地倒换着蹄子，鼓起纯种马的宽鼻孔，把马嚼子咬得直响，一团团白沫从嚼子上往下流。尼娜骑马跑得面孔通红，鬓角两边的头发从帽子底下甩出来，细长的卷发向后披散着。

"您从哪儿弄来的这么漂亮的家伙？"鲍勃罗夫终于勒住了向前跳跃的法尔瓦捷尔，从鞍子上弯下腰来握了握尼娜的指尖，问道。

"真是一位美人吧？这是克瓦什宁送的礼物。"

"要是我就拒绝接受这样的礼物，"安德烈·伊里奇粗暴地说道，突然对尼娜满不在乎的回答生气了。

尼娜的脸一下子变得通红。

"凭什么呢？"

"就凭……克瓦什宁到底是您的什么人？亲戚？未婚夫？"

"哎呀，我的天，您可替别人考虑得太周到了！"尼娜刻薄地喊道。

但看到他痛苦的脸色，她的心马上又软了。

"这在他不算什么……他有的是钱……"

斯维热夫斯基离他们只有十步远了。尼娜突然向鲍勃罗夫弯过身去，亲热地用鞭梢碰了碰他的手，用小姑娘认错的口吻悄悄说："行啦，行啦，别生气了，我把马还他还不行，您这爱生气的人！您瞧见了吧，您的意见对我意味着什么。"

安德烈·伊里奇的眼睛射出幸福的光芒，不禁把手伸向尼娜。但他什么也没说，只是深深地、用整个胸脯叹了一口气。斯维热夫斯基骑马向他跑来，行了个礼，尽量摆出一副随便的样子。

"您当然知道我们的野餐了？"斯维热夫斯基从老远喊道。

"头一回听说。"安德烈·伊里奇回答道。

"瓦西利·捷连季耶维奇发起的野餐？在疯谷？"

"没听说过。"

"是的，是的。请您也来吧，安德烈·伊里奇。"尼娜插嘴道，"星期三下午五点……集合地点——火车站……"

"参加野餐的人都出钱吗？"

"好像是出钱的，不过我说不准。"

尼娜用询问的目光慌张地看了斯维热夫斯基一眼。

"都出钱的。"斯维热夫斯基肯定地说，"瓦西利·捷连季耶维奇指派我执行他的几项指示。我告诉您吧，野餐的规模大极了，简直太阔气了……不过现在一切还都是秘密。您一定会被出人意料的野餐吓一跳的……"

尼娜忍不住了，卖弄风情地补充道：

"这全是为了我才想出来的。前天我说过，要是什么时候找几个人结伴到树林子里走走该多好啊，于是瓦西利·捷连季耶维奇就……"

"我不去！"鲍勃罗夫不客气地说。

"不行，您要去！"尼娜眼睛闪了一下，"先生们，走啊，走啦！"她喊了一声，就策马向前跑去。"安德烈·伊里奇！我有话要对您说。"

斯维热夫斯基落在后面。尼娜和鲍勃罗夫并排奔驰着，她——含笑望着他的眼睛，他——愁眉苦脸，满心不痛快。

"我这是为了您才想出野餐来的，我的多疑的坏朋友，"她说道，声音里充满了柔情，"我一定要知道您那天在火车站没有说完的话……野餐的时候谁也不会妨碍咱们……"

鲍勃罗夫心里刹那间又起了变化，他觉得眼睛里涌出激动的泪水，狂热地喊道：

"噢，尼娜！我多么爱您呀！"

但是尼娜仿佛没有听见这突然迸发出来的自白。她拽了拽缰绳，让马又改为走步了，问道：

"那么您参加了？对不对？"

"一定，一定参加！"

"您可一定来呀……现在咱们等等我的同伴吧，——再见啦。我得赶紧回家啦……"

同他分手的时候，她久久地紧握着他的手作为回答，他隔着手套都能感觉到她手的温暖。尼娜乌黑的眼睛多情地望着他。

## 九

星期三下午一过四点，车站就被参加野餐的人挤满了。大家都兴致勃勃，无拘无束。瓦西利·捷连季耶维奇的视察这次结束得这么顺利，是大家连想都不敢想的。没有雷霆，没有闪电，也没有一个人被撤职，甚至相反，传说大多数职员不久还要加薪。此外，野餐也一定非常有趣。约定地疯谷，如果骑马去，也不超过十俄里，并且道路非常平坦……最近这一个礼拜都是晴朗温和的好天气，绝不会影响野游。

有将近九十个人受到邀请；他们一群群快活地挤在站台上，笑着，大声喊叫。俄国话同法国、德国、波兰话的句子夹杂在一起。三个比利时人随身带着照相机，打算在镁光灯下拍摄快相……大家对于野餐的细节一无所知，急得心痒难熬。斯维热夫斯基摆出一副神气活现的样子，神秘地向大家暗示"将有意想不到的项目"，但又回避做任何解释。

第一件意想不到的事原来是一列特别快车。整五点钟的时候从火车头仓库里开出一辆崭新的美国制十轮机车，太太们惊喜得忍不住叫起来：整个庞大机器上都装饰着旗子和鲜花。用柞树叶编成的绿色枝条，上面扎着一簇簇翠菊、天竺牡丹、紫罗兰和石竹，螺旋形地缠在钢铁车身上，沿着烟囱往上缠，又从那儿对着汽笛垂下来，然后再往上缠，像一堵花墙似的遮住司机室。从绿叶和鲜花中露出来的机车的钢和铜的部分在秋天落日的金辉中闪耀出动人的光彩。沿站台停放着的六节头等车厢，准备把参加野餐的人运到303里程标那儿去，从里程标到疯谷不过五百步。

"先生们，瓦西利·捷连季耶维奇让我通知大家，野餐费用由他一个人负担，"斯维热夫斯基说道，急急忙忙从这一堆人间走到另一堆人那儿去，"先生们，瓦西利·捷连季耶维奇让我转告所有受到邀请的人……"

他身旁聚集了一大堆人，他解释道：

"瓦西利·捷连季耶维奇对大家对他的招待十分满意，他非常乐意报答大家的盛情。所有的开销都由他一个人担负……"

他被一种奴才夸耀主子慷慨的感情所驱使，忍不住又加了一句有分量的话：

"这次野餐我们花了三千五百九十卢布！"

“您同克瓦什宁先生分摊吗？”后面有人嘲笑说。斯维热夫斯基马上转过身去，认定这个恶毒的问题是安德烈亚提的。安德烈亚正像平常那样不动声色地望着他，两只手深深地插进裤兜里。

“请问您想说什么？”斯维热夫斯基反问道，脸涨得通红。

“不是我想说什么，而是您说的‘我们花了三千卢布’，所以我有充分的理由认为您所说的‘我们’是指您自己和克瓦什宁先生……在这种情况下，我认为有责任愉快地向您声明，如果我领克瓦什宁先生的情，那么斯维热夫斯基先生的情我也可以不领……”

“哎呀，不是这样，不是这样……您弄错了我的意思，”斯维热夫斯基满面羞惭，喃喃地说，“全是瓦西利·捷连季耶维奇一个人花的钱。我只不过……作为代理人……就算管家吧。”他补充道，酸溜溜地笑了。

几乎就在特别快车开到的同时，齐年科一家人在克瓦什宁和舍尔科夫尼科夫的陪伴下来到了。但是瓦西利·捷连季耶维奇还没来得及钻出马车，就发生了一件事先谁也没料到的悲喜剧事件。从清早起，工人们的妻子、姊妹、母亲们一听说要举办野餐，便开始往火车站聚集；不少人还把吃奶的孩子也抱来了。她们坐在车站的台阶上，靠着投出长长阴影的墙根坐在地上，已经坐了好几个钟头了，在她们晒黑的、疲惫不堪的脸上显露出麻木忍耐的表情。她们一共有两百多人。对于站长的盘问她们回答说要见“红头发的胖长官”。守卫想把她们撵走，可是她们喊得这么厉害，都快要把他的耳朵震聋了，他只好挥挥手，不管这群娘儿们了。

每当一辆马车驶近，都会引起她们一阵骚乱，但因为“红头发的胖老爷”到现在还没来，她们马上又安静下来。

瓦西利·捷连季耶维奇两手扶着车夫的座位，呼哧呼哧喘着气，快把马车压扁了，刚一踏上车镫子，娘儿们就从四面八方把他围住，一齐跪下。被人群的喧哗惊吓了的健壮而烈性的马打起响鼻，乱窜起来；马车夫拼命往后拉缰绳，身子快要仰倒了，好容易才把它们拉住。一开始，克瓦什宁什么也听不明白：娘儿们一齐叫喊，把吃奶的孩子举到他跟前，止不住的眼泪突然沿着一张张青铜色的脸颊流下来……

克瓦什宁看出，他已经不能从把他团团围住的人圈中挣脱出来了。

"等一等，娘儿们！别嚷嚷！"他喊了一声，马上用自己的男低音把她们的声音压下去了，"你们老是喊叫，像赶集似的，我什么也听不见。让一个人说：怎么回事儿？"

可是每个人都想当那个说话的人。喊声更大了，更多的泪水顺着面颊流下来。

"恩人……亲人……你仔细看看我们吧……再也受不了啦……都成了皮包骨了！快要饿死了……跟孩子一块饿死了……可以说，简直要冻死了！"

"你们到底需要什么？怎么会快要死了呢？"克瓦什宁又喊道，"不要一齐叫喊！你，那个小媳妇，说吧。"他用手指戳了一下一个身材高大，尽管脸色苍白疲倦，但仍然很漂亮的卡卢加妇女。"别人不要插嘴！"

大部分妇女不出声了，但还是呜呜地哭，轻声干号，用肮脏的衣襟擦着眼睛和鼻子。

还是二十多个娘儿们一齐说道：

"我们快要冻死了，恩人……你行行好吧，多少也替我们想想……我们一点活路也没有了……把我们轰进工棚过冬，可是里面怎么住呢？说是工棚，实际上是拿劈柴板搭的……现在夜里就冻得受不了……冻得牙齿打战……冬天该怎么办？你就可怜可怜我们的孩子吧，亲人，帮帮忙吧，叫他们装上炉子也行呀……做饭都没地方……在院子里做饭……男人们整天干活……浑身冻透了，衣服湿透了，回家连烤干身子的地方都没有。"

克瓦什宁中埋伏了。他不管往哪边转，到处都有倒在地上或者跪着的妇女拦住去路。他想从她们中间挤出来，她们就抓住他的腿和灰色长大衣的后襟。克瓦什宁看到自己无法从圈子里挤出来，便招手叫舍尔科夫尼科夫到自己身边来，等他从女人堆里挤进来的时候，瓦西利·捷连季耶维奇用法语问他，声音里含着恼怒：

"您听见没有？这是怎么回事？"

舍尔科夫尼科夫无可奈何地把两只手一摊，支支吾吾地说：

"我给董事会写过报告……人手奇缺……夏天……收割季节……价钱很高……董事会没批准……一点办法也没有……"

"您什么时候翻盖工棚？"克瓦什宁厉声问道。

"没日子……叫她们先好歹忍一忍……我们先得把职员宿舍赶快盖好。"

"鬼知道在您主管下会出现什么岂有此理的事！"克瓦什宁埋怨道。他又向妇女转过身去，大声说："娘儿们，你们听着！从明天起就给你们砌炉子，再给你们工棚加一层木板，听见了没有？"

"听见了，亲人……谢谢你……怎么听不见呢，"响起了一片快活的声音，"这就好了，要是长官本人发了话，大概……谢谢你……我们的亲人，让我们从工地拣点木片吧。"

"好吧，好吧，我答应你们拣木片。"

"要不他们到处都派契尔克斯人①看着，你刚一拣木片，他们便赶来拿鞭子抽你。"

"得啦，得啦……大胆拣木片吧，谁也不会碰你们了。"克瓦什宁让她们放心。"娘儿们，现在回家煮汤去吧！你们可给我小心点，快走吧！"他用鼓舞人的有劲的声音喊道。"您吩咐一下，"他悄悄对舍尔科夫尼科夫说道，"明天在工棚旁边堆两车砖……这就能安慰她们一阵子了。让她们欣赏欣赏吧。"

女人们心满意足地散开了。

"你可小心点，要是不给我们砌炉子的话，那我们就把工程师们叫来，让他们来偎暖我们！"克瓦什宁指定代表大家说话的那个卡卢加妇女喊道。

"那可不，"另一个妇女机灵地接着说，"就让这位将军来偎暖我们吧。你们瞧，他长得多胖，养得多肥……跟他在一块比守着炉子还暖和呢。"

这个结束得如此顺利的意外的插曲，一下子使大家都快活起来。就连刚才对经理皱眉头的克瓦什宁，听了妇女们要请他去偎暖她们的话，也哈哈大笑了，他为了表示和好，挽起舍尔科夫尼科夫的胳膊肘。

"您看，亲爱的，"他同经理一起费劲地登上车站台阶，对他说，

---

① 在南部边远地区的工厂和农场，最愿意雇用契尔克斯人作警卫，他们忠实可靠，又能使居民慑服。——作者注。

"要学会同这种人打交道。您什么都可以答应她们——铝制的住宅啊，八小时工作日啊，早餐吃煎牛排啊——并且还要答应得非常恳切。我可以向您发誓：我在一刻钟之内就能用诺言把一群闹得最欢的人平息下去……"

克瓦什宁回味着刚刚平息下去的娘儿们的骚动，大声笑着坐进车厢。三分钟之后火车便开出站了。马车夫们得到吩咐直接把马车赶到疯谷，因为打算再从那儿打着火把坐马车回去。

尼娜的行为使安得烈·伊里奇感到困惑。他在车站上焦急地等着她的到来，这种心情昨天晚上就开始有了。他心中往日的疑团已经烟消云散；他相信自己即将来临的幸福，从来没有觉得世界这样美好，人们这样善良，生活这样轻松欢快。一想到要同尼娜会面，他便竭力先想象出会面的情景，情不自禁地准备好了温柔的、热情的、华丽的词句，过后自己也笑起自己来了……情话干吗还要编造呢？到时候它们自己就会涌到嘴边上来的，而且会更动人、更热烈。于是鲍勃罗夫想起他在杂志上读过的一首诗，诗人在诗中对自己的恋人说，他们用不着互相发誓，因为誓言会玷污他们坚贞而热烈的爱情。

鲍勃罗夫看见，齐年科家的两辆四轮马车跟在克瓦什宁的三套马车后面驶过来。尼娜坐在第一辆马车里。她穿一件淡黄色的薄衫，在半圆形的领口四周镶着一圈同样色调的淡白色的宽花边，显得十分雅致，戴着一顶意大利宽边白帽，帽子上别着一束香水月季，他觉得她似乎显得比平日苍白、严肃。她老远就看见鲍勃罗夫站在台阶上，但没有像他所期待的那样，对他投以长久的、意味深长的目光。不仅如此，他甚至觉得她好像故意背过身子去。等到安德烈·伊里奇跑到她的马车前要搀扶她下车的时候，尼娜仿佛要赶在他前头下车，迅速而轻盈地从另一边跳下来。一种不妙的、不吉利的感觉刺了一下安德烈·伊里奇的心，但他赶快使自己宽下心来。"可怜的人儿，她在为自己的决定和爱情而害臊呢。她觉得现在任何人都能轻易从她眼睛里看出内心深处的秘密……噢，神圣动人的纯真啊！"

安德烈·伊里奇确信，尼娜会像上次在车站时那样，找个机会走到他跟前，同他单独说几句话。可是她好像完全被克瓦什宁同娘儿们的谈话吸引住了，并不急于这样做……她一次也没有，即使偷偷地，回过头来看鲍勃罗夫一眼。安德烈·伊里奇的心突然惊恐而悲伤地跳起来，他决定向挤在一起的齐年科一家人走去——别的太太们好像有意躲避她们——趁着大家的注意力被吵闹声吸引住的机会，即使不用语言，至少可以用眼神问尼娜为什么不理睬他。

他向安娜·阿凡纳西耶夫娜鞠躬，吻她的手，窥探着她的脸色，竭力想看出她知道了点什么。不错，她一定知道了：她那两道眉梢向下弯折的细眉——鲍勃罗夫时常想，这是性格虚伪的特征——不耐烦地皱紧了，唇边露出轻蔑的表情。尼娜大概都告诉母亲了，受到她一顿申斥——鲍勃罗夫猜想着，走到尼娜跟前。

但尼娜甚至没看他一眼。他们互相问候的时候，她的手毫无反应地放在他颤抖的手里，一动也不动。她不回答安德烈·伊里奇的问候，却马上把头转向别塔，同她谈起无关紧要的事……在她急忙使出的这种手段中，鲍勃罗夫感到一种内疚的、胆怯的、不敢直截了当回答问题的意味……他顿时觉得两腿发软，心里变得冰凉……他不知道该怎么想了。即使尼娜在母亲面前说漏了嘴，难道她不能用那种女人们先天赋有的迅速而会说话的目光告诉他："对了，你猜中了，我们的谈话已经被人知道了……但我还是没有变呀，亲爱的，我还是没有变呀，别担心。"可是她却宁肯背过脸去。"不管怎么样，野餐的时候我一定要得到她的回答，"鲍勃罗夫想道，在隐约的悲伤中预感到某种沉重而肮脏的东西，"反正她必须给我个回答。"

十

在303里程标的地方，大家走下车厢，拉成一条五光十色的长队，经过岗亭，沿着狭窄的小径向疯谷走去……秋天树林中散发出的清爽和芬芳从老远的地方就扑到燥热的脸上……小径越走越陡峭，渐渐消失在茂密的榛树和野忍冬丛中，这些灌木丛的枝叶交织在一起，在小径的上空形成了阴暗的天幕。脚下枯黄卷缩的落叶发出一片沙沙声。透过树丛的密枝可以看见远处红艳艳的晚霞。

树丛走完了，游客眼前突然出现了一块用细沙夯实的杯中平地，平地的一端立着一个八角凉亭，插满了旗子和绿枝，另一端是一个带棚的乐池。头几对游客刚一走出树丛，军乐队便从乐池里奏起快乐的进行曲。活泼而华丽的铜管乐旋律，调皮地向树林四外飘去，碰到树枝后发出嘹亮的回声，仿佛在远处的什么地方又组成了另一个乐队，那个乐队一会儿赶过前面这个乐队，一会儿又落在它后面了。八角凉亭里的桌子摆成门字形，铺着洁白的新桌布，仆役们在周围忙来忙去，碰得杯盘乱响……

乐师们刚一奏完进行曲，参加野餐的人便一齐报以热烈的掌声。他们确实非常惊讶，因为在此以前，至多不超过两个星期，这块平地还是一片灌木丛生的山坡呢……

乐队奏起了圆舞曲。

鲍勃罗夫看见站在尼娜身旁的斯维热夫斯基，他没有邀请，便立即搂着尼娜的腰在场子里飞舞起来。

斯维热夫斯基刚放下尼娜，便有一个矿业学院大学生向她跑过去，大学生后面还有别人请她跳舞。鲍勃罗夫跳舞跳得很蹩脚，并且也不喜欢跳舞，然而也起了邀请尼娜跳卡德里尔舞的念头。"也许，"他想道，"能找到片刻时间来解释明白。"他走到尼娜身边的时候，她刚跳完两场舞，坐在那儿使劲用扇子扇着她那张发热的脸。

"尼娜·格里戈利耶夫娜，我希望您给我留一场卡德里尔舞，行吗？"

"哎呀，我的天……真糟糕！所有卡德里尔舞都叫别人抢走了。"她回答道，眼睛没有看着他。

"真的吗？这么快？"鲍勃罗夫哑着嗓子问道。

"是呀，"尼娜不耐烦地、嘲弄地微微耸起肩膀，"谁让您来晚了呢？我在车厢里就把所有的卡德里尔舞许给别人了……"

"那您把我完全忘啦！"他伤心地说道。

他的声音打动了尼娜。她烦躁地把扇子合上又拉开，但仍然没有抬起眼睛来。

"怪您自己。您为什么不过来呢？"

"可是我是为了见您才参加野餐的……难道您拿我耍着玩，尼娜·格里戈利耶夫娜？"

她不作声了，忸怩地把扇子扯来扯去。一位飞跑到她身边的年轻工程师把她解救了。她马上站起来，甚至没回头看鲍勃罗夫一眼，便把戴着白长手套的纤手放在工程师的肩膀上。安德烈·伊里奇用眼睛盯着她……跳完一场舞之后，她在场子的另一头坐下了——安德烈·伊里奇心想她当然是故意坐在那边的。她几乎怕他或者在他面前感到羞愧。

先前那种早已熟悉的、说不出来的和淡漠的忧伤涌上鲍勃罗夫的心头。所有的面孔他都觉得庸俗、可怜，甚至滑稽可笑。有节奏的乐声在他脑子里变成不停的嗡嗡敲打，使他感到一种受刺激的疼痛。但他还抱着希望，尽量用各种揣测安慰自己："她是不是因为我没送给她鲜花就生我气了呢？也许她只不过不愿意同我这样蹩脚的舞者跳舞罢了？"他猜想着。"这有什么呢，也许还是她对呢。对女孩子们来说这些小事意义可大啦……诸如此类的小事不就构成了她们的欢乐和痛苦，她们生活中的全部诗意吗？"

天渐渐黑下来，凉亭周围点起了一长串一长串的五颜六色的中国灯笼。但这还不够，因为灯光几乎照不到场子。到此刻为止在绿树叶中小心隐蔽着的两盏太阳般的电灯，突然从场子的两端发出耀眼的青光。环绕着场子的杨树和千金榆仿佛马上向前移动了几步。被灯光照得明晃晃的一动不动的蓬松的枝头，失去了真实感，就像舞台前景的道具一样。在它们的后面，沉入暗绿色昏暗中的圆形和犬牙形的树丛，从完全黑下来的天空中隐约显露出来。没有被音乐压倒的草原上的鸣虫，叫得那么奇怪、那么响亮、那么协调，仿佛叫的只是一只虫，但它到处叫着，从右边叫，从左边叫，还从上边叫。

舞会延长下去，并且越来越活跃，越来越热闹。一支舞接着一支舞，乐队几乎没有休息……音乐和夜晚的神话般的境界，仿佛美酒一般，使女人们都沉醉了。

香水味和跳得发热的体香味同野艾、枯叶、林中潮气，以及从远处飘来的收割过的再生草的气味，奇妙地混和在一起了。到处都在摇扇子，一会儿摇得快点，一会儿又摇得慢点，仿佛美丽的彩鸟正在扇动翅膀，准备展翅高飞一样……大声的说话声、笑声、鞋底在沙子上磨出的沙沙声，汇成单调而快乐的嘈杂声，只要音乐一停止，便显得特别响亮。

鲍勃罗夫一直紧盯着尼娜，有两次，尼娜的裙子差点碰着他。她从他身边飞舞过去的时候，一阵风从他身上掠过。她跳着，优美地、仿佛无力地把左手搭在舞伴的肩头，头低得就像要靠在这只肩膀上似的……有时由于旋转太快，裙子飞扬起来，露出镶花边的白衬裙的边儿，还有穿着黑袜子的小脚，小脚上的细踝骨和鼓起的小腿肚。鲍勃罗夫这时不知道为什么难为情起来，他感到心里升起一团怒火，憎恨所有此刻能够看见尼娜的人。

马祖卡舞开始了。已经将近九点了。正在同斯维热夫斯基跳舞的尼娜，利用她的舞伴做出某种复杂姿势指挥马祖卡舞的机会，两条腿合着音乐的拍子，轻快地滑动着，两只手拢着松散的头发，跑进了厕所。鲍勃罗夫从场子的另一头看见尼娜跑进厕所，立刻也跟随她跑过去，站在门口等她……这儿几乎一点光亮都没有；厕所是凉亭后面的一间小木房子，完全笼罩在黑影里。鲍勃罗夫决定等尼娜出来之后无论如何也要让她把一切都说个清楚。他的心急遽地、痛苦地跳动着，痉挛地攥起手指，手指变得又湿又凉。

五分钟之后尼娜出来了。鲍勃罗夫从黑影中闪出来，拦住她的去路。尼娜轻轻地喊了一声，往后倒退了一步。

"尼娜·格里戈利耶夫娜，您干吗要折磨我呢？"安德烈·伊里奇说道，不觉两手一合，做出一个恳求的姿势，"难道您就看不出我多痛苦吗？噢，您是拿我的痛苦开心呢……您在拿我取笑……"

"我不明白您要干什么，我连想都没想过要取笑您。"尼娜固执而傲慢地回答道。

她们家族的精神在她身上苏醒了。

"没想过？"鲍勃罗夫沮丧地问道，"您今天对我的态度是什么意思？"

"什么态度？"

"您对我冷冰冰的，几乎是敌视我。您老躲着我……我到这儿来参加晚会都叫您不高兴……"

"对我绝对无所谓……"

"这就更坏了……我感到在您身上发生了一种我所无法理解的可怕的变化……那就请您坦白地说吧，尼娜，您还是做一个诚实的人吧，直到今天为止我仍然这样看待您……不管真话多么可怕，请您说出来吧。对于我和对于您最好马上结束……"

"结束什么？我不懂您的意思……"

鲍勃罗夫用两只手按住太阳穴，血管在太阳穴里突突地跳着。

"不，您明白，别假装不知道了。我们有可以结束的东西。我们有过温存的话语，几乎接近爱情的表白，我们有过美妙的时刻，在我们之间结成了温柔纤细的绳结……我知道，您会说我想错了……也许吧，也许我想错了……难道不是您吩咐我来参加野餐，以便找个没有外人在场的谈话机会吗？"

尼娜突然可怜起他来了。

"不错，是我请您来的……"她说了一句，便把头垂得很低，"我想告诉您……我想……我们应当永远分手。"

鲍勃罗夫身子晃了一下，仿佛有人推了他胸口一把似的。就是在黑暗中也能觉察到他的脸变得惨白了。

"分手……"他喘吁吁地说道，"尼娜·格里戈利耶夫娜！分别的话是沉重的，痛苦的……不要说它了……"

"我应当把它说出来。"

"应当？"

"是的，应当。这不是我的意志。"

"那是谁的呢？"

有人向他们走来。尼娜向黑暗中仔细张望，低声说道：

"就是她的。"

这是安娜·阿凡纳西耶夫娜。她怀疑地把鲍勃罗夫和尼娜打量了一眼，抓起女儿的手。

"尼娜，你怎么跳着跳着就跑了呢？"她用责备的口气说道。"待在黑暗的地方聊起天来了……真找到有趣的消遣了……我就应该到所有的角落里去找你；先生，您，"她突然摆出一副骂人的架势对鲍勃罗夫大声说，"先生，您，如果自己不会跳舞或者不喜欢跳舞的话，起码不要妨碍小姐们跳舞，更不要在黑暗角落里用 tête-à-tête① 的谈话……败坏她们的名誉……"

她拉着尼娜掉头就走。

---

① 法语：单独在一起。

"噢，夫人，您放心吧：什么也败坏不了您小姐的名誉！"鲍勃罗夫在她背后喊道，突然哈哈大笑起来，笑得那么奇怪，那么伤心，以至母女俩不由得转过身来。

"怎么样，我不是跟你说过，这是傻瓜兼无赖吗？"安娜·阿凡纳西耶夫娜拽了一下尼娜的手，"你就是当面啐他，他也会哈哈大笑的……自我安慰……现在女士们该挑男舞伴了。"她补充了一句，口气变得平静多了："快去请克瓦什宁跳舞，他刚打完牌。你瞧，正站在亭子门口呢。"

"妈妈！他怎么能跳舞呢？他连转个身都要费很大劲呢。"

"我告诉你，快去请。他曾是莫斯科最好的跳舞能手之一……不管怎么说吧，他会高兴的。"

鲍勃罗夫仿佛透过远方浮动的尘雾，看见尼娜飞快跑过整个场子，她微笑着，轻盈妩媚地停在克瓦什宁的面前，优雅地把头一歪，请他跳舞。瓦西利·捷连季耶维奇听她说话，微微地向她弯下身子；他突然哈哈大笑起来，笑得胖大的身体直颤动，否定地摇着头。尼娜磨了他半天，突然装出一副受委屈的样子，耍起了小脾气，转身要走。但克瓦什宁做出一个敏捷的动作追上了她，这种动作完全不像他那样的人所能做得出来的。他耸了耸肩膀，仿佛想说："咳，有什么办法呢……对孩子只好娇惯了……"把手伸给她。所有跳舞的人都停下了，眼睛好奇地注视着这新下场的一对儿。克瓦什宁跳马祖卡的样子一定是非常滑稽的。

瓦西利·捷连季耶维奇等到一个拍子，突然转身对着自己的舞伴，动作虽然笨拙，但不乏旁人所没有的雄浑的美，他如此自信和灵巧地踏出第一个舞步，使得大家立刻看出他曾经一定是个卓越的跳舞行家。他从上往下看尼娜，骄傲、挑衅和快活地侧着头，开头并没有跳舞，不过踩着马祖卡的拍子，迈着有弹性的、微微摇晃的步子走步。看来，胖大的躯体不仅不妨碍他，恰恰相反，在这一刹那反而增加了他那体形的稳重美。走到拐弯的地方，他停了一下，突然两个鞋后跟一并，就在一个地方带着尼娜旋转起来，然后又从容地，脸上堆出屈尊俯就的笑容，转动着两只有弹性的粗腿，从场子的当中飞舞过去。到了他带着尼娜起舞的地方，克瓦什宁又动作优美地带着自己的舞伴飞快地旋转起来，突然，他把尼娜让到椅子上，自己停在她面前，深深地低下了头。

女士们马上从四面八方把他包围起来，非要请他再跳一次不可。但他已经被不习惯的动作弄得精疲力尽了，呼哧呼哧地喘着气，不停地用手帕扇着。

"行啦，mesdames①……饶了老头子吧……"他笑着说，费劲地喘着气，"我已经过了跳快速舞的年龄了，咱们还是去吃晚饭吧……"

大家都坐下来吃饭，把椅子移动得山响……鲍勃罗夫还站立在尼娜把他丢下的地方。羞辱、委屈、绝望的烦恼轮番折磨着他。没有眼泪，但眼睛却火辣辣地疼，喉咙里哽着一团又干又扎的东西……音乐仍然痛苦而单调地在他脑子里回旋着。

"哎呀，老兄！我找您，找啊，怎么也找不着。怎么回事，您跑哪儿去了？"安德烈·伊里奇听到身边医生快乐的声音，"我刚一到，就让人拉去打文特牌，好不容易才脱身……咱们吃饭去吧。

---

① 法语：女士们。

我特意占了两个位子，好在一块儿……"

"唉，大夫！您一个人去吧。我不去，不想去。"鲍勃罗夫费了好大劲才回答出来。

"您不去？竟有这样的事儿！"医生盯着鲍勃罗夫的脸，"我说亲爱的，您怎么了？怎么这么没精打采？"他带着同情的口吻认真地说："好吧，随您的便吧，反正我不能让您一个人待在这儿。走吧，走吧，不要多说了。"

"大夫，我心里难过。我恶心。"鲍勃罗夫低声回答，可是，还是机械地随着拽他的戈利德别尔格走了。

"没事儿，没事儿，走吧！拿出男子汉的气派来，管他……'或者是害了相思病？或者是良心上起了风暴？'"戈利德别尔格突然朗诵了两句诗，一只手亲热地使劲搂着鲍勃罗夫的腰，眼睛温柔地望着他的脸，"我马上给您开一副万灵剂：'万尼亚，喝点怎么样，不管是由于寒冷还是悲伤？'我跟您说实话吧，我跟那个安德烈亚已经喝了不少白兰地了……哎，那个兔崽子真能喝，就像往空桶里倒一样……得啦，亲爱的，拿出男子汉的气派来……您知道不知道，安德烈亚对您特别感兴趣。走吧，走吧！……"

医生一边这样说，一边把鲍勃罗夫拖进凉亭，他们俩坐在一起。安德烈·伊里奇的另一边坐的原来是安德烈亚。

安德烈亚从老远就朝着鲍勃罗夫微笑，往旁边挤了挤，好给他让出位子，又亲热地摸了摸他的背。

"非常荣幸，非常荣幸，坐得靠我们近一点，"他友善地说道，"讨人喜欢的人……我喜欢这种人……好人……您喝白兰地吗？"

安德烈亚喝醉了。他那双呆滞的眼睛放出奇异的光彩，在他那张苍白的脸上闪烁着（半年后才知道，这位极其谨慎、勤劳、富有天赋的人，每天晚上都要一个人喝酒，直到喝得失去知觉为止）……

"喝了酒也许真能轻快些，"鲍勃罗夫想，"应当试一试，管他妈的呢！"

安德烈亚等待鲍勃罗夫的回答，一只手把酒瓶倾斜着。鲍勃罗夫把酒杯伸到下面。

"喝——吗？"安德烈亚拖长调子问道，把眉毛扬得高高的。

"喝。"鲍勃罗夫带着温和而悲伤的微笑回答道。

"好！倒多少？"

"酒杯自己会说话的。"

"妙极了，您简直好像在瑞典舰队服务过，够了吗？"

"倒吧，倒吧。"

"我的朋友，您大概没注意到，这是贴着 VSOP 商标的 Martel 吧——真正老牌的陈年白兰地。"

"倒吧，用不着您担心……"

于是鲍勃罗夫幸灾乐祸地想："有什么呢，就像鞋匠那样醉倒好了，叫他们看笑话吧……"

酒杯倒满了。安德烈亚把酒瓶放在桌子上，开始好奇地观察自己的邻座。鲍勃罗夫一口气把酒喝干，因为不习惯喝酒，浑身哆嗦了一下。

"我的孩子，您身上有条虫子吧？"安德烈亚问道，严肃地看了看鲍勃罗夫的眼睛。

"不错，有条虫子。"安德烈·伊里奇沮丧地摇摇头。

"在心里？"

"对了。"

"嗯！再来点怎么样？"

"倒吧。"鲍勃罗夫顺从而悲伤地说。

他既贪婪又厌恶地喝着白兰地，竭力想忘怀一切。但奇怪的是酒对他没发生任何作用，恰恰相反，他越喝越忧愁，眼泪也越来越灼疼眼睛。

这时仆人端上香槟酒，克瓦什宁站起来，两只手指端着高脚杯，隔着酒杯仔细瞧着高枝形烛架的烛光。大家都安静下来，只听见炭棒在电弧灯里的咝咝声和不知疲倦的秋虫的唧唧声。

克瓦什宁清了清嗓子。

"诸位先生们和女士们，"他开始讲话，为了给人印象深刻，停顿了一下，"我想你们当中任何一个人都不会怀疑我举起这只酒杯时所怀有的真挚的感激之情吧！我永远不会忘记在伊凡科沃所受到的热情招待，而今天这个小小的野餐，由于光临它的女士们感人至深的盛情，对我也将永远成为最愉快的回忆。mesdames，为你们的健康干杯！"

他向上举起高脚杯，在空中画了个半圆，喝了一口酒，继续说道：

"我要对你们，我最亲密的同事和伙伴们，说几句话。如果我的话带有教训的意味，请不要责怪我吧：从年龄上来说，比起在座大多数人，我已经是老头子了，而对老头子的教训是可以不必见怪的。"

安德烈亚对着鲍勃罗夫的耳朵低声说：

"您瞧，斯维热夫斯基这个坏蛋做出什么样的嘴脸。"

斯维热夫斯基的脸上确实堆满最谄媚的和最夸张的注意神情。当瓦西利·捷连季耶维奇提到自己老了的时候，他既用脑袋又用双手做出抗议的姿势。

"我还要重复一遍报纸社论的老生常谈，"克瓦什宁继续说下去，"你们要高高举起我们的旗帜、不要忘记我们是最优秀的分子，未来是属于我们的……难道不是我们把铁路网布满全球吗？难道不是我们打开地球的内部，把它的宝藏变成大炮、桥梁、火车头、铁轨和庞大的机器吗？难道不是我们借助自己天才的力量，在创建几乎是不可思议的企业的时候，使得数以亿计的资金得以流转吗？先生们，你们要知道，绝顶智慧的大自然把自己的创造力用于创建整个民族的目的，仅在于从他们当中塑造出二三十个天之骄子。先生们，要有勇气和魄力去充当这些天之骄子呀！乌拉！"

"乌拉！乌拉！"客人们喊起来，而斯维热夫斯基的声音比别人都响。

大家都从座位上站起来，走过去同瓦西利·捷连季耶维奇碰杯。

"狗屁话！"医生小声说道。

克瓦什宁讲完话后，舍尔科夫尼科夫站起来，大声喊道：

"先生们，为我们尊敬的老板、我们敬爱的导师和现在是我们殷勤的主人的健康，为瓦西利·捷连季耶维奇·克瓦什宁的健康干杯！乌拉！"

"乌——拉！"所有的客人同声喊起来，又都走过去同克瓦什宁碰杯。

接着便开始了滔滔不绝的祝酒辞。大家为企业的成就干杯，为不在场的股东们干杯，为参加野餐的女士们干杯，为所有的女士们干杯。好几个人的祝酒辞里都夹杂着暧昧的双关语和轻薄的戏谑话。

喝下去的成打的香槟酒发生了作用：凉亭里响起了一片嘈杂声，而每个致祝酒辞的人，未曾开口之前，都先要徒劳地用刀子敲半天酒杯。在旁边一张单独的小桌上，美男子缪勒正在一只大银酒杯里准备热糖酒……克瓦什宁忽然又站起来，脸上浮着温和而嘲弄的微笑。

"我非常高兴，先生们，我们的假日恰恰同一桩家庭的喜庆事巧合了。"他带着迷人的殷勤说道，"我衷心祝贺已经订婚的未婚夫和未婚妻，并祝他们幸福：为尼娜·格里戈利耶夫娜·齐年科和……"他说不上来了，因为把斯维热夫斯基的名字和父称忘了……"和我们的伙伴，斯维热夫斯基先生的健康干杯……"

克瓦什宁的话引起一片喊叫声，又由于他宣布的消息完全出人意料，所以喊声更响了。安德烈亚听到身旁一声很像痛苦呻吟的低叫，转过头来看见鲍勃罗夫由于内心痛苦而扭曲的苍白的脸。

"同事，您还不知道事情的全部经过呢，"安德烈亚悄悄说，"您听我说两句凑兴的话。"

他满有把握地站起来，可是把椅子碰倒了，高脚杯里的酒也洒了一半，大声说道：

"诸位先生们，我们十分令人尊敬的主人，出于完全可以理解的谦逊和大度，没有把祝酒辞说完……我们还应当祝贺我们亲爱的伙伴斯塔尼斯拉夫·克萨维里耶维奇·斯维热夫斯基的高升：从下月起他就要荣任董事会的庶务主任了……这项委任，可以这样说吧，是十分令人敬爱的瓦西利·捷连季耶维奇赠送给新人的一份结婚礼物……我在我们最受人尊敬的老板脸上，看到不满的表情……大概是我无意间泄露了他给他们准备的意外的礼物吧，所以请求他原谅。但我受到友谊和尊敬的感情所驱使，不能不祝愿我们亲爱的伙伴斯塔尼斯拉夫·克萨维里耶维奇·斯维热夫斯基在彼得堡的新的活动场所中仍将是一名能干的工作人员和受人爱戴的伙伴，就像在这里一样……但我想，先生们，我们中间不会有人羡慕斯塔尼斯拉夫·克萨维里耶维奇的（他停下来，带着恶毒的嘲笑看了看斯维热夫斯基）……因为我们大家这样一致地祝他诸事如意，以至……"

他的话被一阵响亮的马蹄声所打断，从树丛中钻出一个人来，他骑着一匹浑身湿透了的马，头上没戴帽子，脸不断抽搐着，凝聚着恐惧的神情。这是包工头杰赫捷列夫手下的一个班长。他把累得浑身发抖的马扔在场子中间，径直跑到瓦西利·捷连季耶维奇跟前，不顾礼貌地低头凑在他耳边低声说了些什么……凉亭里马上变得一片死寂，像刚才一样，只听见炭棒的哗哗声和秋虫令人讨厌的唧唧声。

克瓦什宁那张喝得通红的面孔霍地变白了，他慌忙把手里的酒杯往桌上一放，酒从杯子里溅到了桌布上。

"比利时人呢？"他嗓音嘶哑、语不成声地问道。

班长否定地摇着头，又贴着克瓦什宁的耳朵低声说了些什么。

"活见鬼！"克瓦什宁突然大声嚷道，从座位上站起来，两只手把餐巾揉成一团。"应当采取……慢着，你马上把给省长的电报送到车站。先生们，"他对在场的人激动地大声说，"工厂里发生骚乱……必须采取措施，而……而看起来，咱们大家最好赶快离开这里……"

"我就知道会这样。"安德烈亚轻蔑地，怀着平静的仇恨说道。

等到所有的人都慌乱起来，他却慢慢掏出一支新雪茄，在衣袋里摸到火柴，又给自己倒了一杯白兰地。

## 十一

开始了一片不成体统的混乱。大家都急忙离开座位，在凉亭里乱跑起来，你撞我我撞你，喊叫着，被翻倒的椅子绊跌着，女士们两手哆嗦着赶紧戴帽子。再加上有人吩咐把电弧灯熄了，更引起大家的慌乱……在一片黑暗中响起了女人们歇斯底里的惊叫声。

将近五点钟的光景，太阳还没有升起，但天空已经明显发白了，一片灰暗单调的色彩预示着将是一个阴雨天。破晓时昏暗、淡白、单调的微光，如此迅速和突然地代替了明晃晃的电弧灯光，赋予这幅慌乱的图画一种恐怖、抑郁、近乎神奇的色彩。幢幢人影就像荒诞神话中的幽灵一样。激动的、经过不眠之夜显得疲惫不堪的面孔是可怕的。洒满了酒的杯盘狼藉的饭桌，使人想起被突然打断的奢侈已极的宴饮。

马车附近就混乱得更不像话了：受惊的马打着响鼻，直立起来，不让人套辔头。这辆车的轮子挂在那辆车的轮子上了，于是听见车轴折断的咔嚓声。工程师们呼唤正在互相咒骂的自己马车夫的名字。总之，给人一种只有夜间失火才会出现的、喊声震天的慌乱的印象。不知把谁轧伤或踩伤了，还听见有人在哀号。

鲍勃罗夫怎么也找不着米特罗凡了，有两三次他仿佛听见他的马车夫从挤在一堆的马车当中的一个什么地方答应他。但要挤到那里去根本不可能，因为挤得越来越厉害了。

突然在黑暗中，在人群的上面，高高地闪出一道火光，那是一个冒着红火苗的大煤油火把。接着便听见喊声："让开路！让开路！闪开，先生们！让开路！"被人们冲挤出的一阵急剧的人潮把安德烈·伊里奇卷了进去，裹着他走，差点没把他冲倒，把他紧紧地挤在一辆轻便马车的后身和另一辆马车的辕杆之间。鲍勃罗夫从这儿看见，在马车之间怎样很快形成一条宽路，克瓦什宁又怎样坐在由三匹灰马拉着的马车上，从这条宽路上跑过去。马车上摇曳的火把，把不祥的、如同血色一样的颤抖的火光，洒在瓦西利·捷连季耶维奇胖大的躯体上。

在他的马车周围从四面八方冲挤过来的发狂的人群，由于疼痛、恐惧和愤恨而失声呼号……鲍勃罗夫的太阳穴突突地跳起来。一瞬间他觉得坐在车里的根本不是克瓦什宁，而是一个血淋淋的、丑陋而可怕的神祇，就像东方人膜拜的偶像一样，当举行宗教游行时，那些神魂颠倒的宗教狂徒，纷纷扑向他们车下。想到这里，他由于无所作为的狂怒而战栗起来。

克瓦什宁走过之后，人群马上就松散了一些，鲍勃罗夫回过头来，看见压在他背上的辕杆原来就是他自己那辆轻便马车的辕杆。米特罗凡正站在驭者座的旁边点火把。

"赶快上工厂，米特罗凡！"安德烈·伊里奇喊了一声，坐上车，"十分钟之内赶到，听见没有？"

"听见啦，老爷。"米特罗凡沉着脸回答道。

他转到马车的另一边，就像所有优秀的马车夫一样，从右边爬上驭者座，理开缰绳，向后转过半个身子，又添了一句：

"要是把马累死了，老爷您可别生气。"

"唉，反正一个样……"

米特罗凡小心地，费了很大的劲，才从挤在一起的马和马车当中把自己的马车赶了出来，赶上一条狭窄的林间土路，然后松了缰绳。闲了半天、现在来了精神的马，一齐迈步往前走，接着就狂奔起来。马车从横伸到土道上来的长长的树根上跳过，从坑洼的地方滚过，一会儿向左偏，一会儿向右偏，使得赶车的和坐车的都不得不尽量保持身体平衡。

火把的红色火焰带着呼啸声向四面八方飞窜，奇形怪状的长树影也随着火把在马车周围飞窜……仿佛一群紧紧挤在一起的细长而模糊的幽灵，跳着怪诞的舞，同马车一起飞跑。幽灵一会儿赶到马的前面，身体增长到巨人那么高大；一会儿又突然倒在地上，身体又很快缩小，消失在鲍勃罗夫的背后；一会儿又跑进密林中待几秒钟，突然又重新出现在马车的旁边；一会儿又排成密集的队伍一起向前移动，一面不断摇晃着，颤抖着，仿佛它们之间正在窃窃私语……有几次道路两旁稠密的灌木枝条抽打米特罗凡和鲍勃罗夫的脸，就像有什么人向前伸出抓得很紧的精细的手似的。

树林到了尽头，马在水洼里啪嗒啪嗒地踏着，火把的紫色火焰在水洼里跳动，照出一层层涟漪；马突然一齐奔驰起来，把马车拉上一个陡峭的小土丘。前面展现出一片漆黑单调的原野。

"你倒是快点赶呀，米特罗凡，我们永远也到不了啦！"鲍勃罗夫不耐烦地喊了一声，虽然他就是不催米特罗凡，马车也已经跑得叫人喘不过气来了。米特罗凡用不满意的男低音唠叨了几句，照着法尔瓦捷尔就是一鞭子，它正把身子拱成圆圈，拉着边套飞跑呢。马车夫摸不着头脑：平时一向爱惜牲口的老爷现在怎么啦？

地平线上的一片火光，从飘浮在天空中的乌云中摇曳不定地反射出来。鲍勃罗夫望着火光闪闪的天空，一种得意扬扬的、幸灾乐祸的感觉便在心中蠕动起来。安德烈亚大胆、尖刻的祝酒辞一下子打开了他的眼睛，使他把一切都看清楚了：今晚尼娜冷淡的矜持，她母亲在跳马祖卡舞时的恼怒，斯维热夫斯基同瓦西利·捷连季耶维奇的亲近，工厂里流传的关于克瓦什宁本人追求尼娜的一切流言蜚语……"他活该如此，这个棕红头发的怪物活该如此，"鲍勃罗夫低声说着，一阵仇恨涌上心头，并且深深意识到自己的屈辱，气得嘴里都发干了，"噢，如果我现在同他狭路相逢，我保管叫这个买鲜肉的家伙，这个装满黄金的肮脏的肥口袋，好一阵子不自在。我要好好地在他蠢笨的脑门上留个烙印！……"

今天喝得过量的酒，并没有使安德烈·伊里奇醉倒，但它的作用却表现在他的精力特别旺盛上，表现在他急不可待地、病态地渴望行动中……一阵剧烈的寒噤使他全身抖动起来，牙齿颤抖得这么厉害，使他不得不咬紧牙关，思想非常活跃，既清晰又杂乱无章，就像发热病时那样。安德烈·伊里奇不知不觉地一会儿出声说话，一会儿呻吟，一会儿又大哭几声，同时他的手指也不由自主地攥成了拳头。

"老爷，您好像病了吧？咱们回家算了。"米特罗凡胆怯地问道。

这两句话突然使鲍勃罗夫气得发狂，他声音嘶哑地喊道：

"住嘴，混账！快赶你的车！"

不大一会儿工夫便能从山上看到笼罩在乳白粉红色烟雾中的工

厂全貌了。工厂后面，堆积木材的地方着火了，就像点着了一片巨大的篝火。在明亮的火光映衬下，许多小小的黑色人影在忙乱地蠕动。老远就能听到枯干的木材在火焰中燃烧的噼啪声。热风炉和高炉的圆塔一会儿从黑暗中清晰地显露出来，一会儿又完全沉没在黑暗中。大火的红光倒映在一个四角形大水池的波浪翻滚的水面上，显得耀眼而吓人。水池的高堤上挤满了黑压压的一片人，挡得连一点光亮都透不过来了。人群慢慢向前移动，仿佛开了锅似的。一种不寻常的——含糊而不祥的——喧嚣，有如远处大海的怒吼，从这一群紧紧挤在一块狭窄地方的可怕的人群中间爆发出来。

"你急着往哪儿去，恶鬼！你看不见往人身上撞吗？混蛋！"鲍勃罗夫听见前面有人粗鲁地喊叫，仿佛从马肚子底下钻出来似的，大路上出现一个身材高大、满脸胡须的农民，头上没戴帽子，扎满了白布条。

"赶呀，米特罗凡！"鲍勃罗夫喊了一声。

"老爷，是放的火！"他听见米特罗凡颤抖的声音。

但他马上听见"嗖"的一声，有人从后面扔过来一块石头，右太阳穴靠上一点的地方立刻感到一阵挨打的疼痛。他用手摸了摸打伤的地方，手上沾了发黏的热血。

马车又像刚才那样飞驰了。火光越来越亮。马的长影子从路的这一边伸到另一边。有时鲍勃罗夫觉得，他仿佛在陡峭的斜坡上飞驰，马上就要连车带马从笔直的峭壁上跌进万丈深渊。他完全丧失了辨别方向的能力，怎么也弄不清他们经过的是什么地方。马忽然停住了。

"喂，米特罗凡，你干吗停下？"鲍勃罗夫冒火了，喊起来。

"前边都是人，让我往哪儿赶？"米特罗凡回嘴道，声音里带着没有发泄出来的火气。

鲍勃罗夫望着拂晓前的一片苍茫，不管怎么仔细看，除了火光闪闪的天空下的一道高低不平的黑墙以外，什么也看不见。

"你怎么会看见人了呢，活见鬼！"他骂了一句，从马车上爬下来，绕过浑身都是白沫的马。

但他从马身旁刚刚走了五步，马上就看出，原来他把紧紧挤在一起的一大群工人当成一堵黑墙了。他们堵住了道路，一声不响地慢慢向前移动。安德烈·伊里奇机械地跟着工人们走了五十多步，回过头来找米特罗凡，打算从另一个方向绕过工厂。但是大道上米特罗凡和马都不见了。是米特罗凡赶到另一个方向去找主人，还是鲍勃罗夫自己迷了路——安德烈·伊里奇就弄不明白了。他开始呼唤马车夫——没有人应声。于是鲍勃罗夫决定追赶刚刚离开的工人们，为了这个目的他又转过身来，朝他认为是原来的方向跑去。可是很奇怪——工人们仿佛都钻进地底下去了，代替他们的是鲍勃罗夫乱跑中一头撞上的一道不高的木栅栏。

这道栅栏左右都望不到头。鲍勃罗夫翻过栅栏，便沿着一条长满杂草的长陡坡爬去。他的脸上淌出冷汗，舌头发干，不听使唤了，像一块木头似的；每呼吸一下胸部都感到一阵剧疼；血一阵阵地冲到头顶；打伤的太阳穴疼得钻心……

他觉得斜坡简直没有尽头，一种说不出的绝望笼罩在他的心头。但他仍旧继续往上爬，不时跌倒，蹭伤膝盖，双手去抓带刺的树丛。有时他又产生一种错觉，仿佛他睡着了，正在发热病，做恶梦。野餐后的惊恐，在道路上的半天迷失方向，沿着路基无休止的爬行——所有这一切都这么艰难、荒唐、意外和可怕，就同那些恶梦一样。

斜坡终于爬完了，鲍勃罗夫立刻认出这是铁路路基。昨天祈祷的时候，照相师还从这儿给一群工程师和工人照过相。他一点力气也没有了，坐在枕木上，就在这一刹那他身上发生了一种奇怪的变化：两只脚突然像害病似的发软；胸腔和腹腔里产生一种引起憋闷、疼痛和难受的刺激，额头和脸颊一下子就变得冰凉了。后来，一切都在他眼前翻了个过儿，又像一阵旋风似的从他身旁掠过，飞向无垠的深渊。

安德烈·伊里奇至少昏厥了半个小时才苏醒过来。在下面，路基脚下，巨大工厂日夜轰鸣的地方，如今是一片不寻常的可怕的寂静。鲍勃罗夫费劲地站起来，朝着高炉的方向走去。他的脑袋如此沉重，支撑在肩膀上都很费劲；只要一动弹，受伤的太阳穴就疼得难以忍受。他摸了一下伤口，手指头又感到碰着黏糊糊的热血。他的嘴里和嘴唇上同样有血，他觉得血里有一股咸味和金属味。他还没有完全恢复知觉，想要弄清所发生过的事情，但一用劲回想便引起一阵剧烈的头疼。刺心的悲伤和绝望的无名的仇恨充满了他的胸腔……

清晨显然已经临近，一切都是灰蒙蒙的，阴冷和潮湿的：大地、天空、锈的黄枯草和乱七八糟地堆积在道路两旁的石块。鲍勃罗夫漫无目的地在空无一人的厂房之间转来转去，自言自语，就像一个人精神受到特别刺激有时会做出来的那样。他想遏制住那些紊乱的思想，把它们理出个头绪来。

"喂，告诉我，告诉我该干什么？看在上帝的份上告诉我吧。"

他对着一个仿佛坐在他心里的外人殷切地低声说，"唉，我多难受呀！唉，我多痛苦呀！……痛苦得受不了啦！……我觉得我要自杀……我忍受不了这种痛苦……"

而另一个，那个外人，从他内心深处同样低声地，但粗鲁而嘲弄地反驳道：

"不，你不会自杀的。干吗要对自己装假呢？你对生的感受太强烈了，是不会自杀的。要做到这一点你意志也太薄弱了、你太怕肉体上的痛苦、你考虑得也太多了。"

"那我应该怎么办？我应该怎么办？"安德烈·伊里奇又绞着手低声说起来，"她是那么温柔，那么纯洁——我的尼娜！她是全世界我唯一心爱的人。可是忽然间——噢，多么丑恶——她竟会出卖自己的青春，自己处女的身体！……"

"别作态了，别作态了；旧闹剧里的那一套漂亮话有什么用，"另外那个人讽刺道，"如果你这样恨克瓦什宁，那就去把他杀死吧。"

"我要杀死他！"鲍勃罗夫喊起来，止住脚步，疯狂地举起两只拳头，"我要杀死他！让他不能再用自己肮脏的呼吸去污染诚实的人们了。我要杀死他！"

但另外那个人恶毒地嘲笑道：

"你不会杀他……这你自己非常清楚。你干这样的事既没有决心，也没有力气……到了明天你又明白过来了，泄气了……"

在这种可怕的精神分裂状态下，鲍勃罗夫有几分钟恢复了神智，那时他困惑不解地问自己：他出了什么事，他怎么跑到这儿来了，他应当做什么？而一定要做一件必须做的事，做一件伟大而重要的事，但到底是什么事呢——鲍勃罗夫忘了，他使劲回想，疼得皱起眉头。在这清醒的间歇，他看见自己站在司炉坑上。他马上非常清楚地想起不久前他在这个地方同医生的一次谈话来。

下面一个司炉也没有了：他们都溜掉了，锅炉早已凉了。只有最里边的两个炉子里，煤还有点发红……疯狂的念头突然像一道闪电在安德烈·伊里奇的脑子里掠过。他马上弯下腰，先伸下两条腿，然后两只手撑着，身子悬在半空，跳进锅炉房。

煤堆里插着一把铲子。鲍勃罗夫拿起铲子，急速地往两个炉口里扔煤。两分钟以后，发白的烈焰便在炉子里呼呼地响起来，锅炉里的水也咕嘟咕嘟地沸腾了。鲍勃罗夫一铲子接着一铲子不停地往炉门里扔煤；同时他狡猾地微笑着，向某一位看不见的人不断点头，嘴里发出断断续续的、毫无意义的声音。在路上闪过的病态的、复仇的和可怕的念头更紧紧地抓住了他。他望着开始发响的被火焰的反光照亮了的锅炉的庞大炉身，他觉得它越来越有生命，也越来越可憎了。

没有人妨碍他，水很快就降到水位线以下。锅炉的沸腾声和炉子的呼呼声越来越响，也越来越可怕了。

但不习惯的活儿很快就使鲍勃罗夫筋疲力尽了，太阳穴上的血管开始像发热病似的紧张而急遽地跳动，一股热血从伤口里冒出来，沿着脸颊往下流。刚才爆发出的那一阵疯狂的精力消失了，而内心中那个外人的声音又大声嘲笑道：

"喂，怎么样，就差一个动作了！但是你做不出来……Basda①……因为这一切都是可笑的，明天你甚至不敢承认，你夜里想炸掉

---

① 意大利语：够啦。

锅炉。"

当安德烈·伊里奇来到工厂医院的时候，太阳已经像一个昏暗的大圆球出现在地平线上了。

正在替受伤的和残废的人包扎的医生，刚刚中断了一分钟治疗，走到铜悬壶下面洗手，医士拿着手巾站在一旁。医生一看见鲍勃罗夫，吓得直往后退。

"安德烈·伊里奇，您怎么了，怎么脸上一点血色也没有？"他吃惊地说。

鲍勃罗夫的样子确实吓人，在他沾了一脸煤末的苍白的脸上，血已经凝成黑块。衣服湿透了，袖口和膝盖的地方都成了碎片，头发一绺绺地披散在额前。

"说呀，安德烈·伊里奇，看在上帝的分上，您出了什么事？"戈利德别尔格又问了一遍，赶快把手擦干，向鲍勃罗夫走去。

"唉，全是无关紧要的小事……"鲍勃罗夫呻吟似的说道，"大夫，看在上帝的分上，快给我点吗啡……快给我点吗啡……不然我就要发疯了！我痛苦极了！……"

戈利德别尔格抓住安德烈·伊里奇的手，连忙把他领进另一间屋子，然后把门关紧，说道：

"您听我说，我猜着什么事在折磨您了……请您相信我，我非常怜悯您，也准备为您效劳……可是……亲爱的朋友，"医生的声音哽咽了，"我亲爱的安德烈·伊里奇……您就不能好歹忍过去？您只要回想一下，戒掉这种恶习费了多大的劲儿就好了！我现在要是再给您注射，您就要倒霉了……您可就永远也别想……您明白吗，永远戒不掉了。"

鲍勃罗夫脸朝下倒在一张绷着漆布面的宽大的沙发上，冷得浑身哆嗦，从紧闭着的牙缝里喃喃地说：

"都一样……对我都一样，大夫，我再也忍受不住了。"

医生叹了一口气，耸耸肩，从药橱里取出一个装着普拉瓦茨①注射器的匣子。五分钟之后，鲍勃罗夫已经躺在漆面沙发上睡熟了。在他苍白的、一夜之间变得瘦削的脸上，浮现出甜蜜的微笑。医生小心翼翼地替他把头擦洗干净。

---

① 普拉瓦茨（1791—1853），法国医生。

# 神 医

　　下面这个故事并非我闲来无事杜撰出来的，所有的情节都是真实的，大约三十年前发生在基辅城里。我就要讲给你们听的那家人，至今还用崇敬的口吻传诵着这件事，并且连细枝末节都不漏过。我不过把这感人至深的故事中几个人物的名字改换了一下，并把口头讲的故事形诸文字而已。

　　"格里什，格里什，你瞧，有只小猪仔……它还笑呢……真的，瞧它嘴里！……瞧，瞧，嘴里还叼着一棵小草呢，真是一棵小草呀！……可真是个好玩意儿啊！"

　　两个男孩子站在美食店用整块玻璃镶成的大橱窗前，他们用胳膊肘你撞我肋骨一下，我撞你肋骨一下，忍不住哈哈大笑起来，可是酷寒冻得他们直跺脚。他们俩在这既振奋他们的精神，又刺激他们胃口的五光十色的橱窗面前，已经待了足足有五分钟了。橱窗的挂灯明晃晃地照耀着堆得像一座座小山似的水灵的红苹果和橙子；透过薄薄的包装纸显得格外娇嫩金黄的柑橘，整整齐齐地垒成金字塔；大条大条的熏鱼和醋渍鱼难看地张着嘴，瞪着眼，直挺挺地躺在菜盘里；下边，围在一串串香肠中间的鲜火腿，切成一片一片的，上面有一层粉红色的厚油，特别惹人注目……数不胜数的各种各样的腌、煮及熏制的菜食罐头，最终完成了这幅令人难忘的图画。两个孩子看着这幅图画，不一会儿就忘记了零下十二摄氏度的严寒和妈妈交付的重任，——这件事竟落得一个那样出人意料、那样令人失望的结局。

大一点的男孩先背过脸去，不再盯着那令人留恋不舍的橱窗、他使劲扯了一下弟弟的衣袖，一本正经地说：

"得了，沃洛佳，咱们走吧，走吧……这儿没什么可……"

两个男孩真想大声叹口气，可是还是忍住了（哥哥也不过十岁，况且他们除了早晨喝了点清汤外，什么也没吃过），贪婪不舍地对美食店的橱窗看了最后一眼，就急急忙忙顺着大街跑去。有时，透过住户的水汽蒙蒙的窗子，他们看到了圣诞树，从远处看就像一大串晶莹闪光的珠子，有时，他们还听到欢快的波尔卡舞曲……但是他们勇敢地驱散了诱人的念头，不再停下片刻，贴着玻璃窗再看它几眼。

孩子们越往前走，行人越稀少，街道也越昏暗。漂亮的商店、闪闪发光的圣诞树、披着蓝色和红色披网奔驰的大走马、雪橇吱吱的刺耳声、节日里熙熙攘攘的人群、快乐的呼喊声和说话声、衣着华丽的贵妇们冻得绯红的笑脸——所有这些，这时已经再也看不见、听不到了。眼前出现的是一片荒凉的空地，弯弯曲曲的窄胡同，没有路灯照明的斜坡……最后他们在一所孤零零的歪斜破旧的楼房前停下来。楼房的底层（实际上是地下室）是石头砌的，上层是用木头盖的。他们绕过一个已经成为全楼住户天然污水坑的狭窄、肮脏、冻了一层冰的院子，走进地下室。孩子们穿过黑洞洞的公用走道，摸到自己家的门，把它推开了。

麦尔查洛夫一家栖身在这个地下室里已有一年多了。两个孩子早就习惯了熏得乌黑、潮得淌水的墙壁，晾在横贯整个房间的绳子上的湿漉漉的破衣烂衫，闻惯了煤油烟子、孩子的脏衣服和老鼠的可怕的气味——赤贫人家才会有的气味！但是今天，当他们看到街上的种种情景之后，到处感到节日欢快之后，他们幼小的童心灼痛地收缩起来，这种痛苦是普通儿童所感受不到的。房角里一张肮脏的大床上，躺着一个七岁左右的小女孩，她的脸烧得滚烫，呼吸短促、艰难，瞪着两只发亮的眼睛，呆呆地无目的地张望着。大床旁边，一只摇篮吊在天花板上，里面躺着一个吃奶的婴儿，正在扯着嗓子上气不接下气地哭号着，哭得满脸都是皱褶。一个高个儿的瘦女人，面容憔悴，神情疲惫，似乎愁得脸都发黑了，跪坐在生病的女孩身旁，她一边把女儿的枕头摆正，一边用胳膊肘推摇篮。当两个孩子走进来时，一团团白色的寒气也随之冲入，妇人转过脸来，露出焦急不安的神情。

"嗯？怎么样了？"——她急促地问道。

两个孩子没吭声。只听见格里沙用大衣袖口擦鼻子的吭哧声，他这件大衣是用旧棉袍改成的。

"你们把信送去了吗？……格里沙，我在问你，信送到了没有？"

"送到了。"格里沙回答道，嗓子已经冻得沙哑了。

"那……怎么样呢？你怎么对他说的？"

"全照你教的那样说的。我说，这是您原来的管理员麦尔查洛夫的信。可他把我们骂了一顿，他说：你们快滚开……小兔崽子……"

"这到底是谁呀？是谁跟你们这么说的？格里沙，说清楚点！"

"就是那个看门的呗……除了他还有谁？我跟他说：'叔叔，劳您驾，把这封信交上去，我在下边等回信儿。'他说：'什么，想得可倒好……老爷哪有时间看你们的信。'"

"那你呢？"

"都是照你教的那样，我对他说：'家里没吃的了……妈妈病啦……快死了……'我还说：'等爸爸找到了差使，一定好好孝敬您，萨维利·彼得罗维奇，一定来孝敬您。'这时候，铃忽然响了，他就对我们吼道：'快给我滚开！赶快滚蛋，滚蛋！'他还照瓦洛佳的后脑勺打了一巴掌。"

一直注意听哥哥讲述的瓦洛佳这时挠了一下后脑壳，说："嗯，他给了我后脑勺一下。"

大孩子突然着急地在长袍的大口袋里翻找起来，最后掏出一封揉皱的信，放在桌上，说道：

"信在这儿……"

母亲没有再问什么。很长时间，在这憋闷的屋子里，只听见婴儿的号啕，还有玛舒特卡急促的喘气声，听起来就像她在一个劲地呻吟。突然，母亲转过身来说：

"那儿还有点菜汤，是午饭剩的……要不你们喝了吧？可菜汤是凉的，也没有东西给你们热一下……"

就在这时，过道里传来了蹒跚的脚步声和在黑暗中用手摸索房门的声音。母亲和两个孩子由于等得太紧张，脸都急白了，一齐朝门的方向转过身去。

走进来的是麦尔查洛夫。他身穿一件夏季薄外套，头上戴着一顶夏季毡帽，脚上没穿套靴。他的两只手冻得又青又肿，眼窝塌陷，脸颊紧贴着牙床，活像个死人。他没和妻子说一句话，妻子也没问他什么。他们彼此看到对方绝望的眼神，便什么都明白了。

在这极其不祥的一年里，灾祸接踵而来，无情地落在麦尔查洛夫和他一家人的头上。先是麦尔查洛夫自己患肠伤寒，家里积蓄的几个钱都用于治病了。后来，等他病愈以后，他才发现，那月薪二十五卢布的微不足道的房屋管理员的位置，已经被别人占去了……于是他开始到处奔波，拼命找零活干，或者替人抄写，或者谋求一个低微的职位，接着就是一再典当家里的东西，变卖破烂的家当。孩子们又一个个生起病来，三个月前死了一个小女孩，而现在另一个女孩又在发高烧，已经昏迷不醒了。叶莉扎维塔·伊凡诺夫娜一面要照看生病的女儿，给最小的儿子喂奶，同时还要到城的另一头打零工，给人洗衣服。

今天一整天就忙着一件事：拼了性命也得替玛舒特卡弄几个钱买药，哪怕是几个戈比也好。为了这个目的，麦尔查洛夫几乎跑遍半个城市，到处低三下四地去央求人；叶莉扎维塔·伊凡诺夫娜到太太家去哀求；派两个孩子到麦尔查洛夫当过房管员的老爷家去送信……但都遭到了拒绝：有的推说节日太忙，有的则诿言手头拮据……另外一些人，如过去老板的那个门房，则干脆把两个求情的孩子赶出大门。

大约十分钟，一家人谁也说不出一句话来。麦尔查洛夫突然从自己一直坐着的那只大箱子上站起来，把破帽子狠命往前额上一拉。

"你到哪儿去？"叶莉扎维塔·伊凡诺夫娜惊恐地问道。

麦尔查洛夫一手握住房门把手，转过身来。

"到哪儿去都一样，这样坐等也无济于事，"他声音沙哑地回答，"我再出去转转……看看是不是能讨点东西来。"

他出了家门，毫无目的地朝前走去。这时他不想找到什么，对一切都已经不抱希望了。人穷到极点时，总幻想在街上拾到个钱包，或者从素不相识的远房叔叔那儿得到一笔意外的遗产，这种心情他早已感受过了。现在他只想头也不回地往前跑，跑到哪儿算哪儿，只求看不见一家人挨饿那种一声不响的绝望的样子。

去当乞丐吗？今天他已经试过两次了。但是，第一次一位身着貂皮大衣的先生教训他说，要工作，不应乞讨；第二次呢——人家要把他送进警察局。

麦尔查洛夫不知不觉走到市中心一所树木浓密的公园的围墙旁边。因为他一直走的是上坡路，所以累得直喘气。他机械地拐进公园小门，穿过一大段覆盖着白雪的椴树林荫道，一屁股坐在公园的矮凳上了。

这儿是这么恬静、肃穆。银装素裹的树木正在微睡，一动也不动，显得十分雄伟壮丽。雪块从上面的树枝不时掉落下来，挂到下面树枝上发出的沙沙声都可以听见。笼罩整个公园的一片沉寂和静穆，突然使得麦尔查洛夫那颗破碎的心渴望获得同样的沉寂和静穆。

"能在这里躺下入睡，"他想，"忘掉妻子，忘掉饥饿的孩子们和生病的玛舒特卡，那该多么好呀！"麦尔查洛夫把手伸到坎肩里面，摸到了那条代替腰带的粗绳子。自杀的念头清晰地浮现在他的脑海中，但他并没有感到这个念头的可怕，在不可测知的幽暗面前，没有一刹那的战栗。

"与其慢慢饿死，何不选一条更近的路？"他正要站起来实现这个可怕的意图，这时从林荫道的尽头传来一阵在凛冽的空气中显得格外清脆的吱吱的脚步声。麦尔查洛夫恶狠狠地朝那个方向转过身去，有个人沿着林荫道走过来。开始只能看见时亮时熄的雪茄烟的火星，后来麦尔查洛夫渐渐看出，来人是个身材不高的老人，头戴皮帽，身穿皮大衣，脚上穿着一双高筒套靴。陌生人走到长凳旁，突然朝麦尔查洛夫的方向急转过来，轻轻用手碰了一下帽子，问道：

"可以在这儿坐一会儿吗？"

麦尔查洛夫故意猛地把脸掉开，又把身子挪到长凳的另一头。约摸过了五分钟，两个人都没作声。陌生人吸着雪茄烟，并窥察着自己身旁的人（这点是麦尔查洛夫感觉到的）。

"夜色多美啊！"陌生人忽然开口了，"严寒……寂静，俄罗斯的冬天多迷人啊！"

他的声音柔和、温存、苍老。麦尔查洛夫没有作声，也没有转过身子来。

"我给熟识的孩子们买了几件礼品，"陌生人继续说道（他手里拿着几个纸包），"路上走着走着实在忍不住了，还是绕了个弯，想从公园里穿过：这里实在太美了！"

麦尔查洛夫本来是个温和腼腆的人，但是当陌生人说到最后几句话时，一股绝望的激愤涌上心头。他猛地向老人转过身子去，胡乱地挥动着双手，喘着气喊道：

"礼品！……礼品！给熟识的孩子们送礼品！……可我呢……先生，我家里的孩子们现在就要饿死了！礼品！……我妻子奶水断

138

了，婴儿整整一天没奶吃……礼品！……"

麦尔查洛夫以为，他凶狠地乱喊一通之后，老人会站起来走开，但他想错了。老人把他那长着花白络腮胡须的睿智而严肃的脸凑近麦尔查洛夫，用和蔼而认真的口气说道：

"等等……请不要激动！请您把全部经过说得条理清楚些，要尽量简短，或许我们可以一起为您想点办法。"

在陌生人的那张异乎寻常的脸上，有一种安详的和令人信任的神情，使得麦尔查洛夫立刻毫不隐讳地，然而十分激动地急忙把自己的困境讲述了一遍。他讲了自己生病、失业的情况，孩子的夭折以及其他的不幸，直到今天的遭遇。陌生人听着，没有打断他，只是更加好奇和凝神地望着他的眼睛，似乎想看到这颗充满痛苦和激愤的心灵的最深处。突然，老人像少年一样敏捷地跳起来，一把抓住麦尔查洛夫的手。麦尔查洛夫不由得也站了起来。

"走！"陌生人拉着麦尔查洛夫的手说，"快走！……这是您的福气，遇到了医生。当然，我现在什么也不敢担保，但是……咱们走吧！"

过了大约十分钟，麦尔查洛夫和大夫已走进了地下室。叶莉扎维塔·伊凡诺夫娜躺在生病的女儿身旁，把脸埋在肮脏油腻的枕头里。男孩子们还坐在老地方喝菜汤。他们老不见父亲回来，母亲又一动也不动地躺着，都吓哭了，用脏拳头抹得满脸都是泪水，但眼泪还是大颗大颗地掉在熏黑了的小铁罐里。大夫走进房间后，脱下了大衣，只穿着一件相当旧的老式常礼服，走到叶莉扎维塔·伊凡诺夫娜跟前。他向她走近时，她甚至连头也没抬。

"好了，好了，亲爱的，"大夫温和地抚摸了一下女人的肩背，说道，"起来！让我看看你生病的女孩。"

就像刚才在公园里一样，他声音里那种亲切而令人信服的东西，使得叶莉扎维塔·伊凡诺夫娜马上从床上起来，顺从地去做大夫吩咐她做的一切。两分钟以后，格里什卡按照医生的吩咐，向邻居借来了劈柴，开始生炉子；瓦洛佳使出全身的劲把茶饮吹旺；叶莉扎维塔·伊凡诺夫娜正在给玛舒特卡做热敷……过了一会儿，麦尔查洛夫也回来了，他用大夫给的三个卢布买了茶、糖和小面包，还在附近的饭铺买到了热菜食。大夫坐在桌子旁边，在一张从笔记本上撕下的纸条上写着什么。他写完之后，在纸条的下角画了一个形状奇怪的小钩代替签字，然后站起来，用茶碟把纸条压好，说道：

"请拿这张纸条到药店去……每隔两小时喂一羹匙。这是给小家伙祛痰的……继续热敷……此外，即使您的女儿病情好转，明天无论如何还要请阿弗罗西莫夫大夫来一趟。他是位能干的医生，是个好人。我马上就通知他。好了，诸位再见了！愿上帝保佑你们明年比今年好过一些，而主要的是任何时候也不要灰心丧气！"

大夫和惊愕不已的麦尔查洛夫、叶莉扎维塔·伊凡诺夫娜握了握手，顺手拍了拍瓦洛佳张着嘴的脸颊，然后敏捷地把两脚伸进高筒套靴里，穿好了大衣。等麦尔查洛夫醒悟过来时，大夫已经走进走廊，麦尔查洛夫连忙追了出去。

因为走廊里漆黑一团，什么也看不清，麦尔查洛夫便乱喊起来：

"大夫！大夫，请您停一停！……请告诉我您的名字！哪怕是让我的孩子们能为您祈祷也好！"

他两手在空中乱摸，想一把抓住那看不见的大夫，但这时走廊的另一头传来了安详的老人的声音：

"唉！您怎么净想些没用的事！……赶快回去吧！"

等他回到房间里，发现茶碟下面除了神医的处方外，还放着意想不到的东西：几张票额很大的钞票……

当天晚上，麦尔查洛夫就知道了这位从天而降的恩人的姓名：贴在药瓶上的标签上有司药写的几个清晰的字："根据皮罗戈夫①教授处方配制。"

这个故事，我不止一次听到格里戈里·叶麦利扬诺维奇·麦尔查洛夫谈过，他就是故事中那个在圣诞节前夕把眼泪掉进盛着稀汤的熏黑了的铁罐里的格里沙。现在他在一家银行里担任要职，他为人正直，扶危济贫，颇负盛名。每当他讲完神医的故事之后，总要含着眼泪，用颤抖的声音补充道：

"从那时起，就好像大慈大悲的天使降临我家。一切都变了样。元月初父亲就找到了工作，母亲也康复了，我和弟弟进了公费中学。这位圣洁的人简直是创造了奇迹啊！但是，从那时起，我们仅仅见过我们的神医一次，那是当他的遗体运往他的庄园维什尼亚的时候。然而那次我们见到的已经不是他了，因为神医生前身上燃烧着的那种伟大的、有力的和神圣的东西已经永远熄灭了。"

---

① 尼·伊·皮罗戈夫（1810—1881），俄国著名的外科医生和解剖学家。

# 阿列霞

一

我的听差、厨师兼猎伴——守林人亚尔莫拉，背着一大捆木柴弯腰走进屋里，把木柴往地板上轰隆一扔，便对着冻僵的手指呵起气来。

"哎呀！院里好大的风啊，少爷。"他说，在炉门前蹲下来。"可得把炉子生得旺旺的哟，少爷，给个火儿吧。"

"那么，明天就打不成兔子了，是不是？你看呢，亚尔莫拉？"

"不行……打不成啦……您听听，风雪多大。现在兔子都躲起来了，一点动静也没有……明天您连一个脚印也甭想看见！"

命运把我抛到波列西耶边界地区沃林省一个荒凉的小村落，在那里度过了整整六个月，于是打猎便成了我唯一的事务和乐趣。老实说，当初有人建议我到农村去的时候，我万万没想到会这样寂寞无聊，简直难以忍受。我动身的时候还很高兴呢。"波列西耶……人烟稀少的地方……大自然的怀抱……古朴的风俗……浑厚的天性……"我坐在车厢里想道，"对我来说完全陌生的人民，奇异的风情，独特的语言，而且一定还有许许多多充满诗情的神话、传说和歌谣！"那时（既然要讲，就索性和盘托出吧）我已经在一家小报上登出一篇描述两桩谋杀案和一桩自杀案的短篇小说，所以在理论上懂得，考察风土人情对一个作家来说是不无裨益的。

但是……不知是由于佩列勃罗德农民特别难于接近，还是我自己不善于接近他们，——我同他们的关系仅仅局限于他们见到我老远便摘下帽子，等到走过我身旁时再沉着脸说一句"盖布克"，意思大概是："愿上帝保佑你，"我试着同他们攀谈，他们却惊疑地望着我，似乎连最简单的意思也听不懂，而且还老是要吻我的手——这是波兰农奴制遗留下来的陈规陋习。

我带来的书籍很快就都看完了，为了消闲解闷，——虽然开头我就觉得很不愉快——我曾试图与当地知识阶层的代表人物——住在离这儿十五俄里的教士、他们门下的"风琴师老爷"、当地的县警察和退伍军官、邻近庄园的账房先生交往，但毫无结果。

以后，我又试着为佩列勃罗德农民治病。我手头所能使用的药物只有蓖麻油、石碳酸、硼酸和碘酒。不料，在我贫乏的医学知识之外，偏偏又碰上了完全无法诊断的病人。因为所有患者的症状往往都是一个样的：不是"心口疼"，便是"不能吃也不能喝"。

譬如说吧，有个老太婆来找我。她不好意思地用右手食指把鼻涕抹掉，然后，从怀里掏出两个鸡蛋放在桌上。在她掏鸡蛋的当儿，我看见了她身上褐色的皮肤。接着她就要抓我的手亲吻。我一面把手藏到身后，一面开导她说："行了，行了，老婆婆，我不是牧师，我不兴这一套……你哪儿不舒服？"

"我心口疼，少爷，心中间儿疼，不想吃也不想喝。"

"你早就有这种毛病吗？"

"我怎么知道呢？"她同样用问题回答，"心里老是烧得慌，不想吃也不想喝。"

不管我怎样问她，也问不出更明确的症状来。

"您别发愁，"有一次那个当账房先生的退伍士官劝慰我说，"他们自己会好的，就像狗身上的伤口自己会愈合一样。我禀告您，我给他们看病只用一种药：阿莫尼亚水。农民来找我，我就问他：'你怎么啦？''我病啦。'他说。我马上把盛阿莫尼亚水的小瓶往他鼻子底下一杵：'闻吧！'他闻了一下……'再闻一下，使点劲！'他又闻了一下……'怎么样，好点吧！'——'好像好点……'——'那就得啦，走吧，上帝保佑你。'"

此外，吻手的习惯也使我不胜厌恶（而且有的农民干脆下跪，还拼命要吻我的靴子）。须知这绝非出于感戴之忱，只不过是多少世纪的奴役和暴力所训练出来的令人作呕的陋俗罢了。每当看见士官出身的账房先生和县警察居然大模大样地把自己两只通红的大巴掌伸到农民嘴边的时候，我实在惊讶不已……

最后，就唯有打猎消遣了。可是，元月下旬天气竟变得如此恶劣，打猎也不可能了。每天狂风怒号，到夜里雪地上便结了一层坚硬的冰壳，兔子即使从上面跑过，也不会留下任何踪迹。我闭门枯坐，听着狂风呼啸，心里郁闷极了。因此，我急不可待地抓住像教守林人亚尔莫拉识字这样一种无害的消遣，是很可以理解的。

这件事，开始得相当蹊跷。有一次我正在写信，忽然觉得有人站在我的背后，回头一看，原来是亚尔莫拉。他像平常一样，穿着软底草鞋，不声不响地走到我跟前。

"你有什么事，亚尔莫拉？"我问道。

"我看您是怎么写字的，我要是能这样就好了……不，不，不是像您那样。"他看见我笑了，连忙不好意思地说道，"我只要能写自己的姓名就行了……"

"你要写姓名干什么？"我感到奇怪……（应当说明，全佩列勃罗德的人都认为，亚尔莫拉是最穷最懒的农民；他把工钱和地里的收入统统换酒喝了。像他家那样糟糕的牛，就是在整个边区也找不出来。依我看，他绝对用不着学写字。）我又怀疑地问了他一遍："你要写姓名有什么用处呢？"

"少爷，是这么一回事，"亚尔莫拉非常柔和地回答道，"村里一个识字的人都没有，要是签署个公文或者乡里有什么事……谁也办不了……村长只会盖戳子，可是自己也弄不明白盖的是什么……要是有个能签名的人，对大家该多好。"

亚尔莫拉，这个无人不知的偷猎人，这个村会从不把他的意见放在眼里的优游自在的野汉，竟然如此关心起本村的公益来了，不禁使我深为感动。于是，我自动提议给他上课。可是要想教会他有意识地阅读和书写，却是一件多么费劲的工作啊！这个亚尔莫拉，对树林中的每条小径，几乎可以说对每棵树都了若指掌；这个亚尔莫拉，不论白天和黑夜，也不论在什么地方，都能根据狼、兔子和狐狸的踪迹辨别方位。但是他竟然无法理解，比如为什么字母"M"和"a"能够拼成"Ma"。通常在这个难题上他得苦苦思索十几分钟，有时甚至还要更长一些，这时，他那几乎长满黑硬胡须的黝黑瘦削的面孔和深陷的眼睛，便流露出思维活动极度紧张的神情。

"亚尔莫拉，你说'Ma'，就说一声'Ma'，"我盯着他不放，"别看纸，看着我，就这样，说一声'Ma'……"

亚尔莫拉长叹了几声，把指字棒放在桌上，用伤心的口气断然说道：

"不行，说不上来……"

"怎么会说不上来呢？这太容易了。你随便说一声'Ma'，就像我这样。"

"不行，说不上来，少爷，我忘了……"

所有的方法、手段和比喻，全都在这颗冥顽不灵的脑袋上撞得粉碎。但亚尔莫拉受教育的愿望却丝毫没有减弱。

"我只要能写出自己的姓名就行了。"他不好意思地一再央求我，"别的什么也不需要了。只要能写出姓名：亚尔莫拉·波普鲁茹克——别的什么也不需要了。"

我只好彻底放弃教他有意识地阅读和书写的念头，干脆就教他机械地签名。结果使我大为惊讶，原来这倒是亚尔莫拉最容易接受的方法，所以到了第二个月的末尾，我们差不多已经学会写姓氏了。至于名字，为了减轻困难，我们决定索性把它省掉。

每天傍晚，亚尔莫拉把几个炉子生着以后，便急不可待地等着我叫他。

"喂，亚尔莫拉，咱们学习吧！"我说。

他侧身走到桌前，把两只胳膊肘支在桌子上，再把蘸水笔夹在僵直不灵的粗黑手指之间，竖起眉毛问我道：

"写吗？"

"写吧！"

亚尔莫拉蛮有信心地画出第一个字母 Π（我们管这个字母叫作"两根立柱顶着一根横梁"），然后用询问的目光望着我。

"你怎么不写呀？忘啦？"

"忘啦……"亚尔莫拉懊恼地摇摇头。

"唉！你瞧你！好吧，再画上一只轮子。"

"啊！轮子，轮子……知道啦……"亚尔莫拉活跃起来，用心在纸上画了一个圆圈，圆圈的上方拉长了，像地图上的黑海一样。完成了这项工作之后，他眯着眼睛，脑袋一会儿往左偏，一会儿又往右偏，自己不声不响地欣赏了半天。

"你干吗不写了？往下写吧！"

"稍等一下，少爷……我马上就写。"

他思索了差不多两分钟，然后怯生生地问道：

"跟第一个字母一样？"

"对啦，写吧。"

就这样，我们终于慢慢写到了最后一个字母"К"（硬音符号被我们去掉了）。我们管这个字母叫作"一根棍儿，中间有个歪钩"。

"您看怎么样，少爷，"有时亚尔莫拉完成自己的课业之后，带着欣喜和骄傲的神气望着它，对我说道，"如果我再学它个五六个月，我就完全会写了。您说呢？"

## 二

亚尔莫拉蹲在炉门前面，拨着炉子里的木炭，我在屋里的两个斜对墙角之间踱来踱去。在偌大的地主宅邸的十二个房间之中，我只占用了过去作为休息室的那一间。其他房间都上了锁，蒙着花缎的古旧家具、稀奇古怪的铜器、十八世纪的肖像，正在里面一动不动地、得意地慢慢发霉。

朔风好像一个冻僵了的赤裸裸的老魔鬼，在院墙外面发狂。在它的怒号之中，夹杂着呻吟、尖叫和狂笑。到了夜晚，暴风雪来得更猛烈了。好像有人使足了劲将大把大把的干雪扔在玻璃窗上。附近的树林在哀诉，在呼号，仿佛潜伏着随时都可能发生的危险。

　　风钻进了不住人的房间和哀嚎着的烟囱，于是整个年久失修、百孔千疮、摇摇欲坠的旧宅，突然发出一片奇异的响声，使我听了不禁心惊胆战。仿佛有什么东西在那间带烟囱的大厅里发出一声长叹，那声音显得那么深沉、凄凉、若断若续。在远处的什么地方，又似乎有人来回走动，迈着沉重而无声的步子，把干燥腐朽的地板踏得咯吱咯吱发响。同时，就在靠近我房间的走廊里，我仿佛觉得有人小心而又执拗地转动着门上的把手。后来，大风突然更加狂暴，在住宅里左冲右突，发疯似的摇晃着所有的护窗板和房门，或者钻进烟囱里哀鸣，声音是这样可怜、沉郁和悠长，忽而又越拔越高、越高越细，简直成了哀诉的尖嚎，忽而又低沉下来，化作野兽的吼叫。有时天晓得从什么地方这位可怕的客人也钻进我的屋里，穿过我的脊背，使我感到一阵寒战，在上端烤煳了的绿灯罩下面，昏黄的灯焰被吹得左右摇曳。

　　这时，一种奇异的不可名状的惊恐袭入我的心头，我不由得想到：在这样一个风雪交加的荒凉的冬夜，我待在一所破旧的住宅里，置身于被树林和积雪湮没的荒村之中，远离城市几百俄里、远离社会、远离女人的笑声、远离人间的话语……我开始觉得这风雪交加的夜晚，似乎会延长到几年、几十年，一直到我生命的末日。窗外的风会一直这样怒号，烤煳的绿灯罩下的灯焰会一直这样昏暗地点着，我会一直这样忐忑不安地在自己的房间里踱来踱去，不声不响坐在火炉旁边出神的亚尔莫拉会一直这样坐着出神——这个奇怪的、对我来说还是陌生的人，对世界上的一切事物都似乎无动于衷：不管他家里是否已经断炊，不管狂风如何怒吼，也不管莫名的哀伤正在刺痛我的心。

我突然产生了一种不可抑止的愿望，想用某种类似人的声音，打破这种难堪的岑寂，于是我问道：

"亚尔莫拉，你说今天为什么刮这么大的风呢？"

"这么大的风吗？"亚尔莫拉反问了一句，懒洋洋地抬起头，"少爷，您还不知道吗？"

"当然不知道，我怎么会知道呢？"

"当真不知道？"亚尔莫拉突然来了精神。"那我就告诉您吧，"他的声音带着几分神秘意味，继续说道，"不是小女巫出生了，就是女巫们在办喜事。"

"女巫——你们管巫婆叫女巫吧？"

"对，对，就是巫婆。"

我赶紧缠住亚尔莫拉。"说不定，"我想道，"也许现在能从他嘴里掏出一个同魔法、地下宝藏和吸血鬼有关的有趣的故事来。"

"喂，你们波列西耶有女巫吗？"我打听道。

"我哪儿知道，也许有吧。"亚尔莫拉像先前那样不动心地回答道，又低头向着火炉，"听老人们说从前有过，也许他们瞎说……"

我不禁大失所望、亚尔莫拉的特点是轻易不说一句话。因此，关于这个有趣的话题我已不再想从他那儿得到什么东西了。可是，出乎意外，他忽然又懒洋洋地说了起来，而且仿佛不是对着我，而是对着那呼呼作响的炉子说的。

"五年前，我们这儿有过那么一个女巫……可是小伙子们把她从村里赶跑了。"

"他们把她赶到哪儿去了？"

"还能赶到哪儿去？当然是树林里了……还能往哪儿赶呢？他们连她的房子也拆了，让那该死的狗窝一块木片也别剩……她本人也被拖出村外，还挨了一顿揍。"

"干吗要这样对待她呢？"

"她干的坏事太多了，同所有人都吵遍了，往人家房子底下倒药水，在谷物上打结子①。有一次她向村里的一个年轻的媳妇要十五戈比，那媳妇说：'我没有十五戈比，你给我走开。'——'好吧，你会记住你怎么没给我十五戈比的！'……您猜怎么着，少爷，就打那时候起，这媳妇的孩子就得了病。病啊，病啊，就一命归天了。打那以后，小伙子们就把女巫赶跑了，让她瞎了眼才好……"

"喂，这个女巫如今在什么地方呢？"我继续好奇地追问道。

"女巫吗？"亚尔莫拉像通常那样不慌不忙地反问了一句，"我怎么会知道呢？"

"难道村里就没有她的亲戚吗？"

"没有，没有她的亲戚。她是从别处来的，不是俄罗斯婆娘，是吉卜赛女人……她到我们村的时候，我还是个不大点的小孩子呢。她带着一个女孩，不知是女儿还是孙女……她们俩是一块儿被赶走的……"

"难道如今就再没有人去找她算命，或者讨药水吗？"

---

① 据民间传说，想要伤害谁，便在他家地里的谷物上打结子。

"老娘儿们还去。"亚尔莫拉轻蔑地说道。

"啊！那么，还是有人知道她住在哪儿了？"

"我不知道。听说住在鬼角附近……您知道伊琳诺夫大道后面的那片沼泽地吧，她就待在那片沼泽地里，让她见鬼去吧！"

"离我住宅十几俄里的地方，就住着一个真正的、活生生的波列西耶女巫！"这个念头马上把我吸引住了，使我激动不已。

"我说，亚尔莫拉，"我对守林人说道，"我怎么才能认识她，认识这个女巫呢？"

"呸！"亚尔莫拉厌恶地啐了一口唾沫，"您倒找到宝贝了。"

"是宝贝也好，不是宝贝也好，反正我要到她那儿去。等到天气稍微暖和一点，我立刻动身。你当然会陪我去了？"

我最后的一句话，吓得亚尔莫拉从地板上跳起来。

"我？！"他突然冒火了，大声喊道，"绝对不去！不管那儿有什么我也不去。"

"别说蠢话了，你陪我去。"

"不，少爷，我不去……绝对不去……叫我到她那儿去？"他又嚷起来，再一次动火了，"叫我到女巫窝里去？不如让天雷劈了我吧，我劝您也别去，少爷。"

"随你的便吧，反正我要去。我非常想看看她是什么样子。"

"她没有什么好看的。"亚尔莫拉嘟囔了一句，气呼呼地把炉门"砰"的一声关上。

过了一个小时，他已经把茶饮端走，自己也在昏暗的过道里喝足了茶，准备回家了，我问他道：

"这个女巫叫什么名字？"

"玛奴伊里哈。"亚尔莫拉每拉着脸回答道。

他虽然从来没有表露过自己的感情,可是好像对我特别亲近。他亲近我,是因为我们同样酷爱打猎,我对他从来不摆架子,我常常帮助他那永远挨饿的家庭,更主要的,还是因为我是世界上唯一不责备他好酒贪杯的人,而亚尔莫拉最受不了这种责备。正因为如此,我决心结识女巫才使他大为懊恼。为了发泄心中的懊恼,他使劲用鼻子哼哼了几声,下台阶的时候,又往自己的猎狗——"松鸡"的腰部猛踢了一脚。"松鸡"没命地尖叫起来,跳到一边,可是马上又跟在亚尔莫拉后面,不停地哀嚎着跑去了。

## 三

大约过了两三天,气候转暖了。一天早晨,亚尔莫拉很早就走到我的房间里来,漫不经心地说:"该擦擦猎枪了,少爷。"

"擦枪干什么?"我问道,在被窝里伸个懒腰。

"昨天夜里兔子跑得可欢了,留下很多脚印。咱们怎么着,去不去老爷的领地?"

我看得出亚尔莫拉巴不得快点到森林里去,可是他为了掩饰猎人急不可耐的心情,故意装出满不在乎的样子。果不其然,他的单管猎枪早已放在过道里了。这支猎枪尽管在枪口周围被铁锈和硝烟腐蚀了的地方打了几个锡补丁,可仍然没有一只田鹬逃脱得了它。

我们刚一走进树林,就发现了兔子的脚印,前边的两个脚印并排在一起,后面的两个一前一后。一只兔子窜到大路上,顺着大路跑了大约二百俄丈,猛地一跳,又躲进一片小松林里。

"现在咱们得把它围住。"亚尔莫拉说,"它只要一蹦起来,马上就会躺下。少爷，你到……"他犹豫了一下，根据只有他一个人知道的预兆，考虑着往哪儿打发我。"您往老酒馆那边去，我从查姆棱这边抄它。狗一把它赶出来，我就向您发出'咕咕'的信号。"

他马上就不见了，一头扎进茂密的灌木林里去了。我屏息倾听，他那偷猎人的脚步没有踏出一点声音，甚至没有一根小枯枝在他的树皮鞋下发出折断的喀嚓声。

我不慌不忙地走到老酒馆——一座无人居住的坍塌的农舍跟前，在针叶林边一株树干光滑挺拔的大松树下停住了脚步。这儿如此寂静，只有冬天无风的日子里树林中才有那样的寂静。蓬松的积雪挂在枝梢上，把枝梢压低了头，使它具有一种美妙的、节日般的庄严姿态。时而有细枝从树顶掉下来，碰到别的枝丫，发出轻微的喀嚓声，连这声响都听得非常清楚。积雪在阳光下泛着玫瑰色的红晕，而在树荫遮住的地方，则发出淡淡的青光。这幅静穆的、凛冽的、寂寂无声的图画使我陶醉了，我仿佛觉得时间正在慢慢地、悄悄地从我身边流逝……

突然，从远处密林中传来了"松鸡"的叫声——猎狗追捕野兽的典型的叫声：尖细、急迫、忽高忽低，后来几乎变成了尖叫。接着我马上又听见亚尔莫拉狂野地吆喝猎狗的声音："乌——碑！乌——碑！"第一个音是用刺耳的、拖长了的假嗓喊出来的，第二个音则是浑厚短促的男低音（多年以后我才明白，原来波列西耶猎人追赶野兽的呐喊，是从"杀死它"演变而来的）[1]。

从狗叫的方向判断，我觉得猎狗是在我的左边追赶野兽，于是

---

[1] "乌——碑"，俄文为 у-бый，与 убивать（杀死）发音近似。

急忙穿过一块旷地，赶过去拦截。可是，我还没来得及走出二十步，一只大灰兔便从树桩后面跳了出来，它仿佛不慌不忙地把两只长耳朵往后一背，然后腾身连跳几跳，便蹿过大路，躲进小树林里去了。"松鸡"紧跟在它后面飞也似的冲出来，看见我，微微摇了一下尾巴，急忙啃了几口雪，便又追兔子去了。

亚尔莫拉又照样一声不响地突然从林子当中钻出来。

"少爷，您怎么不在大路上截住它呢？"他喊道，责备地咂咂嘴。

"离我远了一点啊，不止二百步呢！"

亚尔莫拉见我有点发窘，语气便软了下来。

"唉，没关系，它跑不了。您到伊琳诺夫大道上等着去，它马上就会从那儿钻出来。"

我向伊琳诺夫大道那个方向走去，两分钟以后便又听见猎狗在不远的地方追逐兔子的声音。我满怀猎人常有的激动，端着枪向前跑去，穿过稠密的灌木丛，碰断迎面的树枝，也顾不得它们狠命的抽打了。我这样跑了好一会儿，几乎累得喘不过气来，突然发现听不见狗叫的声音了。我放慢了步子。我以为只要一直往前走，一定能在伊琳诺夫大道上同亚尔莫拉会合。可是，我很快就明白了，在我绕着树丛和树桩奔跑的时候，根本就没想着大道，结果竟迷失了方向。我高声呼喊亚尔莫拉，但是没有听见他的回答声。

我只管机械地向前走去，树林渐渐稀疏，地面越来越低，土墩一个接着一个出现。我在雪地上踩出的脚印，眨眼就发黑、汪出水来。我好几次陷下去，一直陷到膝盖。我不得不从一个土墩跳到另一个土墩上去。两脚陷进覆盖土墩的一层厚厚的褐苔里，像踩在柔软的地毯上一样。

树丛很快就到了尽头，在我面前出现一个覆盖着白雪的圆形大沼泽，从皑皑白雪中拱出几个土墩。沼泽对岸的树丛里，露出一家农舍的白墙。"伊琳诺夫的守林人可能就住在那儿，"我想道，"要到他那儿去问问路。"

可是要走到农舍也并非那么容易，我时刻都可能陷进泥坑里。我的皮靴灌满了水，每跨一步都要扑哧一声，而且越来越拔不出脚来。

最后，总算越过了沼泽，爬上一座小土坡，现在可以把眼前的农舍好好地观察一番了。这甚至不能算是农舍，恰似童话中的鸡脚小屋。这小屋不挨地，而是架在几个木桩上，大概是春水泛滥时整个伊琳诺夫树林都会被大水淹没的缘故。屋子的一面由于年深日久已经下沉。这就使小屋仿佛瘸了一条腿似的，显出一副可怜的模样。窗户上缺了几块玻璃，用肮脏的破布堵上了，好像长了几个鼓包。

我按了一下门闩，推开了门。屋里的光线很暗，而我又看了半天白雪，所以眼前出现一个个紫色晕圈，半天也没有看清屋里是否有人。

"喂，善良的人们，屋里有人没有？"我大声问道。

炉子旁边有个东西动弹起来，我走近一看，原来地上坐着一个老婆子。她面前堆着一大堆鸡毛。老婆子把鸡毛一根根捡起来，捋下绒毛，放进篮子里，毛管就扔在地上。

"这肯定就是伊琳诺夫的女巫玛奴伊里哈了。"我刚一仔细打量她，脑子里便闪出了这样的念头。民间史诗中女巫的种种特征，她应有尽有：凹陷、干瘦的面颊，下面连着又尖又长、耷拉着肉皮的下巴，下巴几乎碰到下垂的鼻子；没有牙的干瘪的嘴不停地蠕动着，仿佛老是在嚼着什么东西似的；曾经是蔚蓝色的眼睛，如今已经褪了颜色，变得冷漠，滚圆，鼓凸，再加上短得出奇的红眼皮，看起人来，就像一只不吉祥的罕见的怪鸟。

"老婆婆，你好！"我尽量和蔼地问道，"你是不是玛奴伊里哈？"

代替回答的是从老婆子胸腔里发出的呼哧呼哧的喘息声，然后从她牙齿脱尽、舌头欠灵的嘴里冒出几阵奇怪的声音，一会儿像乌鸦吃力的啼叫，一会儿突然又变成沙哑得快要劈裂的假嗓子。

"从前，善良的人们也许叫我玛奴伊里哈……现在爱怎么叫就怎么叫，叫鸡也好，叫鸭也行。你来干什么？"她没好气地问道，并没有停止手里单调的活计。

"老婆婆，是这么回事，我迷路了。也许你能给我点牛奶喝吧？"

"我这儿没有牛奶。"老婆子气呼呼地顶撞道，"到树林子里来的人多啦，我可供不起所有人的吃喝……"

"我说老婆婆，你待客人可不太和气呀。"

"你说对啦，老爷，一点都不和气，我可没有给你们准备酒席。走累了就坐会儿，谁也不会从屋里把你撵出去。你知道俗话说得好：'到我们墙根土墩上坐坐，听听我们过节的钟声，可我们还想到你们那儿吃午饭呢。'唉！就是这样……"

老太婆的这种说话方式，使我立刻断定：她确实是从别处搬到这个地区来的；因为，这儿并不流行，也不懂得那种夹着许多冷僻字眼的刻薄话，只有北方爱说俏皮话的人才特别长于此道呢。这时老太婆一面继续机械地干自己的活儿，一面不断嘟囔着，不过声音越来越低，越来越含混。我只听懂了其中几句不连贯的话："你没有想到玛奴伊里哈老奶奶会这样吧……干什么来的——莫名其妙……我年纪一大把了……整天脚不沾家，叽叽喳喳，跳跳蹦蹦，简直像只喜鹊……"

我一声不响地听她说了半天，脑子里突然出现一个念头：坐在我面前的莫非是个疯女人？这一转念，心里不禁产生了一种又嫌恶又恐怖的感觉。

不过，我已经看清楚了周围的一切。一个灰泥脱落的大炉子占了房间的一大半。正对着门的那面墙上没挂圣像。在通常悬挂绿髭猎人、紫毛猎狗和没人认识的将军肖像的地方，挂的是一束束干草、一捆捆根茎以及炊具。不论是猫头鹰还是黑猫我都没有发现，然而两只神气活现的花斑椋鸟，却从炉子上望着我，显出惊讶和多疑的样子。

"老婆婆，我在你们这儿要口水喝总可以吧？"我提高了嗓门问道。

"水就在那边木桶里。"老太婆点了点头。

水里有一股沼泽的锈味。我对老太婆道过谢（她对此毫不理会），便问她我怎么才能找到大路。

她忽然抬起头来，用她那双冷漠的鸟眼对我凝视了一会儿，连忙喃喃说道：

"去吧，去吧……年轻的小伙子应当走自己的道路，这儿没有你要做的事，贵客有贵客去的地方……走吧，老爷，走吧……"

我确实只好走了，但这时脑子里忽然又闪过一个念头，想试试最后一个办法，看看能否让这冷酷无情的老太婆变得稍微和善一点。我从衣袋里掏出一枚相当于二十五戈比的新银币，递到玛奴伊里哈面前。我没有猜错：老太婆一见到钱就动弹起来，眼睛睁得更大了，她伸开弯曲的、骨节粗大的、颤抖的手指，就要来抓银币。

"喂，慢着，玛奴伊里哈老婆婆，我不能白给你。"我故意逗她，又把银币收起来，"喂，给我算个命吧。"

巫婆那张皱纹密布的棕色的脸做了一个不满意的怪相，她迟疑地望着我攥钱的手，看来有点拿不定主意，但贪心终于占了上风。

"好吧，好吧，算就算吧！"她喃喃地说道，费劲地从地板上站起来，"我现在已经不替人算命了，亲爱的……忘啦……老啦，眼睛不中用了。就给你算这一卦吧！"

她扶着墙，伛偻着身子一步一摇地走到桌子跟前，取出一副由于年深日久已经发褐变厚的纸牌，洗了洗，推到我的面前。

"抬牌……用左边的那只手抬牌……"

她往指头上啐了一口唾沫，就开始摆牌。纸牌落在桌上发出一声声闷响，仿佛它们是用面团揉成的，渐渐摆成了一个八角星。等到最后一张牌翻过来落在国王上时，玛奴伊里哈便向我伸过一只手来，说道：

"慈善的老爷，赏几个钱吧……你会幸福的，你会发财的……"她用乞丐般的、地地道道的吉卜赛人的音调唱了起来。

我把准备好的银币塞给她，老婆子急忙把它捂在腮帮子后边，灵巧得犹如猴子一般。

"走远道，交大运。"她用习惯的快速度说道，"你会遇到方块皇后，在一所对你有重要意义的住宅里进行一次愉快的谈话。不久就会从梅花国王那儿得到一个意外的消息。你会遭受一些波折，但后来又会得到一笔数目不大的钱。你会参加一次盛大的聚会，会喝醉的，但不太厉害，可是一定会喝酒的。你的寿命会很长。如果过了六十七岁还不死的话，那你就……"

她突然住口，抬起头来，仿佛倾听什么声音。我也侧耳凝神。传来一个女人的歌声，清新、嘹亮、富于魅力，离小屋越来越近。我也听清了这首优美动听的小俄罗斯歌曲的歌词：

啊，似花还似非花，

压弯了雪球花树的枝丫。

啊，似梦还似非梦，

使我把头儿垂下。


"好啦，快走吧，现在就走吧，亲爱的，"老婆子慌乱起来，一把将我从桌旁推开，"别人家里没什么好闲逛的，从哪儿来就回哪儿去吧……"

她甚至抓住我的上衣袖子硬把我拖到门口，她的脸上露出野兽般的惊恐。

歌声在小屋跟前突然中断，只听见铁门闩哐啷一响，房门很快打开了，随着门外射进的阳光，出现了一个身材高大的笑吟吟的女郎。她两手小心地拉着带条纹的围裙两角，三只小鸟从裙幅里探着小脑袋，小脖子通红，小黑眼睛闪闪发光。

"姥姥，你瞧，燕雀又缠上我了，"她大声笑着喊道，"你瞧它们多可爱，饿坏了。可是我偏偏一点面包也没带。"

她一看见我，立刻不作声了，脸上顿时泛出红晕。她不满意地颦起两道漆黑的蛾眉，两眼询问地望着老婆子。

"老爷进来问路。"老婆子解释道。"我说，老爷，"她转过身来，严厉地对我说道，"你在这儿歇够了，水也喝足了，话也谈完了，该知趣了，咱们不是一路人。"

"劳驾，漂亮的姑娘，"我对女郎说道，"请指给我通往伊琳诺夫大道的路，不然我一辈子也走不出你们这片沼泽地了。"

大概是我说这些话时所使用的柔和恳求的语调起了作用，她把燕雀放在炉子上椋鸟的旁边，把脱下的已经嫌短的长袍往条凳上一扔，一声不响地走出小屋。

我跟在她后面。

"你这些小鸟都是驯熟了的吗？"我赶上女郎问道。

"都是驯熟了的。"她只回答了几个字，连看都不看我一眼。"您瞧，那边就是，"她在篱笆前面停住，说道，"瞧见小路了吗？那不是，松林中间，看见没有？"

"看见了……"

"顺着小路一直往前走，到柞树桩子那儿向左拐，然后一直走，一直穿过树林子。到那儿，马上就能看见伊琳诺夫大道了。"

当她伸出右手给我指路的时候，我却情不自禁地对她欣赏起来。她同当地的"丫头们"没有任何相似之处：她们围着难看的头巾，上端遮住前额，下端包住嘴和下巴，脸上的表情总是显得那么呆板和惊恐。我面前的这位陌生的女伴，却是一位年岁在二十到二十五岁之间的身段苗条的黑发女郎，神态柔媚，举止娴雅。宽大的白衬衣松松地裹着她那年轻而健康的胸脯，显得很美。她的容貌中有一种非凡的美，使人一见难忘，可是，就是见惯了的人，也很难把它描绘出来。它的魅力蕴藏在那双明亮、乌黑的大眼睛里，而两道微微上挑的细长蛾眉，又给眼睛平添了难以捉摸的机智、尊严和娇憨的韵味；它的魅力，还蕴藏在被晒黑了的玫瑰色的皮肤和嘴唇的执拗的曲线里，她的下唇比上唇略微丰满，带着果敢和任性的神情向前撇着。

"你们俩住在这样荒僻的地方，不害怕吗？"我问道，也在篱笆旁边停了下来。

她满不在乎地耸耸肩膀。

"我们怕什么？狼又不到这儿来。"

"难道只有狼……大雪会把你们埋起来，也许还会发生火灾……谁知道会出什么意外呢。这儿只有你们俩，出了事谁也来不及帮助你们啊！"

"这倒要谢谢上帝了！"她轻蔑地摆了摆手，"最好谁也别来打搅我们，这样才好呢，不然……"

"不然又怎样？"

"知道事情多，难免老得快。"她不客气地回答道。"可是您又是谁呢？"她不安地问道。

我立刻猜到不论是那老婆子，还是这美丽的少女，大概都很担心受到"当局"的欺压，于是赶忙解除她的顾虑。

"啊，请你不要担心，我既不是县警察，也不是录事，更不是征税员，总之一句话，我什么官也不是。"

"您说的真是老实话？"

"我敢用名誉担保。真的，我是个无官一身轻的人，到这儿来不过是做几个月的客罢了，以后还要走的。如果你愿意，我甚至可以不向任何人说我到过这儿，见过你们。你相信我的话吗？"

少女的脸色稍微开朗了一些。

"好吧，如果您没有撒谎，那讲的就是实话。您是怎么来的，您先前听说过我们吗？还是您偶然走到这儿来的？"

"我自己也不知道该怎样对你说才好……要说听到过，那确实是听到过了，并且还打算哪一天到你们这儿来呢，可今天却是无意之中来的——我迷路了……好了，现在告诉我吧，你们为什么怕有人来呢？难道他们祸害你们吗？"

她又用不信任的审视目光看了看我。我的良心是纯洁的，因此我坦然面对她的凝视，连眼睛都没眨一眨。于是她又说下去，而且越说越激愤。

"我们吃了他们多少苦头啊……老百姓倒没什么，可是当官的……县警察来了，就拿东西，县警察局长来了也拿东西。拿走之前还要把姥姥臭骂一顿：说什么她是女巫、妖精、苦役犯……唉，还有什么可说的呢？"

"可是他们不碰你吗？"我不禁脱口而出。

她傲然地把头一扬，缩小的眼睛里射出一道凶狠而得意的光芒。

"不碰我……有一次有那么一个土地测量员硬要和我……想必是亲热亲热吧……直到现在他大概还没忘记，我是怎样跟他亲热的。"

在这些略带嘲讽而又颇具特色的骄傲的话语里，包含着那么多的粗野的自豪，不由得使我想道：

"你可不是白白地在波列西耶森林中长大的，跟你开玩笑可真危险呀！"

"难道我们招惹过谁吗？"她继续说下去，对我越来越信任了，"我们不需要别人，我一年只到镇上买一次肥皂和盐，还给姥姥买点茶叶，她可爱喝茶啦，要不然的话，任何人都可以不见。"

"嗯！我看得出你和姥姥都不欢迎客人……可是我什么时候还能再来坐一会儿呢？"

她笑了起来。说也奇怪，她那美丽的面庞刹那间变了个样，刚才严峻的神色已经毫无踪影了，突然变得那么和悦、娇羞和孩子气。

"您到我们这儿能干什么？我和姥姥都是很没意思的人……如果您真是个善良的人，那就来吧：可有一样……您再来的时候，可别带猎枪了……"

"你害怕吗？"

"我有什么可怕的？我什么都不怕，"她的声音里又流露出对自己力量的信心。"只不过我不喜欢这东西，干吗要杀害小鸟和野兔呢？它们并不伤害任何人，而且它们也想活呀，和咱们一样。我喜欢它们：它们这么弱小，这么不懂事……可是再见吧，"她着急了，"我还不知道您叫什么名字呢……我怕姥姥要骂我了。"

她说完便低着头轻盈地向小屋子快步跑去，两只手捂着被风吹散了的头发。

"等一等，等一等！"我喊道，"你叫什么名字呀？认识就该像个认识的样子。"她停了一下，回过头来对我说道："我叫阿辽娜，按这儿的叫法就是阿列霞。"

我背上猎枪，朝着她指给我的方向走去。我登上一个小土丘，隐约可见的林间小路就是从那儿开始的。回头张望，还能看见阿列霞的红裙在小房子的台阶上被风吹得轻轻飘动，仿佛在耀眼的茫茫白雪上点了一个鲜艳的红点。

我回到家，过了一个钟头，亚尔莫拉也回来了。他平时不爱闲谈，因而一句也没问我是怎么迷路的，在哪儿迷的路，只是仿佛顺便地说道：

"在那边……我把兔子放在厨房里了……把它炸了还是送人？"

"亚尔莫拉，你可不知道我今天到哪儿去了吧？"我说道，已经想象出守林人的惊讶。

"我怎么会不知道呢？"亚尔莫拉没好气地埋怨道，"还用说，您到巫婆那儿去了……"

"你怎么知道的？"

"我怎么会不知道呢？我一听您没声音了，就回过头来找您的脚印……唉，少爷！"他又不胜懊恼地加上一句责备我的话，"您不该干那样的事……罪过啊！"

## 四

这一年春天降临得很早，刚有一丝春意，气候马上就变暖了，并且同波列西耶以往的春天一样，来得很突然。一条条浑浊的小溪闪着亮光，沿着村里的街道向前奔流，遇到小石块阻拦，便发起怒来，喷出一团团的白沫，把木屑和鹅毛冲得滴溜溜地直打转儿。在大水洼里，倒映着蔚蓝的天空，蓝天上飘浮着仿佛不断翻卷的团团白云。雪水从屋檐上像珠帘似的滴落下来，在地上叩出清脆的音响。一群群麻雀散落在路旁的白柳梢头，它们叫得那样响亮，那么激昂，以致在这一片叽叽喳喳声中，其他什么声音也听不清了。处处都能感到生命的骚动和欢乐。

冬雪消融了，只有在洼地里，在几片枝条茂密的小树丛中，还剩下几堆已经发黑的残雪。光裸、潮湿、温暖的土地从雪衣下面袒露出来，它休养了整整一个冬天，现在正饱含着新鲜的汁液，满怀着再一次做母亲的渴望。一层稀薄的水汽从黑色的土地上冉冉升起，把解冻了的土地的气息——那种清新惬意而又浓郁醉人的春天的气息，散布到空气中去。这种气息就是混杂在城里上百种气息当中也能辨别出来。我感到同这芬芳气息一起沁入我心中的，是甜蜜而温柔的春愁，是那种充满了不安的期待和朦胧预感的春愁，是那种每个女人在你的眼里都显得妩媚动人而又总是夹杂着对往昔春天的无名惆怅的诗人的忧伤。夜晚变得更加温暖了；在浓重、潮润的夜色里，可以感觉到大自然正在进行着人所看不见的繁忙的创作……

在这初春的日子里，阿列霞的形象一直没有离开过我的脑海。当我一人独处的时候，我喜欢躺在床上，微闭眼睛，以便更能聚精会神，一次又一次地想象出她那一会儿严厉、一会儿调皮、一会儿又嫣然含笑的脸庞，她那无拘无束在老林中长大的、宛如小云杉般匀称、矫健的年轻的身躯，她那清脆的、偶尔流露出低沉而悦耳的语调的声音……"在她所有的举止言谈中，"我想道，"蕴藏着某种高尚的东西（当然是取这个用得相当滥俗的词儿的最好的意义），某种天然得体的娴雅……"在阿列霞身上同样吸引我的，还有那笼罩着她的神秘的光圈，一个女巫的迷信的名声，沼泽密林中的生活，特别是从她对我倾吐的寥寥数语中所流露出来的对自己力量的骄傲的信心。

因此，等到林中小径稍一干爽，我立即动身到鸡脚小屋去，便不足为怪了。我随身带了半磅茶叶，几捧糖块，准备一旦需要的时候好使唠叨的老婆子安静下来。

我到的时候两个女人都在家，老婆子在熊熊燃烧的火炉旁忙来忙去，阿列霞坐在一只很高的凳子上纺麻；我进屋推门的时候门响了一声，她转过身来，手里提着的麻线断了，纺锤在地板上乱滚。

老婆子没好气地瞪着眼睛把我打量了半天，皱皱眉头，用手掌挡住炉子里的热气，免得烤着脸。

"老婆婆，你好！"我快活地大声说道，"怎么不认识我了？你还记得吗，我上月到这儿来问过路？你还给我算过命呢？"

"我什么都不记得了，老爷，"老婆子喃喃地说道，不耐烦地摇着头，"什么都记不得了。你在我们这儿落了什么东西，我可一点都不明白。我们怎么能和你般配呢？我们是普通的人、愚昧的人……这儿不是你待的地方。树林子大着呢，对面走谁也碍不着谁……就这样吧……"

这种不友好的接待，使我张皇失措，非常尴尬，陷入不知怎么办才好的愚蠢境地：是对她的粗野态度一笑置之，还是大发脾气，或者干脆一句话也不说，掉头而去？我不由得无可奈何地转向阿列霞。她脸上透出一丝笑容，似乎多少带点善意的嘲弄，从纺车后面站起来，走到老婆子跟前。

"姥姥，别害怕，"她用调解的口吻说道，"他不是恶人，不会祸害咱们的，请您赏光坐下吧。"她又指着当门的一条板凳对我说，不再搭理老婆子的嘟囔了。

她的殷勤招呼鼓起了我的勇气，我领悟到必须马上采取果断行动。

"老婆婆，你好大的气呀……客人刚一迈进门槛，你就骂起人来了，可我本来是给你送礼物来的。"我赶快说，同时从皮包里取出几个小包……

老婆子立刻向小包瞟了一眼，但马上转过脸去对着炉子。

"我用不着你的礼物。"她嘟囔道，死命地用火钩子拨木炭。"我们知道你们这些客人是干什么来的。开头的时候拼命讨好，可是后来呢……小包里包的是什么？"她突然转过身来对我问道。

我马上把茶叶和糖块递给她，这对老婆子起了一种消气的作用，虽然她还是一个劲地嘟囔，但用的已经不是刚才那种不可调和的口气了。

阿列霞又坐下来纺麻，我坐在她身边的一只很不稳当的小矮凳上。阿列霞左手迅速地把丝一样洁白柔软的短麻搓成卷，纺锤在她右手里旋转着，发出轻轻的嗡嗡声；她一会儿把它几乎垂到地上，一会儿又把它灵巧地提起来，手指轻轻一捻，便又使它继续旋转下去。这种活计，乍一看很简单，其实需要长年养成的熟练和灵巧，在她的手里却是麻利极了。我不由得注意起她的手来：这双手干活干得有些粗糙、发黑，可是并不大，而且形状非常美，连名门闺秀见了也会不胜嫉妒的。

"您那天可没告诉我姥姥给您算过命啊。"阿列霞说道。她见我担心地转过身去，便又补充道："不要紧，她耳朵有点背，听不见。只有我的声音，她才能听清楚。"

"不错，她给我算过命，怎么啦？"

"没什么，随便问问……您相信吗？"她偷偷地向我迅速地投来一瞥。

"相信什么？是你姥姥给我算的命，还是一般的算命？"

"一般的……"

"怎么跟你说呢，我不如说不相信吧，可是究竟该信不该信，又怎么能说得准呢？听说发生过几件事……甚至在学问高深的著作里都记载下来了。可是，你姥姥说的那一套，我却一句也不信。就连村里任何一个老娘儿们，都会那样算命的。"

阿列霞笑了。

"对了，这是实话，她现在算命算得不灵了。老啦，又非常怕事。可是，纸牌对您到底说了些什么呢？"

"一点有意思的都没有，我现在都不记得了。无非是算命的经常说的那一套：出远门主吉利呀，走梅花运呀，诸如此类，我都忘了。"

"是呀，她算命不灵了。年纪大了，很多词儿都忘了……她哪儿行啊！况且她又担惊受怕。只有见了钱，才肯替人算命呢。"

"她怕什么呢？"

"自然是当官的了……县警察一来总要吓唬她，'我什么时候都能把你撵走。你知道怎么惩办你们这伙施展妖术的家伙吗？押解到鹰岛去做苦工，一辈子也别想回来。'您说，他是不是瞎说？"

"瞎说倒不见得是瞎说，对种事是要惩办的，只不过不至于这么严厉罢了……喂，阿列霞，你呢，会算命吗？"

她仿佛迟疑了一下，但只有一瞬间。

"会……可不是为了钱。"她连忙补充道。

"你是不是也能替我算一次命呢？"

"不行！"她摇摇头，低声地，但是坚决地回答道。

"你为什么不愿意呢？好吧，不是现在，等以后什么时候都行……我不知道为什么觉得，你会告诉我实话的。"

"不行，我不替您算命，无论如何也不替您算命。"

"唉，这可就不对了，阿列霞。看在我们初次交往的分上，你也不能拒绝呀……你为什么不同意呢？"

"因为我已经替您算过了，不能再算第二次……"

"不能再算第二次？为什么呀？我不明白。"

"不，不，不行，不行……"她像一个迷信很深的人那样惶恐起来，低声说道，"命运不能试探两次……这是不行的……它会知道的，会听见的……命运不喜欢人们询问它，因此，算命的人都没有好下场。"

我想回答阿列霞一句玩笑话，可是办不到：她话里流露出来的信仰太虔诚了，当她提到命运的时候，竟怀着一种异样的恐惧回过头来望了望门口，使我也不禁跟着她转过头去。

"好吧，如果你不愿替我再算一次，那么告诉我，你算出来的是什么命吧。"我请求道。

阿列霞突然扔下纺锤，一只手轻轻地碰了碰我的手。

"不……还是别说吧，"她说道，眼睛里露出孩子般的哀求的神情，"请您别问了吧……算出来的对您不吉利……最好别问了……"

可是我一定要她说，我还琢磨不透，她的一再拒绝和对命运的隐约的暗示，是算命人故弄玄虚呢，还是她真的相信她刚才说的话，但我开始有些不自在，几乎是害怕了。

"好吧，我就告诉您吧，"阿列霞最后答应了，"咱们先说好，一言为定：如果您听了不高兴，也别生气。您的卦是这样的：您虽然是个善良的人，不过性情懦弱……您的善良是不可靠、不真诚的。您不是一个说话算数的人，您喜欢占别人的上风，虽然您自己不情愿，但到头来还是得听命于别人。您喜欢酒，还喜欢……反正都一样，既然要说嘛，就一件一件都说出来吧……还特别喜欢我们女人，由于这种爱好您一生中将遇到很多灾难……您不爱惜钱，也不会积蓄钱，所以永远也富不起来……我还往下说吗？"

"说吧，说吧，把你所知道的通通说出来吧！"

"再下去是，您的生活不会快乐，您不会真心爱上任何一个人，因为您的心是冰冷的、懒惰的，而对将来爱上您的人，您也只会给她们带来无穷的痛苦。您永远不会结婚，到死都是单身汉。您的生活中不会有巨大的欢乐，只会有不尽的烦闷和重负……还会出现想寻短见的时刻……您的生活中将会发生这样一件事……但您缺乏胆量，只好忍受下去……您将会穷困潦倒，然而到了生命的尽头，您又会完全意外地由于某个亲近人的去世而时来运转。不过这一切都将要发生在很多年以后，可是，就在今年……我不知道到底在什么时候——纸牌说很快……说不定就在这个月……"

"今年要发生什么事？"我见她又停了下来，便问道。

"我甚至不敢再说下去，卦上说您将得到一位梅花皇后的伟大爱情。只是我算不出她是结过婚的，还是黄花闺女，但我知道她的头发是黑色的……"

我不由得迅速向阿列霞的头上投去一瞥。

170

"您看什么？"她的脸突然涨红了，她以某些女人特有的敏感，感觉到了我的目光，"对啦，就跟我头发的颜色一样。"她接着说下去，下意识地理了理头发，脸上的红晕更深了。

"您是说伟大的梅花爱情吗？"我开了一句玩笑。

"别笑，不应该笑，"阿列霞严肃地，几乎是凛然地说道，"我对您只讲实话。"

"好了，不笑了，不笑了，以后怎么样呢？"

"以后……唉！这位梅花皇后结局悲惨极了，比死还不如。她将为您蒙受奇耻大辱，那种一辈子也忘不了的羞辱，她将长年累月地悲伤下去，可是，她的遭遇倒不会给您带来任何危害。"

"我说阿列霞，纸牌会不会骗你呢？我干吗要给梅花皇后增添那么多的烦恼呢？我是个谦逊老实的人，可你说了我多少可怕的话。"

"这我可就不知道了。卦里也这样说，不是您干的——就是说不是您故意干的，而是您引起了这场灾难。等我的话一旦应验了，您就会想起我来的。"

"这都是纸牌告诉你的吗，阿列霞？"

她没有立即回答，有点儿躲闪，仿佛不乐意回答似的。

"纸牌也告诉过我……其实即使没有纸牌，光从脸上我也能看出很多事来。如果一个人将要遭到横死，我马上就能从他脸上看出来，甚至用不着同他说话。"

"你从他脸上看出了什么呢？"

"连我自己也不知道。我突然感到害怕，他站在我面前就像个死人一样。不信您问姥姥，她会告诉您我说的都是实话。前年，磨

171

坊主特洛菲木在磨坊里吊死了。在他死的前两天，我看见过他，当时就对姥姥说，'姥姥，你瞧吧，特洛菲木这两天就要不得好死。'果然如此。去年圣诞节，盗马贼亚什卡到我们这儿来了，让姥姥给他算命。姥姥替他摆好牌，开始算命。他还开玩笑地问道：'老婆婆，你说我会怎么死？'说了自己还笑呢。我一看见他就吓得不能动弹了：我看见雅可夫坐在那儿，可是他的脸是死人的脸，绿的，……眼睛合上了，嘴唇是黑的……后来过了一个礼拜，听说雅可夫正要牵马的时候被农民抓住了……打了他一整夜……我们这儿的人凶狠极了，没有一点怜悯心……把钉子钉进他的脚后跟，用木橛子把所有的肋骨都打折了，天亮的时候他才咽了气。"

"你为什么不告诉他，说他就要遭灾呢？"

"干吗要说呢？"阿列霞反问道，"命里注定的事难道躲得过吗？只不过让一个人在最后的时刻白白担惊受怕罢了……我能这样看人，连我自己都厌恶起自己来……可是，有什么法子呢？这是命里带来的。我姥姥还没这么老的时候，也能看出死来，我的母亲，姥姥的母亲也能——这由不得我们，这是我们的天性。"

她不纺麻了，坐在那儿，把头垂得很低，轻轻地把两只手并排放在膝上。在她那瞳孔张大、凝滞的眼睛里，流露出阴森的恐怖，以及对突然浮上她心头的神秘力量和超自然知识的无可奈何的屈从。

## 五

这时，老婆子已经在桌上铺了一条两端绣花的干净餐巾，又在餐巾上放了一只热气腾腾的瓦罐。

"吃晚饭去吧，阿列霞，"她叫过外孙女，稍稍迟疑一下，又对我说道，"要不，您，先生，也同我们一块吃一点？欢迎……只是我们的饭菜太寒碜了，我们不做汤，只煮点庄稼人吃的稠粥……"

不能说她的邀请是特别恳切的，我已经准备谢绝了，可是这时阿列霞也来邀请我，态度是那样淳朴可爱，笑得那样亲切，使我不得不接受了。她亲手给我盛了满满的一小盘稠粥——用荞麦、荤油、葱、土豆、鸡肉熬出来的粥——一种非常鲜美而富有营养价值的食物。不论姥姥还是孙女，在桌子旁边坐下来的时候，都没有画十字。吃饭当中，我不停地观察着这两个女人，因为，我至今仍然深信不疑，一个人的性格在任何地方也不如在吃饭的时候表露得那么明显。老婆子贪得无厌地大口喝粥，使劲吧唧嘴，把大块面包往嘴里塞，以致在她皮肉松弛的腮帮上鼓起了两个不断蠕动的大包。而阿列霞呢，就连她吃饭的姿势也有一种天然的端庄气派。

吃过晚饭一小时之后，我向鸡脚小屋的两位女主人告辞。

"您愿意我送送您吗？"阿列霞提议道。

"又想出什么送客的主意来了！"老婆子气哼哼地说，"你就是坐不住，简直是只蜻蜓……"

阿列霞已经把一件红开司米的围巾披在头上了，突然又跑到姥姥跟前，抱住她亲了一个响吻。

"姥姥！好姥姥，亲姥姥，宝贝心肝姥姥！我只出去一小会儿，马上就回来。"

"好吧，好吧，疯丫头。"老婆子轻轻地推开她，"先生，您可别见怪，她是个地地道道的小傻瓜。"

我们穿过一条狭窄的小径，踏上林间大路。满路都是烂泥，路

173

面变成黑色了；到处是马蹄坑和车辙，里面积满了水，倒映出火焰般的晚霞。我们拣路边走，路边上积了一层去年雪后未干的褐色落叶。几大棵风铃草从暗黄的枯叶败草中伸出淡紫色的小脸儿——这是波列西耶最先开放的睡梦花。

"我说阿列霞，"我先开口道，"我很想问你一句话，可是又怕你生气……告诉我，大家说的是不是真话，说你姥姥是……该怎么说呢？"

"巫婆？"阿列霞泰然地替我说了。

"不，不是巫婆……"我实在难于出口，"好吧，就算是巫婆吧……当然喽，说什么都没关系。为什么她不是巫婆就不能认识某些草药，懂得某种药剂和咒语呢？还是那句话，要是你听了不高兴，那你就不用回答。"

"不，我干吗要不高兴呢？"她随口回答道，"这有什么可不高兴的？不错，她确实是个巫婆。只是现在老了，已经不能干先前干过的事了。"

"她先前会干什么呢？"我又动了好奇心。

"会的多啦：会看病，会治牙痛，会念咒止血；如果有人被疯狗或毒蛇咬了，她也会用咒语把他们治好；会指出哪儿埋着宝藏……她会的可多啦，数都数不过来。"

"阿列霞，我怎么对你说呢？……请你原谅我，你说的这些我都不相信。得了，对我坦白说吧，我决不告诉任何人。所有这一切都是假的，不过是为了愚弄人而已。"

她毫无表情地耸了耸肩膀。

"您爱怎么想就怎么想好了，当然，要愚弄一个农村老娘儿们毫不费劲，但我是不会欺骗您的。"

"那么说你真相信巫术了？"

"我怎么能不相信呢？我们这一族人都会施展魔法呀！……我自己就会不少。"

"阿列霞，亲爱的……你要知道我对这些多感兴趣就好了……难道你就一点也不能表演给我看看？"

"干吗不能表演？您要想看我就给您表演。"阿列霞欣然同意了，"现在就想看吗？"

"想看，如果现在能看的话。"

"您不会害怕吧？"

"别胡说了，夜里也许害怕，可是现在天还亮得很呢。"

"好吧，把手伸给我。"

我照办了。阿列霞很快地卷起我大衣的袖口，解开内衣的袖扣，然后从自己兜里掏出一把三俄吋长的芬兰小刀，把它从皮套子里抽出来。

"你要干什么？"我问道，觉得一种卑怯的感觉在心里战栗了一下。

"您马上就会看到……您不是说过不害怕吗？"

她的手突然轻轻动了一下，我几乎还没来得及看，锋利的刀刃已刺进手腕的肉里，比平常号脉的地方稍微靠上一点，我感到一阵灼痛，血立刻从刀口涌出来，顺着手臂往下流，一滴滴地洒在地上。我差点没叫出来，脸大概已经吓白了。

"别怕，死不了的。"阿列霞微微一笑。

她一只手使劲掐着伤口上方，身子弯得很低，脸对着伤口，很快地低声念着什么，一股热气触到我的皮肤上。等阿列霞直起身来，松开手指，刚刚刺伤的地方就只剩下一条红线了。

"怎么样？您看够了没有？"她问道，狡黠地笑着，收起小刀，"还想不想看？"

"当然想看。只是，如果可能的话，别弄得这么可怕，别再来流血的了。"

"怎么才能给您表演一个那样的呢？"她想了想，"那，这么办吧：您在我前头顺着大路往前走……您可留神点，千万别回头。"

"这回不可怕吧？"我问道，一想到又会碰到什么意想不到的不愉快的事，心里先发毛起来，只好竭力用坦然的微笑来掩饰。

"没事儿，没事儿……不要紧……往前走。"

我向前走去，完全被她的试验吸引住了，我感到背后阿列霞关注的目光。但走了不到二十步，我忽然在一块非常平坦的地方绊了一下，扑地倒了。

"走呀，走呀！"阿列霞喊起来，"别回头，摔一跤不要紧，耽误不了结婚……等您再要摔跤的时候可要站稳点呀。"

我继续向前走去，走了十来步，又直着身子栽倒了。

阿列霞拍手哈哈大笑。

"怎么样，够了吗？"她喊道，雪白的牙齿闪着光，"现在信了吧！没关系，没关系；没有飞上天，而是跌在地上了。"

"你是怎么让我摔倒的？"我惊讶地问道，一面抖掉沾在衣服上的枯枝败叶，"这不是秘密吧？"

"完全不是秘密，我很乐意告诉您。就是怕您听不明白……我没法解释……"

我当真没能完全明白她的意思。如果我没弄错的话，这奇特的魔术是这样的：她跟在我后面，我走一步她走一步，我迈哪条腿她也迈哪条腿，并且目不转睛地盯着我，竭力模仿我每一个最细微的动作，简直可以说，把她自己当成我了。她这样走了几步之后，便开始想象在我前面有一条离地一俄尺高的绳子横拦着大路。在我的一只腿应当碰到她想象中的绳子的那一刹那，阿列霞突然作了一个摔倒的动作；那时，用她的话来说，最强壮的汉子也一定会跟着摔倒……直到多年以后，我在阅读沙尔科[①]医师对萨尔别特利耶尔的两个女病人（两个患了歇斯底里症的职业巫婆）所作的实验报告时，我才又回想起阿列霞自相矛盾的解释。我不禁大为惊奇，原来两个法国乡下巫婆与漂亮的波列西耶女巫在同样的情况下竟然使用了完全相同的手段。

　　"哦，我还会许多别的呢。"阿列霞很自负地说道，"比如，我能使您产生恐惧的感觉。"

　　"这又是怎么一回事？"

　　"我能让您害怕。比如您晚上坐在自己的房间里，会突然无缘无故地感到一阵恐惧，吓得浑身发抖，不敢回头看。不过要做这种试验，我得先知道您住在哪儿，先看看您的房间。"

　　"原来是这样啊，那太简单了。"我怀疑起来，"你走到窗户前，敲敲窗户，随便喊几声，不就行了吗？"

　　"噢，不，不，……这时候我要待在树林里，在小屋里哪儿也不去……但我要坐下来，全神贯注地想：我在街道上走着，走进您

---

① 沙尔科（1825—1893），法国精神病医师。

的住所，打开房门，走进您的房间……您坐在一个什么地方……就算坐在桌子旁边吧……我从背后悄悄走到您跟前……您听不见我的脚步声……我用两只手搂住您的肩膀，然后开始掐您，越掐越使劲，而我就这样看着您——您瞧……"

她那两道蛾眉突然蹙紧，一双眼睛直勾勾地望着我，那神情又可怕又吸引人；她的瞳孔张大，发出蓝森森的光。我马上想到在莫斯科特里契亚科夫画廊里看见过的女水妖的头像——不记得是哪位画家的作品了。在这种奇特的目光凝视下，一种在超自然现象面前所产生的恐惧袭上心头，使我不寒而栗。

"够了，够了，阿列霞……行了。"我勉强笑着说道，"我更喜欢你笑的时候——那时你的脸儿是那么可爱，那么天真。"

我们继续往前走去，我忽然想起阿列霞谈吐之间使用的词句很富于表现力，对于一个普通姑娘来说，甚至是相当优雅的，于是我说道：

"阿列霞，你知道你身上有哪些地方让我感到惊讶吗？你看你在树林子里长大，什么人也没见过……你当然也不可能读很多的书……"

"我根本就不会读书。"

"那就更令人惊讶了……可是你的谈吐这么优雅，不比真正的小姐差。告诉我，你这是从哪儿学来的？你明白我指的是什么吗？"

"是的，我明白。这些都是从姥姥那儿——您别看她外表那样。哦，她才聪明呢！等她跟您熟悉之后，也会什么都对您谈的……甭管问她什么，她都知道，简直没有她不知道的事儿。不错，现在她是老了。"

"那么她一生见过很多世面了？她是哪儿的人？先前住在什么地方？"

看来阿列霞不喜欢这类问题。她没有立即回答，只是不乐意地支吾道：

"我不知道……而且她也不喜欢谈这些，如果讲了什么，总是叫我忘掉，别再提起……好啦，我该回去啦。"阿列霞着急了，"姥姥要生气了，再见……对不起，我还不知道您的名字呢。"

我说出自己的名字。

"伊万·季莫菲耶维奇？那就好了。现在再见吧，伊万·季莫菲耶维奇！别嫌弃我们的小屋，常来玩。"

分别时，我向她伸出手去，她那结实的小手紧紧地、友好地握住我的手。

## 六

从这一天起，我就成为鸡脚小屋的常客了。每逢我去的时候，阿列霞迎接我的态度，总带着几分矜持。可是从她见到我之后下意识地做出的第一个动作来看，我总感到她对我的到来是颇为高兴的。老婆子还是不停地嘟哝，但由于我看不见的然而无疑是存在着的外孙女的保护，却始终没有对我表示出明显的敌意；我不时给她带去的一些礼物：不是一块暖和的头巾，就是一盒果酱，再就是一瓶樱桃酒，自然也起了不少对我有利的作用。我同阿列霞之间仿佛有了默契，每当我辞别回家的时候，她总是把我送到伊琳诺夫大道。这时候，我们之间的谈话总是那么活泼有趣，以至我们不由得尽量把归路延长，尽可能把步子放慢，沿着阒然无声的林边空地走去。走到伊琳诺夫大道，我又回过头来送她半俄里。尽管这样，在分手之前，我们还要站在芬芳的松枝绿荫下说个不停。

使我着迷的，不仅是阿列霞的容貌，还有她那浑然、独特而又自由自在的天性，她的智慧，那既清晰明快而又笼罩着牢不可破的先天迷信、既天真无邪而又不乏美丽女子逗情卖俏的智慧。凡是吸引和激动她那尚未开化而又活跃的想象力的一切，她都详详细细地、不知疲倦地向我询问，诸如国家和民族、自然现象、地球和宇宙的构造、学问家、大都市……许多事物都使她感到诧异，神奇，难以置信。但从我们结识的时候起，我就一直用真诚朴实的口吻同她交谈，所以她无须检验便心甘情愿地相信我所说的一切。有时遇到一些难以对她解释清楚的事，我估计她那半蒙昧的头脑多半是无法理解的（往往我自己也没有完全明白），便干脆不去回答她那些渴求解答的问题："你看，我没办法把这件事讲给你听……我说的话你是不会懂的。"

那时她便开始央求我：

"不，讲吧，讲吧，我使劲理解……您就随便说吧……不懂也没关系……"

她逼得我不得不做出荒诞不经的比喻，举出最大胆的例子。如果我一时找不出合适的词儿，她便用连珠炮般的急不可耐的问题帮助我，如同我们对一个卡在一个字上痛苦地说不出话来的结巴连连提示一样。果然，最后她灵敏的智慧和新鲜的想象力终于战胜了我教育的无方。我不得不相信，就她的环境和教育来说（说得准确点，就她的缺乏教育来说），她确实具有惊人的才智。

有一次我顺便提到彼得堡，阿列霞马上发生了兴趣：

"彼得堡是什么？小镇吗？"

"不，不是小镇，是俄国最大的城市。"

"最大的？所有城市里边最大的？再没有比它更大的了？"她天真地缠着我问道。

"对啦……大官们都住在那儿……还有大老爷们……那儿的房子全是用石头盖的，没有木头的。"

"那当然比我们的斯杰潘尼大得多了？"阿列霞满有把握地问。

"是啊……不是大一点……而是大五百倍。那儿有那么大的房子，每一所房子里住着的人比全斯杰潘尼的人还要多一倍呢。"

"哎呀，我的妈呀！这是什么样的房子呀！"阿列霞问道，几乎有点害怕了。

我只好采取老办法给她打比方了。

"高得吓人。五层，六层，要不就是七层。你看见那边那棵松树没有？"

"顶高的那棵？看见了。"

"那些房子就那么高。从上到下都住满了人。人们住在小屋子里，跟小鸟关在笼子里一样。每间小屋子里要住十来个人，挤得大家连气都透不过来了。还有一些人住在下面，地底下，又潮又冷，有时在屋里整年都见不到阳光。"

"要真是那样，那我可决不拿我的树林来换您的城市。"阿列霞连连摇头说道，"我就是到斯杰潘尼赶集，都讨厌极了。人们挤呀，吵呀，骂呀……我想死树林子了，恨不得扔下一切赶快往回跑……我才不管它呢，不管您的城市呢，我一辈子也不会到那儿去住。"

"好吧，可是如果你丈夫是城里人呢？"我微微笑着说。

她皱起眉毛，细鼻孔颤动了一下。

"得了吧！"她鄙夷地说，"我才不要丈夫呢。"

"这不过是你现在这么说说而已，阿列霞。姑娘们差不多都这么说，可是结果都出嫁。咱们等着瞧吧：你一朝碰见个什么人，爱上了他——那时别说城市了，就是天涯海角，你也会跟他去的。"

"哎呀，不，不，好了，咱们别谈这个了。"她烦恼地摆着手，"谈这个有什么用？请您别说了。"

"阿列霞，你太可笑了。难道你真的以为一辈子也不会爱上一个男人吗？你这么年轻、漂亮、健壮。一旦血液在你身上燃烧起来，那时你就顾不得发过什么誓了。"

"那又怎么样——我就爱好了！"阿列霞目光灼灼，用挑衅的口吻回答道，"我用不着问谁……"

"那么你还是要结婚呀？"我故意逗她。

"您大概是指教堂吧？"她猜着我的意思了。

"当然是指教堂了……神甫领着你绕着圣坛走一遭，祭司唱起'欢乐吧，以赛亚'，把花冠戴在你头上……"

阿列霞垂下眼睑，脸上露出一丝笑容，否定地摇摇头。

"不，亲爱的……也许我说的你不爱听，可我们这族的人是没有一个在教堂结婚的：妈妈和外婆没有举行这种仪式也活过来了……我们是不能进教堂的……"

"还是因为你们的巫术吗？"

"是的，因为我们的巫术。"阿列霞平静地、严肃地回答道，"我怎么敢到教堂里露面呢，除非我刚一生下来就把灵魂卖给它了。"

"阿列霞……亲爱的……请你相信我,你自己在欺骗自己,你说的这些,太荒唐、太可笑了。"

阿列霞的脸上又出现了对于听从神秘命运的摆布既深信不疑又忧心忡忡的奇异表情,这种表情我已经发现过一次了。

"不,不,这是您无法理解的,可我能感觉到……在这儿,"她把一只手紧紧压在胸上,"在心里感觉到。我们这一族人永远受到诅咒。您想想,除了它之外,谁还能帮助我们?难道一个普通的人也能做到我所能做的事吗?我们全部的力量都是从它那儿来的。"

我们每次谈话,只要一涉及这个特殊的话题,总是以同样的方式结束。我白白地把阿列霞所能听懂的道理都讲给她听了,白白地用通俗易懂的方式向她介绍了催眠术、暗示、神经病医师和印度魔术师,白白地竭力用生理学的观点来解释她的某些实验,就比如念咒止血吧,只要熟练地按住静脉,血自然就止住了——在其他一切方面对我如此信赖的阿列霞,却固执地否定了我所有的论据和解释。"好啦,好啦,就这样吧,我把念咒止血送给您啦。"她兴奋地和我争辩着,渐渐提高了声音,"那其他的法术是从哪儿来的?难道我就会念咒止血吗?您要不要我在一天之内把屋里所有的老鼠和蟑螂通通消灭掉?您要不要我在两天之内用一碗清水把最严重的高烧病人治好,即使您的所有医生都拒绝再为他治疗?您要不要我使您完全忘掉一个字?我为什么能圆梦?又为什么能未卜先知?"

这类争论总是要弄到不论我还是阿列霞都默不作声,互相恼火为止。真的,她巫术中的许多现象,我在自己有限的科学知识里还找不到解答。我不知道也不敢说,阿列霞是否掌握了她带着天真的信念所谈到的那些秘密的一半,但我常常目睹的那些事,却使我产生了一个不可动摇的信念：阿列霞通过偶然的实验而悟到的某些无意识的、本能的、模糊的、奇异的知识，超越了精密科学好几百年，同荒诞可笑的迷信传说混杂在一起了，在愚昧闭塞的群众中间，又往往被当作莫大的秘密而世代相传。

尽管我们之间在这唯一的一点上存在着尖锐的分歧，可是我们却越来越互相依恋了。我们还没有一个字谈到过爱情，可是两人在一起已经成为我们共同的需要了。往往在沉默的时刻，我们的目光不约而同地碰在一起，我看见阿列霞的眼睛怎样渐渐变得湿润，太阳穴上淡蓝色的细血管又如何微微跳动……

然而，我同亚尔莫拉的关系却完全恶化了。我去拜访鸡脚小屋，以及傍晚同阿列霞一起散步，对他当然已不是什么秘密的事了：他总能十分准确地知道在它的树林里所发生的一切。我发现他近来开始回避我，每当我动身到树林子里去的时候，他虽然从来没有说过一句责备我的话，可是他的两只眼睛却总是含着责备和不满的神色，从远处注视着我。我们富有喜剧意味的严肃的识字学习，早已终止了。如果哪天晚上我叫亚尔莫拉学习，他便只是摆摆手。

"那哪儿成呀？那是没用的事，少爷。"他总是懒洋洋地带着蔑视的神情说。

我们也停止打猎了，每逢我提到这件事，亚尔莫拉总能找到拒绝的借口：不是他的猎枪该修理了，就是猎狗病了，再不就是他本人没时间。"没工夫呀，少爷，今天该耕地啦。"——这是他对我邀请的最经常的回答，可是我非常清楚，他根本不会去"耕地"，而是成天围着小酒馆转，心里怀着很问题的希望：也许有人会请他喝一杯。这种不声不响的暗藏的敌意，开始使我厌烦，我已经想过一找到适当的借口就把他辞掉……我没有付诸行动的原因，只是可怜他那穷得像乞丐一般的一大家子人罢了，亚尔莫拉所挣的四个卢布的工钱，才使他们免于饿死。

## 七

有一天，我像往常那样，傍晚前来到鸡脚小屋，立刻看出它的主人们神态沮丧。老婆子盘腿坐在床上，驼着背，两只手抱住头，身子一前一后地晃来晃去，嘴里嘟嘟囔囔地不知道说些什么。对我的寒暄她毫不理睬。阿列霞像平时那样，亲切地同我打招呼，可是我们却谈不起来。她心不在焉地听我说话，回答的时候往往驴唇不对马嘴，她美丽的脸庞上笼罩着一层心神不宁的阴影。

"阿列霞，我看得出，你们出了什么倒霉的事了。"我说道，小心翼翼地碰了碰她放在板凳上的手。

她连忙转过脸去对着窗户，仿佛想看清楚那儿有什么东西似的。她想尽量显得若无其事，可是紧皱的双眉却微微颤抖，牙齿则使劲地咬住下嘴唇。

"没事儿，我们能出什么事儿呢？"她声音沙哑地说道，"过去怎么样，现在还怎么样呗。"

"阿列霞，你干吗要对我说谎呢？你这样可不好啊……我还以为我们是无话不谈的知己呢。"

"真没出什么事……真的……让我们操心的都是些鸡毛蒜皮的小事。"

"不对，阿列霞，这不像什么小事。你瞧你，样子都变了。"

"这不过是您的感觉罢了。"

"阿列霞，别瞒着我。我不知道能不能替你效劳，但也许能替你出点主意……至少，有人分担你的忧愁，你总会轻松一些。"

"唉，真的，不值得一提。"阿列霞烦乱地回答道，"您是什么忙也帮不上我们的。"

我们正说着话，老婆子突然急躁地插进嘴来，她还从来没有这样急躁过呢。

"你犟什么，傻东西！人家跟你谈正经事，你要哪门子骄傲。你好像比谁都聪明，先生，请您让我把这件事从头到尾告诉您吧。"她转过身对我说道。

让他们烦心的事，要比我从骄傲的阿列霞的话里所估计的严重得多，昨天晚上，当地的县警察顺路到鸡脚小屋去过一趟。

"最初他规规矩矩地坐下，要烧酒喝。"玛奴伊里哈说道，"可是，往后就越来越不像话了。'二十四小时之内，收拾好屋里所有的破烂，从这儿给我滚蛋。我下次来要是再碰见你，你可小心点，非把你发配了不可。我要派两个大兵把你这个该入地狱的押回老家。'可我的家乡，老爷子，离这儿远极了，在阿姆钦斯克城呢……那儿现在连一个熟人也没有了，而且我们的护照也老早就过期了，手续也不全。唉，老天爷，造孽呀！"

"他怎么先前允许你住，现在又变卦了呢？"我问道。

"谁知道是怎么回事儿呢……他胡扯了一通，可是我呀一点也没听懂。你听我说，是这么回事：这间破屋子，就是我们住的这间，并不是我们的，是地主的。先前我和阿列霞住在村里，后来才……"

"我知道，知道。老婆婆，听人说过了……农民们对你们发火

186

了……"

"对啦，就是这么一回事儿，我那时候向老地主阿布罗西莫夫先生要了这间破屋子。现在呢，好像新地主买了这片树林，听说他想抽干沼泽地里的水还是想怎么样呢。可是我又哪一点碍着他们了？"

"老婆婆，也许他说的全是谎话吧？"我说道，"县警察只不过是想要一张'红票子'①罢了。"

"我给过了，亲爱的，给过了。他不拿！竟有这样的事……我给他一张二十五卢布的票子，他还是不要……还有什么法子呢！他把我臭骂一顿，我简直不知道如何是好了。他一个劲地嚷：'滚！滚！'我们现在可怎么办，我们这些可怜的孤苦伶仃的人！好心眼的老爷，你要能帮帮我们的忙就好了，让那喂不饱的东西回心转意。我一辈子都不会忘记你的恩德。"

"姥姥！"阿列霞拖长了声音责备她道。

"什么姥姥姥姥的！"老婆子生气了，"我已经当了你二十五年的姥姥了。照你看最好去要饭吗？不，先生，您别听她的。您发发慈悲吧，要是能办得到，就帮我们个忙吧。"

我含糊地答应替他们求情，虽然，说实话，希望很渺茫。如果我们的县警察拒绝"拿"的话，那就意味着事情很难转圜了。这天晚上，阿列霞冷冰冰地同我告别，并且一反常例，没有送我。我看得出来，这位自尊心很强的姑娘，为了我干预他们的事而老大不快，同时，也为姥姥哭哭啼啼的求告而感到羞耻。

---

① 票面十卢布的钞票。

# 八

这是一个阴沉暖和的早晨，已经下过几阵大点的喜雨了，小草眼看着往上长，树枝抽出新芽。雨后，太阳露了一下脸，把欢乐的光辉洒在长满庭前的淋过雨后更加娇绿的丁香嫩枝上。疏松的菜畦里撩人的麻雀叫声越来越响，白杨树发黏的褐色嫩芽散发出的清香也越来越浓。我正坐在桌前绘制一幅林间别墅的平面图，亚尔莫拉走了进来。

"县警察来了。"他沉着脸说道。

我这时已经把两天前吩咐过他的，县警察一来便禀报我的话，忘得一干二净，怎么也想不起这位政权代表这会儿同我有什么关系了。

"什么事？"我莫名其妙地问道。

"我是说县警察来了。"亚尔莫拉用充满敌意的口吻重复了一遍，近来他一直用这种口吻同我说话。"我刚才看见他在坝上呢，往这儿来了。"

街上响起了咕隆咕隆的车轮声，我连忙奔向窗口，打开窗户。一匹又瘦又长的巧克力色的骟马，耷拉着下唇，哭丧着脸，不急不忙地拉着一辆颠簸的高篷车。马车只有一根辕驾在马身上，另一根辕被一条粗绳子所代替了（县里舌头恶毒的人一定又要说，县警察为了制止飞短流长，故意置备了这套寒碜的"车马"）。县警察自己驾车，他身体胖大得出奇，穿着用考究的军官呢缝制的灰大衣，一个人占了两个座位。

"您好，叶弗普希·阿夫里坎诺维奇！"我从窗户里探出身子喊道。

"啊，您好！身子骨怎么样？"他用带着长官腔调的洪亮的男中音客气地回答道。

他勒住了骟马，伸直手掌敬了个礼，自以为优雅地向前探着笨重的身子。

"进来坐一会儿吧。我有点小事要麻烦您。"

县警察两手使劲往外一摊，摇起头来：

"不行呀！公务在身啊，我要到瓦洛沙去验尸——有人淹死啦。"

可是，我早已知道叶弗普希·阿夫里坎诺维奇的弱点，便也装出一副无所谓的样子说道：

"真遗憾……我刚从沃尔采尔伯爵农场那儿弄来了两瓶那么好的……"

"不行呀，身不由己……"

"管酒的人看面子才卖给我的，他在地窖里像照料亲生的孩子一样照料它们……进来坐一会儿多好……我去吩咐给您的马喂燕麦。"

"您这个人呀，真是，"县警察用责备似的口吻说道，"您难道不知道公务重于一切吗？是什么酒啊？那两个瓶子里装的？李子露酒？"

"什么李子露酒呀！"我摆了摆手，"陈年烧酒，老兄，听清楚了吧！"

"说老实话吧，我已经喝了点了。"县警察遗憾地挠了挠腮，使劲地皱眉头。

我仍然像刚才那样无所谓似的说下去：

"我不知道是不是真的，不过管酒的人向我赌咒发誓，酒已经存放了二百年，酒味——简直同白兰地一模一样，颜色是正正的琥珀黄。"

"唉，您可叫我怎么办！"县警察装出一副无可奈何的可笑的样子，大声说道，"我把马交给谁呢？"

我真有几瓶陈年烧酒，虽然不像我吹的那么陈年，我想，经过我这么一番吹嘘，准会给它们添上几十年……不管怎么说，这确实是令人叫绝的佳酿，破落世家窖藏的骄傲。（神职人员出身的叶弗普希·阿夫里坎诺维奇马上向我要了一瓶，用他自己的话来说，留着治感冒。）我的冷盘也算相当精美了：嫩萝卜加刚搅出来的鲜黄油。

"那么，您刚才说的是哪一类的事儿呢？"县警察喝完了第五杯酒，往被他压得咯吱作响的旧安乐椅椅背上一靠，向我问道。

我开始向他讲述可怜的老婆子的处境，提到老婆子无依无靠，已经无路可走了，顺便还把不必要的形式主义讥笑了一番。县警察一面低头听我说话，一面很仔细地把又大又脆的红皮萝卜的小须拔掉，满有滋味地咯哧咯哧嚼起来。他不时抬起那双冷漠、浑浊、小得可怜的蓝眼睛瞟我一眼，但在他那张红脸上却看不出什么反应：既看不出同情，也看不出反感。最后，等我讲完了，他才问了句：

"那么您要我怎么办呢？"

"什么怎么办？"我激动起来，"请您替她们想想，两个可怜的无依无靠的女人……"

"并且，其中一个就像个花骨朵儿！"县警察挖苦地插了一句。

"管她像不像花骨朵儿呢，这与我求您的事毫不相干。请您告诉我，您怎么不可怜可怜她们呢？难道您就真需要这么急着赶她们搬家吗？请您稍微等一等，让我到地主那儿说说情去。您等个把月，又能担多大风险？"

"什么，我担多大风险？！"县警察从安乐椅里跳起来，"您可别那么想，我要担一切风险，首先就有丢掉职务的风险。天晓得这位新地主伊里亚舍维奇先生是个什么样的人。说不定是个爱捣鬼的人，动不动就拿起纸笔往彼得堡打报告？我们这儿可有这样的人啊。"

我设法劝说动了火的县警察别发火。

"得了，得了，叶弗普希·阿夫里坎诺维奇，您把事情夸大了。归根结底这又有什么呢？担风险归担风险，而感激究竟是感激呀！"

"嘘……"县警察打了个长呼哨，把两只手插进灯笼裤的口袋里，"这也叫感激！您以为我为了二十五卢布就会拿自己的职位开玩笑吗？不，您把我看错了。"

"您急个什么劲儿，叶弗普希·阿夫里坎诺维奇。这完全不在于钱的多少，而只是……就算出于人道吧……"

"出——于——人——道？"他用讥讽的口吻一个字一个字地说道，"对不起，您的这两个人让我伤透脑筋了！"

他在自己肥大的古铜色的后脑勺上使劲拍了一下，后脑上光秃秃的肥褶子都耷拉到后衣领子上了。

"您这可说得太过分了，叶弗普希·阿夫里坎诺维奇。"

"一点都不过分，按照著名的寓言家克雷洛夫先生的说法，'这是当地的祸害'。这两个女人就是这样的祸害。您读过乌鲁索夫公爵大人卓越的著作《警察》吗？"

"没有，还没有机会读。"

"那就可惜了。这是一本文词优美、道德高尚的作品，我劝您有空的时候读一读……"

"好的，好的，我一定拜读。可我还是不明白，这本书同这两个可怜的女人有什么关系呢？"

"有什么关系？有最直接的关系。第一款（叶弗普希·阿夫里坎诺维奇屈下左手粗大的毛茸茸的食指）写道：'县警察务必毫不松懈地监视，是否所有的人都热心上教堂，并且在里面停留之际是否显得勉强……'您能不能告诉我，这个女人，是不是叫玛奴伊里哈，进教堂吗？她什么时候进过教堂？"

我不作声了，被突然转换的话题弄得惊讶不已。他得意扬扬地看了看我，屈下第二个手指。

"第二款写道：'各地均应禁止妖言邪说，……'您听明白了没有？接着第三款写道：'禁止冒充巫师或术士，禁止使用类似的诈骗手段。'您对这两款有什么可说的？如果诸如此类的情况突然被发现或者间接传到上峰耳朵里呢？谁承担责任？我。谁被革职？还是我。您看清楚是怎么回事儿了吧。"

他又坐进安乐椅里，两眼向上，漫不经心地在墙上瞟来瞟去，手指在桌上敲得很响。

"那么如果我求您呢，叶弗普希·阿夫里坎诺维奇？"我只好又用奉承的口吻说道，"您的职责当然是复杂而繁重的，可是我知道您有一颗非常善良的、黄金般的心。您答应我不动那两个女人又费多大事呢？"

县警察的眼睛忽然向我头顶上的墙壁望去。

"您的猎枪真好，"他随便地露了一句，继续用手指敲着桌子，"好猎枪，上次我来看您的时候没遇见您，我就欣赏了半天猎枪……真是两支好猎枪！"

我也转过头去看了看猎枪。

"是啊，猎枪是不赖，"我称赞道，"是老式的，加斯京·连涅特工厂出品，我去年才把它改造成后膛枪。您仔细瞧瞧这两根枪筒。"

"可不是，可不是……我欣赏的主要就是枪筒。真是个好物件……简直可以说是件宝贝。"

我们的目光碰在一起了，我看见县警察的嘴角上掠过一丝意味深长的笑容。我站起来，从墙上摘下猎枪，走到叶弗普希·阿夫里坎诺维奇跟前。

"契尔克斯人有个非常感人的风俗：客人夸奖什么，主人就把什么赠送给他。"我殷切地说，"咱们虽然不是契尔克斯人，叶弗普希·阿夫里坎诺维奇，可是我还是请您收下这件礼物做个纪念。"

县警察装出不好意思的样子。

"可别这样，赠送这么珍贵的礼物！不行，不行，这个风俗可太慷慨了！"

可是我用不着花多少时间说服他，县警察接过枪，宝贝似的把它放在两个膝盖之间，用干净的手绢把落在枪闩上的灰尘擦掉。我看到猎枪至少是落到爱好者和行家手里，心里也踏实了一点。叶弗普希·阿夫里坎诺维奇几乎马上站起来，急着要走了。

"事情不等人啊，可是我却跟您在这儿聊起大天来了。"他说道，两只蹬不进套鞋的脚使劲儿往地板上跺，"有机会到我们那儿去的时候，欢迎您光临舍下。"

"好的，可是玛奴伊里哈的事儿怎么办，长官先生？"我委婉地提醒他。

"走着瞧吧……"叶弗普希·阿夫里坎诺维奇含糊地嘟囔了一声，"我还有件事想问问您……您的萝卜可太好了。……"

"自己种的。"

"萝卜好极了！您知道，我内人是个蔬菜迷，如果你能那个，给我一把的话……"

"那我太高兴了，叶弗普希·阿夫里坎诺维奇，这是我应尽的义务……，今天我就派人给您送一筐去。就便再带上点黄油……我这儿的黄油是顶呱呱的。"

"好的，也来点黄油吧……"县警察又给了个面子，"您给那两个娘儿们捎个信，就说我暂时还不会动她们。可是得叫她们知道，"他突然提高了嗓门，"光说一声谢谢是敷衍不了我的，现在，再见吧。再次谢谢您的礼物和款待。"

他摆出军人姿势，两个鞋后跟使劲往后一并，然后像个酒足饭饱的要人似的迈着笨重的步子向马车走去，乡警、村长和亚尔莫拉都早已脱掉帽子，毕恭毕敬地站在那里了。

## 九

叶弗普希·阿夫里坎诺维奇履行了自己的诺言，暂时没再打扰林中小屋的住户。可是我同阿列霞的关系却一下子完全改变了。在她对我的态度中，先前的信赖和亲昵，先前那种美貌女郎的风情与淘气孩子的顽皮如此可爱地混合在一起的活泼，连一点影子也没有了。我们的谈话中出现了某种去不掉的不自然的成分……阿列霞一接触到生动的话题，便连忙胆怯地回避，而先前正是这类话题为我们的好奇心提供了多么辽阔的天地啊。

如今我在她们那儿的时候，她总是板着面孔，专心致志地干活儿，可是我又时常发现，她干着干着，两只手忽然无力地垂在膝上，两眼发呆，精神恍惚地望着地板。如果我这时叫她一声阿列霞，或者问她一件什么事，她会悚然一惊，慢慢向我转过脸来，脸上露出恐惧和竭力想理解我话意的表情。有时我觉得也许是我在这儿使她感到压抑，受到拘束，但这种推测同仅仅几天之前的情形无法联系到一起，那时，我的每个见解、每句话都能引起她莫大的兴趣……只能有一种解释，那就是阿列霞不能原谅我在她们同县警察打交道时庇护过她们，而这种庇护冒犯了她独立不羁的天性。但这种猜想仍然不能令我信服：一个在森林里长大的普通姑娘，哪儿来的这种过分的骄傲呢？

所有这一切都需要解释清楚，可是阿列霞却固执地躲开了任何一个推心置腹的好机会。我们傍晚的散步停止了。每天告辞的时候，我都向她投出十分明显的央求的目光，但仍然是枉费心机，她总是装出一副不理解我的样子。老婆子就在旁边，尽管她耳朵发背，也使我心神不安。

有时，我对自己的软弱，对每天迫使我到阿列霞那儿去的习惯感到恼火。我自己也没料到，我的心已经被无数根看不见、挣不断的细绳牢牢拴在这个我还不了解的迷人的姑娘身上了。我还没有想到爱情，但已经处于惴惴不安的爱情的前夕，心里充满烦乱和惆怅。无论我在什么地方，无论我怎样百般排遣，我的万缕情思都萦绕着阿列霞的形象，整个身心都渴望着她；每次回想起她所说过的最微不足道的话语，她的手势和微笑，我的心里都要充满微弱和甜蜜的痛苦，紧张得收缩起来。可是，每当黄昏降临，我还要在她身边的一张不稳当的矮凳上坐个半天，不胜懊恼地感到自己越来越羞怯、不自在和愚蠢了。

有一天，我就这样在阿列霞身旁消磨了整整一天，清早我就觉得身体不爽，虽然还不能确定患了什么病。到了傍晚，病情加重了：头晕耳鸣，头顶隐隐发疼，就像有个人用一只柔软的、但是有力的手在压它；我嘴里发干，浑身酸软无力，老是想打呵欠伸懒腰；眼睛也感到刺痛，仿佛刚刚在近处凝视过耀眼的光点一样。

等到天色已晚，我回家的时候，刚走到半路，就突然发起急性疟疾来了。我走着走着，几乎看不见道路，不知道往哪儿走，歪歪倒倒，像喝醉了似的，同时上下牙齿碰得咯咯作响。

我到现在还不知道是谁把我领回家的……我整整打了六天摆子，这是一种难以医治的、低洼森林地带常见的可怕的疟疾。白天病情仿佛减轻一点，我恢复了知觉。那时，我虽然被病魔折腾得腰酸腿软，浑身无力，但还勉强在屋里溜达。可要是稍微跨猛一步，血便涌上头来，眼前一阵昏黑，就什么都看不见了。到了晚上，一般在七点左右，疟疾便像一阵风暴似的向我袭来，于是我又得在床上挨过那可怕的、仿佛有一个世纪长的夜晚：一会儿冷得在被子里发抖，一会儿又烧得无法忍受；刚有一点迷糊，荒诞不经、千奇百怪的梦影马上便又来戏弄我昏热的脑子。我所有的梦幻都充满了琐碎的情节，它们杂乱不堪地挤在一起，缠在一块儿。一会儿我觉得我在拆卸五颜六色、奇形怪状的匣子，从大匣子里面取出小匣子，小匣子里面又取出更小的匣子，怎么也结束不了这种我早已厌恶的没完没了的工作；一会儿又像有许多色彩斑斓的糊壁纸条在我眼前飞快地晃来晃去，晃得我头晕目眩。我在纸条上印着花纹的地方，又分明看见一串串人的面孔——时而是漂亮、善良和微笑的面孔，时而是龇牙吐舌、眼珠乱转的可怕面孔。接着，又同亚尔莫拉展开了一场紊乱不堪的、非常复杂和抽象的辩论。我们彼此反驳的论据越来越晦涩，越来越深奥；个别的词句，甚至几个字母，突然都获得了神秘莫测的意义。同时，在一种超自然的神秘力量面前所产生的令人嫌恶的恐怖，也越来越紧地把我包围起来，这种神秘力量从我的头脑中引出一个个荒唐诡谲的论据，并且不许我中断早已厌恶的辩论。

这是一阵人形和兽形，风景画、形状极其怪异的物体和花朵，只能凭感觉领悟其中含义的词和句子的狂暴的旋风，……但说也奇怪，在其间我还不停地看到烤糊的绿灯罩罩着的台灯投在天花板上的整齐的光圈，而我不知怎的竟又意识到：在这模糊而宁静的光圈里，隐藏着沉寂、单调、神秘而可怕的生活，似乎比梦境中的狂乱，更要恐怖、更加压抑。

后来我醒了，或者说得准确点，不是醒了，而是突然觉得自己醒着。我差不多恢复了知觉，我明白自己正躺在床上，病了，刚才还说过呓语，但我仍然害怕昏暗的天花板上的光圈，觉得其中潜藏着某种凶兆。我伸出无力的手，取过表来看了一下，我又烦恼又困惑地发觉，原来这一长串没完没了的怪梦，只不过占了两三分钟。"老天爷，什么时候才天亮啊？"我绝望地想着，脑袋在灼热的枕头上滚来滚去，自己都能感觉到沉重而急促的呼吸如何在烧灼我的嘴唇……但不久又陷入了昏睡状态，于是脑子又变成各式各样噩梦的游艺场，过了两分钟却又苏醒过来，心里充满了极度的悲伤…

过了六天，我健壮的体质，加上奎宁和车前草药水的帮助，终于战胜了病魔。我从床上起来，浑身一点劲也没有，刚刚能勉强站稳。可是恢复得快极了。在被六天疟疾谵妄折磨得疲惫不堪的脑海里，现在只感到缺少思想的慵倦和舒适。胃口增加了一倍，身子一小时比一小时结实，它的每一部分都在吮吸生活的健康与欢乐。同时，一种新的力量又把我推向树林，推向那座孤零零的、东倒西歪的小屋。我的神经还没有完全复原，因此，每当我眼前浮现出阿列霞的脸庞，耳边响起她的笑语，我的心里便涌起一股柔情，使我真想大哭一场。

## 十

又过了五天，我的体力大为增加，走到鸡脚小屋也一点不觉得累了。当我跨进门槛，我的心竟在胸中惊恐地跳起来。我将近两个星期没见阿列霞的面了，现在更加清楚地意识到，她对于我该是何等亲近和可爱了。我抓住门把手，迟延了几秒钟，激动得几乎喘不过气来，在这迟疑不决的当儿，我甚至闭了一会儿眼睛，然后才推开屋门……

要分析我进屋之后的感受是永远不可能的……难道还能够记住母亲同儿子、丈夫同妻子、一对恋人别后重逢的最初一瞬间所倾吐的话语吗？如果把这些话语一字不差地写在纸上，不过是些最普通的、最寻常的，甚至滑稽可笑的话。但在当时，每个字都显得美妙恰当、情意深长，因为它们是从最亲爱的人嘴里说出来的啊。

我记得，非常清楚记得的只是阿列霞很快向我转过苍白的脸来，在这张美丽的似乎有些生疏的脸上，刹那间，相继出现了疑惑、惊恐、慌乱的表情和脉脉含情的粲然微笑……老婆子老是围着我转，一面含糊不清地说着什么，可是我没有听见她的问候。而阿列霞的声音传到我的耳朵里，则宛如甜蜜的音乐。

　　"您怎么啦？生病啦？哎呀，您可瘦多了，我可怜的人儿。"

　　我半天也回答不出她一句话来。我们手拉着手，不声不响地面对面站着，深沉地、欣喜地互相直视着对方的眼睛。我一直把这默默无言的几秒钟当成我一生当中最幸福的时刻——不论是在这以前还是在这之后，我都从来没有体味过那样纯真、饱满、吞噬我整个身心的快乐。我从阿列霞那双乌黑的大眼睛里看出了多少东西啊！对重逢的激动，对我久未露面的责备，对爱情的热烈表白……我立刻感觉到，连同这目光一起，阿列霞会毫不犹豫、无条件地、心甘情愿地把自己整个交给我。

　　她首先打破这销魂的时刻；她把眼皮慢慢动了动，向我指着旁边的玛奴伊里哈。我们并肩坐下，阿列霞开始关切地详细询问我生病的经过，服了哪些药，医生是怎么说的，如何诊断的（小镇上的医生来看过我两次）。关于那个医生，她要我反复讲了几遍，我讲的时候不时发现她唇边掠过一丝嘲笑。

　　"唉，我怎么就不知道您得病了呢？"她不胜悔恨地感叹道，"我只消一天就能叫您起床……您怎么能相信他们呢，如果他们一窍不通的话？怎么不派人来找我呢？"

　　我不知道该如何回答才好。

　　"阿列霞，你不知道，病来得多么突然……再说，我也不敢打扰你。近来你对我的态度有些奇怪，好像一直在生我的气或者厌弃我似的……听我说，阿列霞，"我又放低声音加了一句，"我还有很多很多的话要对你说呢，就我们两个人……你明白我的意思吗？"

她微微垂下眼睛，表示同意，然后胆怯地回过头去看了姥姥一眼，急切地对我低声说道：

"明白……我自己也有……等过一会儿……"

太阳刚一下山，阿列霞便催我回家了。

"回家吧，快点回家吧，"她说道，抓住我的手把我从凳子上拉起来，"您现在一受潮气，马上又要犯病了。"

"你上哪儿去，阿列霞？"玛奴伊里哈看见外孙女急急忙忙把一块灰色毛织的大头巾戴在头上，突然问道。

"我去……送送他。"阿列霞回答道。

她冷淡地回答一声，眼睛没有看着外婆而是望着窗户，但我从她的声音里听出了几乎察觉不到的恼怒的意味。

"你还是要去呀？"老婆子加重语气又问了一遍。

阿列霞的眼睛闪了一闪，凝视着玛奴伊里哈的脸。

"是的，还是要去！"她傲慢地回答道，"这件事咱们早就谈过，并且谈过多少次了……我的事，我自个儿作主。"

"咳，你呀！……"老婆子用懊恼和责备的口吻大声说道。

她还想再说几句，可是终于只挥了挥手，就颤巍巍地走到墙角，呼哧呼哧地喘着气，在那边的一只篮子里胡乱翻腾起来。

我明白了，我刚刚听到的这一两句斗气的话，是一连串互相争吵和发火的继续。等到我和阿列霞偎依着向松林走去的时候，我问她道：

"姥姥不让你同我散步，对不对？"

阿列霞懊恼地耸耸肩。

"请您别理会这些，她是不让我去……管她呢！难道我就不能喜欢干什么就干什么吗？"

突然，我心里产生了一种想把阿列霞责备一顿的难以克制的欲望，因为前些日子她对我太没有情意了。

"原来，早先，在我得病之前，你也能和我散步，就是你不愿意单独跟我在一起……唉，阿列霞，你要知道你给我带来多大的痛苦……我等啊，天天晚上等啊，等你出来送我……可是你呢，老是那么冷淡，耷拉着脸，气鼓鼓的……噢，你可把我折磨苦了，阿列霞！"

"得啦！别说啦，我的好人，忘掉这些吧。"阿列霞央求我道，声音里流露出温顺的歉意。

"不，我说这些并不是要责备你，不过是顺便提提罢了……现在我才明白，为什么会这样……可是，早先，说真的，想起来都有点可笑，我还以为你为县警察生我的气呢，这个想法很伤我的心。我觉得你把我当成陌生的路人了，就连我的普通的友好的效劳都不肯接受……那可让我太伤心了……我可没想到，阿列霞，这一切原来都是姥姥的主意……"

两朵鲜艳的红晕忽然飞上阿列霞的脸颊。

"完全不是姥姥的主意！……是我自己不愿意的！"她激动地带着挑衅的口吻大声说。

我从侧面看了看她，于是她那微微低俯的纯洁温柔的侧影便映入我的眼帘。这时我才发现，这段时期阿列霞自己也瘦多了，眼睛周围出现了淡蓝的晕圈。阿列霞感觉到我的目光，抬起头来看我，但马上又垂下来，含着羞涩的微笑转过脸去。

"你为什么不愿意呢，阿列霞？为什么呢？"我问道，激动得声音都断断续续的了，我抓住阿列霞的手，让她停一停。

我们这时正走到一条狭长的、像箭一样笔直的林间小路当中。高耸挺拔的青松从两边把我们包围起来，构成一条伸向远方的宏伟的走廊，芳香的枝叶就交织成了这条走廊的天然拱顶。光裸剥落的树干被晚霞的余晖染成殷红的颜色……

"为什么，为什么呢，阿列霞？"我一再低声催问，把她的手握得越来越紧。

"我不能……我害怕。"阿列霞的声音轻到几乎听不见了，"我本来以为能够逃脱命运的摆布……可是现在……现在……"

她呼吸急促起来，仿佛空气不够了似的，突然她两只手紧紧搂住我的脖子，于是我的嘴唇便被阿列霞急促而颤抖的低语甜蜜地烧灼了。

"现在一切对我都无所谓了，无所谓了！因为我爱你，我亲爱的，我的幸福，我最亲爱的人儿！"

她越来越紧地贴着我，我感到她强健、火热的身体在我的怀抱中微微战栗，她的心在我的心旁勃勃跳动。她的热吻像烈酒一样，冲进我病后初愈的头里，我开始失去自制力。

"阿列霞，求求你，别这样……离开我。"我说道，使劲松开她的手，"现在我也害怕了……我怕自己……放开我，阿列霞。"

她扬起脸来，脸上慢慢绽出慵倦的笑容。

"别害怕，我的亲人。"她带着难以表达的柔情和动人的勇气说道，"我永远不会责备你，也不嫉妒任何人……我只要你告诉我，你爱我吗？"

"我爱你，阿列霞，我早就爱上你了，爱极了，可是……别再吻我了，我越来越虚弱，脑袋发晕了，我怕把握不住自己……"

她的嘴唇又久久地覆在我的嘴唇上，甜蜜得令人忍受不住，我没有听见，而是猜出了她的话：

"那就用不着害怕了，什么也用不着再想了……今天是我们的日子，谁也不能把它从我们手中夺去……"

……

这一夜化成了一个神奇的迷人的神话。月儿升起来了，它的清辉把树林染上了离奇、斑驳而神秘的颜色，并把大大小小的淡蓝色光点洒在黑暗中的多节瘤的树干、弯曲的树枝和长毛绒地毯般柔软的青苔上。挺拔的白桦树在月色里泛着白光，清晰而耀眼，而它的稀疏的枝叶仿佛蒙上了一层银色的透明的薄纱。有的地方，月光怎么也不能穿过浓密松枝织成的天幕，于是那儿便是一片沉沉的黑暗。只是在这片黑暗最当中的地方，不知道从哪儿透进来的一道月光，突然照亮一长排树木，并在地上铺下一条整齐狭窄的小径——那么明亮、那么皎洁瑰丽，宛如仙女们为奥伯龙和蒂坦尼娅①凯旋而清扫过的林间小径一般。我们互相搂抱着信步走去，走在这令人销魂的活生生的神话当中，一句话也不说，完全被自己的幸福和可怕的林中的沉寂窒息了。

"我亲爱的，你看我都忘了，你应该赶快回家了。"阿列霞突然

---

① 德国作曲家韦伯（1786—1826）的歌剧《奥伯龙》中的人物。

醒悟过来，"你瞧我多坏，你病刚好，我直到现在还把你留在树林里。"

我抱住她，把围巾从她浓黑的头发上揭下来，低头对着她的耳朵，用轻得刚刚能够听到的声音问道：

"你不懊悔吗？阿列霞，不后悔吗？"

她慢慢地摇了摇头。

"不，不，……不管以后发生什么事，我也不会后悔的，我是这样快活……"

"难道一定会发生什么事吗？"

她的眼睛里又闪出我所熟悉的神秘的恐怖目光。

"对了，一定会发生的……你还记得我跟你讲到过的梅花皇后吗？那梅花皇后就是我呀，我将遭受不幸，这一点纸牌已经说过了……你知道吗，我是想请你别再到我们这儿来了。可是你就在那个时候病倒了，我差不多半个多月没见到你……我是多么思念你啊，多么悲伤啊。仿佛只要能再和你待上一分钟，我甘愿献出世界上的一切……那时我就下了决心。我想，以后爱发生什么事就发生什么事吧，我可不能把自己的欢乐让给别人……"

"真是这样，阿列霞。这种心情我也有过。"我说道，用嘴唇轻轻地碰了碰她的鬓角，"我在和你分离之前还不知道我爱你。难怪有人说，离别对于爱情，就像风对于火焰一样：渺小的爱情一吹就灭，伟大的爱情越吹越旺。"

"你怎么说的？再说一遍，请你再说一遍。"阿列霞对这句话发生了兴趣。

我又重复了一遍这句不知出自何人之口的格言，阿列霞沉思起来，从她嘴唇的微微蠕动上可以看出她正在重复我的话。

我从近处凝视她那向后仰起的苍白的面庞，她那辉映着皎洁月光的乌黑的大眼睛；即将发生灾难的朦胧预感，突然像一缕寒气似的潜入我的心头。

## 十一

我们的天真而迷人的爱情故事持续了差不多整整一个月。直到今天，那些燃烧着的晚霞，那些散发着铃兰和蜂蜜的芳香、充满清爽空气和银铃般鸟语的滴露的清晨，那些炎热慵倦的六月的日子，还和阿列霞美丽的脸庞一起栩栩如生地活在我的心里。这段时期，不论是烦闷、厌倦，也不论是对流浪生涯的永远不能改变的喜爱，一次也没有掠过我的心头。我像多神教的天神或年轻健壮的动物一样，尽情地享受着阳光、温暖、自觉的生趣和平静而健康的性爱。

玛奴伊里哈老婆子从我病好以后就变得好唠叨了，唠叨得简直叫人受不了，并且每次见到我，都不掩饰自己的敌意；只要我还待在屋子里，她就使劲把炉子上的盆盆罐罐弄得叮当乱响，以致我和阿列霞宁愿每天晚上到树林子里相会……于是雄健挺秀的绿松林便成了装饰我们安逸爱情的宝贵的镜框了。

每天我都更加惊奇地发现，阿列霞，这个在林中长大的、甚至连字也不识的女郎，在生活的很多方面，竟然表现出无微不至的体贴和特殊的天生的分寸感。在爱情中，就其本来的粗野意义来说，对于那些神经质的艺术天性，总有许多构成痛苦和羞耻的可怕的地方。可是阿列霞会避开它们，并且避开得那么天真、纯洁，以致从来没有让恶劣的比喻或者无耻的瞬息玷污过我们的关系。

然而，我的归期却越来越近了，说实在的，我在佩列勃罗德的公务已经办完，我故意拖延返回城市的日期。我还一个字也没对阿列霞说起过这事，甚至连想都不敢想，她将怎样对待我必须离开的消息。我陷入了左右为难的窘境，习惯在我身上扎根太深了。每天见到阿列霞，听到她可爱的声音和清脆的笑声，感受她柔媚的爱抚，对我已经不仅仅是一种需要了。每当阴雨阻隔、不能幽会的个别的日子，我便感到自己六神无主，仿佛在我生活中失去了最重要、最珍贵的东西。无论干什么，我都觉得无聊、多余，而我整个的身心，都飞向树林，飞向温暖，飞向阳光，飞向我所熟悉的阿列霞的可爱面庞。

同阿列霞结婚的念头越来越经常出现在我心中，最初，它只是偶然出现的，作为在万不得已的情况下结束我们关系时可能采取的一种体面的办法。只有一件事使我感到害怕，阻止我付诸实行：我不敢想象，阿列霞离开这充满传说和神秘力量的老林的迷人画框，穿上时髦的衣裙，在客厅里与我同事们的妻子交谈，将会是一副什么样子。

我的归期越近，我就越感到孤独可怕，越发忧心忡忡。结婚的决心一天比一天坚定，最后我已经不觉得同她结合是对社会的大胆的挑战了。"上层社会的人和有学问的人也有娶女裁缝和侍女的，"我这样自我慰勉道，"他们的日子也过得很美满，直到临终之际，还要感谢促使他们这样抉择的命运呢，难道我就会比他们不幸吗？"

六月中旬的一天傍晚，我照例到林间小径拐弯的地方，在盛开的山楂树丛中间等待阿列霞：我老远就听出了她轻快的脚步声。

206

"你好，我的亲人，"阿列霞拥抱我，喘着气说道，"你大概等急了吧？我好不容易才脱身……我还在和姥姥干仗呢。"

"她到现在还没消气？"

"差得远呢！她说，'你早晚会被他毁掉的……他一旦把你玩够了，就会扔掉你；他根本就不爱你……'"

"她这是说我吗？"

"是说你呀，亲爱的……反正她的话我一句也不信。"

"她统统知道了吗？"

"我说不准，……好像知道，不过我什么都没对她谈过——她自己猜想罢了。得了，想这些干什么……咱们走吧。"

她折了一小枝开着一簇洁白小花的山楂，插在头发里。我们沿着小径慢慢走去，小径在夕阳斜照中，微微泛着红光。

昨天夜里我就下了决心，今晚无论如何也要把自己的想法都说出来，可是一种奇怪的羞怯却使我的舌头变得不灵活了。我想，如果我告诉阿列霞我就要动身，同时又说要和她结婚，那她能相信我吗？她会不会觉得，我的求婚只不过是为了减轻创伤的第一阵疼痛呢？等走到那棵剥了皮的椴树跟前就说，我在心里暗自想好。等我们走到椴树旁边，我还没开口，已经激动得脸色发白，快透不过气来了，我的勇气突然降低，化为一阵过分激动的心跳和手脚发凉。"二十七是我的定数。"我开始在心里数数，等数到二十七的时候，又觉得还没下定决心。"不，"我在心里对自己说道，"最好还是继续往下数，数到六十，六十正好一分钟，到那时一定要……"

"你今天怎么了？"阿列霞突然问道，"你好像有心事，出了什么事吗？"

于是我开始说起来，所用的是一种连我自己都讨厌的口吻，装出一副满不在乎的样子，仿佛谈的是一件无关紧要的小事。

"不错，确实有点儿不愉快的事……你猜着了，阿列霞……你看，我这儿的公务办完了，上级召我回城里去。"

我从侧面看了阿列霞一眼，看见红晕如何从她脸上消失了，她的嘴唇如何微微颤抖，但她没有回答我一句话。我默默地同她并肩走了几分钟，蚱蜢在草丛中大声欢唱，远处传来秧鸡单调而急促的咯咯声。

"你自己当然也明白，阿列霞，"我又开口了，"我再待下去就不方便了，而且也没有地方可待了，是啊，再说也不能玩忽职守呀……"。

"不……也好……还有什么好说的呢。"阿列霞仿佛很平静地回答道，可是声音变得那么闷哑，那么没有生气，不由得使我害怕起来。"如果有公务，那当然……应当去了……"

她停在一棵树旁，背靠在树干上，脸色苍白，两只手无力地垂在身旁，嘴边浮出可怜的痛苦的微笑。她苍白的脸色使我吓了一跳。我连忙扑到她身边，紧紧握住她的两只手。

"阿列霞……你怎么了？阿列霞……亲爱的！"

"没什么……原谅我……马上就会好，没事儿，头有点发晕……"

她尽量克制自己，向前走去，没有从我手里抽出手来。

"阿列霞，你现在把我想得很坏，"我用责备的口气说道，"你应该害臊！难道你以为我能丢下你就走吗？不，我亲爱的，我所以要和你谈，是因为今天就要去对你姥姥说，你将要做我的妻子。"

完全出乎我的意料，我的话几乎没有使阿列霞感到惊讶。

"做你的妻子？"她慢慢地悲伤地摇摇头，"不，瓦涅奇卡．亲爱的，这办不到！"

"为什么办不到呢，阿列霞？为什么？"

"不，不，你自己也明白，连这样想都是可笑的。真的，我能算你的什么妻子？你是老爷，你聪明，有教养，可我呢？我连字都不识，连怎么迈步都不会……我只会给你丢脸……"

"这些都是蠢话，阿列霞！"我激动地反驳道，"只要半年．你自己都会认不出自己来了。连你自己都不知道，你天生多么聪明，多么富于观察力。我们要一起读许多好书，结识许多聪明善良的人。我们一起见识整个广阔的世界，阿列霞……我们一直到晚年，到死，都像现在这样手拉着手地往前走，我不会为你感到害臊．反而觉得骄傲，还要感激你！……"

阿列霞感激地握握我的手，算是对我这一番炽热的话的回答，但她还是坚持自己的主意。

"可是难道就这一点？你也许还不知道吧？我从来也没对你说过……我没有父亲……我是个私生子……"

"别说了，阿列霞！这最不能阻止我要和你结婚了，你的亲族与我有什么关系呢，如果你本人对我比父母更亲，比世界上的一切更宝贵的话？算了，这些都是不值一提的小事，不成其为理由的托词！"

阿列霞满怀着温顺的柔情，把自己的肩膀紧紧地靠在我的肩膀上。

"亲爱的，你压根儿就不该谈这件事……你是年轻的，自由的……难道我有勇气一辈子捆住你的手脚……如果你以后喜欢别人呢？那时候你就会恨我了，就会诅咒我答应嫁给你的那一天和那一个时辰了。别生气，亲爱的！"她从我脸上看出我不爱听这些话，便央求道，"我不是想惹你生气，我只是为你的幸福着想。还有，你把姥姥忘了。得啦，你自己想想，从我来说，我把她一人扔下难道好吗？"

"那有什么，我们那儿总会有她住的地方（我不能不承认，一想起姥姥我就非常厌恶）。要是她不愿意跟咱们一块住，那每个城市里都有那种叫作养老院的房子……那儿的老太婆过着安静的日子，并且还有人细心照料……"

"瞧你说到哪儿去了！她出了树林子哪儿也不去，她见人就害怕。"

"那好吧，你自己考虑考虑哪样好吧，阿列霞。你必须在我同姥姥之间挑选一个。不过有一点你应该明白：没有你我活不下去。"

"我的心肝！"阿列霞满怀深情地说道，"就凭这句话也得谢谢你啊……你温暖了我的心……可是我还是不能嫁给你……如果你不赶我走，我就这样跟着你好啦……只是你别急，别催我；给我两天时间，让我仔细想想……还要同姥姥商量商量。"

"你听我说，阿列霞。"我的脑子里突然闪出一个新的疑念，"也许你还是害怕教堂吧？"

看来谈话本应从这儿开始。我几乎每天都在同阿列霞争辩，竭力想改变她那种假想的观念，即认为他们这一族人，连同他们所掌握的巫术，都要受到诅咒。其实，每个俄国知识分子身上都多少有些启蒙者的气味，这存在于我们的血液之中，这是近几十年的俄国小说灌输给我们的。如果阿列霞信仰虔诚，严守斋戒，从不错过一次礼拜，那我很可能又会嘲笑她信仰上帝了（但只是轻微地，因为我本人从来都是个有信仰的人），并且还要发展她头脑中的批判的求知精神——这样的事又怎么能说得准呢？但是，她却天真而又坚定地宣称自己同魔鬼有交往，疏远了上帝，她甚至不敢提到上帝。

我想为阿列霞破除迷信的意图完全落空了，我的所有合乎逻辑的论据，以及有时不免相当粗鲁和恶毒的嘲笑，碰到她对自己命定的神秘使命所抱有的虔诚信念，都纷纷破碎了。

"你害怕教堂吗，阿列霞？"我又问了一遍。

她一声不响地低下了头。

"你以为上帝不会收留你吗？"我越说越起劲，"他的慈悲还不足以宽恕你吗？要知道，他管辖几百万天使，却偏要降临尘世，为拯救所有的人而去接受可怕的、屈辱的死亡；他不鄙弃最下贱女人的忏悔，允诺杀人强盗今天就可以同他一起升入天堂。"

我这一套议论对阿列霞已经毫不新鲜，这一次她连听都不愿听了。她一把扯下披巾，揉成一团，朝我脸上扔来。我们开始打闹起来。我拼命抢她头上戴的山楂花，她在抵抗我的时候跌倒在地上，并且把我也带倒了，她快乐地笑着，把自己由于呼吸急促而张开的红润可爱的嘴唇伸给我……

我们分手的时候已经是深夜了，我们各自走出相当长的一段距离之后，我突然又听到身后传来阿列霞的声音。

"瓦涅奇卡，等一下，我有话对你说！"

我转身向她迎去，阿列霞急急忙忙跑到我跟前。这时，新月已经挂在天边，仿佛一把碰出许多缺口的银色的细镰刀。在惨淡的月光下，我看见阿列霞的眼睛里噙着大颗的泪珠。

"阿列霞，你怎么啦？"我不安地问道。

她抓住我的两只手，开始轮流吻它们。

"亲爱的，你多好啊，你多善良啊！"她用颤抖的声音说，"我刚才一边走一边想：你多爱我啊，你知道不，我太想做一件使你非常非常高兴的事了。"

"阿列霞，我的好姑娘，安静点吧……"

"听我说，告诉我，"她接着说下去，"如果我有一天上教堂去，你真的会非常满意吗？可得对我说实话，说老实话。"

我沉思起来，脑子里突然闪过一个迷信的念头：她会不会因为上教堂而遭到什么不幸呢？

"你干吗不说话？喂，快告诉我：你高兴我这样做，还是无所谓呢？"

"怎么对你说呢，阿列霞？"我开始讷讷地说道，"是呀，我也许会高兴的。我已经跟你说过多少遍了，男人可以没有信仰，可以怀疑，甚至还可以嘲笑，可是女人……女人应当不加思考地信仰上帝。在她把自己交给上帝守护时所怀有的单纯而温顺的信任中，我往往能感到一种动人的、女性的、美好的东西。"

我住口了。阿列霞也没有再开口，只是把头埋在我的怀里。

"你干吗要问我这个问题呢？"我好奇地问道。

她突然打了个冷战。

"没什么……随便问问而已……你别在意。好了，再见啦。亲爱的，明天来吧。"

她消失了，我还一直凝视着黑暗，倾听着从我身边渐渐远去的急促的脚步声。忽然，有一种突兀的、可怕的预感笼罩了我。我想不顾一切地去追阿列霞，赶上她，请求她，央告她，如果必要的话，甚至要求她不要上教堂去。然而我还是克制住了自己突如其来的冲动，甚至——我还记得——当我走上大路时，还说出声来：

"看来，我亲爱的瓦涅奇卡，您自己也传染上迷信了。"

噢，上帝啊，为什么我当时没有听从内心的朦胧的指引呢（现在我绝对相信这种指引），它在稍纵即逝的神秘的预感中从来没有指引错过呀。

## 十二

这次幽会的第二天正逢圣三一节①，而这一年的圣三一节恰好又是伟大的殉道者季莫菲的祭辰，按照民间流传的说法，这两个日子一旦巧合，便是凶年的预兆。在教区里，佩列勃罗德算是附属村，那就是说，村里虽有自己的教堂，但不能有单独的神甫，遇到斋期或大节，有时就由沃尔奇村的神甫前来主持。

我这一天因为有公务在身，必须到邻近的小镇去一趟，于是清晨八点我就趁早凉骑马到那里去了。为了到各处走动方便，我早就买了一匹六七岁口龄的小马。它是难看的本地种，但被原来的主人，县土地测量员，精心饲养得很肥壮，马的名字叫塔兰奇克。我已经迷上这头可爱的牲口了：它有四条矫健锋棱的腿，在乱蓬蓬的鬃毛下一双炯炯发光的小眼睛生气并怀疑地往上翻着，两片光润的嘴唇紧闭着。它的毛色是很少见的，并且相当滑稽：全身都是鼠灰

---

① 圣三一节，复活节后的第七个星期天。

色，可是臀部长了几溜杂色的斑点，白花的和黑花的斑点。

我必须穿过整个村子，从教堂到酒馆的一大片绿茵茵的空地上，已经挤满了一长溜一长溜的大车，邻近的沃洛什、祖尔尼、别恰洛夫卡等几个村子的农民，带着老婆孩子，坐着这些大车赶来过节，人们在大车之间穿来穿去。尽管时间尚早，并有严格规定，但在人群中间却已经出现了醉汉（每逢节日和夜里，从前卖私酒的斯鲁尔就一直偷偷出售伏特加）。早上就一点风也没有，空气闷热，白天一定会热得叫人受不了。灼热的、仿佛涂上一层银粉的天空，没有一片云彩。

我在小镇上办完了事，在道旁的一家客栈里，就着难喝透顶的浑啤酒，匆匆忙忙地吃了条填馅的犹太狗鱼，便动身回家了。路过铁匠铺的时候，我想起塔兰奇克左前蹄的马掌早就松了，便停下来换马掌。这又耽搁了一个半小时，所以当我驰近佩列勃罗德村口的时候，已经在下午四五点之间了。

整个空地上都挤满了乱哄哄的醉醺醺的人，连酒馆的围墙上和台阶上都挤满了你推我搡的顾客；佩列勃罗德村民和外村的农民混杂在一起，有的坐在草地上，有的坐在大车的阴影里。到处都是仰面朝天的脑袋和向上举起的酒瓶：一个清醒的人都没有了。大家都醉到这般田地，一个农民故意撒起酒疯来，他的手脚不稳，动作笨重而夸大，比如想要点头，身子却往下蹲，两腿打弯，突然失去了重心，跟跟跄跄地向后倒去。小孩们就在那些无动于衷地嚼着干草的马腿底下玩耍尖叫。在另外一个地方，一个自己也喝得歪歪斜斜的农妇，一边哭一边骂，拽着已经醉得不像样子，可还赖着不走的丈夫的袖口，拖他回家……二十来个汉子和娘儿们，紧紧地挤在篱笆旁边阴凉的地方，团团围住一位盲歌手，而他那颤抖、鼻音很重的男高音，在单调的里拉琴的嗡嗡伴奏下，从人群的嘈杂声中冒了出来。我从老远的地方就听到了熟悉的《杜姆卡》的歌词：

　　　　噢，晚霞烧红了天边，

　　　　辉映着波切叶夫教堂的塔尖，

　　　　噢，土耳其军队开来了，

　　　　就像滚滚的黑烟……

　　歌儿接着唱道，土耳其军队强攻不下波切叶夫教堂，便转而智取。于是他们把一支里面装满火药的大蜡烛当作祭礼献给教堂。十二对犍牛把这支大蜡烛拉到教堂，教士们大为高兴，想在圣母像前把它点着，然而上帝没让这恶毒的阴谋得逞。

　　神灵给教长托梦示警：

　　　　蹊跷的蜡烛不能轻领。

　　　　须把它运到不毛的荒野，

　　　　巨斧劈开看个究竟。

　　　　于是教士们把

　　　　蜡烛运到不毛的荒野，

　　　　巨斧劈开现出原形：

　　　　金色的子弹呀黑色的火药，

　　　　迸散满地，咳，触目惊心。

热得叫人难以忍受的空气中，仿佛充满了伏特加酒气、洋葱味、羊皮袄味、厉害的马合烟味、肮脏的人体汗臭味混合在一起的恶心的味道。我使劲勒住来回摆头的塔兰奇克，小心地从人群中穿过，这时我不能不注意到，从四面八方向我投过来放肆的、好奇的和敌视的目光。今天与往日大不相同，没有一个人见了我脱帽致意，只有当我出现时，嘈杂的声音似乎才静了下来。突然人丛正当中一个嗓子沙哑的醉汉喊了一声，可是我没听清他喊的是什么，但他的喊声引起了一阵压抑的哄笑。接着是一个女人担惊地劝告刚才那个人不要再嚷的声音。

"小点声，你这傻瓜，……喊什么！他会听见的……"

"他听见又能把我怎样？"那个农民故意嚷道，"他是我的什么人，长官还是什么？他就知道到树林里去找自己的……"

……

一句长长的不堪入耳的下流话，连同爆发出的一阵狂笑，在空中回荡。我立刻掉转马头，死命攥住鞭子，我简直气疯了，再也看不见什么，听不见什么，顾不得什么了。可是脑子里忽然闪过一个奇怪的、病态的、可悲的念头："所有这一切都曾经发生过，很多年以前就在我的生活中发生过……太阳同样这么烤人，大片空地上同样挤满了嘈杂骚动的人群……我同样在狂怒中掉转马头……但这是在什么地方发生的呢？什么时候呢？什么时候呢？"我垂下了马鞭，向家里驰去。

亚尔莫拉慢腾腾地从厨房里走出来，从我手里接过马缰，没好气地说道：

"少爷，马林诺夫庄园的管家在您屋里等着呢。"

我觉得他似乎还想加上两句对我十分重要的、不愉快的话，我甚至觉得他脸上闪过一丝恶意的嘲笑。我故意在门口停下，回过头来挑衅地看了亚尔莫拉一眼。但他瞧也不瞧我，就拉着笼头把马牵走了，马向前伸着脖子，留神地迈着脚步。

　　我在自己的屋里看见了邻近庄园的管家尼基塔·纳扎雷奇·米辛卡。他穿着带红黄色方格的灰上衣，翠蓝色的瘦腿裤，打着一条火红色的领带，抹油的头发从中间分开，浑身发出一股波斯丁香香水味儿。他一看见我马上从椅子上跳起来，两条腿一并，但没鞠躬，只是装腔作势地弯了弯腰，对我微微一笑，露出上下颌的发白的牙床。

　　"我荣幸地向您致敬，"尼基塔·纳扎雷奇客气地一口气说道，"看见您很高兴……我做完弥撒就在这儿等您。我好久没见您了，真想您呢。您怎么老不到我们那儿去呢？我们斯杰潘尼的小姐们都在笑话您了。"

　　突然，他想起了什么事，止不住哈哈大笑起来。

　　"我跟您说，今天可出了一件逗乐子的事儿！"他大声说道，笑得喘不过气来，"哈！哈！哈！肚子都快笑破了。"

　　"什么事儿？什么逗乐子的事儿？"我粗鲁地问道，毫不掩饰对他的厌恶。

　　"做完弥撒之后这儿有人大闹了一场，"尼基塔·纳扎雷奇接着说下去，被自己一阵阵的笑声所打断，"佩列勃罗德的姑娘们……不，真的，我还是忍不住……佩列勃罗德的姑娘们在空地上逮着一个女巫……当然了，是农民们由于愚昧无知才把她当成女巫的……她们真把她揍得够呛！还想往她身上抹焦油，可是她不知怎么着竟能挣脱出来，逃走了……"

一个可怕的猜想在我脑子里闪了一下。我向管家扑过去，激动得什么都不顾了，一只手使劲地抓住他的脖子。

"你说什么？"我狂叫道，"不许再笑，你这该死的东西！你说的是哪个女巫？"

他立刻不笑了，瞪着两只受惊的小圆眼望着我。

"我……我……真不知道，"他惊惶地嘟囔着，"好像有个叫萨姆伊里哈……玛奴伊里哈的……也许是……对不起……是那个玛奴伊里哈的女儿吧？这都是农民们说的，我，说真的，只是记住了他们说的话。"

我让他把他所看见的和听到的一切从头到尾告诉我。他说得荒谬不堪，上下脱节，把许多细节都颠倒了，而我则老是打断他的话头，焦急地追问详情，对他大声喊叫，简直可以说是破口大骂了。从他的话里我只听明白了很少的一点，直到过了两个月以后，我才从一个目击者，那天也去做弥撒的官林看守人的老婆嘴里，把这件令人诅咒的事从头到尾连贯起来。

我的预感并没有欺骗我。阿列霞终于战胜了恐惧，上教堂去了。虽然她到的时候弥撒已经做了一半，她只得站在教堂的过道里，但是她的出现却立刻就被教堂里所有的农民发现了。整个弥撒期间娘儿们都在交头接耳，向后张望。

可是阿列霞仍然有足够的勇气一直把弥撒做完，不是她没有明白这些敌视目光的真正含意，便是出于高傲而故意蔑视它们。等她走出教堂，一群农妇便在围墙跟前把她从四面八方围住，围的人越来越多，圈子越缩越小，一开始，她们只是默不作声，恶狠狠地盯着这个向四外惊恐张望的孤立无援的姑娘，接着便是一阵夹着哄笑的粗野的挖苦和难听的咒骂，之后，几声喊叫和娘儿们的一片刺耳的吵嚷汇合成一片，谁也弄不清喊的是什么，只是使狂乱的人群的神经更加紧张了。阿列霞几次想冲破这个可怕的人环，但都被推回到中间去了。突然，从人群后面的什么地方，一个刺耳的老太婆的声音喊道："给这个杂种抹焦油！"（大家都知道，在小俄罗斯①即使往姑娘住家的大门上抹焦油，对她也是永远洗刷不掉的奇耻大辱。）几乎就在这一刻，焦油罐和刷子便在这群发了疯的农妇头上出现了，从这只手传到另一只手。

这时，仇恨、恐惧、绝望使阿列霞再也不能忍受了，她猛然向她碰到的第一个折磨者冲过去，一下子把她撞了个跟头。地上立刻展开一场恶斗，几十个身体扭成喊叫的一团。阿列霞简直像奇迹似的从人团中挣脱出来，慌忙沿着大路跑去——披巾掉了，衣服被撕成碎片，很多地方都露出肉来。石块随着骂声、笑声、"抓住她"的喊叫声向她飞去。然而追赶她的只有少数几个人，而这几个人也马上落在后面了……阿列霞跑了五十步光景，停了下来，把苍白的、被抓得血淋淋的脸转向兽性大作的人群，向她们喊了一声，声音如此之大，每一个字整个空地都听得清清楚楚。

"好呀！你们会记住你们干了什么事的；总有你们哭够的时候。"

还是那次事件的目击者后来告诉我，这几句威吓的话，是带着如此强烈的仇恨，如此坚决的预言口气说出来的，整个人群仿佛一下子都惊呆了，不过只有一瞬间，因为马上又爆发出一阵新

---

① 指乌克兰。——编者注

的咒骂。

我再说一遍，这次事件的许多细节我知道得要晚得多。我没有足够的勇气和耐心听完米辛卡的叙述。我忽然想起亚尔莫拉大概还没来得及把马鞍卸下来，也没对惊讶的管家说一句话，就急急忙忙走出了屋子。亚尔莫拉果真还在牵着塔兰奇克沿着篱笆溜达。我连忙给马戴上嚼子，勒紧肚带，为了不穿过烂醉的人群，绕道向树林子里疾驰而去。

## 十三

我在狂奔疾驰时的心情是无法描写的。有几分钟我完全忘了这是到哪儿去，干什么去。脑子里只剩下一片模糊的意识：出了一件无法挽回的、荒唐而可怕的事。这种意识就像害热病的人有时在噩梦中所感到的那种令人窒息的莫名其妙的惊恐一样。可是同时——不管多么奇怪——盲歌手那带着浓重鼻音的疲惫的歌声，和着嘚嘚的马蹄声，不停地在我耳边回响：

> 噢，土耳其军队开来了，
> 就像滚滚的黑烟……

跑到直通玛奴伊里哈小屋的狭窄的小径，我便跳下马来，拉着缰绳向前走去。鞍垫的四周和凡是皮肤碰着鞍鞯的地方都冒出一片片白沫。白天的酷热与奔驰，使得我血液都涌上头来，仿佛被一个大唧筒不停地抽上来似的。

我把马系在篱笆上，便走进屋里。起初我觉得阿列霞没在家，吓得我身上直冒冷汗，过了一会儿才发现她躺在床上，头朝着墙，脑袋埋在枕头里。开门的声音并没有使她转过脸来。

玛奴伊里哈就坐在她旁边的地板上，她费劲地站起身来，对我摆摆手。

"轻点，别出声，你这该死的！"她威吓地低声说道，走到我跟前。她用那双冷森森的褪了色的眼睛直对着我的眼睛看了一眼，然后用嘶哑的声音愤恨地说道："怎么样，闹出事来了吧，亲爱的？"

"你听我说，老婆婆，"我严厉地回答道，"现在不是算账和训人的时候。阿列霞怎么样了？"

"嘘……小声点！阿列霞躺在那儿不省人事，阿列霞就是这样……要是不该你来的地方你别来，要不是你对小丫头胡说八道，就什么倒霉的事儿也出不了啦。可我这老糊涂，竟在旁边看着，由着你们胡来……我的心早就感到要遭殃啦……从你硬闯进我们屋里的那天起，就感到要出事了。什么？你说不是你鼓捣她到教堂去的？"老婆子突然冲我骂起来，脸都气歪了，"难道不是你这个该死的少爷羔子？别撒谎了，别装蒜了，死不要脸的！你干吗要引诱她上教堂呢？"

"我没有引诱过她，老婆婆……确实没有引诱过，是她自己要去的。"

"唉，你呀，可怜的孩子，不幸的孩子呀！"玛奴伊里哈两手一拍说道，"跑回来的时候，脸上没有一点血色，衬衣都撕成碎片了……披巾也没有了……她告诉我出了什么事儿，自己一会儿哭、一会儿笑……就像中了邪……上床躺下……还是哭个不停，后来，我一看，好像迷糊过去了。我这老糊涂，还高兴了一阵子呢：我想，一觉醒来就会好的，就会过去。我一看，她一只手耷拉下来了，我想：应该替她放好，别让手坠麻了……我一碰小心肝的手，她全身烫得厉害，像火炭一样……原来她发高烧了……快说一个钟头的胡话了，说得又快又可怜，刚刚才住了一会儿。你干了些什么事？你对她干了什么事？"一阵新的绝望使得老婆子又嚷起来。

她黄褐色的面孔突然变成一副哭泣的怪相，又可怕又丑恶：嘴唇拉得很长，嘴角往下撇，脸上所有的肌肉都绷紧了，哆嗦着，眉毛扬起来，脑门上皱出一条条深纹，豌豆般的大泪珠，连连从眼睛里滚出来。她两只手抱着头，胳膊肘支在桌子上，身子前后摇晃着，拖着调子小声哀号起来：

"我的小女儿，心爱的小外孙女，哎呀，我的心疼死了，难过死了。"

"别号了，你这老东西。"我粗暴地打断玛奴伊里哈，"你要把她吵醒了。"

老婆子不出声了，可是脸上还带着那副可怕的怪相，身子继续前后摇晃着，大颗的泪珠落在桌子上……这样过了差不多十来分钟。我坐在玛奴伊里哈身旁，悲伤地听着一只苍蝇撞着窗玻璃，发出一阵阵单调的嗡嗡声。

"姥姥！"阿列霞忽然叫了一声，声音微弱得几乎听不见，"姥姥，谁在咱们这儿？"

玛奴伊里哈连忙一拐一拐地走到床前，马上又哀号起来：

"哎呀，我的小外孙女，我的小心肝！哎呀，我这老不死的心疼死了，难过死了……"

"唉，姥姥，别哭了！"阿列霞说道，声音里带着哀求和痛苦，"谁在咱们屋里坐着呢？"

我踮着脚轻轻走到床前，由于意识到自己的健康和粗壮，心里产生了一种不自在的负疚感，这是人们在病人身旁经常会产生的。

"是我，阿列霞，"我压低了声音说，"我是刚从村子里骑马赶来的……一上午我都在镇上……你不舒服吧，阿列霞？"

她的脸没有离开枕头，向后伸过一只裸露的胳膊，仿佛在空中寻找什么。我明白了她的意思，连忙双手握住这只滚烫的手。只见臂上有两大块青伤，一块在手腕上，另一块在肘弯上方——在雪白细嫩的皮肤上显得非常显眼。

"我的心肝，"阿列霞开口了，慢慢地、费劲地、一字一停地说道，"我多想看看你呀……可是我不能……她们把我弄得丑死了……你还记得吗，你多么喜欢我的脸啊？你不是真喜欢过吗？亲爱的，我一想到你喜欢过总是非常高兴……可是现在你看着我该恶心了，真的，所以我也……不愿意……"

"阿列霞，原谅我。"我俯身向她的耳朵低声说道。

她滚烫的手紧紧攥住我的手，久久不放。

"瞧你说的！你怎么了，亲爱的？你就连这么想都应该害臊。你有什么错儿？全是我这个蠢东西自找的……真的，我干吗要往教堂里瞎钻呢？不，我的心肝，你不要怪罪自己……"

"阿列霞，请你允许我……不过你得先答应允许我……"

"我答应，亲爱的，你想要什么我都答应……"

"请允许我请个医生来……我求求你！好吧，如果你不愿意，你尽可以不按医生的吩咐办。你就算为了我答应吧，阿列霞。"

"噢，亲爱的，你可真会哄我上圈套啊！不，还是请你允许我收回诺言吧。就是我真病了，快要死了，那我也不会让医生进门的。可是现在难道我真病了？不，这不过是吓出来的，到晚上就好了。如果还不见好，姥姥会给我点铃兰水，或者在茶壶里煮点马林水。要医生干什么？你就是我最好的医生。你瞧你来了我立刻就好多了。唉，只有一点不好：真想看看你，哪怕看一眼也好，可是我不敢看……"

我轻轻地用力把她的头从枕头上捧起来。阿列霞的脸颊烧得绯红，乌黑的眼珠格外明亮，干燥的嘴唇不停地哆嗦。前额、脸颊和脖子上，有几大道被抓破的血红的伤痕。额上和眼睛底下都有大块的青伤。

"别看我……我求你……我现在丑死了。"阿列霞低声央求道，极力用自己的手掌遮挡我的眼睛。

我的心里充满了爱怜，我把嘴唇贴在阿列霞一动不动地放在被子上的手上，开始在它上面印下许多温柔的长吻。先前我有时也吻过她的手，可是她总是带着惊恐和羞怯的表情急忙把手缩回去。现在，她不再拒绝这种爱抚了，并且还用另一只手，没被我亲吻的那一只，轻轻地抚摸着我的头发。

"你都知道了？"她轻声问道。

我默默地低下头。其实我从尼基塔·纳扎雷奇的话里并没把一切都弄明白。我不过是不想让阿列霞回想起早上发生的事，免得她又激动起来。但突然想到她所受的凌辱，一股克制不住的怒火立刻冲上我的心头。

"噢，为什么那时候我偏偏不在场呢！"我喊叫起来，挺起胸膛，攥紧拳头，"我会……我会……"

"得啦，算了吧……算了吧……别生气啦，亲爱的。"阿列霞柔和地打断了我的话。

我再也控制不住早就堵住我喉咙、灼痛我眼睛的泪水了。我把脸伏在阿列霞的肩膀上，浑身哆嗦着，不出声地痛哭起来。

"你哭啦？你哭啦？"她的声音里流露出惊讶、柔情和怜悯，"我亲爱的……别哭了，别哭了……不要折磨自己了……亲爱的……我在你的身边多快活呀。咱们在一起的时候可不要哭。就让我们快快活活地度过这最后的几天吧，分手的时候就不会那么难分难舍了。"

我吃惊地抬起头来，一种模糊的预感突然把我的心慢慢揪紧了。

"最后的几天，阿列霞？为什么最后的几天呢？我们干吗要分离呢？"

阿列霞闭上眼睛，沉默了几秒钟。

"咱们应当分手，瓦涅奇卡，"她决然地说道，"等我稍微好一点，我和姥姥马上就离开这里。我们不能再住下去了……"

"你怕什么呢？"

"不，我亲爱的，如果有必要的话，我什么也不怕。不过，干吗要让人们犯罪呢？你也许还不知道，我在佩列勃罗德时又羞又恨，既已说了几句威吓他们的话……现在只要一出什么事，他们马上就会去告我们的；不论是牲畜死了，还是谁的房子烧了——都是我们的罪过。姥姥，"她提高了声音对玛奴伊里哈说道，"我说得对吗？"

"你说什么了，小孙女？说实话，我没听清！"老婆子嘟囔了一句，向她走近几步，把手掌贴在耳朵上。

　　"我说现在不论佩列勃罗德村里出了什么事儿，都会推到咱们头上来的。"

　　"噢，对啦，对啦，阿列霞，都会推到咱们这两个可怜虫身上……咱们在世界上是没活路了，他们要把咱们干掉，连根除掉，该死的畜生们……当年把我从村子里赶出来的时候……我又怎么了？还不是一回事儿？我也是懊丧极了，威吓了一个刁蛮女人……忽然一下子她孩子死了。根本和我沾不着边，可是差点没把我打死，这些恶鬼……他们用石头朝我身上扔……我躲开他们往前跑，一直用身子护着你这小家伙……我那时就想，打着我好了，干吗要伤害一个无辜的孩子呢？一句话，那是一帮野蛮人，该上绞架的恶棍！"

　　"你们上哪儿去呢？你们哪儿也没有亲戚朋友啊……何况要在一个新地方安身还需要钱呢……"

　　"总会有活路的，"阿列霞毫不在意地说，"姥姥那儿还有点钱，她存了一点。"

　　"哪有什么钱呢！"老太婆愤愤地说道，从床边走开，"都是沾满了眼泪的苦命人的戈比啊……"

　　"阿列霞，那我怎么办？你怎么连想都不愿想到我呢！"我感慨地说道，一个苦味的、病态的、恶意责备阿列霞的意念在心里慢慢抬头了。

　　她稍微抬起身子，也不管姥姥在场，两手捧住我的头，在我的前额和脸颊上连吻几下。

“我想得最多的就是你，我亲爱的……只是……你要明白，咱们没有在一块儿的命……就是这么一回事儿……你还记得我用纸牌替你算过的命吗？现在所发生的一切，都同纸牌那时所说的一样。这就是说，命运不想让咱俩幸福……如果不是这个缘故，你当我还会怕什么别的吗？”

“阿列霞，你为什么又说起自己的命运来了？”我不耐烦地大声说，“我不愿相信它……并且永远也不会相信……”

“噢，不，不，别这么说，”阿列霞惊恐地低声说道，“我不是为我，而是为你担惊啊，亲爱的，不，最好你连这样的话头都不要提起。”

我竭力想使阿列霞改变主意，对她描绘出一幅幅和睦幸福的图画，要她相信无论是嫉妒的命运还是横暴的恶人，都不会妨碍我们的幸福，可是我并没有把她说服。阿列霞只是不住地亲我的手，不赞同地摇着头说道：

“不，不，不，我知道，我看得清楚。”她一再坚决地说，“除了痛苦之外，咱俩什么都不会有……”

我感到怅然若失，被这种根深蒂固的迷信弄得无计可施了，最后只好问她：

“可是，无论如何你也得让我知道你哪天离开啊？”

阿列霞沉思了片刻，唇边突然掠过一丝微笑。

“我给你讲个小故事，算作回答吧……有一天，狼在树林子里奔跑，看见一只小兔子，便对它说：‘兔儿，兔儿啊！我要把你吃掉！’兔子求狼饶命：‘饶了我吧，狼啊！我还想活呢，我家里的孩子还都小呢。’狼不答应。于是兔子说道：‘那么就让我在世上再活三天吧，过了三天你再吃我，我死起来要好受些。'狼宽限了兔子三天，没有吃它，只是一直看守着它。一天过去了，又过了一天，最后，第三天也要完了。'好啦，现在做好准备吧，'狼说道，'我马上就要吃你了。'于是兔子流出了伤心的眼泪。'唉，狼啊，你干吗要赏给我这三天呢！还不如当初一看见我就把我吃了呢。其实这三天我哪儿是过日子啊，不过是白受熬煎罢了。'我亲爱的，这只兔子不是道出了真理吗？你怎么想呢？"

我沉默了，已经心酸地预感到即将来临的孤独。阿列霞忽然挣扎起来，坐在床上。她的脸顿时变得非常严肃。

"瓦尼亚，你听我说……"她抑扬顿挫地说，"告诉我，你跟我在一块儿的时候，幸福吗？快乐吗？"

"阿列霞，那还用问吗！"

"等一等……你认识我之后，没有后悔过吗？你同我幽会的时候，想到过别的女人吗？"

"一秒钟也没想过！不光是同你在一块儿的时候，就是我一个人的时候，除你之外我也没想过第二个女人。"

"你嫉妒过我吗？你有没有对我不满意的时候？你同我在一块儿的时候，有没有感到过烦闷无聊呢？"

"从来没有过，阿列霞，从来没有过！"

她把双手放在我的肩上，满怀着难以用语言表达的深情，看了看我的眼睛。

"你可要记住啊，我亲爱的，你任何时候回想起我来都不要恼怒或者怨恨，"她说得这样真切，就像从我的眼睛里看到未来似的，"我们分手之后，最初你会很难过的，噢，多么难过啊……

你会掉眼泪，到哪儿都坐立不安。可是以后一切都会过去，一切都会忘掉。你再想起我来的时候便不会痛苦了，反而会感到轻松，愉快。"

她又把头靠在枕头上，用渐渐微弱的声音轻轻说道：

"现在回家吧，我亲爱的……回家吧，亲爱的……我有点累了。等一等……亲亲我……你别怕姥姥……她允许……姥姥，你允许吧？"

"要告别就像个告别的样子，"老婆子不满意地嘟囔道，"干吗还要背着我？我早就知道……"

"亲我这儿一下，这儿一下，还有这儿一下。"阿列霞说道，用手指碰碰她的眼睛、面颊和嘴唇。

"阿列霞！你跟我这样告别，好像咱俩再也不能见面了！"我吃惊地喊道。

"我不知道，不知道，我亲爱的。我什么都不知道。好了，上路吧。不，等一下，就一分钟……把耳朵靠近我……你知道我遗憾什么吗？"她的嘴唇轻轻地触着我的脸颊，低声耳语道，"遗憾没跟你有个孩子。唉，要有的话，我会多高兴啊！"

玛奴伊里哈把我送到台阶上。急遽翻滚的乌云遮住了半个天空，但夕阳还在天空中照耀，而在这向前滚动的乌云和阳光的混合体中孕育着某种凶兆。老太婆用手掌像小伞似的遮住眼睛，向天上望了望，意味深长地摇摇头。

"今晚佩列勃罗德必定有雷雨。"她用确信不疑的口吻说道，"恐怕还要下冰雹呢。"

# 十四

　　我驰近佩列勃罗德的时候，突然刮起一阵旋风，大道上扬起一股股的尘土，最初的雨点落下来了——稀落而沉重的雨点。

　　玛奴伊里哈没有说错，在这闷热得喘不过气来的白天已经酝酿了一整天的雷雨，终于在佩列勃罗德上空以惊人的威势发作了。闪电一个接着一个，轰隆隆的雷声震得我房间窗户的玻璃乱响。晚上八点左右，雷雨停了几分钟，但只是为了来得更加猛烈。突然，有什么东西打在旧宅子的屋顶和墙壁上，发出震耳的噼啪声。我冲到窗前，只见核桃大小的冰雹急骤地打在地上，然后又高高地弹起来。我望了望宅旁的桑树，它已经完全光秃，所有的叶子都被可怕的冰雹打掉了……窗外的黑暗中闪出亚尔莫拉模糊的身影，他头上顶着一件长袍，从厨房里跑出来关护窗板。但是他来迟了：一块大冰雹突然打在玻璃上，哗啦一声把玻璃打碎了，玻璃渣溅了屋里一地。

　　我感到非常疲倦，和衣倒在床上。我以为那个夜晚一定合不上眼，我定会在无济于事的忧愁中辗转反侧，直到天明，因此才决定不脱衣服，以便必要时好用单调的踱步使自己疲乏一点。但在我身上发生了一件非常奇怪的事：我觉得不过刚刚合眼，可是等我睁开眼时，从护窗板的隙缝中却已射进了一条明亮的阳光，数不清的金色的尘埃正在阳光中浮动。

　　亚尔莫拉站在我的床旁，他的脸上现出十分忧虑和焦急的神情。也许他在这儿等我醒来已经等了好久了。

　　"少爷，"他闷声闷气地叫道，声音里流露出焦虑不安，"少爷，请您赶快离开这儿吧。"

我从床上把腿垂下来，惊讶地望了望亚尔莫拉。

"离开？干吗要离开？到哪儿去？你大概发昏了吧？"

"我一点也没发昏。"亚尔莫拉顶撞道，"您不知道昨天夜里的一场冰雹糟蹋得多厉害？村子里的一半庄稼都像用脚踩过一样。独眼马克西姆家的，科泽尔家的，穆特家的，普洛科普丘克家的，戈尔季·奥列普尔家的……都是那个该死的巫婆干的……让她不得好死！"

这一刹那，我突然想起昨天一整天发生的事，想起阿列霞在教堂附近说出的威吓话和她的担心来。

"现在全村的人都在闹腾，"亚尔莫拉接着说下去，"一大清早又都喝得烂醉了，大喊大叫……少爷，大家也在恶言恶语地说您呢。……您知道我们这儿的人会干出什么事来吗？要是他们对巫婆们有什么举动，这是应该的，也是完全对的，而对您，少爷，我只有一句话：赶快走吧。"

看来，阿列霞的担心已经得到证实。必须马上告诉她威胁着她和玛奴伊里哈的灾难。我急忙穿好衣服，赶紧洗了一把脸，半小时之后，已经骑着马朝着鬼角的方向疾驰了。

越靠近鸡脚小屋，我越感到心中有一种模糊的忧郁和不安。我深信不疑地对自己说：新的、突如其来的痛苦，马上就要降临到我头上。

我几乎是跑步穿过沿着沙丘盘旋而上的羊肠小道，只见小屋的窗户大敞，房门洞开。

"天哪，出了什么事？"我低声说道，走进过道，心都快要京了。

屋子里是空的。里面是匆忙搬迁后通常留下的一片肮脏、凌乱、凄凉的景象，地上是一堆堆的脏土和破布片，屋角里剩下一副木床架。

我的心贮满了泪水，窒息得喘不过气来，我想走出屋子，突然一件闪闪发光的东西牵住了我的视线，分明是有意挂在窗框角上的。这是一串不值钱的红色珠子，就是波列西耶叫作"珊瑚"的那种珠子，它就是阿列霞和她那温馨的慷慨无私的爱情留给我的唯一纪念。

# 生命的河流

一

　　塞尔维亚旅店老板娘的房间。黄颜色的糊墙纸；两扇窗子挂着肮脏的纱窗帘；窗户之间有一面镜面畸变的椭圆形镜子，挂得同墙壁成四十五度角，镜里照出上过油漆的地板和几只安乐椅腿；窗台上摆着几株落了一层尘土的多刺仙人掌；一只装着金丝雀的鸟笼吊在天花板下面。房间用几幅红印花布屏风隔成两半，左边的一半比较小——这是老板娘和她孩子们的卧室，右边的一半胡乱堆放着各式各样的家具，有的用破了，有的叉开腿，有的瘸了腿。屋角里乱七八糟地堆放着蒙了一层蜘蛛网的破烂：装在红皮套子里的星盘和附带的带链三角架、几只旧箱子、一张没有弦的吉他、一双打猎穿的靴子、一架缝纫机、一只摩诺潘牌留声机、一架照相机、五个灯泡、几堆书、几条绳子、几捆衬衣以及许多其他什物。所有这些东西，不是老板娘为了抵偿房钱在不同时期扣下来的，便是旅客逃跑时丢下的。它们把屋子堆得满满的，连转身的地方都没有了。

　　塞尔维亚旅店是一家三等旅店。旅店里长住的客人很少，要有也是妓女，多数是偶尔沿第聂伯河乘船进城的过客：小佃户、犹太批发商、远道的市井之徒、香客，还有进城告密或告密之后返家的乡村牧师，也有从城里到塞尔维亚旅店过夜或住几天的情侣。

春天，下午三点多钟光景，窗帘在敞开的窗户前微微飘动。屋里有一股夹杂着煤油烟味的熬白菜味。这是老板娘正在煤油炉上热波兰式的比果斯，一种用白菜、猪油、腊肠和大量辣椒和桂叶做成的菜。她是一位年纪在三十六到四十岁之间的寡妇，一个模样出众、体格健壮、动作麻利的女人。她那垂在前额上的柔细鬈发已经斑白，但脸颊仍然鲜嫩，性感的大嘴仍然殷红，而那双漆黑的、完全是年轻人的眼睛也仍然潮润而戏谑。她的名字和父称是安娜·弗里德里霍夫娜——她是德国人和波兰人的混血儿，祖籍在波罗的海东部的沿海地区，但熟人都管她叫弗里德里希，这倒更符合她那爽快的性格。她爱生气，喜欢叫喊，说话不离脏字；她有时还同门房和喝得半醉的旅客打架；她喝酒能和男人们喝得一样多，爱跳舞爱得发狂；她能在瞬息之间转骂为笑。她不太尊重法律，敢于接待没有身份证的人住宿，并像她所说的那样，还能亲手把不付旅店费的旅客"扔到街上去"，就是说，趁旅客不在之际打开他的客房，把他的东西扔在过道里或楼梯上，有时也拿进自己屋里。警察待她很好，因为她招待得周全，性格又活泼，特别是因为她总是愉快地、轻易地顺从男人们感情上的一时冲动，并且做得那么不拘形迹，又不计较个人的得失。

她有四个孩子，两个大的，罗姆卡和阿列奇卡，还没有下学，两个小的站在母亲身旁，七岁的阿吉卡和五岁的埃吉卡是两个结实的小男孩，肮脏的脸蛋上长满了癣，手抹的泪道子和早春阳光晒出的黑印子把脸蛋弄成小花脸了。他们两只手抓住桌边，向母亲要东西吃。他们老是饿得慌，因为他们的母亲从不关心他们的饮食：不管什么钟点好歹吃两口就得了，还要打发他们到小铺子里去买各式各样的东西。

阿吉卡把嘴噘成圆筒，皱起眉毛斜眼瞧着，一肚子的不高兴，嗓音粗哑地说道：

"你瞧你，也不让人尝尝……"

"让我尝尝。"埃吉卡在他后面用鼻子哼哼道，用一只光脚丫挠着另一只腿上的小腿肚子。

窗前桌子后面坐着后备役中尉瓦列里扬·伊凡诺维奇·齐热维奇。他面前摆着一本户口簿，在登记旅客的身份证。但昨晚以来工作得很不顺利，他眼睛模糊不清，看字母发花，手抖得握不住笔，耳朵里嗡嗡发响，就像秋天电线杆上发出的声音一样。他的脑袋不时发胀、发胀，桌子连同户口簿、墨水瓶和自己的胳膊都跑到老远的地方去了，变得一丁点儿大小了，后来又倒过来，户口簿跑到眼前，墨水瓶不断变大，变成了两个，脑袋却越变越小，小到可笑的、奇怪的地步。

齐热维奇中尉的外貌里有他当年的俊美，只是如今高尚的气派已经不复存在了：黑头发剪成平头，但后脑勺上露出一块秃顶；留着时髦的胡子，下端剪得尖尖的，面孔又瘦又脏，由于放纵无度而显得苍白疲惫，仿佛刻画出中尉们明显的嗜好和隐秘疾病的全部历史。

他在塞尔维亚旅店的身份是复杂的：他到调解法官那儿去替安娜·弗里德里霍夫娜诉讼，给她的孩子们补习功课，教他们上流社会的礼节，登记过往旅客的户口，替他们办理结账，早晨念报，谈论政治。他通常住在空客房里，旅客多的时候便睡在走廊的木沙发上，那张沙发的弹簧和棉花都露出来了。在后一种情况下中尉把自己全部家当都整整齐齐地挂在沙发的钉子上：大衣、戴得油光锃亮的帽子、线缝已经发白但还很清洁的大礼服、蒙纳波利牌纸领和带蓝帽箍的军帽，而记事本和有别人标记的手帕则放在枕头底下。

寡妇待中尉很刻薄。"你要是娶我，我就什么都替你添置，"她应许道，"全套的服装，要什么内衣给你什么内衣，还有带套鞋的考究的皮鞋。你什么都会有的，过节的时候还能戴上我那死鬼的带链怀表。"但中尉暂时还在犹豫，他珍惜自由，同时还过分看重自己往昔的军官尊严，然而他已经开始穿死鬼的一部分旧衬衣了。

二

老板娘的房间里时而也掀起一场场的风波。一会儿中尉在自己门生罗姆卡的协助下把一捆别人的书卖给旧书商，一会儿趁老板娘不在的时候把房钱装进自己的腰包，一会儿又偷偷跟女用人干些不大规矩的事。昨天中尉刚好在对面的饭馆里滥用了安娜·弗里德里霍夫娜的信用，这事暴露出来了，于是走廊里爆发了一场连打带骂的争吵。所有客房的门都敞开了，男人们和女人们的脑袋从里面好奇地往外看，安娜·弗里德里霍夫娜喊得街上都能听见：

"给我滚蛋，强盗，滚，无赖！我用血汗挣来的钱全花在你身上了！你把我卖命替孩子们挣来的钱全私吞了。"

"私吞我们的钱！"中学生罗姆卡在母亲裙子后面做着鬼脸，嚷道。

"私吞啦！"阿吉卡和埃吉卡站在稍远一点的地方跟着他喊道。

门房阿尔谢尼一声不响，面色铁青，用胸脯顶着中尉，呼哧呼哧喘着气。九号房间里的一个男客人，留着两撇漂亮的黑胡子，从门里探出一半穿着贴身衬衣的身子，头上不知怎的还戴着一顶圆礼帽，用坚决的语气怂恿道：

"阿尔辛！照他眼睛中间打。"

中尉就这样被推搡到楼梯上，走廊里对着楼梯的大窗户打开了，安娜·弗里德里霍夫娜从窗口探出身子来，追着中尉骂道：

"坏蛋，骗子，挨千刀的，基辅城的流浪汉！"

"流浪汉！流浪汉！"男孩子们在走廊里拼命喊着。

"你从此别再登我家的门！把你的脏东西给我一齐拿走！给你，给你，给！"

中尉在匆忙中遗忘的东西——手杖、假领、笔记本从楼上向他飞来。中尉下到最后一级楼梯时停下来，抬起头，朝楼上挥挥拳头。他脸色煞白，左眼下面擦伤了一块皮。

"等着瞧吧，你们这群混蛋，我有地方告你们去！啊哈！拉皮条！敲诈旅客！"

"你去呀，去呀，趁着还没把你打残废。"阿尔谢尼耷拉着脸说道，从后面顶住中尉，用肩膀往下推他。

"滚开，下贱的东西，你不配碰一个军官！"中尉傲慢地大声喊道，"我什么都知道！你们收留没有身份证的客人，你们窝藏……窝藏赃物……你们是窝……"

这时阿尔谢尼从背后抱住中尉，门哐啷一声打开了，两个扭作一团的人滚到街上，从那儿传来愤怒的骂声：

"……窝主……"

同往常一样，今天早上齐热维奇中尉带着从别人花园里折来的一束丁香花，向老板娘认罪来了。他脸色疲惫，凹陷的眼睛周围发蓝，太阳穴蜡黄，衣服肮里肮脏，头发里还夹着细鸡毛。和解进行得很不顺利，安娜·弗里德里霍夫娜还没欣赏够情人受屈辱的样子，还没有听够他的后悔话。此外，她对瓦列里扬还有几分醋意，不知这三夜他是在哪儿过的。

"安娜宝贝儿，往哪儿……"中尉用特别温柔的假嗓子说道，声音都有点颤抖了。

"你说什么？这儿谁是你的安娜宝贝！"老板娘轻蔑地打断他的话，"什么流浪汉都管我叫起安娜宝贝来了。"

"你瞧，我不过想问问你，往哪儿打发三十四岁的普拉斯科维亚·乌维尔蒂舍娃？她名字下面没有注明。"

"那就往旧货市场打发吧，也应该把你打发到那儿去，你们倒是一对儿，要不就打发到鸡毛小店去吧。"

"臭婊子！"中尉心里骂道，但只是无可奈何地叹了口气，"安娜宝贝儿，你今天可真焦躁！"

"焦躁……别管我怎么样，可我知道自己是个诚实的劳动女人……滚开，你们这些小杂种！"她冲着孩子们喊道，举起汤匙照着阿吉卡和埃吉卡的脑门啪啪就是两下子。男孩子们啼哭起来。

"我干的是倒霉的行业，我的命也倒了霉……"老板娘气呼呼地嘟哝道，"我丈夫在世的时候，我一点都不犯愁。可现在呀，是个门房就是酒鬼，所有的女用人都是贼。嘘，你们这些坏种！就拿这个普洛西卡来说吧，还没待上两天就抄走了十二号客房姑娘的一双袜子。可是别的人呢，就知道拿人家的钱下饭馆，什么事儿也不干……"

中尉心里非常明白，安娜·弗里德里霍夫娜指的别的人是谁，但他咬紧牙关一声不吭，比果斯的香味使他产生了某种朦胧的希望。这时门打开了，门房阿尔谢尼没摘下绣着三道金线的帽子便走了进来。他的外表就像一个修心派教徒①或者白癜风患者，肮脏的脸上长满了疙瘩。他替安娜·弗里德里霍夫娜看门起码是第四十回了，每回都是因为发酒疯，被老板娘先夺走权力的象征——绣金线的帽子，然后亲手揍他一顿并把他撵走为止。那时阿尔谢尼便把高筒白高加索帽戴在头上，鼻子上架起一副深蓝色夹鼻眼镜，到对面饭馆里喝酒去了，直喝得一文不剩，最后，这个浪荡子便对着无动于衷的堂倌述说他对弗里德里希的无望的爱情，并威吓说要杀死齐热维奇中尉。等到酒醒之后，他便回到塞尔维亚旅店，跪倒在老板娘脚下。而老板娘便又收留他，因为代替阿尔谢尼的新门房，在这短短的期间，已经偷了她的东西，喝醉了酒，吵遍了架，并且还被送过派出所。

"你来干什么？从轮船上来？"安娜·弗里德里霍夫娜问道。

"是呀，我带回六个朝圣的人来，是硬从客商旅店亚科夫那儿夺过来的。他就要把他们带进去了，可是我走到一个旅客面前对着他耳朵说：'你们上哪儿住对我都无所谓，不过你们不熟悉本地的情形，我太可怜你们了，所以我要对您说，最好别跟这个人走，因为上个礼拜一个朝圣的人在他们旅店里就被人下了药面，东西被抢得精光。'这样我就把他们带来了。亚科夫从老远的地方向我挥拳

---

① 俄国一种狂热的宗教派别，宣传摆脱"世俗生活"，教徒须经过阉割。

头，大喊：'阿尔谢尼，你给我站住，我逮得着你，你跑不出我的手心！'不过要是动武的话，我一个人也对付得了他……"

"行啦！"老板娘不让他再说下云，"你的亚科夫关我什么屁事。讲好多少房钱？"

"三十戈比。真的，说破了嘴他们也不肯多出。"

"你这笨蛋什么事儿也办不好，给他们开二号客房。"

"都住在一间客房里？"

"笨蛋，不住一间还一人住两间，当然住一间啦。给他们送褥子去，拿旧的，送三条。告诉他们不准在沙发上睡，这些朝圣的人身上都带臭虫。去吧！"

他刚一出门，中尉便用温和而关切的口吻低声说道："安娜宝贝儿，我真奇怪，你怎么让他戴帽子进屋。不管怎么说吧，这是对你、对一位女士和老板娘的不尊敬呀。你再想想我的处境：我是后备军官，而他毕竟官阶低下，叫我怪难堪的。"

但安娜·弗里德里霍夫娜对他发火发得更厉害了：

"得了吧，用不着你多管闲事。军——官！像你这号军官杰列辛卡收容所里有的是。阿尔谢尼是个干活儿的人，他那口面包是自己挣的……不像……滚开，你们这些馋鬼，手往哪儿伸！"

"给……不给！"阿吉卡粗哑地说。

"不给！"

这时比果斯做好了，安娜·弗里德里霍夫娜在桌上弄得杯盘叮当作响。中尉这会儿竭力把头埋进户口簿里，他全神贯注在工作上。

"得啦，坐过来怎么样？"老板娘带搭不理地说道。

"不，多谢了，安娜宝贝儿，你自己吃吧，我不太想吃。"齐热维奇压低了声音说，没有转过头去，使劲咽唾沫。

"叫你过来你就过来，你瞧，倒拿起架子来了。喂，过来吧！"

"马上就来，再等一分钟，安娜宝贝儿。最后一页马上就填完了。……省……比利津乡颁发的身份证……第二〇三九号……完了。"中尉站起来，搓着手，"我喜欢工作。"

"哼！这也叫工作！"老板娘轻蔑地冷笑了一声，"坐下吧。"

"安娜宝贝儿，要是来那么一点点……"

"一点点不来也过得去。"

因为差不多已经和好如初了，所以安娜·弗里德里霍夫娜从食橱里取出一个细颈胖肚棱形玻璃瓶，还是她已故丈夫的父亲喝酒时用的呢。阿吉卡把白菜插得满盘子都是，并且还逗弟弟，让他看自己的比他的多。埃吉卡恼了，号叫起来：

"你给阿吉卡拨的菜比我的多，真的！"

勺子啪的一声打在埃吉卡脑门儿上，非常响亮。安娜·弗里德里霍夫娜仿佛没事儿似的继续说下去：

"给我说呀！你也是个撒谎大王，大概又跟娘儿们鬼混了吧。"

"安娜宝贝儿！"中尉带着嗔怪的口气叫道，他停住吃东西，把两只手按在胸口上，一只手里的叉子上还叉着一块香肠，"我能干那种事儿？噢，你对我太不了解了。我宁肯让人砍掉脑袋，也决不干那号事儿。那天我从你这儿走了以后，我是又难过又懊恼！你可以想得出来，我一边在街上走一边淌眼泪。老天啊，我竟能侮辱她。侮辱的是谁呀？她！我所神圣地、疯狂地爱着的唯一女人……"

"你唱得倒不赖。"老板娘插了一句，中尉的奉承话她听了很受用，可是对他还有点怀疑。

"是啊！你不相信我！"中尉带着轻微然而深沉的悲伤说，"没法子，我自作自受。每天晚上我从你窗下走过，心里都替你祈祷。"中尉把杯子里的酒一口喝干，吃了一口菜，嘴里填得满满的，眼睛里含着一泡眼泪。"我一直都在想，要是突然发生火灾或者闯进了强盗，我就能向你证明我爱你了，我会高高兴兴地为你献出自己的生命……唉，也不会太久了。"他叹着气，"我的日子不多了……"

说到这儿老板娘翻起钱包来了。

"请往下说吧！"她撒娇似的嘲笑道，"阿吉卡，拿着钱，到瓦西利·瓦西利奇那儿买瓶啤酒，告诉他一定要新鲜的。快点！"

早饭已经结束，比果斯吃光了，啤酒喝完了，这时上预备班的浪荡中学生罗姆卡回来了。他浑身都是粉笔面和墨水渍子。他一进门就噘起嘴来，两眼冒火。然后把书包往地板上一摔，哭号起来。

"好哇……你们不等我全吃光了。我饿得象只野狗……"

"我还有呢，可就是不给你。"阿吉卡从老远的地方让他看自己的碟子，逗他说。

"好哇……这可太不要脸了。"罗姆卡拖长声音说。

"妈妈，你让阿吉卡……"

"住嘴！"安娜·弗里德里霍夫娜喊了一声，声音尖得刺耳。"你还要游逛到天黑呀。给你五个戈比，买点香肠吃就行了。"

"就五戈比！您自己跟瓦列里扬·伊凡诺维奇吃比果斯，却逼着我念书。我饿得象只野狗……"

"滚！"安娜·弗里德里霍夫娜喊道，声音听起来吓人，罗姆卡

242

连忙溜走了。可是他还是从地板上抄走书包；他脑子里马上起了一个念头——到旧货摊上去卖课本。他在门口碰到大姐阿列奇卡，顺手在她胳膊上拧了一把，阿列奇卡走进屋里大声抱怨道：

"妈妈，你管不管，罗姆卡拧我。"

她是一个发育过早的十三岁的漂亮女孩子，皮肤棕黑的黑发女郎，一双美丽的黑眼睛里已经没有一点孩子气了。她的嘴唇鲜红、丰满、光润，上嘴唇上面长了薄薄一层黑绒毛，还有两颗可爱的黑痣。她是所有旅客的宝贝。男人们给她糖吃，还常常把她叫进自己客房，亲她，给她讲猥亵的故事。凡是成年姑娘知道的事她全知道，讲那些事的时候她从不脸红，只是垂下自己长长的黑睫毛，在琥珀色的脸颊上投下蓝色的阴影；她笑得古怪、谦卑、温柔，但同时又很淫荡——一种有所期待的笑。她的好友是住在十二号客房按期付房费的文静的热尼娅姑娘，一个身材丰腴的金发女郎，由一个木材商供养着；但是当商人出远门的时候，这个女郎便从街上把自己的相好带回来。安娜·弗里德里霍夫娜对这个女人另眼相看，谈到她时总说："热涅琪卡是外室又怎么样，她可是个独立自主的女人。"

阿列奇卡看见早点已经吃光，突然露出了强装的笑容，用细嗓子大声地、多少带点戏剧意味儿地说道：

"哎呀，你们已经吃过早饭了，我来迟了。妈妈，我能到叶芙根尼娅·尼古拉耶夫娜那儿去吗？"

"咳，你爱上哪儿就上哪儿去吧。"

"谢谢。"

她走了。早饭后完全和解了，中尉对着寡妇的耳朵低声倾吐最热烈的话语，还在桌子底下捏她滚圆的膝头，而被早饭和啤酒涨得满脸通红的寡妇，一会儿把肩膀靠在他身上，一会儿又把他推开，情急地哧哧笑着。

"瓦列里扬，瞧你！不要脸的！当着孩子！"

阿吉卡和埃吉卡把手指头伸进嘴里，睁大眼睛看着他们，母亲突然对他们发火了：

"出去玩去，讨厌鬼们！不然我就……你们倒坐舒服了，简直像放在博物馆里展览一样。快出去，快点！"

"要是我不想出去玩呢？"阿吉卡瓮声瓮气地说。

"我不想去。"

"再说不想去我就叫你们尝尝我的厉害。拿两个戈比买冰糖去，快出去！"

孩子们出去之后她插上门，坐到中尉的腿上，他们开始亲嘴。

"你生我的气了吧，心肝？"中尉对着她耳朵悄悄说。

但有人敲门了，只好去开门。进来的是新来的女用人，一个哭丧着脸、高个子的独眼女人。她一脸凶相，用嘶哑的嗓子说道：

"十二号客房要茶饮、茶和糖。"

安娜·弗里德里霍夫娜不慌不忙地把她所要的东西递给她，中尉躺在沙发上懒洋洋地说道：

"安娜宝贝儿，我想歇一会儿，没有空客房吗？这儿老有人找你问事。"

只剩一间空客房——五号客房，他们便到那儿去了。客房只有一扇窗户，光线很暗，又窄又长，就像打地球①的房子一样。一张

---

① 地球，又称九柱戏，一种用木球撞击小木柱的游戏。

床、一只衣橱、一个掉了瓷的洗脸盆和一个床头柜，这便是这间客房的全套家具了。老板娘和中尉又亲起嘴来，并且咕咕哝哝地说个不停，就像春天屋顶上的一对鸽子。

"安娜宝贝儿，要是你爱我，我的心肝，就打发人去给我买一盒六戈比十支装的普列兹尔牌香烟。"中尉一面脱衣服一面巴结地说道。

"过一会儿……"

春天的黄昏黑得很快，一眨眼夜幕已经降临到院子里。从窗口传进来第聂伯河上轮船的汽笛声，并且飘来了远处的青草味、尘土味、丁香味和晒热的石头的气味，一滴滴水珠落进洗脸盆里发出匀称而清脆的响声。可是又有人来敲门了。

"谁呀？又是哪个鬼东西到这儿来捣乱？"安娜·弗里德里霍夫娜被吵醒了，喊道。她光着脚从床上跳下来，怒气冲冲地把门打开，"喂，还要什么？"

齐热维奇中尉难为情地用被子蒙上头。

"一个大学生要开房间。"阿尔谢尼仿佛提台词似的在门口低声说。

"什么样的大学生？告诉他只剩下一间客房了，并且要两个卢布一宿。他是一个人还是带着女人？"

"一个人。"

"那就这么跟他说，先交身份证和钱，我知道这些大学生们都是些什么人。"

中尉连忙穿上衣服，多亏过去养成的习惯，他十秒钟就梳妆完毕。安娜·弗里德里霍夫娜这工夫也迅速而麻利地把被子叠好。阿尔谢尼回来了。

"钱先付了，"他脸色阴沉地说，"这是他的身份证。"

老板娘向走廊走去，她的头发散开了，贴在前额上，绯红的脸颊上印着枕头褶子，眼睛异常明亮。中尉在她背后，像影子一般一声不响地溜进老板娘的房间。

大学生在靠窗口的楼梯上等着，他头发淡黄，身材瘦弱，人已经不年轻了，长着一张过分娇嫩而苍白的长脸。一双淡蓝色的眼睛，看东西仿佛隔着一层雾似的，目光显得敦厚。他近视，还微微有点斜视。他客气地向老板娘打招呼，老板娘不知为什么却羞涩地微笑着，咔吧一声按上了上衣的按扣。

"我想要一间客房，"他仿佛胆怯似的和气地说，"我从这儿路过，我还想要一支蜡烛、一支笔和一瓶墨水。"

他们带他看了那间打地球的房子。他说：

"太好了，再也找不到比这更好的房间了，这儿好极了。请你们把笔和墨水拿来就行了。"

他没有要茶和床单，一切对他都无所谓了。

三

老板娘的房间里亮着灯。阿列奇卡盘腿坐在敞开的窗前，望着窗外路灯照耀下的一片黑沉沉的河水在微微颤动，望着码头两旁稀疏的、毫无生气的白杨的绿枝在轻轻摇曳。她的脸颊上凝聚着两朵鲜艳的、圆圆的红晕，眼睛里闪出湿润而疲倦的目光。从远处河对岸灯火辉煌的咖啡馆里，透过渐渐变得凉爽的空气，飘来了优美而急剧的圆舞曲旋律。

他们就着买来的马林果酱喝茶，阿吉卡和埃吉卡把黑面包捻碎，放进茶杯里，做成面包渣茶，抹得脸颊、前额、鼻子上都是面包渣，并且互相做鬼脸，往碟子里吹泡玩。罗姆卡回来了，眼睛下面青了一块，急忙低头从小碟子里吱吱地吸茶喝。齐热维奇中尉靠在沙发上，解开背心，露出纸做的胸衣，他在这种安逸的家庭生活中感到其乐融融。

"谢天谢地，所有的客房都住满了。"安娜·弗里德里霍夫娜轻轻出了一口气。

"怎么样？全靠我的手气吧！"中尉说，"我一回来，生意就兴隆了。"

"得了，别吹啦。"

"不，真是的，我的手气特别好。我们团里，一到戈尔热夫斯基大尉做庄发牌的时候，老让我坐在他身旁。唉，我们团里打起牌来才带劲儿呢。我刚才说的那个大尉，在土耳其战争期间还是少尉的时候，就赢了一万二千卢布。我们团开进布加勒斯特，当然啦，军官们有的是钱，没地方花去，又没有女人。于是打起牌来。戈尔热夫斯基忽然碰上一个赌棍，一看他那副模样就知道他是赌棍，但他玩的花招如此巧妙，旁人根本看不出来……"

"等一下，我马上就回来，"老板娘打断他的话，"我发完手巾就来。"

她出去了，中尉悄悄走到阿列奇卡跟前，俯身靠近她。她那在夜色中显得昏暗的美丽侧影，仿佛被街上的灯光勾出一副纤细、银白、柔和的轮廓。

"阿列奇卡，你想什么呢？或者，说不定，是在想什么人吧？"

他声音颤抖，狎昵地问道。

她转过身去，背对着他。但他马上抓起她的粗辫子，吻她头发下面温暖的细颈，贪婪地吮吸她的肤香。

"我告诉妈妈。"阿列奇卡低声说，但没有躲开。

门开了——这是安娜·弗里德里霍夫娜回来了。中尉立刻讲起话来，但声音高得不自然，故意装出随便的样子。

"真的，在这样美妙的春夜同心爱的人儿或亲密的朋友划船才妙呢。好了，安娜宝贝儿，我接着讲下去。这样，戈尔热夫斯基一下子就输了六千卢布，简直活见鬼了。后来有人提醒他，可是他说：'算啦！这样打法我不来了。咱们把牌钉在桌子上，然后从上面一张张撕下来，你们看怎么样？'那家伙不干。但戈尔热夫斯基掏出了手枪：'你这狗东西，要么打下去，要么叫你脑袋吃枪子儿！'赌棍没法子，只好又坐下来，特别是，他心慌意乱，竟忘了他身后有一面镜子，而戈尔热夫斯基就坐在他对面，从镜子里把对方的牌看得一清二楚。于是戈尔热夫斯基不仅赢回了自己的钱，还整整赢了一万一千卢布。他甚至吩咐人把那个钉子包上一层金，现在还缀在表链上呢。真够新鲜的。"

## 四

这时候五号客房里的大学生正坐在床上，他面前的床头柜上放着一支蜡烛和一张信纸。大学生飞快地写着，时而停顿一下，小声自言自语几句，摇摇头，勉强笑笑，又继续写下去。他把笔尖深深蘸进墨水里，然后把笔尖当作一个小勺子从灯芯四周舀出一点蜡油，再把这种混合油滴进灯焰里。混合油噼啪地爆着，蓝色的小火星向四外飞溅。这种焰火使大学生想起遥远的童年生活中一些可笑的、一半已经忘却的事。他望着烛焰，乜斜着眼睛，恍惚而又凄凉地微笑着。后来好像又突然清醒过来，摇摇头，叹着气，赶快用蓝衬衣袖口把笔尖擦干净，继续写下去：

"请你把我信中对你所说的一切都告诉他们，我知道你会相信我的话的。他们无论如何也不会理解我，可你会说普通的、他们能理解的话。我只有一点感到奇怪：我现在给你写信，我知道再过十到十五分钟我就要开枪自杀了，可是这种念头一点也不使我害怕。但是，当满头白发、身材高大的宪兵上校面孔涨得通红、跺着脚骂我的时候，我却茫然不知所措了。他喊道，我的固执是没有用的，只会毁掉我和我的伙伴，还说别洛乌索夫、克尼格、索洛维伊奇克都招认了，这样，我也就供认了。我，连死都不怕，却经不住这个愚蠢、狭隘、被职业养成刚愎自用的性格的家伙几声喊叫，被他吓坏了。而最卑鄙的是：他不敢对别人喊叫，反而对他们客气、献殷勤、谄媚，就像一个外省的牙医，——甚至还有几分自由主义分子的味道呢。可是他一眼就看出我意志薄弱，这在人们中间，用不着交谈，只凭一个眼神就能感觉出来。

"不错，我意识到，这一切都是古怪、卑鄙、可笑和可憎的。但又不可能不是这样，如果再发生那样的事，结果还是和上次一样，骁勇善战的将军还常常怕老鼠呢。他们有时甚至夸耀自己身上的这种小缺点。我要可悲地说，我虽然怕死，但我更怕那些麻木不仁的人，他们的世界观是僵硬不变的，他们愚蠢而自信，没有回旋的余地。那些魁梧的警察、养得肥胖的大脸膛的彼得堡的门房、杂志编辑部的小姐、法院的文书、大喊大叫的驿站长，如果你知道我站在他们面前多么胆怯和拘束就好了！有一次，当我不得不到派出所去证明自己的签字时，那个嘴角上留着两撇巴掌大的红胡子、长着一双鱼眼睛、挺着胸脯的胖警官老打断我，不肯听完我的讲话，有时甚至完全忘记我的存在，要不就装出听不懂普通俄国话的样子，——光是他那副尊容就使我恶心得打战，那滋味如同亲耳听出自己的话里含有奴才般的阿谀声调一样。

"这怪谁呢？我告诉你吧：怪我母亲。我的灵魂被卑鄙的怯懦所玷污、所毒害，她是第一个原因。她很早就守寡了，所以我童年的最初印象总是离不开寄人篱下的生活，央求别人，脸上挂着卑贱的微笑，忍受着虽然轻微但又难以忍受的侮辱，向人讨好乞求，做出一副眼泪汪汪的可怜相，像'一小块、一点点、一小杯茶'这一类表示自己低下的词老是挂在嘴边……还逼我吻男男女女的恩人们的手。母亲一定要说我不爱吃这样或那样美味的菜，撒谎说我有瘰疬病，因为她知道这样一来主人的孩子就能多吃一点，主人们也会因此而高兴。仆人们偷偷地嘲笑我们：戏弄我，管我叫'罗锅儿'，因为我小时候有点驼背，他们还当着我的面说我母亲是食客或穷酸。母亲有时为了逗恩人们开心，还把自己破旧的皮烟盒杵在鼻子上，弯成两折，说道：'这就是我那儿子列武什卡的鼻子。'他们都笑了，我却涨红了脸，为她和自己痛苦得无以复加。但我没吭一声，因为在别人家里是不准我讲话的。我恨这些恩人，因为他们把我当成一件没有生命的东西，他们懒洋洋地、傲慢地把手伸到我嘴边叫我亲吻。我对他们是又恨又怕，就像我现在又恨又怕那些固执的、自负的、陈腐的、头脑清醒的百事通一样，比如，小型聚会上的演说家，向天真无邪的青年卖弄自由主义的长发红脸的老教授，仪表威严但对人又过分亲昵的教堂大司祭，宪兵上校，急切地重复传单中的只言片语而灵魂冷漠、残酷、平滑得有如大理石板的激进女医生。每当我同他们讲话时，我的脸上便浮现出唯唯诺诺、阿谀奉承的笑容，仿佛戴了一副令人厌恶的假面具似的。于是，我又为自己的这种低声细语的阿谀腔调而蔑视自己，我听得出来，在这种腔调里有母亲先前声调的反响。这些人的灵魂已经死亡，思想凝固成僵硬的直线，他们自己毫无心肝，就像自信而愚蠢的人没有心肝一样。

"七岁到十岁我是在一所公立住宿慈善学校度过的，这所学校采用的是弗勒贝尔[①]教育体制。教师是清一色的凶狠的老处女，都患有牙龈脓肿；她们向我们灌输对恩主的崇敬，教我们互相监视和告密，教我们嫉妒得宠的同学，而主要的，是教我们动作要特别轻；我们这些男孩子自然而然地养成了偷盗和手淫的习惯。后来又有人发慈悲把我收入一所中学附设的公费住宿学校。所有公费住宿学校的恶习那儿应有尽有。学监的搜查和间谍活动，死背书，三年级抽烟，四年级喝酒，五年级开始逛窑子并染上脏病。

"后来，忽然像一阵风似的吹来刚刚出现的新鲜字眼，疯狂的幻想，自由而热烈的思想。我的智慧贪婪地向它们张开了，但我的灵魂却永远空虚，因为它蒙受过耻辱，已经死亡。卑贱的、神经衰弱的畏惧啮住了我的灵魂，就像狗豆子钉在狗耳朵上一样：你把它拽下来，脑袋还留在上面，并且又会长成一只可恶的虫子。

"并非我一个人毁于这种道德传染病。我也许是所有人当中最

---

① 弗勒贝尔（1782—1852），德国教育学家。

软弱的一个。可是过去整整一代人都是在笃信上帝的岑寂气氛中，在强迫对长者崇敬的气氛中，在没有个性和言论自由的气氛中生长起来的。让这卑鄙的时代、沉默而贫困的时代受到诅咒吧，这是在笃信宗教的反动势力无言庇护下的幸福与和平生活！因为人的灵魂默默地变得卑微，要比世界上所有的街垒和枪杀更可怕。

"奇怪的是，当我单独面对自己的意志时，我觉得我不仅不是懦夫，甚至觉得在我认识的人当中，很少有像我这样轻生的了。我曾顺着屋檐一个窗户接着一个窗户攀登五层高楼，还从那上面往下看；我在海里游泳游得那么远，手脚都不听使唤了，我为了避免抽筋，便仰在水面上休息。此外我还干过许多其他的事。最后还有，再过十分钟我就要自杀，这也并非一件轻而易举的事。但我怕人！我怕人！我一听见醉汉在街头叫骂打架，就在自己的屋里吓得脸色发白。当夜间我躺在被窝里，想象一连哥萨克士兵轰隆轰隆跑过空空荡荡的广场时，我便觉得我的心停止了跳动，全身发凉，手指痉挛。我一生都害怕大多数人身上的某一种东西，但是我却解释不清是什么东西。从前过渡时期的年青一代都是如此。我们在心里鄙视奴役，但自己长大却成了怯懦的奴隶。我们的仇恨是深刻而强烈的，但又是无结果的，如同阉人火热的爱情一样。

"但你能够明白这一切，并把一切都向伙伴们解释清楚，我在临终前仍要对他们说，不管怎样我是爱他们并且尊敬他们的。也许他们能相信你的话，我的死决不是由于我无意中卑鄙地出卖了他们。我知道世界上再没有比'叛徒'这两个字眼更可怕的了。它们从这个人嘴里传到那个人耳朵里，从那个人嘴里又传到第三个人耳朵里，便能活活地把一个人杀死。噢，如果我不是一生下来就被教育成人类无耻、怯懦、愚蠢的奴隶，我是能够改正自己的过错的。正因为我是那样的人，我才去死呢。在眼下这个可怕而荒诞的时代，像我这样的人活着是耻辱，是负担，简直无法再活下去了。

"不错，我亲爱的，我在最近几年中听到、看到和读到许多东西。我告诉你，在我们祖国的土地上确实发生过一次可怕的火山爆发。长年积压的怒火一下子迸发出来，把一切都吞噬了：对于明天的畏惧、对于祖先的崇敬、对于生活的挚爱以及美满家庭中的和睦与甜蜜。我知道，有的男孩子几乎还是儿童，但在被枪决前却拒绝戴眼罩。我亲眼见过身受酷刑但毫不招供的人，而所有的这一切产生得都很突然，是在某种急剧的呼吸中出现的。从火鸡蛋里忽然孵出了小鹰，它们向着燃烧着的自由的太阳飞翔，时间是多么短暂，但又多么美妙和英勇。我看到，对于喜悦的、骄傲的和自由的'我'的神圣的敬重之心，在儿童、中学生、小学生身上已经觉醒并燃烧起来了，这正是尊重我们身上的那些被精神贫乏和父母怯懦的道德所扼杀的东西。算了，就让像我们这样的人滚开吧！

"现在差八分九点，九点整——我的生命就结束了。狗在院子里叫——一声，两声，后来停了一会儿——又是一声，两声，三声。也许，当我的神志丧失了，一切对于我也就同时永远消失了：城市、广场、轮船的汽笛声、清晨与黄昏、旅店的客房、时钟的嘀嗒声、野兽、空气、亮光和黑暗、时间和空间，什么都不会有了，甚至'什么都不会有'的想法也不会有了，——今晚这条狗也许还要叫半天——开始两声，以后三声。

"差五分九点，我产生了一种可笑的想法。我想：人的思想仿佛来自神秘的、人所未知的中心电流，这是扩散在世界空间并以同样的敏捷穿越石头、铁块和空气原子的无重量物质的强烈振动。思想从我脑子中产生出来,于是整个宇宙开始在我周围颤抖摇曳,仿佛投石入水后激起的涟漪,触动鸣弦后发出的音响。而我觉得,人死后他的意识便丧失了,但他的思想依然存在,依然在先前的地方颤动。也许,在我之前在这间昏暗而狭长的屋子里住过的人们的思想和梦境,依然在我周围飞翔,并神秘地引导着我的意志?也许,明天偶尔住进这间房子的住客会忽然想到生命、死亡和自杀,因为我死后把自己的思想留在了这里?谁又说得准呢,也许我那些不受重量、时间、障碍限制的思想,在这一刹那将被火星居民脑子里的神秘的、灵敏的但又是下意识的接收器所接受呢,正像被院子里吠叫的狗脑子里的接收器所接受一样?啊,我想世界上的一切都不会消亡,不仅是说过的,也包括想过的在内。我们所有的事业、话语和思想——都是溪流,地下泉水的细流。我觉得,我看见它们怎样相遇,怎样融成泉水,怎样渗出水面,汇成小河——而转眼间已经湍急而浩浩荡荡地奔腾在无法扼制的生命的河流之中了。生命的河流——这是多么巨大啊!它早晚会把一切都冲刷掉,会卷走禁锢精神自由的一切堡垒。先前庸俗的浅滩,将会变成英雄主义的巨大深渊。它马上要把我带到我所不理解的寒冷的远方,也许不出一年,这生命的河流将涌进这座大城市,将它淹没,并将不仅卷走它的废墟,还有它的名字!

"也许我写的这些都很可笑,还剩两分钟了。蜡烛在燃烧,时钟在我面前匆忙地嘀嗒走着,狗还在叫。如果我死后从我身边或从我的内心什么东西都没有留下来,只是留下了最后的感觉——也许是疼痛,也许是枪声,也许是纯粹可怕的恐怖,并且还要永远保存下去，直到亿万年之后，那时又如何是好呢？

"秒针走到了，这一点我们马上就能看到。不，等一下，一种可笑的羞怯使我起来把门锁上，别了。还有两句话：狗的蒙昧灵魂应当比人的灵魂更易于感受思想的振动吧……它们吠叫是否因为感觉到了死人。啊，楼下叫唤的那只不也是如此吗？它现在已经感到惊恐。但一分钟之后新的可怕的电流便会从我脑子的中心电池中飞进出来，并将触及狗的可怜的脑子。于是它便会在无法忍受的盲目恐惧中吠叫起来……别了，我要离开了。"

大学生把信封好，不知为什么又用木塞把墨水瓶仔细塞好，从床上下来，从制服口袋里掏出勃朗宁手枪。他把手枪上的保险针从 sûr 拨到 feu。[①] 为了站得稳一些，他把腿叉开，眯起眼睛。突然，他迅速用两只手把手枪对准右太阳穴，扣了扳机。

"这是什么声音？"安娜·弗里德里霍夫娜惊慌地问道。

"这是你那大学生开枪自杀了，"中尉随便开玩笑说，"这些大学生们都是混蛋……"

但安娜·弗里德里霍夫娜跳起来，跑进走廊，中尉懒洋洋地跟在后面。从五号客房里冒出一股无烟火药的刺鼻的瓦斯味儿。他们从钥匙孔里看见大学生躺在地板上。

五分钟以后旅店门口已经聚积着黑压压一片好奇的人了。阿尔谢尼正在凶狠地把看热闹的人从楼梯上轰开，旅店里一片混乱。炉匠在撬客房的门，扫院子的人跑去叫警察，女用人去请大夫。过一会儿警察分局局长来了，他是一个长着白头发、白睫毛、白髭须

---

① 法文：从"安全"拨到"射击"。

的又高又瘦的青年人。他上身穿着制服，下身穿着肥得要命的灯笼裤，裤腿从漆皮靴里耷拉到靴勒中间。他把淡颜色的眼睛一瞪，马上用胸脯挤着围观的人，操着长官的声调吼道：

"往后退！散开！先生们，我不明白这儿有什么好看的，一点好看的都没有。先生……我恳求……还像个知识分子呢，戴着圆顶礼帽……什么？我要叫你瞧瞧警察的厉害。米哈利丘克，把这个人记下来。喂，小孩往哪儿钻？我叫你……"

门撬开了，警察分局局长、安娜·弗里德里霍夫娜、中尉、四个孩子、见证人、警察、两个扫院子的——最后还有大夫，走进了客房。大学生躺在地板上，脸扎进床头的一块灰地毯里，左手蜷在胸口下面，右手伸了出去，手枪落在一旁。头下有一摊污血，右太阳穴上有个小圆孔。蜡烛还在燃烧，床头柜上的时钟仍在嘀嗒响着。

一份简短的公文体记录整理好了，还附上自杀者留下的信……两个扫院子的和警察把尸体从楼上抬下来，阿尔谢尼把灯高高举过头顶替他们照路。安娜·弗里德里霍夫娜、警察分局局长和中尉从走廊窗子里往下望着。抬死尸的人在拐弯的地方动作没配合好，卡在墙和栏杆之间了，而后面抬头的那个人却松了手。脑袋猛地撞在一级梯阶上，接着又撞在第二级和第三级上。

"活该！活该！"老板娘从窗口解恨地喊道，"就该撞他，这个下流胚！我还要赏你们茶钱呢！"

"您真心狠，吉格麦伊耶尔太太。"警察分局局长打趣地说，把上髭捻成一个卷儿，斜眼看着它的末梢。

"一点不假！现在我要为他上报了。我是个可怜的干活儿女人，因为他，以后就没有人住我的旅店了。"

"一点不假，"警察分局局长和蔼地赞同道，"这些大学生们简直使我莫名其妙，不想念书，打起红旗，开枪自杀。他们也不想想，这对他们的双亲将会怎么样。那些穷学生呢，见他们的鬼去吧，被犹太人的钱迷花了眼。可是正经八百的人呢，贵族、神甫、商人的子弟也那么干……这帮人啊！可是，太太，再见啦……"

"不行，不行，不行，怎么说也不行！"老板娘连忙说，"我们马上就要吃晚饭了……有鲱鱼，不吃饭我决不放您走。"

"说实在的……"警察分局局长犹豫不决地说。"那就这么办吧，我本打算到对面纳古尔内那儿吃点东西。我们的职务啊，"他说道，很有礼貌地让女人先进门，"我们的职务繁忙啊，有时一整天都吃不上一块面包。"

晚饭时三个人喝了很多伏特加酒。安娜·弗里德里霍夫娜喝得满脸通红，眼睛闪闪发光，嘴唇红得跟血一样，在桌子底下脱了一只鞋，用穿袜子的热呼呼的脚踩警察分局局长的脚。中尉皱紧眉头，吃起醋来，老想讲"在我们团队的时候"。可是警察分局局长不听他的，打断他的话，讲开了"在我们警察局里"发生的惊人案件。两个人都尽量显出对对方不客气、不理睬的样子，就像两只刚刚在院子里相遇的公狗。

"您老说'在我们团队的时候'，"警察分局局长眼睛不瞧中尉，却看着老板娘，说道，"请问一声，您是怎么从军队里下来的？"

"对不起，"中尉委屈地顶撞道，"可我并没问您是怎么进警察局的？怎么落到这步田地的？"

这时安娜·弗里德里霍夫娜从墙角里拿出摩诺潘牌留声机来，叫齐热维奇摇扶手。经过一番邀请，警察分局局长同她跳起波尔卡舞——她像女孩子似的跳着，额上耸起的鬈发也跟着颤抖。然后警察分局局长摇扶手，中尉跳舞，他把老板娘的手按在自己身子左侧，头使劲向后仰着。阿列奇卡也来跳舞，她垂下睫毛，嘴唇上浮现出温柔而淫荡的古怪笑容。

正当警察分局局长告别时，罗姆卡出现了。

"好啊……我把大学生送走了，可你们不等我啊，我饿得像只野狗……"

那个原本是大学生的东西，已经放在解剖室冰冷的地下室里，装在一只锌盒子里，放在冰上——它放在那儿，被一盏瓦斯灯照着，赤身露体，颜色发黄，令人恶心。在光裸的右踝骨上用墨水写了两个粗大的数字：十四。这是它在解剖室的编号。

# 冈布利努斯

一

　　俄国南方一座热闹的港埠里，有家啤酒馆就叫这个名字。它虽然位于闹市，却开设在地下室里，所以要找到它也并非那么容易。有时就连在冈布利努斯啤酒馆混熟了的、受欢迎的老主顾，也会错过这家有名的店铺，直到走过两三家小铺子之后，才又掉过头来往回走。

　　这家啤酒馆干脆没有招牌，顾客一下人行道就走进那扇总是敞开着的窄门。一道同样狭窄的二十级的石阶，从窄门一直通到地下室。石阶已经被千百万双大靴子踏得残破、歪斜了。在石阶尽头两扇窗户之间，镶嵌着一尊两人高的彩色斑斓的浮雕像。这是啤酒业著名的守护神冈布利努斯国王的浮雕像。这尊浮雕像大约是一位初出茅庐的雕塑家的处女作，仿佛是用僵硬的多孔海绵碎片拼凑起来的。但凭着他那鲜红的背心、银鼠皮的披肩、黄金的王冠、手中高擎的白沫四溢的啤酒杯，顾客一眼就能认出，站在他们面前的正是啤酒酿造业伟大的守护神。

　　啤酒馆是由两间拱形大厅组成的；大厅虽然很长，但却非常低

259

矮。地下水不断从石墙里渗出来，在煤气灯下闪闪发光。啤酒馆里一扇窗户也没有，所以白天黑夜都点着煤气灯。然而墙壁上端引人入胜的彩画的残迹，却还可以相当清晰地辨认出来。一幅画上画着一群德国公子哥儿正在饮酒取乐：他们身着绿色猎装，头戴插野鸡毛的呢帽，肩上背着猎枪；他们的脸都朝着大厅，伸出举着酒杯的手，向顾客们表示欢迎；其中的两位还各自搂着一个丰腴的姑娘的腰肢，她们大约是乡村酒店的侍女，要不就是善良的农场主的千金。另一面墙上画的是一幅十八世纪前半期上流社会游宴图：伯爵夫人和子爵们戴着扑了粉的假发，在一片有几只羊羔吃草的绿茵茵的草地上嬉戏，故作天真；草地旁边枝叶扶疏的柳树下有个天鹅游憩的水池，绅士们和淑女们坐在一只金色的蛋壳似的游艇里，姿态优雅地向天鹅投食。下一幅画是乌克兰农舍内景和一家手持量酒器，正在跳格帕克舞的幸福的小俄罗斯人。再往下的一幅，画着一只大桶，桶上面有两个胖得不像样子的爱神，头上缠着葡萄藤和啤酒花藤，她们脸蛋通红，嘴唇肥厚，眼睛放荡，正在用浅盏碰杯。在被半圆形拱门隔开的第二间大厅里，是一组以青蛙生活为题材的壁画：青蛙蹲在青葱的沼泽地里喝啤酒，在芦苇丛中捕捉蜻蜓，演奏弦乐四重奏，击剑，等等。显然，这几面墙壁上的彩画都是外国画师创作的。

在撒了厚厚一层锯末的地板上，摆的不是桌子，而是笨重的柞木桶——代替椅子的是小木桶。入口的右首有个不大的舞台，舞台上放着一架钢琴。多少年来，每天晚上，萨什卡乐师都在这儿拉琴，替光临的顾客们助兴。他是犹太人，性情温顺、乐天，总带着几分醉意，头发脱落得不剩几根了，外表活像一只褪了毛的猴子，看不出究竟有多大年纪。年复一年地过去，戴着皮套袖的仆役换了人，供应啤酒的商号和运送啤酒的伙计换了人，连啤酒馆的老板也换了人，只有萨什卡每天晚上六点钟照例手握提琴坐在舞台上，一条叫作"小松鼠"的淡白色的小狗卧在他的膝头，而快到深夜一点钟的时候，又准会在小松鼠的伴随下，喝得醉醺醺的，踉踉跄跄走出冈布利努斯啤酒馆。

话又说回来，冈布利努斯啤酒馆里还有一位一直没换过的人——女掌柜伊凡诺娃太太。她是一个上了年纪的没有血色的胖女人，由于一直待在潮湿的地下室啤酒馆里，所以变得就像潜伏在海岸岩洞深处的苍白的懒鱼一样。如同船长从船长室里发号施令一样，她从柜台高处不声不响地指挥着仆役们，不停地抽烟，把烟卷叼在右嘴角里，右眼都被烟熏得睁不开了。她的声音难得被人听见，对于别人的招呼，她总报以同样的淡淡一笑。

二

这个世界最大商港之一的太港口，总是被各种船只塞得满满的，一艘艘深褐色的巨型战舰驶入港口。志愿船队①装有粗烟囱的黄色货船在这儿装满货物，驶向远东。这类货船每天都要吞没几长列火车的货物或几千名罪犯。到了春秋两季，来自地球各个角落的几百面船旗在这儿迎风招展，从早到晚都可以听到用各种语言发出的命令和叫骂声。装卸工人踏着颤悠悠的踏板，在货船和数不清的栈房之间穿梭往来。他们之间，有喝得醉醺醺的、面孔浮肿、衣不

---

① 俄国为了发展海上贸易，于一八七八年由民间集资建立的船队。

蔽体的俄国浪人，有裹着肮脏的缠头巾、穿着马裤似的灯笼裤的肤色黝黑的土耳其人，有身体矮壮、肌肉发达、留着长发、用凤仙花把指甲染成胡萝卜颜色的波斯人。从远处看来显得很漂亮的意大利的两桅和三桅帆船，不时驶入港口。一层层整齐的船帆是那样清洁、雪白和富有弹性，仿佛年轻女人的胸脯。这些整齐的帆船从灯塔后面渐渐显露出来，——特别是在明媚的春天早晨——宛如神奇的白色幻影，仿佛它们不是在水面上滑行，而是在地平线上空滑翔一样。船身绘着奇异的花纹、画幅和图案的安纳托里亚<sup>①</sup>的单桅大帆船和特拉别宗得<sup>②</sup>的小帆船，一连几个月停在码头旁边暗绿色的脏水里，在垃圾、蛋壳、西瓜皮和成群的白海鸥当中微微颤动。这儿有时还会出现几条古怪的船身狭窄的帆船，船帆用树脂浸成黑色，一块肮脏的抹布代替了船旗。这类船绕过防波堤时，几乎蹭着船帮，船身整个儿倾斜，可是仍然不减低速度，一直开进港湾，最后在各种语言的叫骂、诅咒和恫吓声中，停泊在它所碰到的第一条防波堤下。在这儿，它的水手们，一群青铜色皮肤的赤身裸体的矮小的汉子，一下子就把破烂不堪的船帆卸了下来，刹那间，这条肮脏的、神秘的帆船就像断了气一样。在漆黑的夜里，它又同样神秘地，不举灯火，悄悄地从港湾中消逝了。每到夜里，海湾旁边都停满了走私犯的轻便小船。港口远近的渔民都从这儿往城里运鱼：春天是小刀鱼，几百万条小刀鱼在大划船上堆得像座小山；夏天是畸形的比目鱼，秋天是鲭鱼、肥嫩的鲻鱼和牡蛎；冬天是一二十普特重的大雪鳇，它们是渔民们冒着生命危险到离海岸好几十俄里的地

①　土耳其的城市。
②　土耳其的城市。

262

方捕捞来的。

这儿所有的人——各种民族的水手、渔民、司炉、快乐的见习水手、港口的小偷、机械师、工人、船夫、装卸工、潜水员和走私犯——通通都年轻、健壮，身上浸透了浓烈的海腥味。他们懂得劳动的艰辛，喜爱朝夕冒险中的异趣和惊骇，把力气、胆量、血性和辛辣有味的话看得比一切都重要。他们一到陆上便狂欢滥饮，打架斗殴，从中享受一种野性的快乐。入夜，大城市中照耀得夜空通明的灯火，就像具有魔力的闪闪发光的眼睛，在招呼他们，并且总向他们许诺某种新鲜的、欢乐的、他们还未尝到过的东西，但又永远欺骗他们。

几条盘旋而上的陡峭狭窄的街道，把港口同城市联结在一起，正派的人夜里是不从这儿走过的。肮脏的窗户用木条钉死、窗内点着一盏暗淡孤灯的夜店比比皆是。而当衣铺比夜店还多，人们可以把上下的穿着，直到贴身的水手衫，统统卖给它，同时也还可以从它那儿换上任何一身海员服装。这儿也有许多啤酒馆、小酒店和各国的小饭铺，门口挂着用各种文字写的诱人的招牌。还有不少公开的和暗藏的妓院，一到夜里，涂抹得俗不可耐的妓女便站在门坎上用沙哑的声音招揽水手。有可以玩骨牌和打六十六分的希腊咖啡馆；有备有水烟袋和花五个戈比就可以过一夜的土耳其咖啡馆；有出售蜗牛、帽贝、虾、淡菜、带须的大乌贼以及海里其他恶心东西的东方酒馆。有几个地方，在护窗板紧闭着的阁楼上和地下室里设有赌局，什托斯和巴卡拉① 往往以挑破肚子和打碎头骨而告终。就

————————

① 两种赌博。

在赌场旁边的墙角后面，有时在隔壁的一间小屋里，什么样的赃物都能脱手，从钻石镯子到银十字架，从一包里昂天鹅绒到公用的水手大衣。

这几条被煤屑染黑了的狭窄陡峭的街道，一到夜里就变得泥泞沾脚，臭气熏天，仿佛它们在噩梦中惊出一身臭汗。这些街道像排水沟或烂肠子，通过它们，这座国际大城市把所有的垃圾、腐物、污秽和淫乱通通排泄到海里，用它们去毒害强健的身体和淳朴的灵魂。

当地性情暴戾的居民很少上山，到那座美观的、经常充满节日气氛的城市里去。城市里有洁净的玻璃橱窗、傲然屹立的纪念碑、耀眼的灯光、铺柏油的人行道、两旁栽着白槐的林荫道、威风凛凛的警察以及各种装潢门面的整洁而舒适的设施。但是他们当中的每一个人，在把自己用血汗挣来的油腻破旧的卢布挥霍一空之前，一定要先来光顾冈布利努斯啤酒馆。这已经成为多年的风习而不可改变了，虽然为此不得不在夜色苍茫中赶往城市的中心。

说老实话，很多人根本不知道著名的啤酒国王拗口的名字。可是，只要有人提议：

"咱们到萨什卡那儿去吧？"

其他人就会回答：

"是，就这么办！"

于是大家一齐喊道：

"往上拉！ ①"

———————————

① 水手用语，即起锚，此处借指上山。

萨什卡在码头工人和海员中间，比起当地主教或省长来，更受人尊敬，名气更大，这是没有什么可奇怪的。并且毫无疑问，即使不是他的名字，至少是他那副表情丰富的猴子般的面孔和他那把提琴，不时在悉尼和普利茅斯被人提起，就像在纽约、海参崴、君士坦丁堡和锡兰被人提起一样，还不包括黑海所有的海湾和港口，在那些地方的勇敢的渔民中间，还有不少他的天才的崇拜者呢。

三

萨什卡通常到冈布利努斯啤酒馆的时候，除了一两个偶然的顾客外，一个客人也没有。这时大厅里还残留着浓重的隔夜的啤酒酸味，光线也很暗淡，那是白天要节省煤气的缘故。在炎炎夏日，当用石头建筑起来的城市被太阳晒得透不过气来、街道上的嘈杂声快要把居民的耳朵震聋的时候，这儿却显得分外幽静和凉爽。

萨什卡走到柜台前，同伊凡诺娃太太打个招呼，便开始喝自己的第一杯啤酒。有时女掌柜央求他道：

"萨沙，拉点什么吧！"

"我给您拉个什么曲子好呢，伊凡诺娃太太？"萨什卡殷勤地问道，他对她总是非常客气。

"拉个您自己作的吧……"

萨什卡坐在钢琴左边的老位子上，拉起古怪的、忧伤的、缓慢的曲子。地下室里渐渐变得悠悠欲梦、寂寂无声了，只有从街上传来的城市里低沉的轰隆声，还有仆役们在隔壁厨房里小心翼翼洗刷杯盘时偶尔发出的叮当声。萨什卡的琴声如泣如诉，倾泻出犹太人的悲伤，这悲伤犹如大地一样悠长，仿佛是用民族旋律的忧郁花朵编织而成的。萨什卡的下巴绷紧，前额低垂，眼睛从浓密的眉毛底下严肃地向上凝视着。在这黄昏的时刻，他的脸同冈布利努斯啤酒馆主顾们常见的那张永远兴奋、龇着牙齿、不断使眼色的脸截然不同了。小松鼠卧在他的膝上，它早已习惯于听到音乐不再叫唤了，可是令人心碎的、有如哭泣和咒骂的琴声，仍然不由自主地刺激着它：它抽搐似的打着哈欠，张大了嘴，卷起粉红色的小舌头，同时整个身子和那长着一对黑眼睛的可爱的小脑袋也不时颤抖一下。

啤酒馆里的人越来越多了，萨什卡的一个伴奏者，白天在裁缝或钟表匠那儿干完了活计，也来到了啤酒馆。泡在热水里的小灌肠和乳酪夹心面包都摆在柜台上，没有点上的煤气灯也一齐点上了。萨什卡喝着第二杯啤酒，对自己的伙伴吩咐道："《五月阅兵》，一、二、三，起！"粗犷的进行曲便开始了。从这一刻起，他就几乎来不及向不断进来的人一一打招呼了，而进来的每个人都自以为是萨什卡最亲密的朋友，在萨什卡同他们点头示意之后，便骄傲地看看旁边的顾客。这时萨什卡一会儿眯起这只眼，一会儿又眯起另一只眼，在往后倾斜的秃脑门上堆起一条条长皱纹，嘴唇逗趣地蠕动着，向四面八方微笑。

到了十点、十一点的时候，冈布利努斯啤酒馆能够容纳二百多人的大厅便挤得乌泱泱的了。几乎有一半人是带了披着头巾的女人来的。他们谁也不嫌挤，不在乎被人踩脚，压皱帽子，裤子洒上啤酒。如果有谁生气了，也不过是"借酒寻衅"而已。涂着油彩的墙壁上，水珠越渗越多，在煤气灯下微微反光，而人们身上蒸发出来的汗汽又从天花板上滴滴答答地落下来，仿佛下了一阵稀疏大点的温雨。冈布利努斯啤酒馆的顾客都是喝啤酒的能手。这家啤酒馆里有一种风气，如果两三个人一块儿喝酒，把喝完了酒的空瓶子摆在桌子上，最后摆得对面不见人，如同置身于绿玻璃的树林之中，就算是最有派头的顾客。

到了晚上最热闹的时候，顾客们喝得面红耳赤，喊得嗓子嘶哑，出汗出得浑身湿透，烟雾熏得眼睛发疼。在这一片嘈杂声中，想要让对方听清自己的话，非得从桌子上弯过身去对他大声喊叫不可。只有萨什卡坐在舞台上不停地拉琴，他的琴声战胜了闷热、烟草味、煤气味和啤酒味，压倒了放肆的顾客们的喊叫声。

但是啤酒、身旁的女人、闷热的空气很快就使他们沉入醉乡了。每个人都要听自己所喜爱的、熟悉的曲子。萨什卡的周围总站着两三个目光迟钝、歪歪倒倒的人，他们拽他的袖口，不让他拉琴。

"萨什卡，拉个悲伤的歌儿吧，让我心里痛快痛快！"一个人打着嗝央求道。

"马上就拉，马上就拉，"萨什卡连忙点头答应，像医生那样敏捷，把一枚银币不出声地放进口袋里，"马上就拉！"

"萨什卡，这太不像话了。我付了钱，求你拉个《漂洋来到敖德萨》，已经求了二十遍了。"

"马上就拉，马上就拉。"

"萨什卡，来一个《夜莺》！"

"萨什卡，来一个《玛露霞》！"

"来一个《兹一兹》，萨什卡，《兹一兹》！"

"马上就拉，马上就拉。"

"来一个《牧羊人》！"大厅那头有人喊了一声，不像人声，倒像马驹的嘶鸣。

萨什卡在一片哄笑声中，像公鸡似的对那个人喊道：

"马上就拉！"

于是他不停地拉着，把所有点到的曲子都拉遍了。看来，每支曲子他都背得烂熟。银币从四面八方落到他的衣袋里，一杯杯啤酒从所有的桌子上送到他的面前来。当他下了舞台，向柜台走去的时候，听众简直要把他撕成碎片了。

"萨什卡，亲爱的，就喝一杯！"

"萨沙，祝你健康。叫你过来你就过来呀，他×的。"

"萨什卡，到这儿来喝啤酒！"马驹又叫唤了。

这儿的女人，同所有的女人一样，钦佩舞台上的人物，喜欢同他们打情骂俏，爱在他们面前搔首弄姿，乐意对他们阿谀奉承。她们娇声唤着他的名字，轻佻而顽皮地对他哧哧笑着：

"萨什奇卡，您一定得为我干这一杯。不行，不行，我求求您啦，喝完了拉一个《小杜鹃》吧！"

萨什卡笑嘻嘻地向女人们做怪相，左右鞠躬，把一只手放在胸口，给她们飞吻，走到每张桌子前喝几口啤酒，然后回到钢琴旁边，钢琴上早又有一杯啤酒等着他了。他开始拉一支叫作《别离》的曲子。有时为了逗听众开心，他让提琴发出小狗哀嚎的声音、母猪打哼的声音，或者令人心碎的沙哑的男低音。听众对这类把戏报以宽容的笑声：

"哈哈哈……"

屋里越来越热了。水珠从天花板上滴下来，有的顾客捶胸顿足，放声大哭；还有的瞪着布满血丝的眼睛，为了女人或者过去的冤仇争吵起来，非要动手不可，但被旁边比他们清醒一点的人，往往就是他们的食客，各自拉开了。仆役们在大桶、小桶、人的大腿和身子中间不可思议地穿来穿去，把两只抓满啤酒杯的手从坐着的人群头上高高举过去。伊凡诺娃太太的脸色比平时更加苍白，然而也更加沉着、寡言，她从柜台后面指挥着仆役们的行动，仿佛暴风雨中指挥若定的船长。

大家都渴望唱歌。啤酒、善良的天性、看到自己的音乐带给别人狂放的快乐，使萨什卡的心软化了，他什么曲子都乐于演奏。在他的提琴伴奏下，嗓子喊哑了的人们，参差不齐地、毫无表情地齐声高唱着一个调子，带着莫名其妙的严肃的神情互相望着对方的眼睛：

> 咱们干吗要分离，
>
> 咳，干吗要分居两地。
>
> 何不就举行婚礼，
>
> 同把爱情珍惜？

旁边有另一伙人，显然同这一伙人不对劲，拼命想压过他们，可是唱的已经完全是另一首歌了：

> 我从走路的样子，
>
> 看出五颜六色的裤子。

他的头发染成栗色，

皮靴上裂着口子。


经常光顾冈布利努斯啤酒馆的还有小亚细亚的希腊人，他们是乘船到俄国港口渔场来卖鱼的。他们也向萨什卡点几支东方歌曲，这是些由两三个音符组成的带鼻音的哀号，凄凉而又单调。可是这些脸色阴沉、目光炯炯的希腊人，可以一连几个小时地唱下去。萨什卡也会拉意大利民间讽刺小调、乌克兰情歌、犹太人婚礼舞曲，以及其他的许许多多的曲子。有一次冈布利努斯啤酒馆来了一帮黑人水手，他们看见别人唱歌，自己也想唱歌。萨什卡凭着听觉很快就抓住了滚动的黑人旋律，马上就在钢琴上配出了伴奏曲。这一下可把冈布利努斯啤酒馆的老主顾们乐坏了，整个啤酒馆里便发出一片古怪的、用喉音哼出来的、忽高忽低的非洲歌曲声。

一个地方报社记者，萨什卡的熟人，一次说服了一位音乐学院的教授到冈布利努斯啤酒馆去听那里的著名小提琴家演奏。萨什卡猜出了教授的来意，故意拉得比平时更象猫叫、羊叫和牛叫，顾客们笑得前仰后合，教授却轻蔑地说了一句：

"简直是耍小丑！"

他没有喝完杯子里的啤酒就离开了。

## 四

墙壁上所画的温文尔雅的侯爵和饮酒取乐的德国猎人、肥胖的爱神和青蛙，通常是这种除了冈布利努斯啤酒馆以外别处少见的狂欢滥饮的见证人。

比如，来了一帮干了一宗好买卖之后开始大吃大喝的盗贼，每个人都带着自己的心上人，神气活现地歪戴着帽子，穿着漆皮靴，举止粗野不堪，态度傲慢无比。萨什卡为他们演奏特殊的盗贼歌曲：《我这小伙子完蛋了！》《你别笑，玛露霞》《春天过去了》以及其他歌曲。他们认为跳舞有失体面，可是他们的女伴却跳《牧羊人》，嘴里发出尖叫声，鞋后跟在地板上噼啪噼啪地踏着。她们个个年轻漂亮，有的简直还是小姑娘呢。不论是女人还是男人，喝酒都喝得非常多，但却有一点不好：喝完之后总要在钱上算老账，并且喜欢不买单就溜走。

一帮帮的渔民，每帮三十多人，从海上满载而归之后，也到这儿来喝啤酒。深秋季节有几个礼拜生意特别兴隆，每个工厂都要买进四万多条鲭鱼或者鲻鱼。这时最不济的渔民也能分到二百块钱以上。如果冬天能够捕捞到大雪鳇，渔民们就更加阔气了。不过，捕捞这类鱼非常困难，必须夜间到三四十俄里以外的海里去捕捞，辛苦极了。有时遇到风雨交加的天气，海水泼灌大划船，衣服上和木桨上立刻结起一层冰，而这种天气有时在海里一连继续两三个昼夜，直到风浪把渔船冲到二百俄里以外的地方，冲到阿纳帕或者特拉别宗得为止。每年冬天都有十几只小船被冲得无影无踪，直到第二年春天海浪才把这些勇敢渔民的尸体东一个西一个地冲到异国的海岸。

然而当他们捕到鱼，从海上平安归来之后，便不禁要在陆地上疯狂地快活几天了。几千卢布一两天内就在最粗野的轰饮中花个精光。渔民们早早来到饭馆或其他快活场所，把一切不相干的顾客统统撵走，然后把大门和护窗板关紧，不分昼夜地喝酒，沉溺于爱情之中，引吭高歌，摔碎挂镜和杯盘，殴打女人，常常还要互相斗殴，直到睡魔使他们合上眼睛——横七竖八地歪倒在不管什么地方，无论是桌子上、地板上、床上、痰上、烟头上、玻璃碴上、洒出的葡萄酒上和人的血迹上。渔民们就这样一连几昼夜大吃大喝，有时换个地方，有时就待在一处不动。等到他们花掉最后一文钱之后，才向海边走去，向大潮船走去，脑袋里嗡嗡发响，脸上留着斗殴的痕迹，醉得摇摇晃晃。他们一声不响，既懊恼又羞愧，准备重操那可爱而又可咒、辛苦而又迷人的旧业。

他们从不忘记光顾冈布利努斯啤酒馆。他们闯进啤酒馆，个个身体魁梧，嗓音嘶哑，面孔被冬天猛烈的东北风吹得紫红，穿着防雨布上衣、皮裤和长筒牛皮靴——就是他们那些在暴风雨之夜像石头一样沉入海底的伙伴们所穿的那种牛皮靴。

他们出于对萨什卡的尊敬，没有把其他顾客赶走，可是仍然觉得自己才是啤酒馆的主人，随便把沉甸甸的啤酒杯摔在地板上。萨什卡为他们演奏他们的渔民歌曲，曲调悠扬、纯朴、惊心动魄，仿佛大海的喧嚣，而他们也把结实的胸脯挺得不能再高了，把在大海上喊惯的嗓子扯得不能再大了，同声唱起歌来。萨什卡对他们的影响，就像能平息海浪的俄耳甫斯[1]一样。有时，一位满脸大胡子的四十多岁的船老大，一条长得像野兽似的饱经风霜的汉子，竟然热泪纵横，用尖细的嗓子唱出哀怨的歌词：

咳，我正少年偏命苦，

天生从小做渔夫……

---

[1] 希腊神话中的音乐家，据说他弹琴的时候，野兽和木石都跟他走。

有时他们跳起舞来，踏着步子，脸上毫无表情，一普特重的靴子踩得地板轰隆轰隆直响，弄得满屋都是刺鼻的咸鱼味，因为他们的身体和衣服都被咸鱼味浸透了。他们对萨什卡非常慷慨，老是把他留在自己桌子旁边，半天也不放他离开。他对他们艰辛惊险的生活非常熟悉。每当他为他们演奏时，一种悲凉的、崇敬的感觉便在他心中油然升起。

可是，他特别乐意为英国商船上的水手们演奏。他们一帮人手挽着手来到啤酒馆，胸脯一样厚实，肩膀一样宽阔，牙齿一样洁白，脸颊一样红润，同样年轻、蓝色的眼睛显得快乐而大胆。结实的肌肉把上衣绷得紧紧的，笔直健美的脖子从开得很深的领子里挺露出来。有的水手认识萨什卡，因为他们在这座港口停泊过。他们认出他以后，露出白牙，用俄语向他亲切地问候：

"你好！你好！"

于是，萨什卡不等他们开口，便对他们拉起 *Rule Britania*[①] 来。也许他们由于意识到他们现在正在一个被长期的奴役窒息得透不过气来的国度里，所以赋予这首英国自由颂歌特别骄傲和庄严的意味。当他们脱下帽子，站着唱歌，唱到最后几句壮丽的歌词：

> 英国人，永远，永远，
> 永远不会当奴隶！

这时就连最粗暴的人也不禁摘下了帽子。

---

① 英语：《大不列颠治下》。

一个身材短粗的水手长，戴了一只耳环，大胡子一直长到脖子上，就像流苏一般，他端着两杯啤酒，笑容满面地向萨什卡走去，亲热地拍了拍他的背，请他拉一首吉加舞曲。英国人一听见这首雄健的大海舞曲，一跃而起，把小木桶往墙根一推，腾开了地方。他们用手势和微笑请其他顾客让一让，但谁要不赶快闪开，他们就要对他不客气了，一脚就会把他坐着的木桶踹到一边去。不过这种事情很少发生，因为冈布利努斯啤酒馆的顾客都是舞蹈鉴赏家，并且特别喜欢英国的吉加舞。就连不停地拉着提琴的萨什卡，为了看得更清楚些，也站到椅子上去了。

　　水手们围成一个圆圈，合着急促的舞蹈拍子鼓掌，其中的两个人便走进圈子里表演。舞蹈表现了水手们的航海生活：商船行将出海，天气好得出奇，一切都准备停当了；跳舞的水手把两只胳膊抱在胸前，扬起脑袋，上身悠然不动，只让两只脚踏出急遽的舞步。但这时刮起了一阵轻风，船开始微微摇晃；但这只能增添水手们的兴致，只是舞步变得更加复杂和难辨了。风刮大了，在甲板上行走已经不方便了，跳舞的人左右摇晃。真正的风暴终于来临，把水手从船舷这边摔到那边。情况越来越严重了。"全体上甲板，收帆！"从跳舞的水手们的动作上，完全可以看出他们怎样攀着缆绳往上爬，怎样扯下船帆，又怎样把缆绳缠紧，而这时风暴把船颠簸得越来越厉害了，"停船，有人掉进海里了！"从船上放下舢板；跳舞的人低着头，绷着粗脖子，拼命摇桨，身体随之起伏低昂。然而风暴渐渐减弱，海面慢慢平静，天空也越来越晴朗了，船又顺风徐徐滑行；跳舞的人上身又悠然不动了，两只胳膊又抱在胸前，两条腿重又跳出快乐的急遽的舞步。

萨什卡有时还得替城郊格鲁吉亚酿酒工人演奏列兹金卡舞曲。没有他不熟悉的舞曲。当一个头戴羊皮高帽、身穿契尔克斯服的格鲁吉亚人在酒桶之间翩然飞舞起来,一会儿把这只手扶在脑后,一会儿又换了那只手,而他的同伴们合着舞蹈节奏拍手、喊叫时,萨什卡再也忍不住了,便同他们一起兴奋地喊:"加油!加油!加油!加油!"偶尔他也演奏摩尔达维亚的卓克舞曲和意大利的塔兰台拉舞曲,并为德国水手演奏圆舞曲。

在冈布利努斯啤酒馆里,偶尔也有人斗殴,并且打得相当凶狠。老主顾们喜欢谈起这儿发生过的一次非同小可的激战,一方是从巡洋舰转入预备役的俄国水兵,另一方是英国水手。他们用拳头打,用指节防卫具打,用啤酒杯砸,甚至抄起顾客坐的小木桶往对方身上扔。老实说,这次打架对俄国军人并不光彩,因为打架是他们挑起来的,又是他们先动的刀子,虽然他们的人数比英国人多出两倍,但却一直恶战了半个小时,才把对方赶出啤酒馆。

常常都是由于萨什卡出面调停,才制止了一场一触即发的流血事件。他走过去,笑嘻嘻地同大家打趣,做怪相,于是无数只酒杯马上从四面八方向他伸过来。

"萨什卡,喝一杯吧!萨什卡,咱俩干杯!你这该死的家伙……"

他那双隐藏在倾斜的头盖骨下面的眼睛,欢快地流露出温存而可笑的善良来,也许这种善良对这些朴实而粗野的性格发生了影响?或许是对天才的特殊敬意和类似感激的心情起了作用?也可能由于冈布利努斯啤酒馆大多数的常客都是萨什卡永恒的债户的缘故?在难熬的"杰科赫特"时刻,就是水手和码头工人行话中不名一文的时刻，他们随意向萨什卡借钱，从来不会遭到拒绝。当然数目都不大，或者从萨什卡那儿拿现钱，或者到柜台上记他的账。

借的债当然不会再还他了，但这并不是他们存心赖账，而是早已忘到脑后了。不过，这些债户喝得酒酣耳热的时候，付给萨什卡点曲子的钱，往往要比他借给他们的钱多十倍。

女掌柜有时责备他道：

"萨沙，我真奇怪，您怎么这样不心疼自己的钱呢？"

他还满有理由地反驳道：

"伊凡诺娃太太呀，我不能把钱带进棺材呀，我和小松鼠够花的了。小松鼠，我的小狗，到这儿来。"

## 五

季节性的流行歌曲也同样会在冈布利努斯啤酒馆里出现。

英国人同布尔人开战的时候[①]，《布尔进行曲》就曾风靡一时（俄国水兵同英国水手轰动一时的斗殴好像就发生在那段时间里）。一个晚上起码要萨什卡把这首英勇的短曲拉上二十遍，并且每一次拉到末尾时一定有人挥舞帽子，高喊"乌拉"，而对旁边那些无动于衷的人，则狠狠瞪上几眼，这在冈布利努斯啤酒馆里往往并非好兆头。

接着就是俄法联盟[②]的庆祝活动，面有愠色的市长准许演奏《马赛曲》了。每天也有人要求演奏这支曲子，但不像演奏《布尔进行曲》那样经常，而且"乌拉"也喊得有气无力得多，同时竟没有

---

① 英布战争（1899—1902）是英国对南非布尔共和国奥仑治和德兰士瓦的侵略战争。
② 俄法结成政治军事联盟（1891—1893）的目的是对抗以德国为首的德奥意三国同盟。

一个人挥舞帽子。这一方面是因为没有激动人心的旋律，另一方面也是因为冈布利努斯啤酒馆的顾客对俄法联盟政治上的重要性缺乏理解，而第三方面是大家都已察觉到，每天晚上要求演奏《马赛曲》和喊"乌拉"的老是那么几个人。

步态舞一度成了流行舞，甚至一位偶然到这儿来饮酒取乐的小商人，竟然连貂绒大衣、高勒胶皮套鞋、狐皮帽子都没来得及脱，就绕着大桶跳了一遍步态舞。然而这种黑人舞很快就被人忘记了。

伟大的日俄战争开始了。冈布利努斯啤酒馆的顾客加快了生活的节奏。小木桶上出现了报纸，每天晚上有人谈论战争。最安分的、最普通的人，都成了政治家和战略家，但是在他们每个人的心灵深处，如果不是为自己，便是为自己的兄弟，或者，说得更确切些，为亲密的伙伴担惊受怕：在这些日子里，那条平时觉察不到的、把长年同生死、共患难的人联成一体的牢固的纽带，终于赫然显露出来了。

最初，谁都不怀疑我们会胜利的，萨什卡不知从哪儿弄来了一首《库拉帕特金①进行曲》一连演奏了二十多个晚上，效果还算不错。可是不知为什么竟在一晚之间，《库拉帕特金进行曲》便被巴拉克拉瓦渔民、"带咸味的希腊人"（或者像这儿所叫的那样——"平多斯人"）带来的一首歌曲永远取代了：

　　　　咳，干吗叫我们去当兵，

　　　　把我们派往远东？

---

① 库拉帕特金（1848—1925），俄国将军，日俄战争期间俄军总司令。

难道个子高了一寸，

我们就有罪不成？


从这时候起，冈布利努斯啤酒馆里就什么别的曲子也不要听了。每天晚上都只听见一个要求：

"萨沙，拉个痛苦的曲子吧！拉个巴拉克拉瓦歌儿吧！拉个预备兵歌吧！"

人们又哭又唱，酒喝得比平时多一倍，如同全俄国每个人都在借酒浇愁一样。每天晚上都有人来向大家告别，装出一副什么都不怕的样子，走起路来像只小公鸡，把帽子往地上一摔，赌咒发誓说，他一个人就能把小日本收拾干净，但最后往往以流着眼泪唱这支痛苦的歌儿而收场。

有一天萨什卡到啤酒馆比平时早，女掌柜给他倒了第一杯啤酒，照例说道：

"萨沙，给我拉点什么自己作的吧……"

他的嘴忽然撇开了，啤酒杯在手里直颤抖。

"您知道吗，伊凡诺娃太太，"他自己也莫名其妙地说道，他们要抓我当兵呢，叫我去打仗。"

伊凡诺娃太太不禁两手一拍：

"这绝不可能，萨沙！您在开玩笑吧？"

"不是，"萨什卡忧郁地说道，无可奈何地摇了摇头，"我不是开玩笑。"

"可是您过了年纪了吧，萨沙？您多大了？"

不知为什么，至今没有人对这问题发生过兴趣。大家都觉得，啤酒馆的墙壁，墙壁上画的侯爵、乌克兰乡下佬、青蛙和把守入口处的彩色的冈布利努斯国王有多大年纪，萨什卡就有多大年纪。

"四十六啦。"萨什卡想了想，回答道，"也许四十九吧。我是个孤儿。"他又忧郁地补充了一句。

"那您去说说呀，该去找谁就找谁呀。"

"我找过了，伊凡诺娃太太，我已经去说过了。"

"怎么样呢？"

"怎么样？他们回答我说：犹太癞皮鬼、犹太丑八怪，你要再废话，就让你喂臭虫去……说完就让我上这儿来了。"

到了晚上，整个啤酒馆里的人都知道这件新闻了，大家由于同情萨什卡，竟把他灌得烂醉如泥。他想做鬼脸，出洋相，眯眼睛，可是从他那双温顺、逗笑的眼睛里流露出来的，却是忧愁与恐惧。有位体格健壮的铁锅匠，突然自告奋勇代替萨什卡上战场。谁都明白这种建议太荒唐了，可是萨什卡却大为感动，流出了热泪，拥抱了铁锅匠，当场就把自己的提琴送给他，而把小松鼠留给了女掌柜。

"伊凡诺娃太太，请您多照看小狗。我也许回不来了，那它就算是萨什卡留给您的一件纪念品吧。小松鼠，我的小狗啊！您瞧，它舔自己的身子呢。咳，我的可怜虫啊！我还有件事要拜托您，伊凡诺娃太太。老板还欠着我的钱呢，请您领出来吧，寄到……回头我给您开个地址。我有个堂弟住在戈麦尔，他有家室；还有，我外甥的寡妻住在日麦林卡。我每月都给他们……有什么法子呢，我们犹太人就是这样的民族啊……我们爱自己的亲戚。可我是个孤儿，孤单单的一个人。再见啦，伊凡诺娃太太。"

"再见啦，萨什卡！咱们分手的时候总该接个吻吧。多少年来……您可别生气呀，让我给您画个十字，祝福您上路吧。"

萨什卡的眼睛里充满了忧伤，但他还是忍不住最后做一次怪相。

"怎么着，伊凡诺娃太太，有了俄罗斯人画的十字，我就不会完蛋啦？"

## 六

冈布利努斯啤酒馆萧条了，沉寂了，仿佛没有萨什卡和他的提琴就热闹不起来似的。老板为了招徕顾客，又聘请了四个流浪江湖的曼陀林手。其中有一个打扮得像小歌剧里的英国人，留着火红色的络腮胡子，鼻子是粘上的，穿着带方格的裤子，领子比耳朵高出一截，在舞台上演奏滑稽小调，表演各种下流动作。但顾客对曼陀林手的四重奏毫不欣赏，不仅不欣赏，还嘘他们，往他们身上扔咬剩的香肠头，而他们那个主角有一次还被津得洛夫渔民揍了一顿，因为他提到萨什卡时竟敢出言不逊。

然而那些没有被战争卷去送死和受罪的海上和港口的好汉们，按照老习惯照旧光顾冈布利努斯啤酒馆。起初每天晚上都要念叨萨什卡：

"哎，要是现在萨什卡在这儿该多好！没有他，心里憋得慌……"

"是啊，亲爱的萨什卡，我们的好朋友，你在何方？"

　　在遥远的满洲里原野上……

不知谁唱了一句最近流行的歌曲，又不好意思地停住了，旁边一个人突然说道：

伤口有穿通的、刺破的和砍伤的，可是也有撕碎的……

祝自己胜利在握。

愿你折断一条胳膊……

"行啦，别哀号了……伊凡诺娃太太，萨什卡没有一点消息吗？没有信或明信片吗？"

伊凡诺娃太太现在整晚整晚地读报纸，把举着报纸的手臂伸直，仰着头，不断翕动着嘴唇。小松鼠一动不动地卧在她膝上，发出匀称的呼噜声。女掌柜已经完全不像一个正在值勤的精神抖擞的船长了，而她麾下的仆役们也都变得萎靡不振，没精打采地在啤酒馆里转来转去。

对于萨什卡命运的问题，她慢慢地摇了摇头。

"我什么都不知道……也没有信，从报上又看不出什么来。"

然后慢慢摘下眼镜，把它连同报纸放在被她身体焐暖了的小松鼠旁边，转身啜泣起来。

有时她向小狗弯下身子，用悲哀动人的声音对它说道：

"怎么办啊，小松鼠？怎么办啊，小狗？咱们的萨什卡在哪儿？啊？咱们的主人在哪儿？"

小松鼠扬起温顺的小脸，两只湿漉漉的黑眼睛不停地眨巴着，随着女主人的声音小声叫起来：

"啊呜，啊呜……"

然而……时间能把一切都磨光、冲净。三弦琴手代替了曼陀林手，有姑娘参加的俄国乌克兰合唱队又代替了三弦琴手，最后，比别人在冈布利努斯啤酒馆里待的时间都长的，是著名的手风琴手廖什卡，就其行业来说他原是小偷，但由于结婚的缘故，决定改邪归正了。他在各地小饭馆里早就小有名气，因此这儿也就容忍他了，其实也只能容忍：冈布利努斯啤酒馆的生意糟透了。

　　几个月过去了，一年过去了。现在除了伊凡诺娃太太之外，已经没有人提起萨什卡，就是伊凡诺娃太太，也不会一提起他就伤心落泪了。又过了一年，也许连小白狗也把萨什卡忘掉了。

　　但是为萨什卡还是白操心了，由于俄罗斯人为他画了十字，他不仅没完蛋，甚至连一次伤也没负过。他一到军队便被编入军乐队吹笛子。虽然他参加过三次大的战役，有一次冲锋的时候，他作为军乐队的一员还一直走在全营的前面。他在瓦凡高附近被俘，战争结束后被一艘德国海船运到的那个港口，正是他的朋友们干活儿和寻欢作乐的港口。

　　他归来的消息像电流一样顿时传遍了所有港湾、防波堤、码头、作坊……晚上冈布利努斯啤酒馆里来的人如此之多，以至大部分人不得不站着喝啤酒，啤酒杯只能从头顶上传递。虽然那天有不少人不付钱就走了，可是啤酒馆的生意仍旧比哪一天都兴隆。铁锅匠把萨什卡的提琴带来了，用妻子的头巾珍重地包着，他把提琴交给萨什卡之后，马上就把头巾换酒喝了。最后一个替萨什卡伴奏过的人也不知从什么地方给找来了。手风琴手廖什卡是个自命不凡的人，觉得自己丢了面子，差点没发火。"我是按天收钱的，我有合同。"他老是一个劲地重复着这句话。但他被人不客气地从门里推了出去，如果不是萨什卡出面说情的话，还免不了要挨一顿打。

大约没有一个日俄战争中的民族英雄遇到过像人们欢迎萨什卡那样真挚而狂热的场面了！一双双刚劲粗糙的大手抓住萨什卡，把他举到空中，使劲往上扔，劲使得那么大，差点没把他扔到天花板上撞伤了。而喊声如此震耳，连煤气灯焰都要震灭了，警察跑进来好几次，一再请求大家："安静点，因为外面的声音太大。"

这天晚上，萨什卡把冈布利努斯啤酒馆心爱的歌舞曲都拉了个遍。他还演奏了他当俘虏时学会的几支日本小曲，但没有博得听众的喜爱。伊凡诺娃太太仿佛苏醒了一般，重又精神抖擞地站在自己的船长桥楼上，而小松鼠则卧在萨什卡的膝头，高兴得不断尖叫。常常发生这样的事，只要萨什卡的琴声一停，便有一个直到现在才意识到萨什卡的平安归来是个奇迹的朴实的渔民，突然又天真又惊喜地喊道：

"弟兄们，这是萨什卡呀！"

冈布利努斯啤酒馆的大厅里顿时充满了哄笑声、笑骂声，于是大家又把萨什卡举起来，往天花板上扔，一面叫喊着，喝酒碰杯，互相洒了一身啤酒。

萨什卡离开了几年，好像一点没变样，一点没见老，岁月和苦难对他外表的影响很小，就如同对啤酒馆的守护神冈布利努斯的雕像一样。但是伊凡诺娃太太凭着真诚女人的敏感发现，他们分别时在萨什卡眼睛里看到的那种恐惧与忧伤，如今非但没有消失，反而更加深沉了。萨什卡照旧做怪相，眨眼睛，皱眉头，可是伊凡诺娃太太觉得，这些都是他故意装出来的。

# 七

一切又都同往常一样了，仿佛从来没有发生过战争，萨什卡也根本没有在长崎当过俘虏。穿着长筒大皮靴的渔民侥幸打到大雪鳇和鲟鱼之后，照旧要欢庆一番，小偷的女伴们照旧跳舞，而萨什卡也照旧演奏海员们从世界各个港湾带来的歌曲。

但是令人眼花缭乱的瞬息万变的暴风雨时代已经临近了。有天晚上全城响起一片嘈杂声，城市骚动起来，就像被警报惊动了一样。已经夜半更深，街上还是黑压压地挤满了人。白色的小传单连同美妙的"自由"两个字，从这个人手里传到那个人手里，这两个字在这天晚上已经被整个辽阔而轻信的国家异口同声地重复过无数次了。

光明的喜庆的日子降临了，它的光辉也照亮了冈布利努斯啤酒馆的地下室。大学生和工人们来过，年轻貌美的姑娘们也来过。他们的眼睛炯炯发光，站在曾经沧海的木桶上向大家讲话。他们讲的话不能完全听懂，但由于其中蕴蓄着那种炽热的希望和伟大的爱，使得听众的心不禁战栗起来，并渐渐向他们敞开了。

"萨什卡，拉《马赛曲》！快！拉《马赛曲》！"

但这次演奏的《马赛曲》完全不同于市长在俄法联盟欢庆周期间勉强允许演奏的《马赛曲》了。连绵不断的游行队伍手举红旗，高唱歌曲，从街道上拥过。女人身上的红飘带和红花显得分外鲜艳。素昧平生的人在街头相遇，突然互相紧紧地握手，露出了欣喜的笑容……

但这种欢乐刹那之间就消逝了，仿佛儿童在海滩上留下的足迹，被潮水冲得无影无踪。一天，副警长，一个面孔红得像熟透的西红柿、眼睛向外鼓着的矮胖子，气喘吁吁地冲进冈布利努斯啤酒馆：

"什么？谁是这儿的老板？"他声音嘶哑地喊道，"给我把老板叫出来！"

他看见萨什卡拿着提琴站在旁边。

"你是老板？住嘴！什么？你们拉国歌？不准拉国歌！"

"不会有人拉国歌了，大人。"萨什卡沉静地回答道。

警察气得面孔发青，举起的食指几乎杵到萨什卡的鼻子上，并且威胁地在他眼前晃了晃。

"不准拉国歌！"

"是，大人，不准拉国歌！"

"我要让你们知道什么是革命，我要让你们知道知道！"

副警长又像炸弹似的飞出啤酒馆。他走后，大家心里都压了一块石头。

于是，黑暗笼罩了全城。含混的、令人焦虑的、恶毒的谣言四起。人们说话提心吊胆，生怕眼神惹出是非，见了自己的影子也要心惊肉跳，连对自己心里的想法都感到害怕。全城人民想到那条环绕在脚下咕噜噜流动的沿海臭沟，那条他们多少年来倾倒有毒粪便的臭沟时，第一次感到了恐惧。豪华的商店橱窗上了护板，傲然屹立的纪念碑派了巡逻队把守，为了谨防万一，又在华丽住宅的大院里布置了炮兵。而在郊外臭气熏天的小屋里，在残破的阁楼上，那些早已被《圣经》中发怒的上帝遗弃的上帝的选民，却在战栗、在祈祷、在惊恐中哭泣，他们至今仍然相信自己经受的严酷考验尚未到头。

在山城的脚下，大海的岸边，一条条发黑的烂肠子似的街道上，正在进行着不可告人的勾当。酒馆、茶铺、夜店的大门彻夜敞开着。

屠犹的暴行是清晨开始的。那些一度被共同的纯真的喜悦和未来友好团结的光芒所感化了的人，曾经在赢得的自由的象征下，高唱着歌曲走上街头——正是这些人，现在又去杀人了。他们去屠杀犹太人，并非有什么人命令他们这样做，也不是因为自己仇恨犹太人，其实他们之间往往很有交情，甚至也并非为了贪图私利，因为是否有利可图还是值得怀疑的；而是因为附在每个人身上的卑鄙狡猾的魔鬼趴在他们耳朵上悄悄怂恿道："走吧，干什么都不会受到制裁：可以满足被禁止的杀人的好奇，发泄对暴行的嗜欲，玩弄对别人生杀予夺的权力。"

在屠犹的日子里，萨什卡仍然可以自由自在地在城里走动，虽然他长着一副可笑的、猴子般的、地地道道的犹太人面孔。没有人去碰他。他身上那种不可摧毁的勇气，那种无所畏惧的气概，比任何勃朗宁手枪都更能保护弱者。但有一次，当他紧贴着墙，躲过了像一阵飓风似的涌上街头的人群之后，一个身着红衬衫、腰系白围裙的石匠，在他头上抡起铁凿子，大声吼道：

"犹太鬼！打犹太鬼！叫他见点血！"

这时有人从背后抓住他的手。

"住手，魔鬼，这是萨什卡呀！你这蠢驴，×你×的……"

石匠惊呆了，他在这似醉如狂的一刹那，不论是谁，父亲也罢，姐妹也罢，牧师也罢，甚至东正教的上帝也罢，他都准备一凿子打死。可是他仍然像孩子一样，乖乖听从任何意志坚强的人向他发出的命令。

他像白痴似的咧开大嘴，啐了一口唾沫，用手抹了抹鼻子。但他突然瞧见紧贴着萨什卡发抖的小白狗，马上弯下身子，抓住小狗的后腿，把它高高地倒提起来，头朝下往人行道的石板上摔去，便又往前跑了。萨什卡一声不响地看着他。他躬腰向前跑去，伸出两只胳膊，光着头，咧着嘴，瞪圆了两只由于丧失理智而发白的眼睛。

小松鼠的脑浆飞溅到萨什卡的靴子上，萨什卡用手帕把溅脏的地方擦干净。

## 八

接着开始了一个荒唐怪诞的时期，仿佛一个瘫痪的病人做了一场噩梦。夜晚，全城没有一家的窗户透出一丝亮光，但咖啡馆的招牌和下等酒馆的窗户却被灯光照得明晃晃的。胜利者们在检验自己的权力，他们还没过足"无法无天"的瘾。有那么几个蛮横的家伙，戴着满洲的高羊皮帽，上衣扣眼里别着乔治勋章绶带，在各个饭馆里转来转去，用放肆的口气非要求演奏国歌不可，并且一定要顾客统统站起来。他们还破门冲入私人住宅，翻箱倒柜，向住户要酒喝，要钱花，逼着他们唱国歌，弄得满屋子都是酒嗝味。

有一次他们十个人来到冈布利努斯啤酒馆，占了两张桌子。他们完全是一副挑衅的架式，把伙计们呼来叱去，隔着不相识的邻座顾客的肩膀吐痰，把两条腿跷在别人的座位上，借口啤酒不新鲜，把它随手倒在地板上。谁也不敢惹他们。大家都知道他们是密探，怀着又嫌恶又好奇的心情觑着他们，心里暗暗捏着一把汗，平头百姓就是怀着这种心情觑着刽子手的。他们中间显然有个领头的，这家伙就是塌鼻子季莫卡。他长着一头红发，鼻梁被人打断了，所以说起话来瓮声瓮气。据说他膂力过人，早先做过贼，后来在妓院里当打手，以后便靠妓女过活，最后干上了密探。他是一个受过洗礼的犹太人。

萨什卡正在演奏密切里查舞曲，塌鼻子突然走到他跟前，一把抓住他的右手，转过身来对顾客大声吼道：

"拉国歌！国歌！弟兄们，为了向我们敬仰的君主表示敬意……国歌！"

"拉国歌！拉国歌！"戴高羊皮帽子的歹徒们一齐呐喊。

"拉国歌！"远处响起了一个孤单的、底气不足的声音。

但是萨什卡挣开那只手，镇定地回答道：

"我决不拉国歌。"

"什么？"塌鼻子吼叫起来，"你竟敢回嘴！咳，你这个臭犹太佬。"

萨什卡俯身向前，逼近塌鼻子，紧紧皱起眉头，抓着琴颈的手放了下来，向他问道：

"你呢？"

"我什么？"

"我是臭犹太佬，就算是吧。可你呢？"

"我是东正教徒。"

"东正教徒？花了多少钱买的你？"

整个冈布利努斯啤酒馆哄堂大笑，塌鼻子气得满脸发白，转身对同伙喊道：

"哥儿们，"他用发抖的、几乎要哭出来的声音说出了不知从谁那儿学来的话，"我们能容忍犹太佬嘲弄王位和神圣的教堂到几时啊？"

萨什卡从舞台上站起来，一声呵斥，又使塌鼻子转过身来对着自己，而在冈布利努斯啤酒馆的顾客当中，大概永远不会有人相信，这个可笑的、整天做怪相的萨什卡竟能说出这样有分量的、这样威严的话来：

"你！"萨什卡喊道，"你，狗崽子！叫我看看你的脸，杀人犯……看着我！听见没有？"

这一切都发生得非常快，仿佛只有一瞬间。萨什卡把提琴高高举起来，只见提琴在空中一闪，啪的一声打在一个戴高羊皮帽的高个子的太阳穴上，打得他摇晃了一下。提琴打得粉碎，只有琴颈还握在萨什卡手里，他仿佛得胜似的把它高高举在人群的头顶上。

"哥儿们，出把力呀！"塌鼻子叫唤起来。

然而出力已经迟了，一堵强大的人墙把萨什卡围起来，护住了他。还是那堵人墙，把这伙戴高羊皮帽的家伙推到街上。

但一小时后，等萨什卡收拾完毕，从啤酒馆走到人行道上的时候，几个人向他扑了过去。有个家伙照着萨什卡的眼睛就是一拳，接着吹了一声口哨，对跑过来的警察说道：

"带到林荫道段上去，政治犯。这是我的证章。"

## 九

现在大家第二次也是最后一次以为萨什卡一去不复返了。有人看见啤酒馆前面人行道上发生的这一幕，又转告了别人。而冈布利努斯啤酒馆的老主顾都是饱经世故的人，知道林荫道段是个什么机关，密探们又是怎么进行报复的。

但现在人们对萨什卡的担忧已经远不如第一次，而忘却得又比第一次快多了。两个月以后，在萨什卡的位子上便坐了一个新来的小提琴手（顺便提一下，他是萨什卡的学生），他是伴奏的人找来的。

一天，大约三个月以后吧，在一个静谧的春天夜晚，乐师们正在演奏圆舞曲《等待》，突然有个尖嗓子吃惊地喊了一声：

"弟兄们，萨什卡！"

大家一齐转过身子，从小酒桶上站起来。不错，这是他，第二次复活的萨什卡，但是现在脸上长满了胡子，又瘦又苍白。大家立刻向他拥去，把他围起来，使劲拥抱他，揉搓他，把一杯杯盛满啤酒的酒杯举到他跟前。突然间，那个人又喊了一声：

"弟兄们，他的胳膊怎么了？"

大家一下子都愣住了。萨什卡的左臂弯曲着，胳膊肘顶在腰上，像是被压弯了一样。手臂显然不能曲伸了，而手指也永远在下巴旁边支棱着。

"伙计，这是怎么啦？"胸口长满了毛的"俄国社会号"的水手长最后忍不住问道。

"唉，没什么，大概是肌腱或者别的地方出了点毛病。"萨什卡不当一回事儿似的回答道。

"原来是这样……"

大家又都不说话了。

"现在《牧羊人》算完了吧？"水手长关切地问道。

"怎么说《牧羊人》算完了呢？"萨什卡反问道，眼睛里放射出光芒。"喂，你听着。"他像通常那样满有把握地对伴奏的人吩咐道，"演奏《牧羊人》！一、二、三！"

伴奏的人在钢琴上迅速地弹出欢快的舞曲，同时惶惑地向后张望着。只见萨什卡用那只好手从衣袋里掏出一个巴掌大小的长圆形的黑乐器，乐器上有个吹嘴，他把吹嘴对在嘴上，全身向左转去，直到残废的不能挪动的左手受不住为止，陶笛忽然奏出了嘹亮的快乐的《牧羊人》。

"哈！哈！哈！……"听众中发出一阵阵欢乐的笑声。

"活见鬼！"水手长喊了一声，情不自禁地做了一个利落的舞蹈姿势，接着便踏出急遽的舞步。受到他热情感染的顾客们，女人们和男人们，也跟着跳起舞来。就连仆役们也笑嘻嘻地不停地踏着脚，同时还尽量保持着自己的身份。就连伊凡诺娃太太也忘了船长的职守，脑袋随着热情奔放的舞曲摇来摇去，两个手指轻轻地打着榧子。也许，甚至被时间侵蚀了的、全身都是小孔的老冈布利努斯也不时扬起眉毛，快乐地望着街道。好像这件简陋的、不值钱的笛子，在佝偻的残废人萨什卡手中，用一种——说起来非常遗憾——不论是冈布利努斯啤酒馆的朋友们，还是萨什卡本人还都不懂的语言唱道：

"没关系！可以把人弄成残废，但艺术能够经受一切，战胜一切。"

# 石榴石手镯

贝多芬的钢琴奏鸣曲（作品第二号第二乐章）。

广板、热情地。

## 一

时值八月中旬，新月还没有出现，天气却骤然变坏了，这是黑海北岸所特有的现象。有时大地和海洋一连几昼夜笼罩在茫茫大雾之中，灯塔上的大警笛便像一头发疯的野牛，日夜不停地吼叫着。有时连绵的秋雨，宛如一层薄纱，从头一天清晨一直下到第二天清晨，把黏土筑成的大道和小径浇成一片泥泞，使得陷在泥泞里的大车和轻便马车半晌也挣扎不出来。有时从西北方向，从草原那边，刮来一阵狂风，刮得树梢左右簸荡，就像暴风雨中的巨浪一样，刮得别墅屋顶的铁皮夜里轰隆轰隆地响，仿佛有人穿着钉铁掌的靴子在上面奔跑。窗框不停地颤抖，房门一齐乒乓作响，烟囱不断怪声哀嚎。几只渔船在海上迷失了方向，而其中的两只始终没有返航：直到一星期以后，海浪才把渔夫的尸体冲到岸边各个不同的地方。

郊外海滨疗养区避暑的人——多半是希腊人和犹太人，他们像所有的南方人一样，虽然生趣盎然，但又敏感多疑，——都急忙搬回城里去了。满载着褥垫、沙发、箱子、椅子、面盆、茶饮等家庭用具的平板大车，络绎不绝地行驶在泥泞的公路上。透过昏暗的细雨，望着显得这般破旧、肮脏、寒碜、难看的家什，望着坐在车顶湿漉漉的帆布上、手里抱着熨斗、洋铁盒、小篮子的侍女和厨娘，望着腿不时哆嗦着停下来。浑身冒汗、身子不断抽搐、已经精疲力竭的马，望着裹着蒲席遮雨、用沙哑的声音骂街的车夫，心里不由得又厌恶又凄凉。望着游人乍去、冷落空旷的别墅，一片狼藉的花坛，玻璃破碎的门窗，可怜无主的野狗，以及别墅里随处可见的垃圾：烟头、纸屑、陶器碎片、空罐头盒、药瓶，叫人更加悲伤。

然而一到九月上旬，天气又完全出乎人的意料，突然变暖了。立刻出现了静谧的晴天，即使在七月也不曾有过这样晴朗、温暖和阳光灿烂的天气。收割过的田野已经晒干，在田野中发黄扎人的麦茬上，秋天的蛛丝闪烁出云母般的光芒。一片片的黄叶，正从静止的树枝上悄悄地、柔顺地飘落下来。

公爵夫人薇拉·尼古拉耶夫娜·舍英娜，本省首席贵族的妻子，因为城里住宅尚未修缮完毕，不能离开别墅。现在，美妙的日子来临了，寂静、清幽、空气清爽，一群即将飞走的在电线上呢喃的燕子，从海面上习习拂来的略带咸味的温柔的海风——这一切都使她心旷神怡。

## 二

况且今天又是她的命名日——九月十七号，亲切而遥远的童年回忆使她一直喜欢这个日子，每逢这一天，她总期待着发生一件自己特别喜欢的奇妙的事。一清早，丈夫就因为急事进城去了，临走前把一只首饰匣放在她的床头柜上，匣子里面装着一副珍珠镶嵌的梨形耳环，这件礼物使她愈发高兴了。

整个住宅里只剩下她一个人。她的独身兄弟尼古拉，平时同他们住在一起的副检察官，也进城上法院了。丈夫答应带几位最熟悉的朋友来吃午饭。命名日恰巧在别墅里过，真是再好不过了。在城里少不得要花钱办几桌丰盛的筵席，也许还得举办舞会，而在这儿，在别墅里，只要花很少一点钱就能应酬过去。尽管舍英公爵社会地位显赫，但经济上却很拮据，也许还是仗着他的社会地位，才勉强维持住收支平衡。祖上庞大的家业几乎被他的先辈挥霍一空，可是照旧得撑持着超出财力的日子：招待客人、举办慈善事业、讲究穿着、养马等等。薇拉公爵夫人当年对丈夫的那分痴情早已化为忠贞不二的友谊了，现在她只是尽自己的一切力量帮助他，免得他彻底破产。她不让丈夫觉察到，暗自在很多方面放弃自己的需要，并且尽量缩减家庭开支。

现在她在花园里走着，小心翼翼地用剪刀剪下午餐插瓶用的鲜花。荒芜的花坛显得凌乱。杂色的复瓣石竹只剩下最后的几枝花了，还有紫罗兰——只有一半还在开花，而另一半已经结出散发着白菜味的碧绿的细荚，玫瑰丛还在吐苞开花——这是夏天第三次了，不过蓓蕾和花朵都变小了，也稀疏多了，仿佛变了种一样。唯独天竺牡丹、芍药、翠菊开得绚烂缤纷，只是显得冷漠傲人，并把夹杂着青草味的令人忧郁的秋天气息，散播到敏感的空气中去。其他的花木经过一番热恋，在夏天孕育足了母性之后，正在悄悄地把无数未来生命的种籽散落在大地上。

公路附近响起了几声熟悉的三音汽车喇叭，这是薇拉公爵夫人的妹妹安娜·尼古拉耶夫娜·弗里叶瑟乘坐的汽车驶近了。她一清早就打电话告诉姐姐，说她要来帮她招待客人，料理家务。

灵敏的听觉并没有欺骗薇拉，她出来迎接。几分钟之后一辆漂亮的轿车突然在别墅门口停住，司机从座位上麻利地跳下来，把车门打开。

姐妹俩快活地亲吻，她们从小就很要好，互相非常依恋。她们的相貌很不相同，姐姐薇拉长得像母亲，一个英国美人；她同母亲一样，身材苗条，脸庞娇嫩，但神态庄严；两只手虽然显得大了些，但仍非常秀美，一双只有在老式袖珍画像上才能见到的溜肩，依然妩媚迷人。相反，妹妹安娜却继承了父亲、鞑靼公爵的蒙古人血统，他的祖父直到十九世纪初才受洗礼，而他们的家族可以追溯到帖木儿本人，或者叫作兰格杰米尔，她父亲就是这样骄傲地用鞑靼话称呼这位杀人不眨眼的伟人的。她比姐姐矮半头，肩膀稍微宽一些，活泼、轻佻，并且喜欢嘲弄人。她长着一张十足蒙古型的脸，颧骨相当明显，眼睛细小，由于近视的关系时常眯缝着，在肉感的小嘴上，特别是在微微向前撇着的丰满的下嘴唇上，流露出傲慢的神情——然而这张脸上却有一股难以捉摸的、无法理解的诱惑力，这股诱惑力也许隐藏在微笑里，也许隐藏在所有妩媚娇柔的线条中，也许隐藏在撩拨人的、大胆卖弄风骚的面部表情里。她长得虽然不算美，但饶有风韵，所以比她姐姐那种雍容华贵的仪态更经常地、更强烈地引起男人的注目。

她嫁给了一个非常有钱但又非常愚蠢的人，他完全无所事事，只在某个慈善机关顶个名儿，还弄了个少年侍从的官衔。她很鄙薄丈夫，可是给他生了两个孩子：一儿一女。此后就决计不要孩子，也就没有再生。至于薇拉呢，她渴望孩子，甚至觉得越多越好，可是不知道为什么偏偏没有；她宠爱妹妹的两个漂亮而贫血的孩子简直到了发痴的地步。他们总是那么有礼貌，那么听话，苍白的脸蛋粉雕玉琢一般，亚麻色的头发像洋娃娃似的烫成波浪。

安娜的性格是快活而难以捉摸的，充满了时而可爱时而古怪的矛盾。她在欧洲所有的首都和疗养地都沉溺在最危险的调情里，可是从来没对丈夫不忠实过，虽然当众和背后都轻蔑地嘲笑过他。她大把花钱，酷爱狂赌、跳舞、强烈的印象、刺激人的场面，在国外还光顾过不大规矩的咖啡馆。可是同时她又非常善良，虔诚地相信上帝，甚至偷偷地信奉起天主教来。她有着美丽非凡的背、胸脯和肩膀。她在参加盛大舞会的时候总裸露得超过礼节和风尚所允许的界限，可是据说在露肩过多的晚礼服下面，总穿着一件粗毛呢衬衣。

薇拉则举止端庄，待人和蔼，但在和蔼中总流露出冷漠和几分傲气。她是一个有主见的、威严而安稳的女人。

三

"天哪，你们这儿真好！真太好了！"安娜说道，迈着轻快的碎步，同姐姐沿着小径并肩走去，"要是可以，咱们在悬崖边上的那条长凳上坐一会儿吧，我可好久没看见大海啦。空气多清新啊，呼吸着它心里就觉得舒畅。去年夏天我在克里米亚的米斯霍尔发现了一件令人惊讶的事，你猜涨潮的时候海水什么味儿？木樨花味——想不到吧。"

薇拉温和地微笑了：

"你可真是个幻想家。"

"我才不是呢。我还记得有一次我说月光里有点玫瑰色，大家都笑话我。可是前两天画家包里茨基——就是替我画肖像的那位——说我说得对，说他们画家早就注意到了。"

"画家——你又迷上画家了？"

"你总是异想天开！"安娜笑起来，向悬崖的边缘快步走去，悬崖像一道垂直的墙壁一直垂到海里。她向下面望了一眼，突然吓得叫一声，急忙往后退了几步，脸都吓白了。

"嘿！真深呢！"她说道，声音都变小了，并且还颤抖着，"每逢我从这么高的地方往下看，心里总是痒痒得又痛快又难受，脚指头都发凉了……可是还是一个劲儿地吸引我……"

她还想从悬崖边上往下探一次身子，但被姐姐拦住了。

"安娜，亲爱的，快别这样！你一这样我的头就晕了，求求你，坐下吧！"

"好吧，好吧，我坐下啦……可是你瞧，多美啊，多快活啊——简直看不够。你要是知道我多么感激上帝为我们创造了这般奇迹就好了！"

她们俩沉思了一会儿，在她们脚下很深很深的地方，大海在安息。从长凳那儿看不见海岸，因此更增强了辽阔大海的无垠和雄伟的感觉。海水平静得可爱，湛蓝得悦人，只是在海水流动的地方有一片平滑的水面在闪闪发光，等它流到水天相接的地方又变成一片暗蓝色了。

　　几只依稀可辨的渔舟——它们显得那么小——在离岸不远的平滑的水面上一动不动地打盹。再远一点，一只三桅帆船仿佛悬挂在天空，不再向前移动，从上到下披满了被海风鼓起的、一个样式的、整齐的白帆。

　　"我理解你的心情，"姐姐若有所思地说道，"可是不知道为什么我不像你那样。在隔了很长时间之后第一次见到海的时候，它使我激动，欣喜，赞叹。我仿佛第一次目睹这伟大的、壮丽的奇观。但是等我看惯它以后，它那平淡无奇的空阔又开始使我感到窒息……现在我一瞧见它就腻味，真不想再看见它。厌烦死了。"

　　安娜笑了。

　　"你笑什么呀？"姐姐问道。

　　"去年夏天，"安娜调皮地说道，"我们一伙人从雅尔塔骑马到乌奇-科什去。就是林务区后面瀑布的上边。我们一开始就钻进云彩里，潮湿极了，四外什么都看不清楚。可是我们还是沿着松林间险峻的小路往上爬。突然间，不知怎的树林到了尽头，我们也从云雾中钻了出来。你想象一下：悬崖峭壁上的一块狭窄的平地，脚底下就是万丈深渊。山下的村庄还没有火柴盒大呢，树林和花园就像一丛小草。整个地形越靠海越低，就像地图上画的那样。再往前一点就是海了！不过离海五十或一百俄里吧。我觉得自己仿佛悬在空中，马上就要腾空飞去。多么美啊，多么飘飘然啊！我转过头来惊喜地对向导说：'怎么样，美吧，谢伊德·奥格雷？'可是他只咋了咋舌头说：'唉，太太，这一切都让我腻味透了。我们一天到晚看的老是这些。'"

"谢谢你打的比方。"薇拉笑起来,"不,我只是这么想:我们北方人永远不能理解大海的魅力,我爱树林。你还记得咱们耶戈罗夫斯基的那片树林吗?难道它有使我们感到厌烦的一天?那松柏,那些鲜苔,那些毒蝇菌!仿佛红缎子做的,上面还嵌着白珠子。多么幽静……凉爽。"

"对我全一样,我什么都爱,"安娜回答道,"可是我最爱的还是我的姐姐,我那聪明懂事的薇连卡①。世界上就剩下咱们两个亲人了。"

她拥抱着姐姐,紧紧依偎着她,把自己的脸颊贴在姐姐的脸颊上。可是突然间又想起什么事。

"对了,你瞧我多糊涂!咱们俩像小说里人物似的,坐在这儿谈论大自然,可我把送你的礼物完全忘了。我拿给你看看。就怕你不一定喜欢。"

说着她从手提包里取出一本装帧精美的小记事簿,在年深日久、已经磨损发灰的蓝天鹅绒封皮上,有一幅用暗色的金银丝编成的花纹,图案之复杂、精巧、美观都是世所罕见的——这显然是一位灵巧而耐心的艺术家的精心之作。记事簿上装着一条丝线一般粗细的金链,当中的几页还换上了象牙薄片。

"多漂亮的小玩意儿啊!漂亮极了!"薇拉说道,亲了亲妹妹,"谢谢你,你从哪儿弄来的这件珍宝?"

"在一家古玩铺子里找到的。你知道我有淘换破烂的毛病。正

_____

① 薇拉的爱称。

巧碰到这本祈祷书了。你瞧，十字架是用图案装饰出来的。其实我只不过找到了这个封皮，其余的一切——书页啦、链环啦、铅笔啦——都不得不自己设计。可是不管我怎么对莫里涅解释，他还是一点也不能理解我的意思。铅环一定要和花纹搭配好，不带光泽，得用旧金子做，刻工必须精巧，可是上帝才晓得他做成了什么样子。不过这条金链是真正的威尼斯货，很有年头了。"

薇拉心爱地抚摸着精美的封皮。

"真是老古董了！这本记事簿大约有多少年了？"

"我不敢说准，大约是十七世纪末或十八世纪中的东西。"

"太有意思了，"薇拉若有所思地笑着说道，"我手里拿的东西，也许曾经接触过蓬巴杜 ① 侯爵夫人或者安托瓦内特皇后 ② 本人的手……可是安娜，只有你的脑子里才会产生把祈祷书装订成女人用的 Carnet ③ 的大胆的想法！可是咱们还是回去吧，看看家里在干什么呢。"

她们穿过一座大石凉台走进屋门，凉台的四周都被一座座"伊查别拉"葡萄的篱形棚架遮住了。一大嘟噜一大嘟噜黑色的葡萄沉甸甸地挂在墨绿色的，在一些被阳光照耀着的地方泛着金色的密叶中间，散发出清淡的草莓味。整个儿的凉台笼罩在一层淡淡的青光之中，使得女人们的脸顿时显得苍白了。

"你吩咐过在这儿开饭吗？"安娜问道。

"是啊，我起先这样想过……可是眼下晚上寒气太重，还是开

---

① 法国国王路易十五的情妇。
② 法国国王路易十六的皇后。
③ 法语：记事簿。

在饭厅里好。让男人们到这儿来吸烟。"

"有有趣的男人吗？"

"我还不知道呢，我只知道咱们的老伯伯要来。"

"哎呀，可爱的伯伯啊！这可太让人高兴了。"安娜两手一拍喊道，"我好像有一百年没看见他了。"

"瓦夏的姐姐也要来，也许还有斯佩什尼科夫教授。安年卡①，昨天简直把我急坏了。你知道，他们两位都是讲究吃的——伯伯和教授。可是不管在这儿还是在城里，花多少钱也买不到东西。卢卡弄到了几只鹌鹑——向一个熟猎户订下的——想在鹌鹑上打主意。弄来的牛里脊相当不错，唉，牛里脊总是少不了的。虾新鲜极了。"

"这也就不错了，你别担心啦。其实，这是咱们俩说，你的嘴也够馋的。"

"可是还有件稀罕的物件呢，今天早上渔夫送来一只海公鸡。我亲眼看见了，简直是个怪物，让人看了害怕。"

安娜对什么都好奇得要命，不管同她有没有关系，马上叫人把海公鸡拿给她看。

个子高大、黄脸刮得干干净净的厨子卢卡端着一个椭圆形的大白木盆走进来，他两只手小心地、费劲地抓着盆耳，生怕把水溅到镶花地板上。

"十二磅半，夫人，"他带着厨子特有的骄傲说道，"我们刚称过。"

鱼对木盆来说太大了，它蜷着尾巴卧在盆底。鱼鳞闪着金光，

---

① 安娜的爱称。

鳍的颜色鲜红，两只扇子似的带褶的长翅从凶狠的阔嘴边向两侧伸着。海公鸡还没有死，使劲用鳃呼吸。

妹妹战战兢兢地用小拇指碰了一下鱼头，海公鸡突然甩了一下尾巴，安娜尖叫了一声，赶紧把手缩回来。

"您用不着担心，夫人，做出来保管叫您满意。"厨子说道，他显然看出安娜的担心来了，"刚才保加利亚人送来两个香瓜，菠萝味的。样子有点像粗皮香瓜，不过味儿香多了。我还想问夫人一声，海公鸡加什么调料：鞑靼的还是波兰的，要不就光放过油的面包干？"

"你看着办吧，下去吧！"公爵夫人吩咐道。

## 四

五点钟之后客人们陆续到了。瓦西利·利沃维奇公爵带来了夫家姓杜拉索夫的守寡的姐姐柳德米拉·利沃夫娜，一个好心眼的、平时很难开口的胖女人；还有大家都狎昵地称之为瓦休乔克的全城闻名的花花公子，他既会唱歌又能朗诵，还举办活人画①展、戏剧演出、义卖市场，因此在社交界颇受欢迎；薇拉公爵夫人在斯莫尔尼女校的同窗、著名的女钢琴家珍妮·赖特尔，以及公爵的内兄尼古拉·尼古拉耶维奇。随后安娜的丈夫也坐汽车来了，同他一起来的还有面孔刮得干干净净、身体肥大得出奇的斯佩什尼科夫教授和本地副省长冯·赛克。来得最晚的是阿诺索夫将军，他是由两名军官陪同乘坐漂亮的出租马车来的：上校参谋波纳马廖夫，一位未老

---

① 人物化装表演某个场面，既无动作，也无对话。

先衰、性情暴躁、被力不胜任的公务累得精疲力竭的瘦子，和近卫军骠骑兵中尉巴赫京斯基，彼得堡著名的优秀的跳舞行家和无与伦比的舞会主持者。

阿诺索夫将军，一个身体高大肥胖、满头银丝的老人，一只手抓着驭者座的扶手，另一只手扶着马车的后身，费劲地从踏板上走下来。他左手握着助听管，右手拄着顶端上套着橡皮套的手杖。他脸庞宽大，皮肤粗糙发红，当中长着一个肉头鼻子，眯缝的眼睛带着既威武又善良，多少还有一点蔑视的神情，眼睛周围布满细碎的皱纹，上下眼皮微微发肿，这是那种经常在眼皮底下看见危险和死亡的、勇敢而质朴的人才有的脸型。两个姐妹老远就认出他来，刚好赶在马车停下的时候跑到马车跟前，半开玩笑半认真地从两边挽起他的胳膊。

"就像……挽一个主教似的！"将军用带点嘶哑的低音和蔼地说道。

"老伯伯，亲爱的好伯伯！"薇拉稍微带点娇嗔说道，"我们天天盼着您，可您老也不露面。"

"老伯伯在南方把良心都丧尽了，"安娜笑起来，"也应该想想您的教女呀。可是您却像唐璜一样，一点都不害臊，把我们完全忘在脑后头了。"

将军摘下帽子，露出威风凛凛的头顶，轮流吻姐妹俩的手，然后吻她们的脸颊，又吻她们的手。

"丫头们……等一等……先别骂我，"他说一句话喘一口气，这是他多年害气喘病的缘故，"我不说瞎话……那些背兴的医生……整个夏天都因为风湿症的缘故把我泡在……一种肮脏的泥浆里……

臭气熏天……又不放我出来……你们是我头一个来看的人……见到你们……我太高兴了……你们过得怎么样？……薇罗奇卡 [①]……完全是位夫人了……真像……你已故的母亲……什么时候叫我给你孩子当教父啊？"

"哎呀，老伯伯，恐怕没有这一天了……"

"别绝望呀……日子还长着呢……祈祷上帝吧……可是你呀，安尼亚 [②]，一点都没变样……你就是到了六十岁……还是一只停不住的蜻蜓。等一下，让我给你们介绍军官先生们。"

"我早有过这种荣幸了！"波纳马廖夫上校鞠着躬说道。

"我在彼得堡时就被引见给公爵夫人了。"骠骑兵附和道。

"那么，安尼亚，我来给你介绍巴赫京斯基中尉吧。跳舞行家兼鲁莽汉，但是个优秀的骑兵。巴赫京斯基，亲爱的，把马车里的东西拿出来吧……咱们走吧，丫头们……薇罗奇卡，你今天要给我们吃什么呀？自从施行过泥疗饮食制后，我的胃口同刚毕业的……准尉一样。"

阿诺索夫将军是已故的米尔兹·布拉特·图甘诺夫斯基公爵战场上的伙伴和忠实的朋友。公爵死后他把自己的全部的柔情和挚爱都转移到他女儿们的身上。他认识她们的时候她们还非常小呢，他还当了妹妹安娜的教父。从那时直到现在，他一直担任设在 K 城的几乎废置不用的大要塞的司令，每天都到图甘诺夫斯基家里来。孩子们简直迷上他了，因为他宠爱她们，送给她们礼物，他在马戏园

---

① 薇拉的爱称。
② 安娜的爱称。

子和戏院里有包厢，还因为谁也不像阿诺索夫同她们玩得那么津津有味。但最使她们入迷的、比什么都牢固地印在她们脑子里的，是他所讲的关于行军、作战和宿营，关于胜利和退却，关于死亡、负伤和严寒的故事——那是在喝晚茶和叫孩子们去睡觉之间那段乏味的时间里所讲的从容不迫的、史诗般平静的、纯朴的故事。

按照现今的风尚，这位前朝遗民乃是一个异常瑰丽的巨人般的人物。在他身上兼备的正是那些朴实可亲的，但又深刻动人的特征，就在他的时代，这些特征在普通士兵身上也比在军官身上常见得多，这些特征汇集在一起，便能塑造出使人看时使我们的士兵不仅成为不可战胜的，而且成为伟大的殉教者，近乎圣人的崇高形象。这纯粹是俄国农民身上的特征——包括朴实而天真的信仰，对生活的明朗、善良而乐天的看法，冷静而切实的勇敢，在死亡的面前俯首听命，对于被战胜者的怜悯，无穷尽的忍耐和肉体上、精神上的惊人的坚忍。

阿诺索夫从波兰战争起，除了日俄战争外，参加过所有的战役。就是那次战争，他本来也会毫不犹豫地参加，但是没有人叫他参加，而他又一向遵守一条极为谦逊的规则："不叫你的时候，不必去找死。"他在整个服役期间，不仅从来没鞭打过，甚至也没动手打过一个士兵。在波兰暴乱期间，有一次他竟然拒绝枪毙俘虏，尽管是团长亲自下的命令。"我不仅可以枪毙间谍，"他说道，"如果您命令我亲手杀死他，我也会干的。但这是俘虏呀，我不能枪毙他们。"他这几句话说得如此朴实、谦恭，没有丝毫挑衅或卖弄的意味，两只明亮坚定的眼睛直对着长官，以致长官非但没把他本人枪毙，反而不管他了。

一八七七至一八七九年的战争中，他很快晋升到上校，尽管他缺乏教养，或者如他本人所说的，只念过"狗熊学院"。他参加过横渡多瑙河的战役，穿越过巴尔干，蹲过希普卡的战壕，参加过对普列文的最后攻击；他受过一次重伤，四次轻伤，此外，他的头部还受到过手榴弹弹片严重的震伤。拉杰茨基[①]和斯科别列夫[②]都认识他，并且对他特别敬重。斯科别列夫有一次正是提到他的时候说道，"我认识一个比我勇敢得多的军官，这人就是阿诺索夫少校"。

他从战场上回来几乎被手榴弹弹片震成聋子，一只脚有残疾，割掉了穿越巴尔干时冻坏的三根脚趾，全身患有在希普卡得的极为厉害的风湿症。本打算让他再平平安安地服役两年后就逼他退休，可是阿诺索夫说什么也不干。这时，一位边区的长官，他横渡多瑙河时所表现出的沉着勇敢的目击者，恰好运用自己的势力帮了他的忙。彼得堡决定不让功勋卓著的上校伤心，任命他为 K 市要塞的终身司令——这主要是个荣誉职务，而不是国防上需要的岗位。

在这座城市里，不论大人小孩都认识他，并善意地取笑他的弱点、习惯和穿戴样式。他出门从不带武器，穿一件旧式礼服，戴着一顶宽边、大直檐帽，右手拄手杖，左手握着助听管，并且一定有两只懒洋洋的、养得过肥、声音嘶哑的哈巴狗跟在后面。哈巴狗的舌尖永远露在外面，并用牙齿轻轻地咬着。如果他在早上通常散步的时刻遇见熟人，那么周围的行人隔着几条街便能听见要塞司令的喊声，以及随之而起的他的两只哈巴狗的齐声汪汪叫声。

---

① 拉杰茨基（1766—1858），澳大利亚陆军元帅。
② 斯科别列夫（1843—1882），俄国军事家。

正像许多聋子一样，他也是个歌剧迷。有时，在徐缓的二重唱之间，整个剧场里忽然响起他那果断的男低音："他的 do 唱得多干净，真见鬼了！就像咬碎胡桃似的。"剧场里掠过一阵强忍住的笑声，可是将军连想都没想到：他还天真地以为，他只不过同邻座小声地交换几句新鲜的印象而已。

他为了履行要塞司令的职责，还经常带着声音嘶哑的哈巴狗去视察中心禁闭室，拘留在那儿的军官们，摆脱了军务的劳累，惬意地玩文特牌、喝茶、讲笑话。他仔细地询问每个人："姓什么？谁把你关进来的？关多久？为什么要关你？"有时他突然夸奖起一位军官的骁勇的然而违法的行为来；有时又大声责骂，喊得街上都能听见。等他喊够了，既不改变语气，也不停顿一下，就询问军官哪儿给他们送饭，付多少钱的饭费。有时，某个从没有禁闭室的偏僻地区押送到这儿来长期禁闭的迷途准尉，承认因为自己没钱，只好在士兵灶上吃饭。阿诺索夫马上吩咐从距离禁闭室不到两百步远的要塞司令家里给这个可怜虫端饭。

他在 K 城同图甘诺夫斯基一家亲密起来，并且对孩子们依恋到如此地步，每天晚上见到她们已经成为他精神上的需要了。如果小姐们出门到别处去了，或者公事阻止了将军本人，那他就真正烦恼起来，在要塞司令住宅的大屋子里坐立不安。每年夏天他都要休假，在距离 K 城五十俄里的图甘诺夫斯基家的领地耶戈罗夫斯基度过整整一个月。

他把内心的全部柔情和对真挚爱情的渴望，都寄托在孩子们，特别是女孩子们身上。他曾结过婚，但那是很久以前的事，连他自己也忘掉了。还在战前，他妻子被一个过路演员的天鹅绒外套和花边袖口迷住，跟演员跑了。将军一直给她寄赡养费，直到她死为止，但不让她再跨进家门，尽管她装得万分懊悔，还寄来许多泪痕斑斑的信。他们没有子女。

## 五

出乎大家的预料，傍晚是这样静谧和温润，凉台上和客厅里的蜡烛的火焰一点都没摇曳。吃饭的时候，瓦西利·利沃维奇光逗大伙发笑，他有非凡的、特殊的讲故事才能。他拿真实的事件作为故事的蓝本，里面的主要人物不是在场的人就是大家共同的熟人，经他一渲染，再加上讲的时候脸色一本正经，口气郑重其事，总能叫听的人笑得前仰后合。今天他讲的是尼古拉·尼古拉耶维奇要娶一个漂亮的阔太太未遂的事。故事本来仅仅是太太的丈夫不愿意同她离婚。但公爵把真事同虚构巧妙地糅合在一起了。他让严肃的、素来古板的尼古拉胳肢窝里夹着皮鞋，只穿着一双袜子夜里在街上奔跑。警察在一个拐角的地方把年轻人扣住，只有经过一番冗长而激烈的解释之后，尼古拉才得以证实，他是副检察官，而不是夜间打劫的人。据讲故事的人说，婚礼差一点就举行了，但在最危急的时刻，参与这件事的伪证人们，一伙不法之徒，突然宣布罢工，要求增加薪水。尼古拉出于吝啬（他确实有点吝啬），并且作为一个根本反对罢工的人，援引大理院核准的有关法律条款，断然拒绝多付工薪。于是，恼羞成怒的伪证人们，在回答那个照例要问的问题"在场的人当中有谁知道妨碍缔结婚姻的理由"时，异口同声地回答："是的，我们知道。我们在法庭上宣誓作证的证词都是不折不扣的谎话，是检察官先生用威吓和暴力强迫我们那样说的。而关于这位太太的丈夫，我们作为知情人只能说，这是世界上最可敬的人，像约瑟那样纯贞，像天使那样善良。"

瓦西利公爵抓住婚姻故事的线索只管说下去，连安娜的丈夫，古斯塔夫·伊万诺维奇·弗里叶瑟，也没放过。公爵说，婚礼后的第二天，丈夫便在警察的协助下要求将新娘作为一个没有单独身份证的女人处理，必须搬出娘家，迁入法定丈夫的居住地。这个笑话中真有其事的地方，仅仅是安娜在婚后的最初几天必须寸步不离地守着患病的母亲，因为薇拉匆忙赶回南方自己的家里去了，于是可怜的古斯塔夫·伊万诺维奇便陷入忧伤和绝望之中。

大家都笑了，安娜也眯着眼睛笑起来。古斯塔夫·伊万诺维奇兴高采烈地哈哈大笑，他那消瘦的，绷着一层光滑发亮皮肤的脸，梳得溜光的浅黄稀疏的头发，深陷的眼眶，就像一具笑得龇着一口肮脏牙齿的骷髅。他至今仍然迷恋着安娜，就像他们成为夫妻的第一天那样，老是尽量坐在她身旁，偷偷地碰她一下，那么多情而得意地向她献殷勤，常常弄得她又可怜他，又讨厌他。

薇拉·尼古拉耶夫娜在离开饭桌之前，无意数了一下在座的人数：十三个人。她是个迷信的人，暗自想道："真糟糕！我先前怎么没想到数一数呢？全怪瓦夏——他在电话里什么也没说。"

亲近的朋友在舍英或者弗里叶瑟家里聚会的时候，饭后往往要打扑克牌，因为姐妹俩都非常喜欢赌博。两家还制定了赌博的规则：把一定价码的骨头筹码平均发给所有打牌的人，打牌打到筹码都落到一个人手里为止——到那时，这一晚上的牌局就算结束，不管牌友们怎么坚持要打下去，也不再延长。从钱柜里再一次取筹码是严格禁止的。这种严格的规定来自实践的需要，为了约束薇拉公爵夫人和安娜·尼古拉耶夫娜，她们两个在赌得狂热的时候，是没有任何节制的。总共的输赢很少，只到一二百卢布。

这一次大家也坐下来打扑克。薇拉没有加入，想到凉台上去，那儿正在摆茶点，忽然一个侍女带着几分神秘的表情把她叫出客厅。

"什么事呀，达莎？"薇拉公爵夫人不高兴地问道，走进卧室旁边自己的小书房。

"你干吗做出一副蠢样子？你手里摆弄的是什么东西？"

达莎把一个不大的正方形的东西放在桌上，那件东西整整齐齐地用白纸包着，上面还仔细地扎着一条淡红色的绸带。

"夫人，真不是我的过错，"她喃喃说道，委屈地涨红了脸，"他来了说道……"

"他是谁？"

"一个戴红帽子的人，夫人，邮差。"

"怎么回事儿？"

"他进了厨房就把这件东西往桌上一放。'转交给你们夫人，'他说，'但一定要亲手交给她。'我问他谁送来的？他说：'都写在这儿了。'说完这句话就跑了。"

"去追上他。"

"怎么也追不上了，夫人。他是正在开午饭的时候来的，只是我没敢打扰您，夫人。快半个小时了。"

"那好吧，你去吧。"

她用剪刀剪断绸带，把绸带连同上面写着她地址的包装纸一齐扔进字纸篓。纸里包着的原来是一只红丝绒的小首饰匣子，像是刚从铺子里买来的。薇拉揭开里面衬着淡蓝色绸料的匣子盖，看见一只椭圆形的金手镯嵌在黑天鹅绒里，在手镯当中塞着一个仔细折成漂亮八角形的纸条。她急忙打开纸条。她觉得字体熟悉，但她像真正的女人一样，马上把纸条撂在一边，仔细看手镯。

手镯是金的，成色很低，相当粗，但是空心的，外侧镶满不大的、光面磨得很粗糙的古老的石榴石。但在手镯当中，环绕着一颗奇异的小绿宝石，鼓出五颗非常美丽的半卵形的石榴石，每颗都有豌豆般大小。当薇拉随手把手镯在电灯光前翻转过来，于是从石榴石的内部，从它们光滑的卵形表面深处，突然冒出美丽的深红色的活生生的火苗来。

"简直同血一样！"薇拉想道，突然感到惊恐不安。

随后她想起信来，便把它打开了，她读到下面这几行字体娟秀工整的小字：

最尊敬的薇拉·尼古拉耶夫娜公爵夫人：
我谦恭地祝贺您光辉快乐的命名日，大胆向您奉上我菲薄的忠贞的礼物。

"啊，又是那个人！"薇拉不快地想道，但还是把信读完了……

我本不敢把自己挑选的东西奉献给您：我既没有这种权利，也缺乏细腻的鉴赏力——坦白说吧——也没有钱。况且，我认为，世界上也找不到一件配得上装饰您的珠宝。

但这只手镯还是属于我曾祖母的东西，最后一个戴过它的是我的母亲。在手镯正当中，大宝石的中间，您会看到一颗绿宝石，这是一种罕见的石榴石——绿石榴石。我们家族里流传着一个古老的传说：它赋予戴它的女子预见未来的法力，并能替她们驱散忧虑，还能使戴它的男子免遭横死。

所有的宝石都是从一只旧银手镯上取下来，不走样地镶嵌到这只手镯上来的，所以您可以相信，在您之前还没有任何人戴过这只手镯。

您可以马上把这件可笑的玩意儿扔掉，或者送给任何人，但我将感到幸福，因为您的手已经接触过它了。

我恳求您不要生我的气。我一想起七年前自己鲁莽的举动脸就发红，我竟冒昧给您，一位小姐，写了愚蠢的、无理的信，并且还期待过回音。现在我心中只剩下崇敬、永恒的崇拜和奴隶般的忠诚了。我现在只能每时每刻祝您幸福，如果您幸福了，便为您高兴。我默默地向您坐过的家具、走过的镶花地板、偶尔碰过的树木、交谈过的仆人深深鞠躬。我甚至不论对人还是对物，都不怀有嫉妒心了。

我用这封冗长而不必要的信打扰了您，再次请您原谅。

生前和死后都是您恭顺的奴仆

Г.С.Ж

"要不要给瓦夏看？如果给他看，什么时候合适呢？现在还是等客人们走了之后？不，还是等客人们走了之后好——现在不仅这个不幸的人将被人取笑，我也会跟他一起被人取笑。"

薇拉公爵夫人这样思量着，眼睛无法离开在五颗石榴石中颤动着的五朵殷红的火焰。

## 六

好容易才使波纳马廖夫上校坐下来打扑克。他说他不会打扑克，他根本反对赌博，即便赌着玩也不赞成，喜欢打的只有文特，并且打得比较好。然而他经不住大家的一再邀请，最后还是同意了。

起先还需要教他，纠正他的打法，但他很快就掌握了打扑克的规则，而不出半个小时，所有的筹码就都推到他面前了。

"这可不行！"安娜做出一副受委屈的滑稽样子，"您也得让别人激动激动呀！"

客人当中的三位——斯佩什尼科夫、上校和副省长（一个呆笨而无聊的、彬彬有礼的德国人）——是薇拉简直不知如何招待、拿他们怎么办才好的那一类人。她替他们凑了一桌文特，并请古斯塔夫·伊万诺维奇坐了第四位。安娜从老远的地方眨了眨眼皮，表示感激，姐姐马上就明白了她的意思。大家都知道，如果不把古斯塔夫·伊万诺维奇拉到牌桌上，他整个晚上都要围着妻子转，就像缝在她身上一样，骷髅似的脸上露着一副坏牙，完全败坏了妻子的兴致。

现在黄昏正在平静地流逝，时光过得不仅不显得沉闷，反而显得很活跃。瓦休乔克在珍妮·赖特尔的伴奏下，低声唱着意大利的民间抒情歌曲和鲁宾斯坦的东方歌曲。他的嗓音不大，但音色悦耳，温顺而准确。珍妮·赖特尔是位要求严格的音乐家，但总是很乐意替他伴奏。据说，瓦休乔克正在追求她。

安娜坐在墙角里的一张沙发上，拼命向骠骑兵卖弄风情。薇拉走过去，笑着听他们谈话。

"不，不，请您别笑。"安娜快活地说道，眯起一对可爱的、热情的鞑靼人的眼睛望着军官，"您当然认为冲在骑兵连前头，跳越障碍物才算工作呢。可是您就看看我们的工作吧。就拿我们刚刚举办过的当场开奖抽彩的活动来说吧。您以为是件容易办的事吗？得了吧！一大群人，抽烟抽得烟雾腾腾，还来了不少清道夫、马车夫，我真不知道应该管他们叫什么才好……他们缠住你不放，诉不完的苦，一肚子委屈……整天都得站着。可是后面还有赈济贫寒知识妇女的音乐会呢，而再往后还有白衣舞会……"

"我斗胆希望，舞会上您不会拒绝同我跳马祖卡舞吧？"巴赫京斯基插了一句，微微低下头，把马刺在椅子下面碰得咔哧一响。

"太谢谢啦……但是让我最伤脑筋的还是我们的教养院。您明白吧，收容有缺陷儿童的教养院……"

"噢，我完全明白。这大概是一件很逗笑的事吧？"

"行了行了，您怎么有脸嘲笑这样的事呢。可是您明白我们倒霉的地方在哪儿吗？我们想收容那些心灵沾满了遗传性的恶习和性格受到恶劣榜样影响的不幸的孩子，我们想给他们以温暖和爱抚……"

"嗯……"

"……提高他们的道德水准，唤起他们灵魂中的义务感……您明白我的意思吗？于是每天都给我们送来千百个儿童，可是他们当中竟没有一个是有缺陷的！要是问家长孩子有没有缺陷，您自己可以想象，他们简直觉得受到侮辱！这样教养院虽然办起来了，开院仪式也举行过了，一切都准备好了，——就是没有一个来受教育的男孩和女孩！哪怕给每个送有缺陷孩子来的人颁发奖金也没有用。"

"安娜·尼古拉耶夫娜，"骠骑兵一本正经地打断她，讨好地说道，"干吗颁发奖金？您就收容我吧，不用您破费。真的，比我更有缺陷的孩子您到哪儿也找不到。"

"行了行了，跟您简直不能说正经话。"她哈哈大笑起来，倒在沙发背上，两眼闪闪发光。

瓦西利·利沃维奇公爵坐在一张大圆桌前面，给姐姐、阿诺索夫和内兄看由他亲手绘制插图的家庭幽默画册。四个人都开心地笑了，于是渐渐地把没打牌的客人吸引过来。

这本画册可以说是瓦西利公爵讽刺故事的补充和插图。他不动声色地给大家看，比如，《勇敢的阿诺索夫将军在土耳其、保加利亚以及其他国家的艳遇史》《花花公子尼古拉·布拉特—图甘诺夫斯基公爵蒙特卡洛奇遇记》，等等。

"诸位，你们马上就会看到我们钟爱的姐姐柳德米拉·利沃夫娜的略传了，"他说道，迅速地向姐姐投了一瞥逗笑的目光，"第一部——童年：'孩子长大了，名字叫利玛。'"

画页上出现一个故意用儿童手法画出的小姑娘像，小姑娘歪着头，但画了两只眼睛，裙子下面伸出两条折线算作两条腿，张开的两只手的手指向四外伸着。

"从来没有人叫过我利玛。"柳德米拉·利沃夫娜笑起来。

"第二部——初恋：骑兵士官生跪着向利玛女郎奉献自己的诗篇。那里有真正珍珠般优美的诗行：

> 你那秀丽的脚，
> 是非凡热情的现象！

下面就是真正对脚的描绘。这儿是士官生怂恿天真的利玛从家里逃走。这儿是逃跑的场面，这儿是危急的时刻：怒气冲天的父亲在追赶两个私奔者。士官生胆怯地把全部罪责都推到温顺的利玛头上。

> 你尽在那儿扑粉打扮，多待了一个钟头，
> 于是我们遭到可怕的追捕……
> 你爱怎么摆脱就怎么摆脱，
> 我可要跑进树丛里藏躲！

紧接着利玛女郎情史的是一篇新的中篇小说，《薇拉公爵夫人与陷入情网的电报员》。"这首动人的史诗仅仅画了几幅钢笔和彩色铅笔的插图，"瓦西利·利沃维奇一本正经地解释道，"本文正在炮制中。"

"这可是新鲜玩意儿，"阿诺索夫说道，"我还没听说过呢。"

"最新出品，书市上的最新消息。"

薇拉轻轻地碰了他肩膀一下。

"最好别说吧。"她说道。

但是瓦西利·利沃维奇不是没听清她的话，就是没把她的话当真。

"事情开始于史前时期。五月中的一天，一位名叫薇拉的少女，从邮局收到一封信头上印着一对亲吻鸽子的信。这就是那封信，这就是那两只鸽子。

"信的内容是对爱情的热烈表白，但写的字却违背了所有的拼写规则。信是这样开头的：'美丽的金发女郎，你是我胸中沸腾的一片火海。你的目光像毒蛇一样咬住我破碎的心不放。'等等。末尾是谦卑的签名：'按照兵种我是个可怜的电报员，但我的感情比得上乔治阁下。我不敢公开我的全名——它太卑微了。我只能用姓氏的前三个字母签名：П·П·Ж。请把回信寄到邮局，留局待领。'诸位，你们可以在这儿看到电报员本人的肖像，一幅彩色铅笔画的成功之作。

"薇拉的心被箭射穿了（这儿是心，这儿是箭）。但是作为一个品德端正、教养有素的女郎，她把信拿给尊敬的父母看，还拿给自己童年的朋友和未婚夫，年轻英俊的瓦夏·舍英看，这是插图。以后当然还要配诗的。

"瓦夏·舍英大哭着把订婚戒指退还给薇拉。'我不敢妨碍你的幸福，'他说道，'但我恳求你不要马上迈出决定性的一步。想一想，寻思寻思，检验一下自己和他的感情。你还是一个不懂生活的孩子，像螟蛾一样扑向闪耀的火光。而我——噢——我知道冷酷而虚伪的世界。你要小心，电报员是迷人的，但又是阴险的。他们用骄傲的美丽和虚假的感情欺骗没有经验的牺牲品，然后再残酷

地嘲笑她们，使自己获得一种无法形容的享乐。'

"半年过去了，薇拉在生活的旋舞中忘记了自己的崇拜者，嫁给年轻英俊的瓦夏，但电报员却没忘记她。瞧他浑身抹上烟子，装扮成清扫烟囱的人，偷偷溜进薇拉公爵夫人的客厅。像你们所看到的那样，到处留下五根手指和两片嘴唇的印迹：地毯上，枕头上，糊墙纸上，以至镶花地板上。

"瞧，他换上村妇的衣裳，到我们厨房里来当洗碗妇。可是厨子卢卡过分的殷勤使他只好逃之夭夭。

"这是他在疯人院里，这是他剃了头当和尚。但他每天都一成不变地给薇拉寄出热烈的信。他的眼泪落在信上的地方，字迹便变成一个个墨点。

"最后他要死了，但在临终前他嘱托把两颗电报员制服上的扣子和一个盛满了泪水的香水瓶转交给薇拉……"

"诸位，谁想喝茶？"薇拉·尼古拉耶夫娜问道。

## 七

一直残留在天边的秋天的夕阳终于烧尽了，地平线的边缘上，在蓝灰色的浮云和大地中间，宛如一道裂痕似的泛着红光的最后一条殷红的彩带，也熄灭了。大地、树丛、天空都已经看不见了。只有头顶上的几颗大星在黑夜中闪动着自己的睫毛，还有灯塔上发出的青光，像一条冲天而上的细柱，仿佛触到苍穹的圆顶，溅泼出朦胧淡薄的光环。夜间的飞蛾冲撞着蜡烛的玻璃灯罩。庭园里开着星星般花朵的白烟花从黑暗和清凉中散发出来的香气更加浓郁了。

斯佩什尼科夫、副省长和波纳马廖夫上校早就走了，他们答应到了电车站再把马车打发回来接要塞司令。留下来的客人都坐在凉台上。尽管阿诺索夫提出了抗议，但是薇拉姐妹还是逼他穿上大衣，并且给他腿上裹了一条暖和的羊毛毯。他面前摆着一瓶他爱喝的罗曼德红葡萄酒，两旁坐着薇拉和安娜。她们俩对将军照顾得无微不至，往他精巧的小酒杯里倒醇厚的葡萄酒，把火柴盒推到他跟前，替他把乳酪切成细片，等等。年老的要塞司令快活得眯起眼睛来。

"是啊……秋天，秋天，秋天，"老头望着烛光说道，若有所思地摇着头，"秋天！我也该准备回家啦。唉，真有点舍不得呀！好天气刚刚开始。这才是在海滨，在寂静中，安安静静地住着的时候呢……"

"那您就在我们这儿住着吧，老伯伯。"薇拉说道。

"不行呀，亲爱的，不行呀，公务在身……假期过完啦……还有什么可说的，要能留下来该多好！你就瞧瞧，玫瑰的香味多浓啊……这儿都闻得到。可是在炎热的夏天，除了洋槐外没有一朵花儿有香味，就是洋槐的香气也带着一股糖果味。"

薇拉从花瓶中摘下两小朵玫瑰花，一朵浅红，一朵深红，把两朵花插进将军大衣的纽孔里。

"谢谢，薇罗奇卡。"阿诺索夫把头垂向大衣襟，闻了闻玫瑰花，脸上突然浮现出老年人动人的微笑。

"我记得我们开进布加勒斯特的时候，分头住在私人住宅里。一天，我在街上走，突然有一股浓烈的玫瑰香味扑鼻而来，我站住一看，原来在两个士兵中间放着一个盛玫瑰油的漂亮的水晶玻璃香水瓶。他们已经用玫瑰油擦过皮靴和枪闩了。'你们这是什么东西啊？'我问道。'不知道是什么油，大人，倒在粥里不行，辣舌头，可是味儿非常好闻。'我给了他们一个卢布，他们高高兴兴地把小瓶给了我。剩下的玫瑰油已经不到一半了，可是因为它价钱昂贵，至少也值二十个金币。士兵们非常满意，又告诉我说：'大人，还有一种土耳其豌豆，该死的豆子怎么煮也煮不烂。'这是咖啡豆，我对他们说：'这种豆子只有土耳其人才用得着，士兵们要它没用。'他们没吃了鸦片还算运气呢。我在别处见过踩在泥里的大烟饼。"

"老伯伯，您坦白说，"安娜问道，"您在打仗的时候胆怯过吗？害怕过吗？"

"说起来挺奇怪的，安涅奇卡：害怕过，也没害怕过。当然害怕过。那些对你说从来不害怕，子弹的呼啸对于他就像最甜蜜的音乐的人，你可别相信他。这些人不是神经病，便是吹牛皮。所有的人都一个样儿地害怕。不过有的人浑身吓瘫了，有的人还能控制住自己。所以你瞧：胆怯永远是一个样的，但控制自己的本领却在实践中不断增长：英雄和勇士就是这样锻炼出来的。就是这样啊。可是有一次我差点没吓死。"

"给我们讲讲吧，老伯伯。"姐儿俩一齐央求道。

她们至今听阿诺索夫讲故事还像小时候那样兴奋。安娜不由得像小孩似的把两个胳膊肘支在桌子上，下颌放在合在一起的手掌里。在他不慌不忙的和淳朴的叙述中自有一种令人悠然神往的魅力。他在追述自己的戎马生涯时，措辞不觉带有一种奇怪的生硬的书卷气。真像照着一块可爱的古代铅版讲述一样。

"故事非常简短，"阿诺索夫回答道，"这发生在希普卡的一个

320

冬天，我头部震伤之后，我们四个人住在一个土窑里，就在那儿在我身上发生了一件可怕的事。有一天，我早上一起来，便觉得我不是亚科夫，而是尼古拉，我怎么也不能让自己相信我不是尼古拉。等我发现自己的意识混乱了，便喊了起来，叫人给我送水来，我把头浸在水里，才恢复了理智。"

"亚科夫·米海伊洛维奇，我想您在那儿一定征服了不少女人，"女钢琴家珍妮·赖特尔说道，"您年轻的时候大概很漂亮吧。"

"噢，我们的老伯伯就是到现在也还是个美男子呢！"安娜喊道。

"美男子倒谈不上，"阿诺索夫安详地笑着说，"但也不招人讨厌，就在这布加勒斯特发生了一件极其动人的事。我们开进去的时候，居民们在广场上鸣炮欢迎我们，以致震碎了不少窗户。但是窗台上摆着几杯水的都完好无损。我怎么会知道是怎么回事呢？你们往下听吧。我来到拨给我用的住宅，我看见窗台上摆着一个扁鸟笼子，鸟笼子上面摆着一个盛着清水的大水晶玻璃瓶，金鱼在里面游来游去，而在金鱼中间一只金丝雀蹲在横架上。金丝雀在水里！这使我大吃一惊，但仔细一瞧，才发现瓶底很宽，当中凹进一大块，这样金丝雀就可以自由飞入，蹲在那儿了。打那时候起，我就承认自己太不善于揣测了。

"我一走进屋里，便看见一个非常标致的保加利亚女郎。我给她看了住宿证，顺便问她为什么鸣炮之后他们的玻璃没震碎，她向我解释是因为有水的缘故。她还向我解释了金丝雀待在水里的事。我的脑筋是多么不灵活啊！就在说话当中我们的目光碰在一起了，我们中间冒出了火花，像电流通过一样，我立刻觉得爱上她了——

热烈地、永远不变地爱上她了。"

老头儿不作声了，小心地用嘴唇吮了一口红葡萄酒。

"但您后来还是向她表白了爱情吧？"女钢琴家问道。

"嗯……当然表白了……但不是用语言，这发生得如此……"

"老伯伯，我希望您不会让我们听了脸红吧？"安娜狡猾地笑着说道。

"不会，不会，——我们的爱情是最规矩不过的。你们知道，凡是我们住宿的地方，市民们对我们都有些防范和回避，唯独布加勒斯特的居民待我们很亲热，有次我刚一拉提琴，姑娘们便马上打扮起来，跑过来跳舞，以后成了惯例，天天如此。

"有一天，晚上跳舞的时候，沐浴着月光，我走进过道，我的保加利亚女郎就躲在那儿。她一看见我，便装出拣干玫瑰花瓣的样子，这里我应该交代一句，当地居民整麻袋整麻袋地采集玫瑰花。我搂住了她，把她紧紧地贴在自己胸前，吻了她几次。

"打那之后，每当星空升起月亮，我便急忙赶到我心爱的人儿身边，同她在一起暂时忘却白天的操劳。等到我们从这个地方开拔的时候，我们俩山盟海誓了一番，便永远分别了。"

"都说完了？"柳德米拉·利沃夫娜失望地问道。

"您还要听什么呢？"要塞司令反问道。

"不，亚科夫·米海伊洛维奇，请您原谅我直说——这不是爱情，只不过是军官野营时的艳遇罢了。"

"不知道，亲爱的，真不知道——这是爱情还是一种别的什么感情……"

"不是这个……告诉我们……难道您真的从来没有真正爱过

322

吗？您知道，那种爱情……哎……简单一句话吧，就是那种圣洁的永恒的爱情……非凡的爱情……难道您没爱过吗？"

"真的，我无法回答您的问题，"老头儿不知该怎么回答好了，从椅子上站起来，"也许没爱过，先前老是没空：青春、宴饮、打牌、战争……仿佛生命、青春、健康永远没有尽头。可是后来回头一看——原来我已经成为一个废物了……好了，薇罗奇卡，现在不要再留我了，我要告辞了……骠骑兵，"他对巴赫京斯基说道，"夜晚很暖和，去迎迎咱们的马车吧。"

"我跟你们一块儿去，老伯伯。"薇拉说道。

"我也去。"安娜附和道。

薇拉出门之前，走到丈夫跟前低声对他说：

"你去看看……在我桌子抽屉里放着一个红匣子，匣子里有一封信。你自己看吧。"

## 八

安娜同巴赫京斯基走在前面，落在他们后面二十步光景，要塞司令挽着薇拉的手。夜色这样浓，开头几分钟眼睛刚离开亮光，还不习惯黑暗，只好用脚探路。阿诺索夫尽管上了年纪，但还保持着出色的视力，所以还得照顾同伴。他不时用自己冰凉的大手温柔地抚摸着轻轻挎在他肘窝上的薇拉的手。

"这个柳德米拉·利沃夫娜真可笑，"将军突然开口了，仿佛还在继续着自己的思路，"我在生活中观察过多少次：女人只要一上五十，特别如果她是寡妇或者老处女的话，那就特别愿意围着别人的爱情瞎忙活。或者刺探隐私，幸灾乐祸，造谣生事，或者死乞白赖地促成别人的幸福，或者唠唠叨叨，大谈其崇高的爱情。然而我想说，我们时代的人已经不再懂得爱了，我看不到真正的爱情。就是在我那个时代也没看到过！"

"这怎么会呢，老伯伯？"薇拉温和地反驳道，轻轻地握着他的手，"干吗要诽谤呢？您自己也是结过婚的人啊。这就是说您还是爱过呀！"

"根本不是那么一回事儿，亲爱的薇罗奇卡。你知道我是怎么结婚的吗？我看见一个鲜嫩的女孩坐在我身旁，她呼吸的时候胸脯就在短上衣下面一起一伏。她垂下睫毛，那么长的睫毛，脸蛋突然涨得通红。脸颊上的皮肤又细又嫩，小脖子那么白净、纯洁，手又柔软又温暖。唉，你简直是个鬼！而爸爸妈妈就在周围转来转去，躲在门外偷听，用忧愁的、狗一样忠诚的眼睛望着你。等你走的时候，门后飞快地接吻……喝茶的时候脚在桌子底下仿佛无意似的碰你的腿……于是便定局了。'亲爱的尼基塔·安东内奇，我来向您女儿求婚。请您相信我，这圣洁的女孩……'这时爸爸的眼睛潮湿了，硬是要和你亲嘴……'亲爱的，我早就猜到了……愿上帝保佑你们……你可要留神爱护这个宝贝呀……'就这样过了三个月，这个圣洁的宝贝穿着一件破烂的长衫，光脚拖着一双便鞋，披散着稀疏的用纸卷着的头发，像厨娘似的同勤务兵对骂，见着年轻的军官就发贱，咬着舌头说话，尖着嗓子叫喊，翻眼珠子，不知为什么当着人要管丈夫叫扎克。就这样懒洋洋地用鼻子拖长了调哼出来：'扎——克'。花钱精，女戏子，邋遢鬼，贪心得要命。眼睛老是在撒谎……现在一切都过去了、平息了、解决了。我甚至心里还感激那位半吊子的演员呢……谢谢老天爷，幸亏没有孩子。"

"您原谅他们了吗，老伯伯？"

"原谅了——不能用这个字眼，薇罗奇卡。事情刚发生的时候我简直气疯了。要是我那时遇见他们，准会把他们宰了。可是火气慢慢地、慢慢地消了，现在除了蔑视之外什么也不剩了。这样好。上帝避免了流血。此外，我也躲避了大多数丈夫通常的命运。要是没有发生那件卑鄙的勾当，我能像现在这样吗？一头驮重载的骆驼，放任老婆偷汉子的不要脸的王八、窝主、摇钱树、幌子、一件家里少不了的摆设……不！一切都会变好的，薇罗奇卡。"

"不，不，老伯伯，请您原谅我直说，在您的话里还听得出先前的怨恨……而且您还把自己的不幸扩展到所有人身上了。就拿我和瓦夏来说吧，难道能把我们的婚姻也称为不幸的吗？"

阿诺索夫沉默了好一会儿，随后勉强地慢慢说道：

"那好吧……就算你们例外……可是在大多数情况下人为什么要结婚呢？拿女人来说吧，当老姑娘感到害臊，特别是在女朋友们都出嫁之后。白吃家里的饭难受，想当主妇，家里的主角，独立自主的太太……再加上要求，想当母亲的生理要求，开始要搭自己的小窝了。而男人则有另外的动机。第一是厌倦了光棍生活，厌倦了乱七八糟的房间、下饭馆、肮脏、香烟头、穿破了的和扯坏了的内衣、债务和放浪的伙伴等等；第二是觉得家庭生活上算得多，健康得多，也节省得多；第三是想到应当有孩子了，我死了之后我的一部分还将留在世界上……有点永生不死的幻觉味道；第四是贞洁的诱惑，同我的情形一样。此外，有时还会想到嫁妆。哪有什么爱情？无私的、自我牺牲的、不图奖赏的爱情？那种人们常说的'同死一样有力'的爱情？你知道吗，为了这种爱情人们可以建立任何功勋、献出生命、忍受苦难——而对于他们来说，这些完全算不得艰辛，而只是快乐。等一等，你现在又想跟我说你的瓦夏了吧？不错，我喜欢他。他是个好小伙子。谁又说得准，说不定将来他的爱情也能放出绚丽的光彩。不过你要理解我所说的那种爱情。爱情应当是悲剧，是世界上最深奥的秘密！任何生活上的舒适、盘算和妥协都不应同它沾边。"

"您什么时候见过那样的爱情呢，老伯伯？"薇拉轻轻问道。

"没有，"老头断然回答道，"不过我知道两个类似的故事。一个出于愚蠢，而另一个……叫人心酸死了……只有怜悯……你要想听，我就讲给你听。用不了多大工夫。"

"您请讲吧，老伯伯。"

"那好吧。我们师的一个团里（但不在我们团）有位团长太太。我告诉你，薇罗奇卡，她长相平常极了。瘦得皮包骨头，头发是棕红色的，个子又高，还长着一张大嘴……灰粉从她身上落下来，就像从莫斯科老房子上落下来一样。可是你猜怎么着，却是这么一个团里的梅萨林娜①：性欲很强，好耍威风，蔑视周围的人，嗜好新鲜花样，外加吗啡鬼。

"有一年秋天，一个刚从军校出来的准尉，十足的黄口小儿，被派到他们团里来了。一个月之后这匹老母马便把他捏在手心里了。他是侍童、他是仆役、他是奴隶、他是她舞会上的永恒的舞伴，替她拿着扇子和头巾，穿着一件军服跳到严寒里去叫她的马车。一个娇嫩纯洁的男孩子把自己的初恋置于饱经风月、贪权好势

---

① 罗马皇帝克劳迪乌斯的妻子，以放荡和残忍著称。

的老荡妇脚下，实在是一件可怕的事。即便他马上安然无恙地从她手心中跳出来，仍然可以说他的未来被毁掉了。这是一辈子也洗刷不掉的烙印。

"到圣诞节她已经腻味他了，她又回到一个经过考验的老情人的怀抱。可是他不行。像幽灵似的跟着她。他给折磨坏了，瘦了，脸色发黑了。说得高雅些：'死亡已经停在他那高高的前额上。'他嫉妒得要命，听说整夜整夜地站在她窗下。

"有一年春天，他们团里举行五月宴会或者野餐。她和他我都认识，可是出事的那天我没在场。每逢这种场合人们总要喝很多的酒。夜晚大家沿着铁路路基徒步走回去，迎面忽然开来一列货车。火车沿着一个很陡的高坡慢慢往上爬，鸣起汽笛。当火车头的亮光赶上他们的时候，她突然对着准尉耳朵说道：'您总说爱我，可是如果我命令您跳到火车底下去，您大概不肯跳吧。'他一句话也没回答，跑着跳下去了。据说他计算好了，正好跳在前后轮子中间：让火车从他正当中轧过去，把他轧成两截。但有个傻瓜想要拉住他，把他拉开。不过没拉住。准尉两只手抓住铁轨，所以两只手腕轧断了。"

"哎呀，可怕死了！"薇拉喊了一声。

"准尉不得不离职了。伙伴们凑了些钱送他上路。他不便再留在城里：在众人面前成了对她和全团的活的谴责。一个人完蛋了……并且用的是最下贱的方式……成了乞丐……冻死在彼得堡的码头上……

"另一个故事则完全是悲惨的。这个女人同前边的那个女人是一路货，只不过年轻漂亮而已。她的行为非常非常不检点。尽管我们把家庭风流韵事看得很平淡无奇了，可是她还是让我们感到恶心。丈夫倒无所谓，他什么都知道，都看见了，就是不说。朋友们向他暗示，他却只是摆摆手：'算了，算了，不干我的事，不干我的事……只要列诺奇卡幸福就行了！'这么个糊涂虫！

"最后她同他们连的副连长维什尼亚科夫中尉搅到一块儿了。就这样三个人过着一妻二夫制的生活，仿佛这是最合法的夫妻生活似的。正在这个时候我们团队开拔到前线去，太太们来给我们送行，她也来了。说实话，看着真叫人害臊：就算出于礼节看上丈夫一眼也好啊，可是她偏不，吊在中尉的脖子上，就像魔鬼吊在枯柳树上一样，一步也不离开他。临别的时候，我们已经坐进车厢，火车开动了，她这个不顾廉耻的女人，还追着丈夫喊道：'你记住，要爱护沃洛佳！他要有个好歹，我就离开家，永远不再回来，把孩子也带走。'

"你也许会以为这个上尉是懦夫？屌头？轻薄鬼？完全不是那么回事。他是个勇敢的士兵。绿山战役的时候，他率领全连六次攻打土耳其的多面堡，打得二百人只剩下十四个人了。他两次负伤，但拒绝到包扎所去，他就是这样的人。士兵们都非常爱他。

"但是她吩咐过……他的列诺奇卡吩咐过他呀！

"于是他像奶妈一样，像母亲一样，照看这个胆小鬼兼懒骨头维什尼亚科夫。在雨地泥泞里宿营的时候，他用自己的大衣把他裹起来。代替他去执行工兵任务，而那一个却躺在土窑里休息或者玩纸牌。夜里替他查哨。你要知道，薇露尼亚 [①]，那时正是土耳

① 薇拉的爱称。

其士兵杀我们哨兵就像雅洛斯拉夫娘儿们在菜园里切白菜头那么容易的时候。真的，虽然回想起来是罪过，大家一听说维什尼亚科夫在医院里得伤寒死了，都高兴透了……"

"那么女人呢，老伯伯，您遇见过钟情的女人吗？"

"噢，当然遇见过，薇罗奇卡。我甚至还要说不止钟情呢：我相信每个女人都能在爱情中表现出崇高的英雄气概。你要明白，她吻你，拥抱你，委身于你——而她已经是母亲了。对她来说，如果她爱，爱情便包括了生命的全部意义——整个的宇宙！至于人们把爱情的形式变得这样庸俗，简直沦为日常生活中某种开心惬意的玩意儿，廉价的娱乐了，这可完全不能怪她们。这是男人们的过错，他们小鸡般的身体，兔子般的灵魂，二十岁就厌倦了一切，不再能产生强烈的愿望，英雄的行为，不再能在爱情面前变得温柔而热烈。据说，这一切先前都存在过。即便没存在过，难道人类优秀的智慧和心灵——诗人、小说家、音乐家、画家就没幻想过，烦恼过？我最近读过骑士德·格里欧和曼侬·雷斯戈的故事 ①……你相信不，我直淌眼泪……亲爱的，对我说实话，难道每个女人不都在心里幻想着这种爱情——唯一的、宽恕一切的、不惜牺牲的、谦逊而忘我的爱情吗？"

"噢，当然是这样，当然是这样，老伯伯……"

"既然这种爱情不存在，女人们便报复了。再过三十年……我是看不见了，你也许还能看见，薇罗奇卡。记住我的话吧，三十年后女人将在世界上获得前所未闻的权力。她们将打扮得像印度偶

---

① 法国作家马塞尔·普莱沃（1679—1763）的小说《曼侬·雷斯戈》中的两个人物。

像。她们将要践踏我们男人，就像践踏卑贱的奴隶一样。她们蛮横的脾性和任性的行为将成为折磨我们的法律，这都是因为我们多少代以来不会崇敬爱情的缘故。这就是报复。你知道这条定律：作用力同反作用力成正比。"

他停了一会儿突然问道：

"薇罗奇卡，要是你不感到为难的话，告诉我今天瓦西利公爵讲的电报员的故事到底是怎么回事？哪些确有其事，哪些是他像通常那样随意杜撰的？"

"难道您对这感兴趣，老伯伯？"

"随你的便，随你的便，薇拉。要是你为了某种缘故而不乐意……"

"一点都不。我很乐意讲给您听。"

于是她把一个疯子在她结婚前两年就开始迷恋她的故事详细地讲给要塞司令听了。

她一次也没见过他，也不知道他的姓名。他只给她写信，在信里的签名是 Π·Π·Ж。有一次他无意中提到他在某个政府机关当小职员——他一个字也没提到过电报局。他显然一直在注意她，因为在信中总能十分准确地指出，她在哪儿参加晚会，在什么样的社交场合里出现，穿着什么样的衣服。开头，他的信写得有点粗俗，热情得可笑，不过仍然是非常纯洁的。但有一次薇拉回信请他（顺便说一句，老伯伯，您可别对家里人说漏了嘴：他们谁也不知道这件事）别再向她倾吐爱情让她烦心了。此后他就不再表白爱情，信也只是偶尔才写：在复活节、新年和她的命名日。薇拉公爵夫人也讲了今天送包裹的事，还把她那位神秘爱慕者的古怪来信几乎逐字逐句地重复了一遍……

"是啊，"将军终于慢慢说道，"也许这不过是个神经不正常的人，躁狂病患者，可是谁又说得准呢？也许横越你人生道路的，薇罗奇卡，正是那种女人们所幻想的、男人们无法献出的爱情。停一停。你瞧，前面闪动的是不是车灯？大概是我的马车来了。"

就在这时，后面传来响亮的汽车喇叭声，被车轮轧得高低不平的公路让电石灯的白光照得雪亮。古斯塔夫·伊万诺维奇坐着汽车来了。

"安娜奇卡，我把你的东西带来了，上车吧。"他说道，"大人，要不要送您回家？"

"不用了，谢谢，亲爱的，"将军回答道，"我不喜欢这种汽车。它就会摇晃和放臭气，一点可爱之处也没有。好啦，再见吧，薇罗奇卡。我以后会常来的。"他吻着薇拉的前额和手。

大家开始告别。弗里叶瑟把薇拉·尼古拉耶夫娜送到她别墅的门口，然后迅速地打了一个转，便同他那辆一边吼叫一边喘气的汽车一起消逝在黑暗中了。

## 九

薇拉公爵夫人怀着烦闷的心情踏上凉台，走进屋里。她老远就听见尼古拉哥哥的大嗓门，看见他高瘦的身影在屋里很快地来回走着。瓦西利·利沃维奇坐在呢面牌桌旁边，垂着淡黄色头发剪得很短的大脑袋，正用粉笔在绿呢桌面上画着什么。

"我早就主张过！"尼古拉气愤地说道，右手做了一个手势，仿佛把看不见的重担甩在地上，"我早就主张过制止这些荒唐的来信。薇拉还没有嫁给你之前，我就一再对你们说，你和薇拉像小孩似的拿这些信逗乐，只觉得它们可笑……恰好薇拉自己也来了……薇罗奇卡，我们正同瓦西利·利沃维奇谈论你的疯子，你的 пепеже 呢。我认为这种通信是无礼的，庸俗的。"

"根本没有过通信，"舍英冷淡地打断他，"只是他一个人写信来……"

薇拉听到这句话涨红了脸，随即坐在被一棵大蒲葵阴影笼罩着的沙发上。

"请原谅我用词不当。"尼古拉·尼古拉耶维奇说道，仿佛从胸前扯下一件看不见的重东西，把它扔在地上。

"我不明白你为什么把他说成是我的，"薇拉插嘴道，丈夫的支持使她感到高兴，"如果说他是我的，就如同说他是你的一样……"

"好吧，再一次请你们原谅。简单一句话，我只想说他干的蠢事该结束了。照我看事情已经越过逗笑和画滑稽画的界线了……请你们相信我，我在这儿费口舌、着急，那全是为了薇拉和你瓦西利·利沃维奇的名誉呀……"

"得啦，这你可又扯远了，科利亚。"舍英反驳道。

"也许吧，也许吧……但你们有轻易陷入可笑处境的危险。"

"我看不出来怎么个陷入法。"公爵说道。

"你想想看，这只破手镯，"尼古拉把红匣子从桌上拿起来，马上又嫌恶地丢在原来的地方，"这件庸俗的玩意儿留在我们这儿，或者我们把它扔掉，或者送给达莎。那时候，首先，пепеже 就可以对他的熟人或者同伴吹牛了，说公爵夫人薇拉·尼古拉耶夫娜·舍英娜接受了他的礼物；其次，头一件事情的成功便会鼓励他建立进一步的功勋。明天他会送来钻石戒指，后天又会送来珍珠项链，一转眼，他已经因为盗用公款或者伪造文书坐在被告席上，而舍英公爵夫妇将要被传去出庭作证……那处境才妙呢！"

"不，不，手镯一定要退给他！"瓦西利·利沃维奇大声说道。

"我也是这个意思，"薇拉赞同道，"并且越快越好。但是怎么退给他呢？我们既不知道他的姓名，也不知道他的地址。"

"唉，这算不了一回事！"尼古拉·尼古拉耶维奇带着轻蔑的神气反驳道，"我们知道这位 пепеже 姓名的第一个字母吧……他叫什么，薇拉？"

"гезеже。"

"那就好了。此外我们还知道他在哪儿当差。这就尽够了。明天我把城市人名录拿来，找出姓名带这三个字母的官员或职员。如果不知道为什么竟找不到他，我就干脆叫警察局的侦探去搜查。如果遇到困难，我手里还有有他笔迹的这张信纸。一句话，明天两点以前我就能准确打听到这位花花公子的姓名和地址，甚至他在家的时间。而一旦我把这些都打听清楚，我们明天便不仅把他的宝贝退给他，还要采取措施，让他永远别再提醒我们存在过他这么样一个人。"

"你想要干什么呢？"瓦西利公爵问道。

"干什么？见省长，请他……"

"不，就是不能找省长，你知道我们的关系……那才真有陷入可笑境地的危险呢。"

"不找他也行，我去找宪兵上校。他是我俱乐部的朋友。让他把那位罗密欧传来，指着鼻子吓唬他一顿。你知道他是怎么干的吗？他用手指差不多杵到对方的鼻子上，手一动也不动，只有一根手指上下摇晃，并对那人喊道：'先生，我不能容忍——你这种行为！'"

"呸！叫宪兵！"薇拉皱起眉头。

"说得对，薇拉，"公爵赞同道，"最好不让任何外人参与这件事。那准会引起流言蜚语……我们大家对这个城市太了解了。大家都像生活在玻璃罐里……不如我自己去找这位……青年……虽然，天晓得，他也许已经六十岁了？……我把手镯退给他，再把他严厉地训斥一顿……"

"那我跟你去，"尼古拉·尼古拉耶维奇急忙打断他，"你性子太软了。让我同他谈谈……可是现在，朋友们，"他掏出怀表看了看，"请你们原谅我，我要回自己房间待一会儿去了。我累得都快站不住了，可是还得批两份案卷。"

"我不知道为什么有点可怜起这个不幸的人来了。"薇拉犹豫不决地说。

"他没有什么可怜的！"尼古拉从门口转过身来厉声说道，"如果我们圈子里的人干出送手镯和写信这种勾当来，瓦西利公爵便会向他挑战。如果他不干，我就干。要是在从前，我不过吩咐人把他带到马棚里用树枝抽一顿就完了。瓦西利·利沃维奇，你明天在办公室等我，我打电话告诉你。"

十

到处是痰迹的楼梯发出老鼠味、猫味、煤油味和洗过的衣服味。瓦西利·利沃维奇公爵在六层楼前停住了。

"等一等，"他对内兄说道，"让我喘口气。唉，科利亚，这事儿不该这么办啊……"

他们又爬了两段楼梯。楼梯口很黑，尼古拉·尼古拉耶维奇划了两次火柴才看清住宅的门牌。

他按了一下铃，出来开门的是一个白头发灰眼睛的胖女人，她戴着眼镜，身子微微向前躬着，想必患了什么病。

"热尔特科夫先生在家吗？"尼古拉·尼古拉耶维奇问道。

女人惊恐地用眼睛在两个男人身上来回打量。大概是两人体面的外表让她安心了。

"在家，请进吧，"她说道，打开门，"左边第一个门。"

布拉特—图甘诺夫斯基在门上短促而有力地敲了三下。里面响起一阵窸窣声。他又敲了几下。

"请进。"一个微弱的声音答应道。

房间很矮，但又长又宽，几乎成了正方形。两个小圆窗很像船上的舷窗，勉强透进一点光线来。就连整个房间也像货船上的休息室。一面墙旁边放着一张窄床，另一面是一张又宽又大的沙发，上面铺着一块用旧了的、织工精美的贴金毛毯，当中放一张铺着小俄罗斯彩色台布的桌子。

刚一进屋看不清主人的脸：他背光站着，局促不安地搓着手。他是个高个子，略有点瘦，长着一头蓬松柔软的长发。

"如果我没弄错的话，您是热尔特科夫先生吧？"尼古拉·尼古拉耶维奇傲慢地问道。

"是我，非常高兴。让我自我介绍一下吧。"

他伸出手来向图甘诺夫斯基走了两步，但就在这一刻，尼古拉·尼古拉耶维奇仿佛没有注意到他的欢迎，把整个身子转向舍英。

"我说咱们没找错吧。"

热尔特科夫细瘦的神经质的手指在褐色短外衣的衣襟上上下移动，一会儿解开纽扣，一会儿又扣上。他终于一面不自然地鞠着躬，一面指着沙发费劲地说：

"二位请坐吧。"

现在他的面容完全显露出来：非常苍白的、少女般温柔的脸，一双淡蓝色的眼睛，带着孩子气的固执的下颌，下颌当中有个小窝；他的年岁大概在三十到三十五岁之间。

"谢谢您。"正在仔细打量他的舍英公爵随便说了一句。

"Merci ①。"尼古拉·尼古拉耶维奇冷淡地回答道。两个人仍然站着，"我们只在您这儿待几分钟。这是瓦西利·利沃维奇·舍英公爵，本省首席贵族。我姓米尔兹—布拉特—图甘诺夫斯基。我是副检察官。我们将有幸同您谈的事，同样地涉及公爵和我，或者说得更准确些，涉及公爵的夫人，我的妹妹。"

热尔特科夫完全心慌意乱了，突然坐在沙发上，用发僵的嘴唇喃喃说道："先生们，请坐吧。"但是大概想起刚才已经做过这种徒劳的邀请了，便跳了起来，揪着头发跑到窗前，转身回到刚才的位置。他颤抖的手又上下移动起来，揪着纽扣，捻着淡红色的髭须，毫无必要地摸着脸。

"我听从您的吩咐，公爵大人，"他声音嘶哑地说道，用两只眼睛央求地望着瓦西利·利沃维奇。

---

① 法语：谢谢。

但是舍英没有作声。尼古拉·尼古拉耶维奇开口说道：

"首先，请允许我把您的东西退还给您，"他说道，从衣袋里掏出红匣子，端端正正地放在桌上。"它当然给您的鉴赏力增添光彩，但我们还是恳求您，这类意外的礼物以后不要再送了。"

"请原谅我……我自己也知道这件事做得很不对，"热尔特科夫低声说道，眼睛向下望着地板，涨红了脸。"要不，请允许我给您二位倒杯茶吧？"

"您知道，热尔特科夫先生，"尼古拉·尼古拉耶维奇继续说下去，仿佛没有听见热尔特科夫后面的那句话。"我非常高兴，因为我看出您是位正派的人，绅士，一说您就明白。因此我想我们马上就能谈妥。如果我没记错的话，您追求薇拉·尼古拉耶夫娜公爵夫人已经七八年了吧？"

"是的。"热尔特科夫轻轻回答道，崇敬地垂下睫毛。

"而我们至今没有对您采取任何措施，虽然，您想必同意我的话，我们不仅可以采取措施，而且需要这样做。我说得不对吗？"

"对的。"

"对的。但您最后的行为，就是送这只石榴石手镯的举动，已经超过我们忍耐的限度了。您明白吗？超过限度了。我不想对您隐瞒，我们首先想到的是求助于当局，但我们没有那样做，而且我很高兴我们没有那样做，因为，我再重复一遍，我立刻就看出您是位高尚的人。"

"对不起，您是怎么说的？"热尔特科夫突然注意地问道，接着哈哈大笑起来。"您想求助于当局？……您正是这样说的吧？"

他两只手插进衣袋，在沙发的一角坐好，掏出香烟盒和火柴，抽起烟来。

"这么说，您是说过要求助于当局了？公爵，请你原谅我坐着，"他对舍英公爵说道。"那么下一步您打算怎么办呢？"

公爵把椅子推到桌子跟前，坐下了。他怀着强烈的、真正的好奇心，一直困惑不解地注视着这位奇怪的人的脸。

"您知道，亲爱的，这种措施您是永远逃脱不了的。"尼古拉·尼古拉耶维奇带着几分无赖的口吻继续说下去，"闯入陌生家庭……"

"对不起，我打断您……"

"不，对不起，现在我打断您……"检察官几乎喊起来。

"随您的便吧。说下去，我听着。可是我有几句话要对瓦西利·利沃维奇公爵说。"

于是他不再理会图甘诺夫斯基，说道：

"现在我生命中最沉重的时刻来到了。所以，公爵，我应当撇开任何客套同您说话……您能听完我的话吗？"

"我听着，"舍英说道。"咳，科利亚，你别说话行不行，"他看见图甘诺夫斯基做了一个愤怒的手势，不耐烦地说道："说吧。"

只见热尔特科夫一连几秒钟张着嘴吸气，仿佛喘不过气来，但突然滔滔不绝地说起来，就像流石从悬崖上不停地滚下来似的。他说话的时候只有上下颚动弹，苍白的嘴唇一动不动，如同死人的嘴唇一样。

"很难说出……我爱您妻子这句话来。但是七年无望而谦恭的爱给了我说这话的权利。我承认，当初薇拉·尼古拉耶夫娜还是小姐的时候，我给她写过愚蠢的信，甚至还等待过她的回音。我承认我最后的举动，就是送手镯的事，更加愚蠢。但我……直望着您的眼睛，我觉得您会理解我。我知道，我永远不能不爱她……您说吧，公爵，假定这让您听了不高兴……您说吧，换了您，您有什么办法斩断这种感情？把我赶到别的城市去，像尼古拉·尼古拉耶维奇所说的那样？我在那儿还照样爱薇拉·尼古拉耶夫娜，像在这儿一样。把我关进监狱？我在那儿也有办法让她知道我的存在。只有一个办法——那就是死……您要我随便选择它的一种形式吗？"

"我们不办正经事却在这儿朗诵诗，"尼古拉·尼古拉耶维奇一边说一边戴帽子。"问题很简单：我们建议您在两种方案中任择其一：或者您完全停止追求薇拉·尼古拉耶夫娜公爵夫人，或者，如果您不愿意这样做的话，我们将采取我们的地位、亲友等等所允许我们采取的措施。"

但是热尔特科夫连看他一眼都不看，虽然听见了他所说的话。他向瓦西利·利沃维奇公爵问道：

"您能允许我离开十分钟吗？我不向您隐瞒，我去给薇拉·尼古拉耶夫娜公爵夫人打个电话。请您相信我，凡是能转告您的，我都转告您。"

"您去吧。"舍英说道。

等到只剩下瓦西利·利沃维奇和图甘诺夫斯基的时候，尼古拉·尼古拉耶维奇马上对妹夫发起火来。

"这样不行，"他喊道，做出一副姿势，仿佛用右手把胸前一件看不见的东西扔在地上。"这样绝对不行。我预先就告诉过你，事务性的谈话由我进行。可你精神恍惚，竟允许他发泄自己的感情。我用两句话就能把这件事办妥。"

"等一等，"瓦西利·利沃维奇公爵说道，"这一切马上就都清楚了。主要是我看着他的脸，心里感觉到，这个人分明不会撒谎骗人。而确实是，科利亚，难道他爱一个人是他的过错？难道能够驾驭像爱情那样的感情——这种至今还没有人能解释清楚的感情？"公爵想了想说道："我可怜这个人，我不仅可怜他，我还觉得我身边正在发生着一场灵魂的大悲剧，所以我不能在这儿装小丑。"

"这是颓废派头。"尼古拉·尼古拉耶维奇说道。

十分钟之后热尔特科夫回来了。他的眼睛闪闪发光，变得深邃了，仿佛挂满了泪珠。看来，他完全忘记了上流社会的礼节，忘记了谁该坐在什么地方，不再装出绅士的派头了。舍英公爵又以病态的、神经质的敏感理解了这一切。

"我准备好了，"他说道，"而明天你们就听不到我的任何消息了，我对你们仿佛已经死了，但有个条件，——我这是对您，瓦西利·利沃维奇公爵说的，——您要知道，我盗用了公款，无论如何我也得从这个城市里逃走。您能允许我给薇拉·尼古拉耶夫娜公爵夫人写最后一封信吗？"

"不行。事情完了就完了，不能再写什么信了。"尼古拉·尼古拉耶维奇喊道。

"好吧，您写吧。"舍英说道。

"那我就没有什么可说的了，"热尔特科夫傲慢地微笑着说道，"您再也听不到我的音信，当然也永远不会再见到我了。薇拉·尼古拉耶夫娜公爵夫人根本就不想同我说话。当我问她能不能留在城市里，以便偶尔看到她，当然不会让她看见我，她回答道：'得了，要是您知道您的这套把戏叫我多讨厌就好了，请您赶快把它结束吧。'现在我就来结束这套把戏。看来我所能做的都做到了。"

傍晚，瓦西利·利沃维奇回到别墅后，把他同热尔特科夫会面的详情都一字不漏地告诉了妻子。他仿佛感到自己有责任这样做似的。

薇拉虽然很激动，但并没有感到惊讶，也没有显出慌乱。夜里丈夫来到她的床上，她转过身去对着墙，突然对他说：

"躲开我，——我知道这个人准会自杀的。"

## 十一

薇拉·尼古拉耶夫娜公爵夫人从来不看报纸，因为，第一，报纸会沾脏她的手；第二，她永远无法看懂现今人们所写的文字。

但命运使她打开的正是那一页报纸，眼睛触到的正是刊登着下列消息的那一栏：

"死之谜。昨晚七时许稽查署官员格·斯·热尔特科夫自杀身亡。据侦查结果，死者系因盗窃公款自杀，至少自杀者自己在遗书中是这样提到的。鉴于证人供词确认此举出于死者自愿，兹决定尸体不送交解剖室。"

薇拉心里想道：

"我为什么能够预感到他死？而正是这种悲剧的结局？这到底是什么：爱情还是神经失常？"

她一整天都在花圃和花园里踱来踱去。她心中时刻增长的不安仿佛使她无法坐在一个地方。她所有的思绪都萦绕在这个神秘的人物身上，这个她从未见过，也未必再能见到的可笑的 пепеже 身上。

"谁又说得准，也许横越你人生道路的正是那种真正的真挚忘我的爱情。"她想起阿诺索夫的话。

六点钟的时候邮差来了。这一次薇拉·尼古拉耶夫娜认出了热尔特科夫的笔迹，她怀着自己也料想不到的柔情把信拆开——

热尔特科夫这样写道：

> 既然上帝把对您的爱作为巨大的幸福恩赐给我，薇拉·尼古拉耶夫娜，我是没有过错的。结果便成了生活中再没有能吸引我的东西：不论政治，不论科学，不论哲学，不论对人类未来幸福的关切——对于我来说您就是我整个的生命。我现在觉得，我像一个令人难堪的楔子插入您的生活中。如果可能，就请您原谅我的所作所为吧。今天我就要离开了，永远不再回来，再不会有什么东西令您想起我了。
>
> 仅仅为您的存在我就要永生永世感激您，我检查过自己——这不是病，不是躁狂意念——这是上帝为了某种原因而奖赏给我的爱情。
>
> 就让我在您的眼里和您哥哥尼古拉·尼古拉耶维奇的眼里显得可笑吧。在我离开之际我仍要怀着喜悦的心情说：'愿你的芳名永远圣洁！'
>
> 八年前我在马戏园子的包厢里见到您，就在那一瞬间，我对自己说：我爱她，因为世界上没有任何事物可以同她媲美，没有任何事物可以超过她，不论野兽、不论植物、不论星辰、不论人类，都不会比您更完美，更温柔了。在您身上仿佛体现了大地上全部的美……
>
> 您想想我该怎么办才好？跑到别的城市去？反正我

的心依然偎傍着您，匍匐在您的脚下，在一天当中的每一刹那都充满了您，充满了对您的思念，充满了对您的幻想……充满了甜蜜的梦呓。我真为我那只愚蠢的手镯害臊，暗地脸红——咳，可怎么办呢？——错了。我想象得出它给您的客人留下了什么样的印象。

再过十分钟我就走了，只来得及贴上邮票，投进信箱，免得把它委托给任何别的人。请您把这封信烧毁。我现在把炉子生好，就要烧掉我生命中一切最珍贵的东西了：您的手绢，我得向您承认，是我偷的。您在贵族俱乐部的舞会上掉在椅子上了。您的短简，——噢，我是怎样亲吻它啊，——就是您禁止我给您写信的短简。您有一次拿过的一份艺术展览会的目录，后来在出门的时候落在椅子上了……没有了。我把一切都斩断了，但我仍然想，甚至相信，您会回想起我来的。如果您回想起我，那我……我知道您是非常富有音乐感的人，我最常见到您的地方是在贝多芬的四重奏音乐会上，——要是这样，如果您回想起我来，那就请您，或者吩咐旁人，演奏D大调第二奏鸣曲作品第二乐章。

我不知道该如何结束这封信。我衷心地感谢您，因为您是我生命中的唯一欢乐，唯一安慰，唯一思念。愿上帝赐给您幸福，不要让任何短暂的、日常的烦忧惊扰您那完美的灵魂。吻您的手。

Г.С·Ж

她来到丈夫跟前，眼睛哭红了，嘴唇哭肿了，把信交给他看，并说道：

"我什么都不想向你隐瞒，但我觉得某种可怕的东西渗入了我们的生活。你大概同尼古拉·尼古拉耶维奇做了什么不应当做的事。"

舍英公爵仔细读完信，把它叠整齐，沉默半晌之后说道：

"我不怀疑这个人的真诚，甚至更甚于此，我不敢分析他对你的感情。"

"他死了？"薇拉问道。

"是的，死了。我告诉你，他爱过你，而且完全不是疯子。我的眼睛一直没离开过他，看清了他的每一个动作，面部的每一种变化。对他来说没有你就没有生命。我觉得我亲身经历了一场人们为之而死亡的巨大的痛苦，我甚至几乎意识到，在我面前的已经是一个死人了。你明白吗，薇拉，我不知道如何是好，应该怎么办……"

"原来这样，瓦辛卡①，"薇拉·尼古拉耶夫娜打断了他的话，"要是我到城里去看看他，你不会反感吧？"

"不会，不会，薇拉，我还求你去呢。我本来自己也想去，只是尼古拉坏了我的事，我怕到了那儿会显得不自然。"

## 十二

薇拉·尼古拉耶夫娜在离柳杰兰街两条街的地方下了马车。她

---

① 瓦西利的爱称。

没费多大劲就找到热尔特科夫的寓所。开门的是位灰眼睛的老妇人，身体很胖，戴着银边眼镜，像昨天一样问道：

"您找谁？"

"热尔特科夫先生。"公爵夫人说道。也许是她的装束——帽子、手套，以及略带不容分说的语气，对女房东产生了强烈的印象。她的话匣子打开了。

"请进，请进，左边的第一个门就是，那儿……现在……他这么快就离开了我们，就说是盗用了公款吧，他要是对我说了也好啊。您知道，把房子租给单身汉，我们的财产该多有限了。但我还能凑个六七百块钱替他补上。太太，您要是知道他是个多么好的人就好了。我把房子租给他住了八年，他一点也不像房客，倒像我亲生的儿子。"

过道里有一把椅子，薇拉就坐在上面了。

"我是您故去房客的朋友。"她说道，斟酌着每一个字眼，"请告诉我他弥留之际的一些情况吧，干了什么事，说了哪些话。"

"太太，到我们这儿来过两位先生，说了半天的话。后来他告诉我，他们要请他去当庄园的管家。接着叶日先生跑出去打电话，回来时这份高兴劲呀。这以后两位先生走了，他坐下来写信。后来出去投信，后来我们听见，仿佛有人用玩具手枪放了一枪，但丝毫也没引起我们的注意。他总是七点钟来喝茶。卢克里亚——女佣人——去敲他的门，他没应声，后来再敲了一下，又敲了一下。于是我们只好把门撬开，可是他已经死了。"

"告诉我点有关手镯的什么事吧。"薇拉·尼古拉耶夫娜吩咐道。

"唉，唉，手镯——我都忘了。您怎么知道的？他在写信前到我屋里来了，问我道：'您是天主教徒吗？'我说：'是天主教徒。'于是他说道：'你们有个感人的习俗'——他就是说的感人的习俗——'把戒指、项链、礼品挂在圣母像上。那就请您答应我的请求：能否把这只手镯也挂在圣母像上？'我答应替他挂上。"

"您能让我看看他吗？"薇拉问道。

"请吧，请吧，太太。左边第一个门就是他的房间。今天他们想把他送进解剖室，但他有个弟弟，非要求按基督教仪式埋葬不可。请吧，请吧。"

薇拉鼓足勇气推开了门，屋里有一股神香味，点着三支蜡烛。热尔特科夫躺在斜放在房间当中的一张桌子上。他的头枕得很低，仿佛故意给他这个一切都无所谓的死尸垫了一个小软枕头似的。在他紧闭的双眼中显出庄重的神情，嘴唇安乐地微笑着，仿佛他在同生命分手之前领悟到某种解决了他所有人生疑虑的深奥而甜蜜的秘密。她回想起来了，她在伟大的受难者普希金和拿破仑的石膏面型上看到过同样安详的表情。

"您要不要我出去一会儿，太太？"老妇人问道，从她的语气里可以听出某种非常隐秘的东西。

"出去吧，我一会儿叫您，"薇拉说道，马上从短上衣的一个小斜口袋里掏出一大朵红玫瑰花来，左手把死者的头微微抬起，右手把花放在他的颈下。在这一刹那她明白了，每个女人所梦想的爱情从她身旁消逝了。她想起阿诺索夫将军所说的关于绝无仅有的永恒的爱情的话来——几乎成了谶言。她把死者额头上的头发向两侧撩开，两只手紧紧地按住他的太阳穴，在他冰冷湿润的额头上友爱地亲了一个长吻。

她离开的时候，女房东用带着波兰腔的阿谀的口吻对她说道：

"太太，我看您同其他的人不一样，不仅仅是出乎好奇才来的。故去的热尔特科夫先生死前曾对我说过：'要是我死了，有位太太来看我的话，您就对她说贝多芬最好的作品是……'他还特意给我写下来了，您瞧……"

"给我看看，"薇拉·尼古拉耶夫娜说道，突然哭起来，"请您原谅，死亡的印象太沉重了，我控制不住自己了。"

于是她看到熟悉的笔迹写的几个字：贝多芬的钢琴奏鸣曲（作品第二号第二乐章）。广板、热情地。

## 十三

薇拉·尼古拉耶夫娜回到家里已经是黄昏时分了，她高兴的是不论丈夫还是哥哥都没在家。

然而女钢琴家珍妮·赖特尔在等她，薇拉因为所看到的和听到的一切激动得非常厉害，便向她奔过去，吻着她那双美丽的大手，喊道：

"珍妮，亲爱的，请您给我弹点什么吧。"说着马上走出房间，走进花圃，坐在一张长凳上。

她几乎连一秒钟也没有怀疑，珍妮一定会弹第二奏鸣曲中那个具有一个可笑名字的热尔特科夫的死者所请求她演奏的曲子。

果然如此，她从第一组和声便听出这个在深度上无与伦比的作品。她的灵魂仿佛分成两半。她同时想着在一千年当中只重复一次的伟大爱情从她身边消逝。她想起阿诺索夫将军的话，自己问自己道，这个人为什么要违背她的意愿一定要她听贝多芬的这支曲子呢？在她心里渐渐组成了话语。它们同她脑子里的音乐如此吻合，仿佛构成了一节节的歌词，每一节都以"愿你的芳名永远圣洁！"结尾。

"现在我要在温柔的乐声中向您显示那注定要顺从地、喜悦地忍受苦难、痛苦和死亡的生活。不论是怨言、责备、自尊心的痛楚我都全然不解。我在你面前只祈祷一件事：'愿你的芳名永远圣洁！'

"是的，我预见到痛苦、流血和死亡。我想，身体与灵魂难以分离，但完美的人儿，我仍然要赞美你，热烈的赞美和温存的爱情。'愿你的芳名永远圣洁！'

"我回想着你的每个脚步、笑容、目光、步履的声音。我最后的回忆散发出的是甜蜜的忧愁——温存而美丽的忧愁。但我不想给你增添痛苦。我将一个人默默地离去，因为上帝和命运是这样安排的。'愿你的芳名永远圣洁！'

"在这临终前的悲伤时刻我只向你祈祷，生命对我本来也可以是美好的。不要抱怨，可怜的心儿，不要抱怨。我在灵魂中召唤死亡，但在心中却充满对你的赞美：'愿你的芳名永远圣洁！'

"你，你同你周围的人，你们全都不知道，你是多么完美。时钟响了，时间到了。我即将死去，但我在同生命告别的悲痛时刻，仍要歌唱——赞美你。

"它来了，驯服一切的死亡来了，而我还要说——赞美你！……"

薇拉公爵夫人抱住洋槐树干，紧紧地贴着它，哭了起来。洋槐轻轻地摇晃，微风吹过，仿佛在同情她，吹拂得树叶沙沙作响。星状的烟花散发出的香味更加浓郁……这时，美妙的音乐仿佛听命于她的悲伤，继续唱道：

"安心吧，亲爱的，安心吧，安心吧。你记得我吗？记得吗？你是我唯一的也是最后的爱情呀。安心吧，我同你在一起。想着我，我便会同你在一起，因为我们虽然相爱只有一瞬间，但却永恒不变。你记得我吗？记得吗？记得吗？我感到你流出的泪水。安心吧。我睡得是这样甘甜，这样甘甜，这样甘甜。"

珍妮·赖特尔已经弹完了，她走出房间，看见薇拉坐在长凳上，哭得泪人儿一般。

"你怎么啦？"女钢琴家问道。

薇拉充满泪水的眼睛闪闪发亮，开始激动不安地吻她的脸、嘴唇、眼睛，说道：

"不，不，——他现在原谅了我。一切都好了。"

# 神圣的谎言

伊凡·伊凡诺维奇·谢明纽塔是个很不坏的人。他头脑清醒，勤勤恳恳，笃信上帝，不喝酒、不吸烟、不会赌博，也不好女色。然而他却是背运的人中最典型的一个。在他身上有一种招灾引祸的东西，那就是怯懦的性格往往使他处于惶恐不安的状态。或许正因为他有这个特点的缘故，那无情的命运才不断地时而朝他前额打上一拳，时而又向他后脑击上一掌，大家都知道，命运很像撒娇任性的女人，只喜爱那些泼辣、果敢的人，对他们才百依百顺、唯命是从呢。还在学生时代，谢明纽塔就总是全班级的替罪羔羊。有时，上课的时候，一个捣蛋鬼把一大张纸嚼碎，捏成纸饼，只见他巧妙地一扔，便啪的一声粘在法国教师威严的秃顶上。而谢明纽塔不早不晚，偏偏在这个时候，挥手把脑门上的一只苍蝇赶走。于是，法国人气得满脸通红，喊道：

"啊！泽姆纽特，该死的毛孩子！ Au mur ！ ① 站到墙根儿去！"

课间休息的时候，无辜的可怜虫谢明纽塔被揪去见学监。学监花白的山羊胡子气得直发抖，两只凶恶的灰眼睛在金丝眼镜后面闪

---

① 法语：到墙那边去！

闪发光，用一根干瘪僵硬的手指有板有眼地敲打着谢明纽塔的头顶。

"不成器的后生！流氓——无赖！……败坏校风！……该死！……蠢货！……"

最后，他用办公事的、冷冰冰的口吻宣布：

"午饭后，到禁闭室去蹲三天禁闭。圣诞节前取消假日（这是一所住宿学校），倘若再犯，定要鞭打一顿，轰出学校。"

说完这番话，他又在谢明纽塔脑门上清脆地弹了一下，声色俱厉地说："滚蛋吧！蠢——山羊！"

这已经成了家常便饭。不管是用弹弓打碎学监住宅的门窗，还是偷袭邻居的菜园——小土匪们总能在危急的关头及时跑散，躲藏起来，而同这些勾当毫不沾边的、谦和文静的谢明纽塔，却命中注定准会出现在出事地点附近。于是他又被拖去痛打一顿，又是一顿有节奏的训斥：

"打架——斗殴！……流氓——无赖！……蠢——货！……"

就这样，他好不容易读到了六年级。之所以没有发给他一张黑籍证①把他撵出学校，主要是因为他母亲，那个住在官立孀妇院②的可怜的瘦老太婆，颤巍巍地穿过全城，去求见学监、校长或者学校的神甫，扑倒在他们面前，抱着他们的双腿，用流不尽的慈母的眼泪浸湿了他们的双膝，为儿子苦苦哀求：

"别毁了孩子呀，老天爷可以作证，我这个孩子可听话了，可

---

① 黑籍证：帝俄时代的一种证件，持证人不准在国家机关服务或进学校学习。
② 旧俄时代收养年老孀妇的地方。

老实了。只是太胆小怕事了，所以那些捣蛋鬼才欺负他。您还是打他一顿算了。"

谢明纽塔没少挨打，并且都打得很厉害。但是这个灵验的办法对他没起多大作用。他两次想升入七年级，但都没成功，最后还是被开除了事。不过校方看在他母亲眼泪的分上，发给了他一张六年级结业证书。

母亲含辛茹苦，好不容易积攒了几个钱，替儿子买了身便服。一套西装①、一件绿色夹大衣、一双打着补丁的皮靴和一顶圆顶礼帽，都是在旧货市场上从估衣商手里买的。而内衣则是母亲用自己的裙子和衬衣改的。

只剩下谋个位置了，可是位置"到不了手"，谢明纽塔的命运永远如此。一年来，为了找个卑贱的差使，他真可以说不辞劳苦，从早到晚在这偌大城市的街道上奔波。午饭和晚饭他在孀妇院里吃；母亲从食堂回来时，从自己那份数量不多的饭菜里省下一半，偷偷带给他吃。过夜就更难办了，因为寡妇们住的都是集体大房间，每间要住五六个人。但是经过母亲向诵经士和女管理员苦苦哀求，他们发了善心，允许谢明纽塔在她们的公用厨房里过夜，用两条板凳和一张木椅拼起来睡觉。

一年之后，他总算在省税务局里找到一个录事的职位，月薪二十三卢布十一又四分之一戈比。这差使是母亲还年轻、生活还富裕的时候认识的一位私人律师尤文纳利·叶夫普西希叶维奇·安东诺夫替他弄到的。

---

① 包括上衣、背心、长裤（女服为裙子）。

谢明纽塔带着他那固有的勤奋和不知疲劳的干劲，一头扎进了繁重而枯燥的公务中。他总是第一个到局里来上班，最后一个下班，有时晚上也来工作，为的是帮同事们办些紧急的公务，好多挣几个钱。别的录事们对他很冷淡，既带点傲慢，又有点蔑视。他很少和谁来往，从不去打台球，也不在音乐声中伴随相识的小姐们在街心花园散步。"叙利亚的隐士"——大家都这样称呼他。

这时谢明纽塔很幸福，在楼顶上有了一间椋鸟巢似的小屋；能在希腊饭馆里吃一顿二十戈比的午餐；有了自己的茶和糖。如今他不仅可以偶尔带上几个苹果，或买十几块夹心糖，或一盒花生蜜糕去慰藉慈母，到了年终还添置了一身很体面的衣服和一双结实的、走起路来咯吱作响的皮鞋。上司显然看中了他的勤奋。干到第二年时，他就当上了文件收发员，薪水也涨了五卢布，而且到年底他就成了局里正式的成员，还偶尔在储蓄所里存几个钱。但是，正当他在这块乐土上诸事如意的时候，命运之神又向他露出了狰狞的面孔。

有一天，谢明纽塔在办公室工作到深夜。回家之后，又誊写了一些紧急的私人抄件，所以直到清晨四点多钟他才睡下。但是和平日一样，一到七点钟，他就醒了，感到疲惫不堪，周身无力。他的脸色苍白，眼圈发黑，两眼红肿。这天，他没有像往常那样，到科里上班比谁来得都早，而是最后到的几名之一。

他还没有来得及坐稳和摊开文卷，忽然心里模模糊糊产生了一种奇特的惊慌而恐惧的感觉。同事中间，有的不怀好意地斜眼看他，有的带着好奇的神色瞟他几眼，还有的同他的目光相遇时，便垂下眼帘，扭过头去。他完全摸不着头脑，但是他的心却感到冰冷的刺痛，似乎停止了跳动。

恐慌的心情一刻比一刻更加强烈。十一点钟的时候，像往常一样，响起了一阵洪亮的铃声：局长驾到。谢明纽塔打了个冷战，从这一刻起就像患了疟疾一样，哆嗦个没完了。秘书在他桌子旁边弯下身子，严厉地低声对他说："局长大人叫你到他办公室去一趟。"这时，他好像一点也没有感到惊奇，只是像一头挨了一刀背的牛，身子摇晃了几下，差点倒下去。他站了起来，拖着铅一般重的步子，仿佛在噩梦中似的，在所有同事的注视下，穿过整个的办公室。

他从来没到过这座圣殿，它那宏伟的规模、叫人见了肃然起敬的大家具、沉甸甸的深红色的帷幔，使他如此震惊，一时竟没看见身材矮小的局长坐在一张豪华的办公桌后面，活像大菜盘里摆着的一只油煎麻雀。

"过来，谢明纽塔，"等谢明纽塔深深地鞠了一躬之后，局长开口说，"您说吧，为什么要干出这等事来？"

"局长大——大人，什么事呀？"

"您自己比我清楚。您干吗要撬开庶务官的抽屉，偷走了印花税票和现款？您不要抵赖，我们全知道了！"

"我……大……大人……我……上帝作证……"

局长，这位具有自由主义思想、矜持和仁慈的人，这位大学的财政法学教授，突然怒气冲冲地一拳打在桌子上。

"您竟敢对天明誓！昨天夜里，只有您一个人在局里，一直待到夜里一点。除您之外，就是守夜的安库金了，可他在这儿已经待了四十多年，我宁肯怀疑自己，也不怀疑他。所以，您快承认吧，我只把您辞退，但不追究您的任何责任。"

谢明纽塔两腿颤抖得非常厉害，身不由己地跪倒在地。

"大、大人……上帝作证，实实在在……大、大人……如果是我……那就让圣母和圣·尼古拉……局长大、大人……"

"站起来！"局长把双腿收到椅子下边，嫌恶地说道，"难道从您的脸色上，从您的眼神里我看不出您是在窑子里过夜的吗？我不用问也知道，你们在盗用公款或者偷窃之后（局长狠狠地强调了'偷窃'这个字眼），第一件事就是下饭馆或者是逛妓院。我无意败坏本衙门的声誉，所以不准备报告警方，不过，您要记住，如果有人向我询问您的情况，我是一句好话也不会说的。走吧！"

说完，他按了一下电铃。

转眼过了三年，谢明纽塔一直过着野人般的、病态的和可怕的生活。他栖身在一间昏暗的地下室里，在这儿租了一个最黑暗、最潮湿、最阴冷的角落。另一个角落里住着女商贩米歇耶夫娜，她从渔民那儿成篓地买进鲐鱼，做成鱼肉丸子，然后再拿到市场上去卖，一戈比一个。在较为亮堂的第三个角落里，鞋匠伊凡·尼古拉耶维奇整天坐在椴树墩上咚咚地敲打鞋子。平日里他是个和气、温柔而快活的人，可是逢年过节他就要寻衅闹事，打架斗殴。他有一大群孩子和一个老是怀孕的老婆。最后，第四个角落里住的是洗衣妇伊莉英尼什娜，地下室的主人，一个性格刁钻的女人和酒鬼，把压衣辊子从早到晚推得咕隆咕隆响。

谢明纽塔靠什么活着，连他自己也说不清。他教鞋匠的两个大孩子科利卡和维尔卡识字，报酬是每天早上他可以就糖喝茶，吃几片黑面包。他在饭馆、啤酒馆里给人家写呈子，上午在邮局替一些不识字的人写信封，拟信稿，又到靠城边住的一个商人家里教课，月酬三个卢布，偶尔还能碰上点抄抄写写的工作。他主要的活动还是在全城四处奔跑找差事。但他那副外表谁见了都不信任。他不刮脸、不理发，头发像一堆乱草似的顶在头上，苍白的脸上现出不健康的、居住在地下室里的人常见的浮肿，靴子开了绽。他虽然还称不上酒鬼，但是已经上瘾了。

不过，一年之中有四天，他总是尽量使自己振作一下，去掉这一副蓬首垢面、衣衫褴褛的潦倒相。这四个日子是：新年元旦、复活节、三一节和八月十三日。

到了这几个日子的前夕，他多方努力，四处求告，弄到十五个戈比，用五戈比去澡堂洗澡，五戈比请一位在这间地下室不挂招牌开业的理发匠理发，再用五戈比去买一整块巧克力糖或者几只橙子。然后，他就去找两位旧同事中的一个，尽管他的来访使他们感到难堪，但是他们还是出于一种强烈但又略带嫌恶的恻隐之心接待了他。他们两位当中，一位姓普顺金，另一位姓马萨。谢明纽塔怕招人讨厌，所以总是轮换去找他们。

他喝着主人递给他的一杯茶，哼哼唧唧，唉声叹气，又像个老头似的，忧心忡忡地摇着头。

"怎么了，处境不好吧，谢明纽塔老弟？"马萨问道。

"抱怨上帝是罪过，可是，处境很不好，很不好啊，尼古拉·斯捷潘诺维奇。"

"你真不该做那件不该做的事啊。"

"尼古拉·斯捷潘诺维奇……上天有眼……不是我……在真主面前发誓——不是我。"

"哎，算了算了，别哭啦。我说着玩呢，我相信你。可是谁又能不碰上些倒霉的事呢？谢明纽塔，你是不是需要钱呀？二十五戈比我还是可以拿得出来的。"

　　"不，不，尼古拉·斯捷潘诺维奇，钱我倒不需要，再说我也不借钱，不过，哦……既然您这么慷慨，那请您把上衣借给我穿两小时吧。随便找一件破旧一些的都行。您可千万不要拒绝，亲爱的。您不必担心，昨天我刚洗过澡，身上很干净。"

　　"你这人真怪，谢明纽塔。你借衣服做什么？你这是连续三个年头跟我借上衣了，干什么用啊？"

　　"是这么回事，尼古拉·斯捷潘诺维奇。我有个……老姑姑。她要是一死，我就是唯一的遗产继承人了。总得露个面，问候问候嘛。钱数并没什么了不起，可也有五百卢布呢……这可不是吻吻马卡尔的脊背呀①。"

　　"好吧，那你就拿去吧，上帝保佑你。"

　　于是谢明纽塔把皮靴擦得像镜子一样耀眼，用墨水把皮靴上的破口抹黑了，细心地把裤脚上的毛边剪齐，然后戴上整年用报纸包着的布料假领和红领带，打扮完毕，便慢悠悠地穿过全城，到孀妇院去看望母亲了。在那温暖的、颇有些官府气派的宽大的衣帽间里，身体肥胖，头发灰白的看门人尼基塔，身穿绣着苍鹰的红色号衣，宛如一尊石像，十分惹人注目。从谢明纽塔五岁起，这个看门人就认识他。但他满脸傲气地看着谢明纽塔，对他的问候连理都不理。

---

① 俗语，意思是"不那么容易做到"。

"你好啊，尼基图什卡。喂，身体怎么样？"

高傲的尼基塔像石头人一样，一声不吭。

"我妈妈身体怎么样？"沮丧的谢明纽塔一边往衣架上挂大衣，一边怯生生地问。

看门人尼基塔板着脸说道：

"她能出什么事！老太婆挺结实，还有得活哩。"

谢明纽塔一般都是赶在傍黑时候来，因为这时他那衣着上的缺点不那么显眼。他穿过一排排拱形大房间，房间的墙壁涂着素净的绿颜色，蹑手蹑脚地走过一张张铺着松软的绒毛褥垫、枕头叠得高高的雪白的床铺，那些老太婆从镜片上边好奇地目送他从自己身旁走过。从孩提时代就熟悉的气味——芭楚莉香味和薄荷香味，镶木地板上的蜡味和漆味，干净、整洁的老人身上发出的那种奇特的、无以名状的霉味，还有泥土味——所有这些气味一下子冲进谢明纽塔的脑子，使他感到一种细腻而强烈的哀怜之情沉重地压在心头。

他终于来到了母亲住的房间。有六张高床头朝墙，脚朝外摆在里面。每张床旁边有一个公家的小橱柜，上面装饰着一些用小贝壳作像框的旧画像。房间中央，一盏吊在滑轮上的大灯从天花板上低垂下来，照亮了一张桌子，有三个老婆婆围坐在桌旁，正在没完没了地玩普列费兰斯①，还有两个老婆婆在旁边打毛活，不时也兴致勃勃地参加进来，一起评论牌局。啊，所有这些，谢明纽塔真是太熟悉了啊！

"康科尔季亚·谢尔盖耶夫娜，有人找您！"

————————

① 纸牌游戏的一种。

"别是凡涅奇卡<sup>①</sup>来了吧？"

母亲急忙站起来，把眼镜推到额头上。毛线团落在地上，滚动起来，织好的针脚又拆散了。

"瓦尼奥切克！亲爱的！我等啊等啊，真以为等不到我的小鹰了。好了，快来，快来。我昨天夜里还梦见你了呢。"

她用颤抖的手把儿子领到床边。靠近窗子的地方有一张她自己单用的小桌，她铺上桌布，点上一截教堂用的小蜡头，又从小橱里拿出茶壶、茶碗、茶叶盒和糖罐，忙个不停，她那双枯干的、虬筋盘结的老手一个劲地哆嗦。

一个端庄的老女仆，"贴身的侍女"，从旁边走过，她五十岁上下，穿一身青色的仆人的服装，扎着白围裙。

"多姆奴什卡<sup>②</sup>！"康科尔季亚·谢尔盖耶夫娜带着一点讨好的样子说道，"请您给我们拿点开水来，大婶。您瞧，凡纽什卡到我这儿来做客了。"

道姆娜向谢明纽塔深深地，但很庄重地行了一个莫斯科老式的拜礼。

"您好，伊凡·伊凡诺维奇先生。您可老也没来了。可真让您的老妈妈想坏了。太太，我马上拿水来，马上就来。"

多姆娜取开水的时候，母亲和儿子都沉默着，好像在用迅速而锐利的目光探索彼此的心意。是的，只有在久别之后，才能察觉到那无情的岁月不停地在亲人的脸上刻画出一道道衰老、祜萎的线

---

① 凡涅奇卡以及下文中的瓦尼奥切克、凡纽什卡、凡尼奥克、凡纽沙、凡尼乔克都是伊凡的爱称。
② 多姆娜的爱称。

条，而当生活在一起时，这些线条却又是很难看出来的。

"凡尼奥克，你的脸色很不好看哪，"老人开了口，同时用她那干瘪粗糙的手抚摸着儿子放在桌上的一只手，"你脸色苍白，样子很疲倦。"

"妈曼，这又有什么办法呢！公务太忙嘛。我如今，可以这么说，颇有点名气了。虽说是个小人物，可是整个办公室的事都得靠着我。真是从早忙到晚，像头牛一样。总得混个一官半职的呀，妈曼，您说对吧？"

"可也别累坏了身子呀，凡纽沙。"

"妈曼，不要紧，我身子骨结实着呢。等到了复活节我就当上十四等文官了，还要给我加薪、发奖金呢。到那时候，您就不用在这儿混日子了。我租好房子，把您接到我那儿去。那时候咱们的日子可就不一般了，那简直是天堂。我上班，您管家。"

老人的眼睛里充满了感动的泪水，顺着深深的皱纹向两边流。

"上帝保佑，上帝保佑，凡尼乔克。但愿上帝赐给你健康和忍耐。可是，你的气色……"

"不要紧，我经得住，妈曼！"

这个怯懦的、受尽生活折磨的人，在为数不多的探望母亲的短暂时刻，摆出一副玩世不恭的派头，不知不觉地模仿起他先前在办公室里见过的那些上流社会"临时上班的"浪荡公子来。"妈曼"这个古里古怪的词儿就是从他们那里学来的。以前他和母亲谈话时，一直用"你"字，称呼母亲"妈妈""妈穆先卡""妈妈奇卡"，现在心里也是这样称呼她。但是在"妈曼"这样的称呼里，却有一种不拘形迹的和贵族的味道。也正是在这些时刻里，他望

360

着母亲那张疲惫不堪的、瘦得难看的面孔，心里同时充满了惊恐、柔情、羞愧和哀怜。

多姆娜提来了开水，放在桌上，深深鞠了一躬，就缓步走开了。

康科尔季亚·谢尔盖耶夫娜沏着茶，这时，几个长着老鼠眼睛、自己长得也像灰老鼠的好奇的老婆婆，有事没事地在他们小桌旁边串来串去。她们全都从谢明纽塔五岁起就认得他了。她们停住脚步，双手一拍，摇晃着脑袋，不胜惊讶地说道：

"我的天哪！凡涅奇卡！简直认不出来了，长成个大人了。我还记得你这么点儿的时候呢。那会儿你是个天不怕地不怕的孩子，可真是个英雄。所以大家都管你叫'斯科别列夫 ① 将军'。当时你总是逗我，称呼我'佩尔佩图娅·依兹麦古耶夫娜'，而把故去的戈洛洛鲍娃·纳杰日达·费多罗夫娜叫作'带小尾巴的灰奶奶'。一切都像在眼前一样。"

康科尔季亚·谢尔盖耶夫娜不客气地朝她摆着手，说道：

"谢谢您了……我这儿正和儿子谈一件重要的事情，谢谢您了。您走吧，走吧。"

谢明纽塔喝着加了糖的茶，问母亲：

"妈曼，您最近怎么样啊？"

"没什么，我无非是老了，早就该入土……只是两个女儿的日子很难过呀。你嘛，上帝保佑，现在是有出头之日了，可她们的处境很困难啊。卡佳的丈夫整天在外边野跑，又是赌，又是喝，每天

---

① 米·德·斯科别列夫（1843—1882），沙俄将军。

回家总是醉醺醺的，还老是打卡金卡①。看样子，很快就要被赶出铁路局了，可是卡金卡又怀孕了。这个下流的家伙，就会干这种事。"

"是呀，妈曼，您说得对，真是个下流的家伙。"

"嘘……小声点……别这么大声说话……"母亲低声说道，"我们这儿的人都喜欢偷听别人说话，然后就到处搬弄是非。就是这样。佐英卡②的情况嘛，说真的，我也不知道是更坏些呢，还是更好些。她的斯塔先卡又善良，又温存……可是，他们这些波兰人全都是色鬼，一碰上娘儿们，求上帝原谅我这么说，他简直是一条公狗。他把钱，这个不要脸的东西，都花在她们身上了。又陪她们坐马车，又给她们买各种各样的礼物……可是佐娅这个傻丫头，直到如今还像只小猫似的爱他呢！我真不懂，怎么这么愚蠢！前几天，佐娅在他的书桌里——她配了一把钥匙——发现了他给那些杜尔西内娅③们拍的照片。你猜怎么着，都是一丝不挂、光着身子的……佐娅就吞了鸦片……后来好不容易才把她救活。唉，你瞧，我怎么总是跟你说这些不遂心的事呢？还是谈谈你自己的事吧。不过，嘘……要小点声，这个地方是隔墙有耳啊。"

谢明纽塔动员了全部灵感，信口开河起来。尽管他这次讲的同上次讲的有时前后矛盾，但他却毫无察觉。母亲倒是发现了，不过她一声不响，只是那双昏花的老眼变得越来越忧伤，越来越疑惑了。

他说，差使干得很好，上司很赏识他，同事们也喜欢他。不

---

① 卡佳的爱称。

② 佐娅的爱称。

③ 杜尔西内娅是堂吉诃德理想中的爱人的名字。此处是"情人""情妇"的意思。

错，特拉克塔托夫和普列奥勃拉仁斯基对他有点眼红，总跟他捣鬼，可是他们哪是对手！他们不学无术，目光短浅，学历就更不用说了：一个还没读完初级师范就被撵出校门，另一个呢——纯粹是流氓。而谢明纽塔，办事可真是无懈可击。他对衙门里那套办事诀窍研究得透而又透。科长和他情同手足，前不久还请他吃晚饭了呢。饭后举行了舞会。科长的千金柳鲍奇卡和另一位小姐一起走到他面前。"您喜欢什么：蔷薇还是铃兰？"——"铃兰！"她满脸绯红，后来她问道："您怎么知道铃兰就是我呢？"——"是我的心告诉我的。"

"凡涅奇卡，你该结婚了。"

"再等一等。还太早，妈曼。等羽毛丰满了再说。不过她长得可真漂亮，漂亮极了。"

"嘿，瞧你这个调皮鬼！"

"不，不，可别夸出祸来呀。事情暂时蛮不坏，没什么可抱怨的。前几天，局长从我身边走过的时候，拍了一下我的肩膀，勉励我说："好好干，年轻人，好好干吧。我很留心您，一定给您撑腰。总之，我把您放在心上。"

他讲啊讲个没完，任凭自己的幻想驰骋，他轻浮地跷起二郎腿，捻着胡须，眯起眼睛，而母亲出神地望着他那张嘴，被他那玄妙的神话迷住了。这时从远处响起了铃声，越来越近。多姆娜摇着铃铛走进来。"太太们，请用晚餐。"

"你等我一会儿。"母亲悄悄地说，"我还想再看你几眼呢。"

过了二十分钟，她回来了，手里端着一个小盘，盘里放着一块腌星鲟鱼，也许是一些鱼冻或者是青鱼凉拌菜之类的东西，还有几片香喷喷的黑面包。

"凡涅奇卡，吃点吧。"母亲温存地劝他说，"你可别嫌弃我们这些寡妇的吃食！小时候你顶爱吃星鲟鱼啦。"

"妈曼，不行，不行，我饱极了，吃不下了。今天我们是在'布拉格'饭店吃的午饭，给庶务官贺喜。对了，妈曼，我还从宴会上给您拿了一个橙子来呢。您请……"

然而，他到底还是把盘子里的东西狼吞虎咽地吃了个精光，却没看见那无声的泪水像涓细的山泉流遍了母亲皱纹累累的双颊。

到该离开的时候了。母亲要送儿子到衣帽间，但是他想起那件不成样子的破大衣，就谢绝了她的盛情。

"真的，何苦呢，妈曼。俗话说：送得越远，流泪越多。说不定，您要着凉的。您可要多注意，多加保重呀！"

在衣帽间里，尼基塔带着一种无法形容的咄咄逼人的傲气，看着谢明纽塔急急忙忙穿上那件破旧的大衣，戴上那顶歪歪扭扭的帽子。

"是啊，尼基图什卡，"谢明纽塔温和地说道，"生活还是过得去的……只是不要失望……哎，按说该给你十个戈比，可是我手头没有零钱。"

"您算了吧，"看门人轻蔑地慢慢悠悠地说。"我知道，您的钱都是大票。您还是快点走吧。我这个门房快让您弄冷了。"

何日何时命运之神才能向谢明纽塔收敛起凶相，露出笑颜呢？她会不会这样做呢？我想，是会的。

她，这个性情乖张而又反复无常的美人，故意要捉弄一下自己的宠儿们，偏去抚爱一个最卑贱的奴仆，这又有何妨呢？

果然，诚实的老守夜人安库金身患重病，感到死期已近，于是派他的孙子格里什卡去见局长。

　　"你向局长大人这样说：安库金要死了，死前他想向大人揭开一个重要的秘密。"

　　局长一定会亲临安库金住的地下室的公房。那时，安库金就要使出最后一点气力从床上爬下来，匍匐在局长脚下：

　　"大人，良心把我折磨得痛苦极了……我快死了……想洗刷掉灵魂上的一桩罪过……那笔钱和印花票……是我偷的……鬼迷住了我的心窍……我坑害了一个无辜的人，看在耶稣的面上，饶恕我吧。钱和税票都在这儿……在五斗橱上边右首的抽屉里。"

　　于是，第二天局长一定要派普顺科夫或者马萨去把谢明纽塔找来，局长拉着他的手，把他引到全体人员面前，把安库金偷盗公款和税票的事向大家讲出来，还要谈到不幸的谢明纽塔几年来经受的苦难，并且当众向他赔礼道歉，和他握手，激动地噙着眼泪亲吻他。

　　谢明纽塔和妈妈将在一个安静简朴而又温暖舒适的环境里生活很久很久，老妈妈决不会向儿子暗示她曾经知道他的哄骗，而儿子也决不会泄露，他也晓得母亲是知道的。母子俩将永远小心翼翼地回避这个敏感的地方。神圣的谎言——这是一朵战栗的和羞怯的小花，一触碰便会凋萎。

　　确实如此，生活里常常有一些神奇的事！或许只有在复活节的故事里才讲到它们吧？

# 白毛狮子狗

## 一

一个走江湖的小杂耍班子，沿着克里米亚南岸狭窄的小径，从一个别墅区走向另一个别墅区。白毛狮子狗阿尔多照例跑在前面，歪吐着粉红色的长舌头，白毛剪得像狮子一般。它一跑到十字路口便停下来，摇摆着尾巴询问地向后张望。阿尔多根据只有它才能辨识的标记，总能准确无误地认出路来，并快活地扇动着毛茸茸的耳朵向前奔跑。跟在它后面的是十二岁的小男孩谢尔盖，他左胳膊夹着一卷表演杂技用的毯子，右手提着一个狭小的脏鸟笼，鸟笼里装着一只金翅雀。这只金翅雀能从匣子里衔出各色纸片，替前来起课的人卜凶吉。勉强跟在他们后面的是杂耍班子里最老的成员马丁·洛德日金老爹，他佝偻的背上背着一架手摇风琴。

手摇风琴已经老掉牙，摇起来声音嘶哑，像人咳嗽。它自出世以来已经修补过几十次了。现在只能演奏两支曲子：劳涅尔的忧郁的德国圆舞曲和《中国旅行曲》中的加洛普舞曲。这两支曲子三四十年前很流行，现在已完全被人遗忘。此外，手摇风琴里的两只喇叭都变了音。高音喇叭根本不响了，已经无法使用，每当轮到它出声的时候，音乐就结巴起来，仿佛一瘸一拐似的。低音喇叭的键子按下去起不来，只要一响，就老发同一个低音，把别的音都压下去，扰乱了，直到它突然不想出声为止。老爹也知道自己手摇风琴的这些缺点，有时带着几分忧伤开玩笑说：

"有啥法子？风琴太老啦……受寒啦……一演奏别墅里的人就来气：'呸，难听死了！'可都是流行的好曲子，只是如今的老爷们对咱们的音乐一点都不欣赏了。现在就配给他们演奏《艺妓》、《在双头鹰下》和《卖鸟人》中的圆舞曲。还都是这两只喇叭闹的……我把风琴送到工匠那儿修理，可他不收。他说：'该换新喇叭啦，最好把你这架没用的废物卖给博物馆吧……当作古董卖了吧……'唉，算了吧！它把咱们养活到了今天，谢尔盖，老天保佑，它还能养活咱们一阵子呢。"

马丁·洛德日金爱自己的手摇风琴就像爱身边的活物，甚至就像爱自己的亲人一样。在长年艰苦的流浪中，他使惯了它，终于觉得它有了灵气，几乎有了意识。有时，在肮脏的车马店住宿，放在老爹枕旁地板上的手摇风琴，夜间突然发出一声微弱而颤抖的声音，声音是那么悲凉、孤单，仿佛老人的一声叹息。那时洛德日金便轻轻抚摸它那刻有花纹的琴帮，亲切地低语道：

"兄弟，怎么啦？抱怨啦？你还是忍耐点吧……"

他爱长年在一起漂泊的两个小伙伴狮子狗阿尔多和小男孩谢尔盖，如同爱手摇风琴一样，也许还要爱得更深些。小男孩是他五年前从一个死了老婆的鞋匠那里"租来的"，讲好每月付给鞋匠两个卢布。但鞋匠很快就死了，于是谢尔盖的心连同每日的温饱便同老爹永远联结在一起了。

# 二

一条小径沿着陡峭的海岸，蜿蜒在百年的橄榄林的浓荫之间。大海有时在树林间闪现，它仿佛流向远方，同时又向上涌起，就像一堵静止的坚固围墙。在花纹般的树隙当中，在银绿色的树叶之间，显得更加湛蓝、更加浓艳。从草丛里，从石枣树和野玫瑰的密枝间，从葡萄藤和橄榄树上，到处响起一片蝉鸣。它们嘹亮、单调和不知疲倦的鸣声震得空气都颤抖了。天气闷热，没有一丝风，晒得滚热的土地烫人脚掌。

谢尔盖通常走在老爹前面，止住脚步，等待老人走到身旁来。

"你怎么啦，谢廖扎？"风琴手问道。

"洛德日金老爹，热死啦，简直受不了啦！要能洗个澡就好了……"

老人一边走一边习惯地耸肩膀，把手摇风琴背好，用袖口擦干脸上的汗。

"那当然好！"他喘了一口气，贪婪地望了望脚下蔚蓝凉爽的海水，"可洗完澡就更没劲了。有个熟医官对我说过：盐对人就起这种作用……也就是说，海水里的盐也会使人浑身没劲儿……"

"要是他瞎说呢？"谢尔盖表示怀疑。

"怎么会瞎说呢！他干吗要瞎说？人家是体面人，不喝酒……在塞瓦斯托波尔有一所房子。再说从这儿也下不到海边呀。到米斯霍尔再说，到那儿咱们再洗洗有罪的身子吧。午饭前洗个澡才来劲儿呢……然后再睡他一小觉……那才妙呢……"

阿尔多听见身后主人们说话，便掉头跑到他们身边来。它那双和善的蓝眼睛热得眯缝起来，讨好地望着主人们，伸出的长舌头由于喘气太快而微微颤抖。

"怎么啦，小狗？热坏了吧？"老爹问道。

小狗使劲打了个哈欠，卷起舌头，像只小喇叭，全身颤动起来，尖叫了一声。

"得啦，小家伙，没法子呀……常言道，谋食不易啊，"洛德日金继续教诲道，"对你来说，应该说觅食不易……不过都一样……得啦，走吧，往前走吧，别在脚底下打转了……可我呀，谢廖扎，老实说，就喜欢这种暖和天气。就是风琴是个累赘，要是不摇它挣钱，找个阴凉往草地上肚子朝上一躺，躺他一会儿，对我们这把老骨头来说太阳比什么都强。"

小径同白得耀眼的硬实而宽阔的大道会合后，便向下伸延，下面是伯爵的古老的花园。一座座漂亮的住宅、花圃、暖房和喷泉分别坐落在花园的绿荫中。洛德日金对这些地方很熟悉。每年到了收葡萄季节，整个克里米亚到处都是打扮得漂漂亮亮的富裕而快活的人，那时他便挨个走遍这些地方。绚丽的南国风光并未打动老人，但很多地方却使初次到这儿来的谢尔盖欣喜异常。披挂着坚硬的叶子，像上过漆一样闪闪发光，开放着一个个大盘子似的白花的木兰；四周爬满葡萄藤，藤上垂挂着一串串沉甸甸的葡萄的凉亭，树皮浅淡，树冠宛如华盖的多年的法国大梧桐树；烟草种植园、小溪和瀑布；到处——不论花坛上、篱笆上或别墅的院墙上——盛开着艳丽芬芳的玫瑰；而所有这些生机盎然的美景都不停地激动着小男孩天真的心灵。他不停地诉说心中的喜悦，并一个劲地拽老人的衣袖。

"洛德日金老爹，老爹，你瞧，喷水池子里还有金鱼呢！真的，老爹，是金鱼，我要说谎马上就死在你眼前。"小男孩喊道，脸贴着花园周围的栅栏，大喷水池就在花园当中，"老爹，那儿是桃树！你瞧一棵树上结了多少桃子啊。"

"走吧，走吧，傻孩子，干吗张着大嘴！"老人跟他开玩笑，推他快走，"待会儿咱们就到新俄罗斯克城了，就是说，还要往南走。那儿才真是好地方呢——有的是好看的。你马上就能看见索契、阿德列尔、图阿普谢，而到了那边，孩子，你将看到苏呼米、巴统……眼睛都会看斜的……就拿棕榈树来说吧，奇怪极了，树干毛茸茸的，就像毡子做的一样，每片树叶大得都盖得下咱们俩。"

"真的？"谢尔盖惊喜地问。

"过一会儿你自己就看见了。那儿什么没有？橘子，就拿柠檬来说吧，你大概在商店里见过吧？"

"嗯？"

"简直像长在空气里。什么也没有，直接长在树上，就跟咱们那儿的苹果和梨一样……那儿的人呀，孩子，古怪极了，什么人都有：土耳其人、波斯人、契尔克斯人，都穿长袍佩短剑。都是不要命的人！有时那儿，孩子，还有埃塞俄比亚人，我在巴统见过他们不少次。"

"埃塞俄比亚人？我知道，那是长犄角的人。"谢尔盖满有把握地说。

"犄角他们倒不长，那是别人瞎说。但他们像靴子一样黑，黑得冒亮光。可他们的嘴唇又红又厚，大眼睛是白色的，头发卷着，像黑山羊毛一样。"

"那些埃塞俄比亚人怪可怕的吧？"

"怎么跟你说呢，没看惯的时候确实有点可怕，后来看见别人不怕他们，自己的胆子也就大了。孩子，那儿什么都有，咱们一到那儿你就看见了。只有一点不好——容易发疟子。因为周围都是沼泽、烂泥，并且还热得要命。对当地人没关系，对他们没事儿，可外地人就倒霉了。可我说谢尔盖，咱们磨够牙了，钻进栅栏门去。这座别墅的主人可好啦，你听我的准没错！"

可这一天他们很不走运。这一家老远看见他们就把他们赶开了；另一家一听见手摇风琴的沙哑难听的鼻音，便连忙厌恶地从阳台上朝他们摆手；第三家的仆人干脆说："老爷们还没到呢。"一两家别墅倒给他们表演的钱了，不过少得可怜。好在老爹对给多少钱都不在乎。他们走出篱笆，来到大路上，老爹满意地拍拍口袋里的铜币，拍得铜币叮当响，和善地说：

"二加五等于七，总共七个戈比……不管怎么说吧，谢廖任卡，这是钱呀。挣七次七戈比，瞧，也就是半卢布了，这么说，咱们三个挨不着饿了，晚上也有地方住了，还能满足洛德日金老头的嗜好，喝杯酒治治病了……唉，老爷们不懂得这个道理：给二十个戈比心疼，五个戈比又拿不出手……就只好打发咱们走了。可你给三戈比也行呀……我不见怪，我没什么……干吗要见怪呢？"

洛德日金天性谦和，就是赶他他也不抱怨。可今天一位漂亮的胖太太气得他再也不能像平时那样平和了。这位看样子非常善良的太太是一座漂亮花园别墅的女主人，她仔细听音乐，更仔细看谢尔盖的杂技表演和阿尔多要的逗乐的"玩意儿"。他们表演完毕后，还详细盘问了小男孩半天，问他几岁了，叫什么名字，在哪儿学的杂技，老头儿是他什么人，他父母是干什么的，等等。后来吩咐他们等着，便进屋了。

过了十分钟她还没出来，又过了一刻钟还没出来。等的时间越长，艺人们模糊而诱人的希望越增强。老爹怕人听见，用手掌像盾牌似的挡住嘴，低声对小男孩说：

"我说，谢尔盖，咱们走运了，你只要听我的话就行：我，孩子，什么都知道。说不定她会赏你件衣裳或一双鞋呢，准没错儿！"

太太终于回到阳台上，从上面朝谢尔盖伸出的帽子里扔了一枚白色的小硬币，扔完马上就回屋了。硬币原来是一枚两面都磨损了的十戈比的旧白铜币，上面满是窟窿眼。老爹困惑不解地看了半天铜币。他已经走上大道，离别墅很远了，手里还托着这枚铜币，仿佛在掂它的分量。

"哼……可真行！"他说，突然止住脚步。"我敢说……可咱们这三个傻瓜还真卖了劲。她还不如给个扣子呢，起码还能钉在衣服上。我要这破玩意干什么？太太可能想：老头儿天黑的时候可以用它蒙别人，就是说悄悄花掉。不，夫人，您完全想错了……洛德日金老头儿不干这种缺德事儿。告诉您吧！还您这值钱的铜币！还您！"

于是他恼怒而骄傲地把铜币扔出去，铜币落在大道上轻轻响了一声就埋进尘土里。

老人带着小男孩和狮子狗挨家走遍了别墅区，准备下山到海边去了。还剩下左边最后的一家别墅没去。从白色高围墙外面看不见里面的房子，围墙上露出密密一排落满尘土的柏树，像一排灰黑色的长纱锤。只有透过铸成花边似的奇异花纹的生铁门的缝隙才能窥见碧丝一般的草坪的一角，圆形的花圃，花园尽头的一条两旁爬满葡萄藤的林荫道。一个园丁站在草坪中间，握着长橡皮管浇玫瑰。他用手指堵住管口，数不清的细水柱在阳光下映出各式各样的彩虹。

老爹打算从门前走过去，但看了一眼大门便犹豫不决地站住了。

"等一下，谢尔盖，"他叫住小男孩，"里面好像有人？真是怪事儿。我多少年从这儿经过，从没见过一个人影儿。喂，孩子，进去吧！"

"'友谊别墅，闲人免进'。"谢尔盖望着工整地刻在门柱上的一行字念道。

"友谊？"老爹问道，他不识字。"对啦！正是这个字眼儿——友谊。咱们一天不顺心，现在可要捞回来了。这一点我像猎狗似的用鼻子嗅出来了。阿尔多，进去，狗崽子！壮着胆子进去，谢廖扎，你听我的准没错儿！"

## 三

花园小径上匀称地铺了一层沙石，两侧镶着粉红色大贝壳，脚踩上去吱吱响。花圃里，用各色草花拼成的五彩地坛上，长着艳丽的奇花异卉，连空气都被花香熏甜了。喷水池哗啦哗啦喷出清亮的水柱。爬蔓植物像一条条彩带，从悬挂在树木之间的美丽花盆中垂挂下来。庭前大理石柱上安放着两个耀眼的玻璃球，玻璃球里映出两个头朝下的流浪艺人，身子又长又歪，非常可笑。

阳台前有一大片踩得很平的地。谢尔盖在地上铺上毯子，老爹把手摇风琴支在手杖上，便准备摇把手了。这时，他们被突然出现的奇怪场面吸引住了。

一个八九岁的小男孩尖叫着箭似的从屋里飞窜到阳台上。他穿了件薄海军装，露着胳膊和膝盖。卷成一绺绺的淡黄头发披在肩上。小男孩后面追出六个人来：两个系围裙的女人；一个上年纪的胖仆人，穿着燕尾服，下巴和上唇没有胡须，但却长了一脸花白的长络腮胡子；一个穿蓝格连衣裙的干瘦女郎，鼻子通红；一位面带病容的年轻太太，长得非常漂亮，穿了一件淡蓝色的滚边长袍；最后是一位秃顶的胖先生，穿了一身茧绸西装，戴着一副金丝眼镜。他们都非常惊慌，用手比画着大声说话，甚至互相推搡。一眼就能猜到，他们惊慌的原因是突然窜到阳台上来的穿水手装的小男孩。

但引起这场慌乱的人还一刻不停地尖叫着，猛地趴在石头地上，但马上又翻过身来，手脚拼命乱打乱踹。大人们在他周围忙成一团。穿燕尾服的老仆人现出一副乞求的样子，两手紧贴着浆过的衬衣，摇着长络腮胡子哀求道：

"小爷子，少爷！尼古拉·阿波隆诺维奇！别让您母亲伤心了，快起来吧……您就行行好，把药吃了吧。药水甜丝丝的，跟糖水一样。请站起来呀……"

系围裙的两个女人拍着手，用惊恐而阿谀的声音喊喊喳喳地说话。红鼻子女郎一面做出悲剧里的手势，一面用极为动人的声音喊着，但她的话一句也听不懂，显然她喊的是外国话。戴金丝眼镜的先生，脑袋一会儿向这边歪，一会儿又向那边歪，他煞有介事地摊开两只手，用男低音开导小男孩。面带病容的漂亮太太痛苦地呻吟着，用薄花边手绢捂住眼睛。

374

"哎呀，特里利，哎呀，我的天！我的天使，我求求你啦。你听我说，妈妈在求你呢。好了，吃药吧，吃吧。吃了马上就会好的：肚子不疼了，头也不疼了。好了，就为我吃吧，宝贝儿。特里利，你要妈妈给你下跪吗？那你瞧，我给你跪下啦。你要金币吗？我给你一个。两个？五个？特里利，你要活驴吗？要活马吗？大夫，您倒对他说几句话呀！"

"特里利，您听我说，您要像个男子汉。"戴眼镜的胖先生声音浑厚地说。

"哎呀呀……"小男孩哭号着，在阳台上蜷着打滚，两只脚拼命乱蹬。

小男孩尽管万分激动，可还尽力用鞋后跟踢周围人的肚子和腿，但他们都相当灵活地闪开了。

谢尔盖惊异地看了半天这个场面，轻轻地捅了一下老人的腰。

"洛德日金老爹，他这是怎么啦？"他悄悄问道，"怎么也不揍他一顿？"

"怎么能揍呢，揍一顿……像他这样的打谁都行。不过是个任性的孩子罢了。也许还有病。"

"疯子？"谢尔盖猜到了。

"我打哪知道。小声点！"

"哎呀呀……一群坏东西！一群蠢东西……"小男孩拼命哭号，声音越来越大。

"开始，谢尔盖。我知道该怎么办！"洛德日金突然吩咐道，果断地摇起风琴把手。

花园里响起嘶哑、难听、跑调的古老的加洛普舞曲。阳台上的人都一激灵，就连小男孩也有几分钟没出声。

"哎呀，我的天，他们准会让可怜的特里利更不高兴！"穿淡蓝色长袍的太太带着哭腔喊道。"喂，把他们赶出去，快点赶走！把这只脏狗也连同他们一块儿赶走。狗身上总带着可怕的病菌。伊万，您干吗像柱子似的傻站着？"

她满脸倦容，用手绢厌恶地向杂要演员们挥着，干瘦的红鼻子女郎瞪着一双可怕的眼睛，还有人威胁地嘘他们……穿燕尾服的仆人赶快蹑手蹑脚地跑下阳台，露出一脸凶相，使劲叉开两只手，跑到手风琴手跟前。

"这太不像话了！"他压低了惊恐而沙哑的声音训斥道，仿佛长官发火，"谁准许的？谁放你们进来的？出去！滚！"

风琴忧郁地尖叫了一声便不响了。

"善心的老爷，请您听我禀告……"老爹想客气地向他解释。

"少说废话！走开！"穿燕尾服的人喊起来，喉咙里发出吱吱声。

他的胖脸马上涨得通红，眼珠也瞪圆了，仿佛突然崩出眼眶，像两只小轮子似的转来转去。他的样子如此可怕，老爹不由得倒退了两步。

"谢尔盖，快点收拾，"他说，赶紧背起手摇风琴。"咱们走。"

但他们还没走出十步，阳台上又响起一片震耳的喊叫声。

"哎呀呀，给我！我要！啊——啊——！给我叫回来！给我！"

"可是特里利……哎呀，我的天，特里利！哎呀，叫他们回来！"神经质的太太又呻吟起来。"呸，您怎么这么糊涂！伊万，您听见我的话没有？马上给我把两个叫化子叫回来！"

"听着，说你们呢！喂，听见叫你们没有？拉风琴的！回来！"阳台上几个嗓子一齐喊起来。

胖仆人像皮球似的一蹦一跳地向往外走的杂耍艺人们追去，连鬓胡子飘向两边。

"给我过来！乐师们！给我回来！……回来！"他挥舞着双手，喊得上气不接下气。"老大爷，"他终于抓住老爹的袖口。"掉头！老爷们要看你们的哑剧呢，快点！"

"瞧这事儿！"老爹打了个冷战，摇摇头，又回到阳台前。他放下手摇风琴，把它挂在身旁的手杖上，又从刚才打住的地方摇起加洛普舞曲来。

阳台上不再忙乱了，夫人带着小男孩和戴金丝眼镜的先生一起走到栏杆跟前，其余的人都恭恭敬敬地站在他们身后。一个围围裙的园丁从花园深处走过来，站在离老爹不远的地方。不知从什么地方钻出一个扫院子的人，他站在园丁身后。这是一个长了一脸胡子的大汉，脸色阴森森的，额头狭窄，脸上长着麻子。他穿了件粉红色新衬衫，衬衫上斜印着豌豆般大小的黑点。

谢尔盖在嘶哑的结结巴巴的加洛普舞曲的伴奏下，把毯子铺在地上，麻利地甩掉帆布鞋（鞋是用旧口袋布缝制的，脚后跟最宽的地方印着工厂的四角商标），脱下旧上衣，只穿一身线紧身衣。尽管紧身衣上打了许多补丁，却恰好裹住他那柔软强健的细身体。他模仿大人，学会了真正杂耍艺人开场的手势。他向毯子跑去的时候，把两只手贴在嘴唇上，然后做了一个戏剧性的动作，把两只手使劲向四方挥去，仿佛向观众致送两个飞吻。

老爹一只手不停地摇风琴，摇出咳嗽似的颤抖的乐曲，另一只手向小男孩扔各种东西，而小男孩便在半空中把东西熟练地抓住。谢尔盖的节目不多，可他都做得像杂耍艺人所说的"干净利索"，并且带劲儿。他把空啤酒瓶往上一抛，让啤酒瓶在空中打几个转，然后用盘子边接住瓶口，一连托几分钟啤酒瓶掉不下来。他要四个小骨头球，还有两根蜡烛，他扔起来用烛台同时接住，然后马上又要三样不同的东西：扇子、木制雪茄烟和雨伞。它们都在空中飞来飞去，不沾地，突然雨伞在他头顶上张开，雪茄烟叼在嘴里，扇子撒娇似的扇他的脸。最后谢尔盖在毯子上翻了几个跟头，做了个"叠元宝"，表演了"空中开帕"和"拿大顶"。他献完了自己的全部"绝招"，又向观众致送了两个飞吻，便大声喘着气走到老爹跟前，准备替他摇风琴。

现在该轮到阿尔多上场了。它自己非常清楚，四只爪子早就激动地朝侧身从绳索后面钻出来的老爹身上扑了，并对他不断急躁地叫着。谁能明白，也许聪明的狮子狗想对人说，依它看，当阴凉地里都有三十二摄氏度的时候，表演杂耍不是发昏了吗？可老爹带着狡猾的神情，从背后抽出一根石枣树枝来。"我就知道你会这样！"小狗懊丧地最后叫了一声，便懒洋洋地，不大情愿地用后腿站了起来，一双眨巴的眼睛紧盯着主人。

"阿尔多，站起来！对啦，对啦，对啦……"老人说，把树枝举在狮子狗头上。"翻个跟头，对啦。翻个跟头……再翻一个，再翻一个……跳个舞，小狗，跳个舞！坐下！怎么啦？不愿意？坐下，我叫你坐下。对，这就对啦！瞧着！现在给尊贵的观众请安！请呀！阿尔多！"洛德日金提高了嗓门威吓着。

"汪！"狮子狗厌恶地叫了一声，然后看了主人一眼，可怜她眨巴着眼睛，又叫了两声"汪，汪！"

"咳，老头儿不理解我！"从这不满的叫声中可以听出它的意想来。

"这可是另一码事了，礼貌最要紧。好啦，现在跳一跳。"老人继续说，把树枝举得比地高一点。"预备！别吐舌头，小家伙，预备！跳！好极了！再来一次……预备！跳！预备！跳！妙极了，小狗。回家赏你一根胡萝卜吃。可你不吃胡萝卜，我完全忘了。那就叼着我的大礼帽请老爷们赏几个钱吧，老爷们也许会赏你点有滋有味的东西。"

老人拉着狗站起来，把自己那顶油腻的旧便帽塞进小狗嘴里，他把这顶便帽戏称为大礼帽。阿尔多叼着帽子，扭扭怩怩地迈着膝盖打弯的两条后腿，走到阳台前。面带病容的太太的手里现出一个镶着珍珠母的小钱包。周围的人都会意地微笑着。

"怎么样？我跟你说什么来着？"老爹低头对着谢尔盖的耳朵激动地说，"孩子，你听我的准没错儿，决下不了一个卢布。"

这时，阳台上不知谁绝望地哭号了一声，声音尖得刺耳、简直不像人的声音，把阿尔多吓了一跳，它一松口，叼着的帽子掉在地上，夹着尾巴一蹿一蹦地向主人脚边跑去，一面惊恐地回头张望。

"我要……啊！"卷发小男孩在地上打滚，两腿乱蹦。"给我！我要狗！特里利要狗……"

"哎呀，我的天！哎呀，尼古拉·阿波隆诺维奇！小爷子，少爷！你安静点，特里利，我求求你啦！"阳台上的人又慌乱起来。

"我要狗！给我狗！我要嘛！你们这群废物、恶鬼、笨蛋！"小男孩发脾气了。

"我的天使，别难过！"穿淡蓝色长袍的太太在他头上喃喃地说，"你想摸摸狗？那好吧，好吧，我的心肝，马上就摸。大夫，您看特里利能摸摸这条狗吗？"

"一般说，我不主张他摸。"医生摊开两只手，"要是确实消过毒，比如用硼酸或淡石碳酸溶液……那还……"

"给我狗！"

"马上就给你，我的心肝，马上就给你！大夫，这样吧，我们吩咐他们用硼酸水把狗洗干净，那时再让……可特里利，别急成这样！老头儿，请您把狗带到这儿来。用不着害怕，我们会给您钱的。您说说，您的狗没病吧？我想问一声，它不是疯狗吧？它没有绦虫吧？"

"我不想摸它，不想摸！"特里利吼叫着，从他鼻子和嘴里往外冒白沫。"我想要它！蠢货们，恶鬼们！我要狗归我！我要自己跟它玩……玩一辈子！"

"喂，老头儿，到这儿来，"太太使劲喊起来，想压住小男孩的喊声。"哎呀，特里利，你要把妈妈喊死了。干吗让这两个乐师进来！走近点，再走近点……我跟您说话呢！好了，哎呀，特里利，别难过呀，你要什么妈妈都替你办到。我求求你。密司，您倒让小孩别闹啊……大夫，请您……老头儿，你要多少钱？"

老爹摘下便帽，他的脸上现出恭敬而可怜的表情。

"看您如何发慈悲了，太太，夫人……我们是下等人，什么样的赏赐我们都感谢，您大概不会欺负我这老头吧……"

"哎呀，您真糊涂！特里利，你的嗓子要喊疼的。您知道，狗是您的，而不是我的。说吧，要多少钱？十卢布？十五卢布？二十卢布？”

“啊！我要！给我狗，给我狗！”小男孩尖叫着，用脚端仆人的圆肚子。

“您的意思是……对不起，夫人。”洛德日金不知如何说好，“我老了，又是粗人……一下子听不明白……再加上耳朵发背……您的话是什么意思？要买我的狗？”

“哎呀，我的天！您成心装糊涂吧？”太太发火了，“保姆，赶快给特里利点水喝！我说得够清楚的了，我问您这条狗卖多少钱？听明白，您的狗……”

“要狗！要狗！”小男孩喊得比刚才更厉害了。

洛德日金动火了，把便帽往头上一戴。

“夫人，我不是卖狗的。”他冷淡而庄严地说，“这条狗，夫人，可以说养活我们两个人，”他用大拇指指了指背后的谢尔盖，“它供我们吃，供我们喝，供我们穿。我决不卖它。”

这时特里利又喊起来，声音尖得像火车的汽笛。给他端来一杯水，但他像疯了似的把水泼在家庭教师脸上。

“您听着，不知好歹的老头儿！世上没有不能卖的东西。”太太不肯罢休，两只手使劲按着太阳穴，“密司，快把脸上的水擦干，给我点偏头痛药膏。您这条狗也许值一百卢布？要么二百卢布？三百卢布？您倒说话呀，呆子！大夫，劳您驾，您跟他说吧！”

“收拾行头，谢尔盖，”洛德日金脸色阴沉地嘟囔道，“呆——子……阿尔多，到这儿来！”

“喂，等一等，伙计，”戴金丝眼镜的先生拉长了粗嗓子说，神气十足，“你最好别装蒜，老乡，这就是我要对你说的。你这条狗最多值十卢布，还得连你也加上……你想想，蠢驴，给你多少钱呀！”

"太感谢您啦，老爷，只不过……"洛德日金大声喘着气，把手摇风琴往背上一背，"只不过我决不卖狗。您到别处另找一条小公狗吧……祝您平安……谢尔盖，你前头走！"

"你有身份证吗？"医生突然吼叫起来，声音吓人，"我知道你们这些坏蛋都是些什么玩意儿。"

"扫院子的！谢苗！把他们轰出去！"太太喊道，脸都气歪了。

穿粉红衬衣的谢苗，脸色阴森，凶狠地向杂耍艺人逼近。阳台上响起一片可怕的喊叫声：特里利拼命叫唤；他的母亲不停地呻吟；大小保姆哭号着互相数落；医生的粗嗓子嗡嗡响，就像一只发怒的花蜂。但老爹和谢尔盖已无心看这场戏如何收场了。他们紧跟着吓得要命的狮子狗，急忙向大门奔去。扫院子的人跟在他们背后，从后面推了老人一把，正推在手摇风琴上，并用恐吓的声音说：

"穷鬼，叫你们到这来闲逛！老东西，没打你个脖儿拐你就该感谢上帝了。再敢来，你记住，我就对你不客气了，揪着你的脖子去见县警察先生。无赖！"

老人和小男孩一声不响地走了半天，突然，仿佛约好了似的，互相看了一眼，便哈哈大笑起来：先是谢尔盖哈哈大笑，后来洛德日金望着他，多少有点不好意思，也笑起来。

"怎么样，洛德日金老爹，听你的准没错儿？"谢尔盖调皮地揶揄他。

"是啊，孩子，咱们上当啦，"老风琴手摇了摇头。"那小孩子可真奸坏……怎么会把他惯成这样，太岂有此理了。你说说：二十五个人围着他团团转。要是落到我手里，我准用鞭子抽他一顿。他说给他狗，这算怎么回事儿？他要月亮也给他从天上摘下来？上这儿来，阿尔多，上这儿来，我的小狗。唉，今天可过着好日子了。太妙了。"

"这样更好！"谢尔盖继续挖苦他，"一位太太赏了件衣裳，另一位赏了一个卢布。都是你洛德日金老爹事先料到的。"

"你别说了，小无赖！"老人温和地回敬道，"你还记得咱们怎么从院子里跑出来的吗？我当时想赶不上你啦，那个扫院子的真是个厉害的大汉。"

流浪艺人走出花园，沿着陡峭的细沙石路下到海边。这儿的山稍稍向后靠拢，闪出一块狭窄的平地来，地面上布满被海浪冲光滑的砾石。现在大海正温柔地拍打它们，发出哗啦哗啦的冲击声。海豚在离海岸二百俄丈的水中翻滚，一刹那间，把它们那滚圆的脊背露出水面。在海天相接的远方，缎子般的淡蓝色海面裹着一条深蓝色的天鹅绒飘带；被阳光微微染红的整齐的渔帆，一动不动地停在海面上。

"咱们就在这儿洗个澡吧，洛德日金老爹。"谢尔盖拿定主意。他一边走一边蹦，先用这只脚，再用另一只脚，没站住就把裤子脱下来了。"我帮你把手摇风琴放下来。"

他飞快地脱下上衣，用手啪啪地拍了拍被阳光晒成巧克力色的身体，便扑进水里，在身体周围激起一层泛着水花的海浪。

老爹不慌不忙地脱衣服。他用手掌遮住太阳，露出疼爱的笑容，眯起眼睛望着谢尔盖。

"小伙子发育得不错。"洛德日金想道，"别看他瘦——所有的肋骨都看得见，可仍然会长成结实的小伙子。"

"哎，谢廖扎，你可别游得太远，海豚会把你拖走的。"

"那我就抓住它的尾巴！"谢尔盖从远处喊道。

老爹站着晒了半天太阳，摩挲腋下的肌肉。他下水的时候非常小心，身子入水前先鼓起勇气把通红的秃顶和凹陷的两肋撩湿。他的身子是黄的，松软无力，两条腿细得怕人；背上露出刀子似的两块肩胛骨，由于长年背手风琴，背被压弯了。

"洛德日金老爹你瞧！"谢尔盖喊道。

他翻了个跟头，头从两条腿中间钻过去。水已经到了老爹的腰部，他往水里一蹲，发出快活的咯咯声，又担心地喊了一声：

"喂，你别逞能，小脏猪。小心点，不然我可不饶你。"

阿尔多沿岸跑，狂叫着。小男孩游得太远让它不放心了。"干吗逞能呢？"狮子狗激动地想，"有的是陆地，怎么走都行，稳当得多。"

它自己也扑进水里，水没了肚子，它用舌头舔了两三下。但它不喜欢咸水，轻轻冲击岸边细沙的海浪也让它害怕。它跳上岸，又朝谢尔盖叫起来。"干吗要这些愚蠢的把戏？跟老头一起坐在岸边多好。唉，这小男孩让人多操心啊！"

"哎，谢廖扎，真该上岸了，你也游够了！"老人叫他。

"马上就上岸，洛德日金老爹，"小男孩回答道，"你瞧，我游得像只轮船。呜—呜—呜！"

他终于游到岸边，但在穿衣服之前，把阿尔多抱进水里，把它往海里远远地一扔。狗马上往岸上游，只露出个脑袋，耳朵竖在水面上，委屈地用鼻子大声喷气。它跳上岸后，使劲抖身上的毛，溅了老人和谢尔盖一身水点。

"先别闹，谢廖扎，好像有人找咱们来了？"洛德日金说，眼睛盯着山上。

一刻钟以前把流浪艺人赶出别墅的那个穿黑点粉衬衫的脸色阴森的扫院子的人，沿着小径快步走下山来，挥动着两只手，嘴里不知在喊什么。

"他来干什么？"老爹疑惑地问。

## 四

扫院子的人继续喊叫，磕磕绊绊地往山下跑，袖子在空中飘扬，衬衫的胸口吹得鼓鼓的，像船帆一样。

"喂！等一等呀！……"

"真该把你浸湿，叫你永远也干不了。"洛德日金气恼地叨唠道，"他准是为阿尔多什卡来的。"

"老爹，咱们揍他一顿！"谢尔盖大胆提议道。

"滚你的吧，别再来缠我……他们要干什么呀，老天爷……"

"你们听着……"扫院子的人从老远喘着气喊道，"到底卖不卖狗？唉，少爷怎么哄也哄不好。号得像只牛犊。'给我狗，给我狗……'夫人打发我来找你们，她说不管出多少钱都买。"

"你们的夫人可真蠢！"洛德日金突然动火了，他在海滩上比在别墅里胆子大得多。"话说回来，她算我什么夫人？对你来说她也许是夫人，可她对我算老几啊，我才不听她的呢……请你给我走开……您行行好吧……不然我可就那个了……别缠着我。"

可扫院子的人并不罢休。他坐在老人身旁的石头上，笨拙地用手指指点着说：

"你要放明白点，傻瓜……"

"我听傻瓜说话呢。"老爹平静地打断他的话。

"你别急，我可不是为……你真能挑刺儿……你想想，你要这条狗有什么用？再找一只狗崽，照样能教会它用后脚跟站立，那你不是又有狗了吗？你说呢？我说的对不对？啊？"

老爹仔细系好裤带，对扫院子的人的固执问题故意回答得很冷淡：

"再往下说……我一会儿一起回答你。"

"那好，伙计，我就直接说数目了！"扫院子的人急躁起来。"两百卢布，不行就三百卢布，一次付清。按理说，对我也该有点表示吧……你想想：三百卢布！拿这笔钱马上就可以开个杂货铺……"

扫院子的人说着说着从口袋里掏出一段香肠，扔给狮子狗。阿尔多跳起来在空中接住香肠，一口吞进肚子里，讨好地摇起尾巴来。

"说完了？"洛德日金只简单问了一句。

"这还有什么可啰唆的呢。你给我狗——再拍个巴掌就完了。"

"这样，"老爹拖长声音嘲弄地说，"就把狗卖了？"

"当然卖了，您还要什么？就是因为我们这位少爷是疯子。他想要什么，一定闹得全家鸡犬不宁。给我——说要就得马上给他。这还是他父亲不在家的时候，父亲在身边的时候……我的老天爷呀！全家都得头朝下脚朝天了。我们的老爷是位工程师，您也许听说过奥博利亚尼诺夫先生？他到全国各地修铁路，百万富翁！可只有一个男孩子。淘极了。要一匹活的小矮马，就给他一匹小矮马。要船，就给他一条真船。要什么给什么……"

"要月亮呢？"

"你这话是什么意思？"

"我是说他一次也没要过天上的月亮吗？"

"你可真会说——要月亮！"扫院子的人感到难堪了，"咱们说定了吧，老哥，对不对？"

这时老爹费劲地穿上衣缝发绿的褐色上衣，尽量骄傲地把驼背挺直。

"小伙子，我有句话要对你说，"他多少有点得意地说，"打个比方说吧，你有个兄弟，或者从小结识的朋友。你先别这样，伙计，别拿香肠白喂狗了……不如自己吃了好……你用香肠收买不了它。我是说，如果你有个从小最最忠实的朋友，那你要多少钱卖他？"

"你怎么能这么比呢？"

"我就要这样比。你就这样对你那修铁路的老爷说，"老爹提高了嗓门，"你就这样说：不是想买什么别人就卖什么。一点不错！你最好别摸狗，这没用！阿尔多，到这儿来，狗崽子，我看你敢！谢尔盖，收拾东西。"

"你这个老傻瓜。"扫院子的人再也忍不住了。

"傻瓜，不错，生来就是傻瓜，可你是下流坯、犹大、没有心肝的人。"洛德日金骂出口来，"你回去见到将军夫人时，向她请安，告诉她我们满怀敬意向她深深鞠躬。谢尔盖，把毯子卷起来。哎呀，背疼啊，我的背啊！咱们走吧。"

"这事就吹了？"扫院子的人拖长声音意味深长地说。

"这事就吹了！"老人毫不示弱地回答道。

杂耍艺人沿着海边慢慢向前走去，又顺着来时的小径往山上爬。谢尔盖偶一回头，看见扫院子的人在后面跟着他们。他哭丧着脸，一副心事重重的样子。他张开五指，伸进滑到眼睛上的帽子底下，一个劲地抓长着蓬乱棕发的后脑勺。

## 五

洛德日金老爹早就看中米斯霍尔和阿卢普卡当中的一个小角落，它就在快下到山脚下的地方。在那儿舒舒服服地吃一顿早饭多美。他把自己的两个伙伴带到那里。一座小桥横跨湍急而浑浊的山溪。离小桥不远的地方，在弯曲的柞树和榛子树的树荫下，从地下冒出一股汩汩的清泉。泉水在地上冲出一片浅浅的圆水塘，又从水塘中闪闪发光地穿过草地，流入山溪，宛如一条纯银的小蛇。在这眼泉水旁边，早晚总能遇见饮水或祈祷的虔诚的土耳其人。

"咱们罪孽深重，可储备贫乏，"老爹说，坐在阴凉的榛子树下。"喂，谢廖扎，赞美上帝吧！"

他从粗麻布袋里掏出面包、十个西红柿、一块比萨拉比亚羊酪和一瓶橄榄油。盐装在不大干净的破布包里。饭前老人画了半天十字，嘴里不知低声咕噜了些什么。然后他把一大块面包掰成大小不等的三块。最大的一块递给谢尔盖（小伙子正长个儿——吃得多），稍小的那块留给狮子狗，自己拿起最小的一块。

"以圣父圣子之名，上帝啊，所有人的眼睛都指望你恩赐。"他低声说，哆哆嗦嗦地分份，又从瓶里往上倒橄榄油，"吃吧，谢廖扎！"

他们三个像真正劳动者那样，不慌不忙地、默不作声地吃简陋的午餐。只听见三张嘴嚼食物的声音。阿尔多伸长身子趴在地上，前爪按着面包，在一旁吃自己的那一份。老爹和谢尔盖轮流把熟透的西红柿往盐里蘸，用它就羊酪和面包吃，嘴唇上流出鲜红的西红柿汁。他们吃饱后，把洋铁杯放在一股泉水下接水，洋铁杯上浮起一层细水珠。水是透明的，冰凉的，香甜极了。他们喝了个够。正午的炎热和漫长的旅途使得一清早就爬起来的杂耍艺人昏昏欲睡。老爹的眼睛睁不开了。谢尔盖又打哈欠又伸懒腰。

"我说孩子，咱们躺下睡个觉怎么样？"老爹问道，"来，让我再喝最后一口水。唉，真甜！"他大声喘气，嗓子里发出咯咯声，把洋铁杯从嘴边拿开，晶莹的水珠从胡子上淌下来。"我要是皇上，就老喝这里的水……从早到晚！阿尔多，到这儿来！你瞧，上帝养活了人，可谁也看不见，谁要看见了他就不会欺负……噢……"

老人和小男孩枕着自己的旧上衣并排躺在草地上。树干弯曲、枝丫舒展的柞树的暗绿色的叶子在他们头顶上发出沙沙的响声，透过它的枝叶现出明净的蓝天。溪水潺潺流着，从这块石头跳到另一块石头上，声音单调悦耳，仿佛低声絮语，催人入睡。老爹翻腾了一阵子，咳嗽了几声，嘴里嘟囔着，但谢尔盖觉得他的声音发自温柔迷茫的远方，可听不清他嘟囔什么，仿佛置身于童话之中。

"先得给你买身衣服：一件粉红色的绣金紧身衣……鞋也是粉红色的缎子鞋……在基辅，在哈尔科夫，再比如，在敖德萨城吧——到了那里，孩子，什么样的马戏班子没有啊！路灯一眼望不到头……全都是电灯……居民有五千人，也许还要多……我打哪儿知道呀？我们一定给你想个意大利姓。叶斯季费耶夫或洛德日金算什么姓啊？纯粹扯淡——一点想象力都没有。我们还让你上海报——安东尼奥，或者，比方说，恩利科或阿里冯佐，都挺好……"

往下小男孩就什么也听不见了，温柔而甜蜜的睡意上来了，束缚住他的身体，使他变得周身无力。老爹也睡着了，饭后他通常爱幻想谢尔盖有一天将在马戏班子里大显身手的情景，但思路突然断了线。只有一次他迷迷糊糊地觉得阿尔多对人汪汪叫。刹那间他昏沉沉的脑子模糊不安地想起刚才那个穿红衬衣的扫院子的人，但疲倦和炎热完全把他征服了，他困得爬不起来，只闭着眼睛懒洋洋地叫了一声狗：

"阿尔多，上哪儿去？我给你点儿厉害看，流浪汉！"

可是他的思路马上混乱了，消融在变幻不定的沉重的梦幻中。

谢尔盖的声音惊醒了老爹。小男孩沿着溪流的那一边忽前忽后地跑着，尖声打呼哨，惊恐不安地高声喊叫。

"阿尔多，这儿来！回来！喝，喝，喝！回来！"

"谢尔盖，你号叫什么？"洛德日金不高兴地问，使劲舒展那只发麻的手。

"我们把狗睡丢了，你瞧瞧！"小男孩气冲冲地顶撞道，"狗丢了！"

他尖声打了个呼哨，又拖长声音喊起来：

"阿——尔——多！"

"你别瞎想！……会回来的。"老爹说，可马上站起来，也用老年人睡醒后的尖哑的嗓子气呼呼地喊起来：

"阿尔多，到这儿来，狗崽子！"

他迈着碎步跌跌撞撞地跑过桥，上了大道，嘴里不停地叫狗。半俄里长的白花花的平坦大道展现在他眼前，可连个狗影子也没有。

"阿尔多！阿尔多申卡！"老人哀号起来。但他突然不喊了，把身子弯得很低，蹲了下来。

"原来这样！"老人压低了声音说，"谢尔盖！谢廖扎，到这儿来。"

"那儿能有什么？"小男孩朝洛德日金走去，没好气地说，"找到鬼啦？"

"谢廖扎……这是怎么回事儿？这到底是怎么回事儿？你明白吗？"老人问道，声音轻得几乎听不见。

他那双慌乱的眼睛可怜巴巴地望着小男孩，那只直指地下的手四下乱动。

大道的尘土里有一大截吃剩的香肠，香肠周围都是狗踩的脚印。

"坏蛋把狗拐走了！"老爹惊慌地低声说，仍然蹲着不动。"没别人，准是他———一点儿不错……你记得吧，刚才他在海边老拿香肠喂狗。"

"一点儿不错。"谢尔盖满面怒容，恶狠狠地重复道。

老爹睁大的眼睛里突然滚出大颗泪珠，眼睛不停地眨巴着。他两手捂住眼睛。

"咱们现在可怎么办，谢廖任卡？啊？咱们现在可怎么办？"老人问道，身子前后摇晃，无可奈何地抽搭着。

"怎么办，怎么办！"谢尔盖生气地模仿老人说话的样子，"起来，洛德日金老爹，咱们走吧。"

"咱们走吧，"老人凄凉地重复道，顺从地站起来，"那就走吧，谢廖任卡！"

谢尔盖再也忍不住了，像训孩子似的对老人喊起来：

"老头儿，你别装傻了。哪儿见过拐别人狗的？你干吗对我眨眼？我说得不对吗？咱们直接找他们去，对他们说：'还我们狗！'要是不还就找调解法官，再没别的可说了。"

"找调解法官……对，当然要找……这样做对，找调解法官……"洛德日金重复谢尔盖的话，脸上现出捉摸不透的苦笑，但眼睛却羞愧地转来转去，显得很为难，"找调解法官……对……可谢廖任卡，找调解法官也没用……"

"怎么没用？法律对所有人都有效。干吗要对他们客气？"小男孩不耐烦地打断老人的话。

"你呀，谢廖扎，别那个，别生我的气。狗是不会还给咱们了。"老爹神秘地压低了声音，"我是担心咱们的身份证。你没听见刚才那位先生说什么来了？他问：'你有身份证吗？'就是这么回事儿。我的……"老爹脸色变了，声音低得几乎听不见："谢廖扎，我的身份证是别人的。"

"怎么会是别人的呢？"

"倒霉就倒在别人的身份证上。我自己的在塔甘罗格丢了，也许被人偷了。以后我折腾了两年：躲藏，行贿，写呈子……最后我看出根本不可能弄到了，就成了兔子，见了谁都害怕，一刻也不得安宁。就在这时候，在敖德萨的一个小客栈里碰见一个希腊人。'这点小事儿算什么，'他说，'老头儿，你把二十五个卢布搁在桌上，我保证给你弄一张终身身份证。'我左思右想，最后豁出去了。我说我干。从那时起，我的孩子，我用的就是别人的身份证。"

"唉，老爹，老爹！"小男孩噙着眼泪长叹了一口气，"我真心疼狗……是条好狗啊……"

"谢廖任卡，我的孩子！"老人两手哆嗦着向他伸过去，"要是我的身份证是真的，难道我怕他们是将军不成？我一定逼他们还我狗！'怎么能这样？不行！你们凭什么偷别人的狗？有这种法律吗？'可现在咱们完蛋啦，谢廖扎。我上警察局——头一句话就是：'拿出身份证来！你就是萨马拉市民马丁·洛德日金？''是我，大人。'可我，孩子，根本不姓洛德日金，也不是市民，而是农民伊万·杜德金。至于洛德日金是谁，只有老天爷知道。我打哪儿知道他是小偷还是在逃的流放犯？也许还是杀人犯呢？不行，谢廖扎，咱们什么办法也没有……什么办法也没有，谢廖扎……"

老爹被一口气堵住，再也说不出话来。眼泪又沿着被太阳晒成棕色的深皱纹淌了下来，老人已经变得衰弱无力了。谢尔盖一声不响地听着，皱紧双眉，激动得脸色煞白，突然把老人的胳膊架在自己肩上，把他搀起来。

"咱们走吧，老爹，"他用亲切的口吻命令道，"让身份证见鬼去吧，咱们走！咱们总不能在大道上过夜呀！"

"你真是个好孩子。"老人浑身颤抖着说。

"狗可机灵啦……咱们的阿尔多申卡……咱们再也不会有这样的狗啦……"

"行啦，行啦，站起来吧，"谢尔盖吩咐道，"我给你把尘土掸干净。你可一点精神都没有了，老爹。"

这一天杂耍艺人没再表演。谢尔盖尽管年幼，但也很明白"身份证"这可怕的三个字的招灾惹祸的意义，所以他既不坚持再寻找阿尔多，也不坚持找调解法官或采取其他的激烈措施了。但他同老爹并排走到住宿地的时候，一种未曾有过的固执而专注的神情一直没离开过他的脸，仿佛心里盘算着干一件非常严肃而紧要的事。

他们并没讲好，但显然出于同一个隐秘的动机，故意绕了个大圈子，以便再次经过"友谊"别墅。他们在大门前逗留了一会儿，抱着看到阿尔多的朦胧的希望，或者，哪怕远远地听它叫几声也好。

但豪华别墅的铸花铁门紧闭着，挺拔而忧郁的柏树的浓荫笼罩下的花园肃静得瘆人。

"老爷呀！"老人用低哑的嗓子喊了一声，把郁结在心头的辛酸都注入这一声喊叫里了。

"行啦，咱们走吧。"小男孩严厉地吩咐道，拽住同伴的袖子。

"谢廖任卡，阿尔多什卡也许会从他们那儿跑出来？"老爹突然又抽搭了一声，"啊？你是怎么想的，好孩子？"

但小男孩没回答。他迈着坚定有力的大步走在前面，他的眼睛死死盯着大道，两条细眉愤怒地皱近鼻梁。

## 六

他们默默地走到阿卢普卡，老爹一路唉声叹气，不停地咳嗽。谢尔盖则脸上一直没离开凶狠果断的神情。他们在一家肮脏的土耳其咖啡馆里过夜。这家咖啡馆却起了一个漂亮的名字——"恩尔德兹"，在土耳其的话里是"星"的意思。同他们一起过夜的有希腊人——石匠和挖土工，有土耳其人和几个靠打短工勉强糊口的俄国人，还有几个遍迹南俄、行迹可疑的流浪汉。只要咖啡馆到规定的时刻一上门，所有的人便马上倒在沿墙摆着的长凳上，或者干脆倒在地板上，那些比较有经验的人，出于并非多余的谨慎，把最值钱的衣物统统放在头底下。

已经过了大半夜，躺在老爹身旁的谢尔盖，悄悄从地板上爬起来，开始不出声地穿衣服。苍白的月亮穿过宽阔的窗户，把一束束颤抖的斜光倾泻在地板上，倾泻在横七竖八睡觉的人身上，照得他们的脸上显出痛苦的、死人般的神情。

"小家伙，深更半夜你上哪儿去？"咖啡馆老板易卜拉欣迷迷糊糊在门口叫住谢尔盖，老板是个年轻的土耳其人。

"闪开，我要出去！"谢尔盖用办事的口吻严厉地回答道，"起来呀，土耳其佬！"

易卜拉欣打着哈欠，搔了搔头，像是责备似的咂咂舌头，打开了门。鞑靼市场狭窄的街道沉入暗蓝色的浓影中。阴影在石路面上投下锯齿般的花纹，一直投到对面房屋的墙根。对面房屋的矮墙被月光照得皎洁耀眼。从远方的镇边传来一阵阵狗叫声。大道上响起遛马的清脆的嘚嘚声。

几棵昏暗缄默的柏树环绕着一座寺顶像绿葱头似的白色清真寺。小男孩经过清真寺，沿着歪斜狭窄的水巷来到大道上。谢尔盖为了行走轻便没带上衣，只穿着紧身衣。月亮照着小男孩的后背，他的缩短了的昏黑古怪的影子跑在前面。黑魆魆的卷叶灌木丛藏匿在大道的两侧。一只鸟儿隔一段时间便娇声啼叫两声："我睡觉，我睡觉！"仿佛它在寂静的深夜顺从地守卫着某种忧伤的奥秘，无力同瞌睡和疲倦搏斗，无望地向谁轻声抱怨："我睡觉，我睡觉！"在黑魆魆的灌木丛和远处树林的淡蓝色的树顶上，高耸着艾彼特里山，并以它的两枚锯齿支撑着苍穹。它是那样轻盈，空灵，轮廓分明，仿佛从一块巨大的银纸板上剪下来的一样。

谢尔盖每走一步便响起清晰坚定的脚步声，在这片庄严的静穆中心里不免有些发毛，但同时又充满一种快乐得令他头晕的勇气。他走到拐弯的地方，大海突然展现在眼前。海是那样辽阔、平静、庄严地荡漾着。一条颤抖的银色小径从地平线通往海岸，消失在大海之中——只在几个地方闪烁出耀眼的光辉，在海陆相接的地方突然泼溅开来，宛如一道奔流闪光的铁水，像银带子一般镶嵌在海岸上。

谢尔盖悄悄溜进花园的木栅门。那里，茂密的树荫下一片漆黑。远处传来奔流不息的小溪的潺潺声，并能感到它清凉湿润的气息。踏在木板桥上的脚步声格外分明，桥下的水黑得吓人。终于来到爬满紫藤的高大铁门前，门上铸出的花饰仿佛替铁门镶了一圈花边。月光透过茂密的枝叶，化为微弱的磷光点，散落在铁门的花饰上。门的那边是一片黑暗和令人生畏的沉寂。

一瞬间，谢尔盖犹豫起来，几乎害怕了。但他压下几乎难以忍受的恐惧，低声自语道：

"我还是要钻进去！管他怎么样呢！"

爬上大门对于他来说毫不费力。铁门上构成精巧图案的铁涡纹成了矫健有力的手和肌肉发达的小腿的可靠支撑点。铁门的上方，一座宽阔的石拱楼横跨在两根石柱之间。谢尔盖摸索着爬上石拱楼，然后趴着两脚朝下，把腿伸进大门的另一侧，整个身子也慢慢往那边滑，两脚不停地寻找凸起的地方。这样，他的身子已经翻过拱楼，只有手指扒着石拱楼边，脚还未找到支撑点。他当初并没料到，大门上的石拱楼朝里比朝外凸起得多，而随着两手发麻，无力的身子越来越往下坠，心里越来越害怕。

他终于支持不住，抓着拱楼尖角的手松开了，一下子摔了下去。他听见身子掉在沙石上咕咚响了一声，觉得膝盖痛得钻心。他摔蒙了，在地上趴了一会儿。他觉得全别墅里的人马上就会惊醒，穿粉红衬衫的脸色铁青的扫院子的人就要跑过来，接着便是一片喊叫声和一团慌乱……可跟先前一样，花园里仍是一片沉寂，只有一种单调而低沉的嗡嗡声传遍整个花园。

"嗡……嗡……嗡……"

"唉，这是我耳朵里嗡嗡响！"谢尔盖猜到了。他站起来。花园里的一切都显得可怕、神秘，但又像童话般的美丽，仿佛充满了芬芳的梦。黑暗中刚能看清的花朵，在花坛上轻轻摇曳，怀着朦胧的恐惧互相依偎，仿佛低声絮语、窥视。挺拔昏暗的柏树，散发着清香，轻轻地上下摆动它的尖顶，显现出沉思而责怪的样子。而在小溪另一边的灌木丛中，一只疲倦的小鸟正同瞌睡斗争，怀着无可奈何的哀怨一再重复着：

"我睡觉！我睡觉！我睡觉！"

夜间，在小径上的纷乱的影子当中，谢尔盖认不出他在什么地方了。他在咯吱咯吱响的沙石上徘徊了很久，才走到房子跟前。

小男孩一生中从未像现在这样体验过孤立无援和遭人遗弃的痛

苦感觉。他觉得大花园里到处藏匿着无情的敌人，他们脸上带着神秘而恶毒的冷笑正从黑洞洞的窗户里监视着瘦弱的小男孩的每一个动作。敌人一声不响，焦急地等待着某种信号，等待着某个人发出愤怒的、震耳的、威严的命令。

"准不在房子里……它不可能在房子里！"小男孩仿佛说梦话似的低语着，"在房子里它会叫的，叫得他们讨厌……"

他走遍了别墅的四周。房子后面的大院子里有几排外表较为简陋的房子，这几排房子显然是供仆人居住的。这里也跟正房一样，没有一个窗户亮着灯。只有月亮在黑魆魆的窗户上反射出明暗不同的苍白的光来。"我离不开这儿了，永远离不开了。"谢尔盖心烦意乱地想道。刹那间他想起老爹、旧手风琴、咖啡馆里过夜、清凉泉水边吃早饭。"这一切都不会再有了！"谢尔盖又伤心地想道。他越觉得没希望从这儿出去，恐惧越被一种麻木、平静和残酷的绝望所压倒。

一声微弱的、呻吟般的狗叫声传到他耳朵里。小男孩停住了，屏住呼吸，浑身肌肉紧张，踮起脚尖来。狗又叫了一声。声音仿佛是从谢尔盖身旁的地下室里传出来的。这间地下室没有窗户，靠一排粗糙的四角形小孔通气。小男孩穿过花坛，走到墙跟前，把脸贴在一个通气孔上，打了一声呼哨。下面的什么地方轻微地、警觉地响了一下，但马上又没声音了。

"阿尔多！阿尔多什卡！"谢尔盖声音颤抖着轻轻叫道。

小狗突然嘶哑地狂叫起来，叫得整个花园都听得见，每个角落都响起回声。这阵叫声里，除了包含快活的欢迎外，还搀杂着哀怨、恼恨和肉体上的疼痛。听得见小狗在黑暗的地下室里拼命挣扎，使劲挣脱什么东西。

"阿尔多！小狗呀！阿尔多什卡！"谢尔盖哽咽着又叫了它一遍。

"嘘，该死的东西！"下面传来一声低沉凶狠的喊声，"嘿，贼骨头！"

什么东西在地下室里敲了一下。狗一声声地哀嚎，半天不止。

"不许打狗！不许打狗，畜生！"谢尔盖气疯了，喊起来，用指甲抓石头墙。

以后所发生的事谢尔盖就记不清了，仿佛发了一场可怕的热病。地下室的门砰的一声敞开了，扫院子的人从里面冲了出来。他只穿着一件内衣，光着脚，满脸胡子，他的脸被直射的月光照得煞白。谢尔盖觉得他像个巨人，童话中发怒的怪物。

"谁在这儿溜达？我开枪了！"他大声喊道，声音像打雷，喊得整个别墅都听得见，"有贼！有人打劫！"

就在这一刻，阿尔多叫着，像个白绒团似的从敞开的黑门洞里跳出来，脖子上还戴着一段来回拨拉的绳子。

可小男孩这时顾不上狗了。扫院子的人那副可怕的模样吓得他魂不附体，两条腿不听使唤，虚弱无力的小身体瘫痪了。好在他惊呆的时间不长。谢尔盖几乎下意识地、绝望地尖声哭号起来，转身离开地下室拔腿就跑，不辨道路，不顾方向，把什么都忘了。

他像鸟儿一样飞奔，突然来了劲的两条腿就像铁弹簧似的在地上蹦跳。阿尔多在他身旁跑着，发出快活的叫声。背后沙石上响起扫院子的人的咚咚咚的沉重的脚步声，他朝谢尔盖的背后恶狠狠地骂着脏话。

谢尔盖一下子撞在大门上，可他连想都没想，就本能地感觉到这里没有路了。白墙和沿墙生长的一排茂密的柏树之间有一条昏暗的窄道。谢尔盖听凭恐惧的驱使，毫不犹豫地一弯腰钻进窄道，沿墙向前跑去。柏树散发出刺鼻的树脂味，它长着尖刺的枝条抽打着小男孩的脸。他不时被树根绊倒，两手摔出了血，但立刻爬起来，顾不得疼痛，又向前跑，身子快弯到地上，已经听不见自己的喊叫了。阿尔多跟着他跑。

他跑在狭窄的过道当中，一边是高墙，另一边是一排紧密的柏树，像一头吓昏的小野兽掉进无底的陷阱里。他嘴里发干，一呼吸就像几千支针扎胸口。扫院子人的脚步声一会儿出现在左边，一会儿出现在右边，吓昏头的小男孩一会儿向前跑，一会儿又向后跑，几次跑过大门前，又钻进昏暗的窄道。

谢尔盖终于再也跑不动了。他在极端的恐惧中，渐渐被冰冷而麻木的忧伤所控制，对任何危险都无所谓了。他坐在一棵树下，疲惫已极的身子紧靠着树干，眯起眼睛。敌人沉重的脚踩在沙石上发出的嚓嚓声越来越近。阿尔多把头伸进谢尔盖的两条腿中间，轻声尖叫。

离小男孩两步远的地方，他用手拨开的树枝沙沙响起来。谢尔盖下意识地抬头向上一望，心里突然感到一阵狂喜，便一跃而起。他这时才发觉对面的墙很矮，不到一俄丈半高。不错，墙头上用石灰砌着玻璃瓶碎片，但谢尔盖顾不得这些了。他立刻横抱起阿尔多，把它前爪搭在墙上。聪明的小狗完全明白他的意思，飞快地爬上墙头，摇着尾巴得意地叫着。

谢尔盖也跟着它爬上墙头，就在这时，从分开的柏树枝当中露出一个高大的黑影。狗和小男孩的两个灵巧的身体轻盈地跳到墙外的大道上。他们背后传来一阵恶狠狠的叫骂声，像一盆脏水向他们泼过来。

不知是由于扫院子的人不像两位朋友那样灵巧，还是在花园里转圈转累了，或者他本来就没指望追上两个逃亡者，反正没再追赶他们。但他们还是一口气跑了半天——他们两个灵巧、有力，仿佛由于脱险而高兴得生出了翅膀。狮子狗很快就露出平时的轻浮。谢尔盖还不时胆怯地向后张望，可阿尔多已经兴奋地摇晃耳朵，摆动绳索头，往他身上扑了，一再跳起想尽办法去舔他的嘴唇。

小男孩一直跑到泉水跟前，昨天白天他跟老爹吃早饭的地方，才镇定下来。狗和小男孩一起趴下把嘴凑近冰凉的水池，大口喝清凉甘美的泉水。他们互相推搡，一会抬起头来喘一口气，水珠从他们嘴上清脆地滴在水面上，然后他们又贪婪地把头伸向水池，简直离不开它了。等他们终于离开泉水，向前走的时候，满肚子的水咕噜咕噜直响。危险过去了，这一夜的恐惧消失得无影无踪，于是他们迈着轻松的步子，高高兴兴地穿过幽静的灌木丛，沿着月光照耀得发白的大道走去。这时，灌木丛已散发出清晨的潮湿和新鲜树叶的甜香。

小男孩走进"恩尔德兹"咖啡馆时，易卜拉欣对他低声责备道：

"小家伙，到哪儿闲逛去了？你到哪儿闲逛去了？唉——唉——唉，不好呀！……"

谢尔盖不想叫醒老爹，但阿尔多替他做了。它在躺在地板上的一堆人当中立刻认出老爹，老爹还没清醒过来，它已经快活地叫着舔过他的脸颊、眼睛、鼻子和嘴了。老爹醒过来，看见狗脖子上的绳索头和躺在自己旁边身上落了一层土的小男孩，便一切都明白了。他想让谢尔盖给他解释清楚，但什么也没问出来。小男孩已经摊开两只手，张着大嘴睡着了。